MARGARET WEIS
et
TRACY HICKMAN

Margaret Weis est née en 1948. Après un cursus littéraire, elle devient éditrice chez TSR (édition classique et jeux de rôles) et commence à travailler en 1983 avec Tracy Hickman (né en 1955) pour écrire des scénarios de jeux (Donjons et Dragons) et mettre en forme la série qui va les rendre célèbres, *Lancedragon*.
Tracy Hickman est quant à lui créateur de jeux de rôles chez TSR. Il a aussi été missionnaire pendant plusieurs années, en particulier en Indonésie (dont la langue l'inspira pour ses nombreuses formules magiques). Le cycle *Les Portes de la mort* et la tétralogie *La Légende de l'épée noire* sont à ce jour leurs deux chefs-d'œuvre.

LA NAISSANCE DE L'ÉPÉE

DE MARGARET WEIS
CHEZ POCKET

L'ÉTOILE DES GARDIENS

1. La Quête du Roi
2. L'Épreuve du Roi
3. Le Sacrifice du Roi
4. La Légion Fantôme

AVEC TRACY HICKMAN

LA ROSE DU PROPHÈTE

1. Le Désir du Dieu Errant
2. Le Paladin de la Nuit
3. Le Prophète d'Akhran

LA LÉGENDE DE L'ÉPÉE NOIRE

1. La Naissance de l'épée
2. La Malédiction de l'épée
3. Le Triomphe de l'épée
4. La Naissance de l'épée

LES PORTES DE LA MORT

1. L'Aile du Dragon
2. L'Étoile des Elfes
3. La Mer de Feu
4. Le Serpent Mage
5. La Main du Chaos
6. Voyage au fond du Labyrinthe
7. La Septième Porte

LE BOUCLIER DES ÉTOILES

L'épée de la Nuit

SCIENCE-FICTION

Collection dirigée par Jacques Goimard

MARGARET WEIS
&
TRACY HICKMAN

LA LÉGENDE DE L'ÉPÉE NOIRE

LA NAISSANCE DE L'ÉPÉE

Traduit de l'américain
par Simone Hilling

POCKET

Titre original :
FORCING THE DARKSWORD

ISBN 2-266-13743-3

PROLOGUE

La colonne de fumée noire s'éleva lourdement dans l'air froid, tandis que les cendres de la victime retombaient sur ceux qui croyaient complaisamment qu'ils venaient de sauver une âme. Ici et là, dans les ruines fumantes, des langues de feu jaillissaient, avides d'aliments. Ne trouvant rien que des vestiges calcinés, le feu crépita et mourut. D'épaisses nuées noires roulèrent dans le ciel, jetant un linceul sur le misérable village, voilant le soleil d'un sombre drap mortuaire.

Les assistants se dispersèrent, beaucoup faisant le signe de la croix, accompagné d'autres signes destinés à éloigner le mauvais œil ou toute malédiction pouvant encore s'attarder dans l'atmosphère ainsi polluée. Certains murmuraient « maudite sorcière » en sinistre accompagnement aux prières papelardes du prêtre, suppliant quelqu'un – Dieu, peut-être, quoiqu'il n'en eût pas l'air très sûr – de pardonner les péchés de cet être torturé et de lui accorder le repos éternel.

Deux silhouettes étaient blotties l'une contre l'autre dans une ruelle infestée de rats, toutes deux vêtues d'une longue robe noire au capuchon rabattu sur le visage. L'une d'elles s'appuyait sur un long bâton de bois poli décoré de neuf étranges symboles. A l'évidence, c'était le plus âgé des deux, car il était voûté, et la main tenant le bâton semblait noueuse et ridée, bien que sa prise fût ferme.

Son compagnon était manifestement beaucoup plus

jeune, car il était grand et droit, malgré ses épaules avachies, comme sous le poids de la douleur. Il pressait un linge sur son nez et sa bouche, apparemment pour ne pas sentir l'odeur écœurante des chairs brûlées, mais en réalité pour dissimuler à son compagnon qu'il pleurait.

Ils étaient restés invisibles à la foule, parce qu'ils avaient choisi de l'être. Immobiles et silencieux, ils avaient observé. Maintenant, tandis que les dernières cendres d'une personne qu'ils avaient aimée retombaient sur les rues défoncées, le vieillard soupira.

– C'est tout ce que tu sais faire ? s'écria l'autre, la voix presque étranglée de chagrin. Soupirer ? Tu aurais dû me laisser...

D'un geste violent, il dessina des motifs compliqués dans l'air.

– Tu aurais dû me laisser...

Le vieillard posa sur son bras une main modératrice.

– Non, cela n'aurait fait qu'empirer notre situation. Elle était forte. Elle aurait pu se sauver, mais elle a préféré conserver notre secret, bien qu'ils aient rompu et brûlé son corps. Voudrais-tu la priver de ce triomphe ?

– Pourquoi ont-ils fait ça ? Pourquoi nous traitent-ils ainsi ? s'écria le jeune homme avec désespoir, essuyant ses larmes d'une main fine. Nous n'avons rien fait de mal ! Nous nous sommes simplement efforcés d'aider...

Le visage du vieillard s'assombrit, sa voix crépita comme les flammes.

– Ce qu'ils ne comprennent pas, ils le craignent. Et ce qu'ils craignent, ils le détruisent. Il en a toujours été ainsi chez eux, dit-il secouant la tête en soupirant. Mais cela empire. Un âge nouveau commence, un âge dans lequel nous n'aurons pas notre place. Un par un, ils nous rechercheront, nous arracheront à nos foyers et nous livreront aux flammes. Ils nous pourchasseront, détruiront nos créations, et massacreront nos familles...

– Et nous nous contenterons de soupirer et d'aller à la mort en silence ! l'interrompit le jeune homme avec amertume.

– Non !

La main du vieillard se resserra sur son bras.

– Non ! répéta-t-il, d'un ton qui fit frissonner d'espoir et de peur le jeune homme, qui le regarda avec stupéfaction. Non, nous n'irons pas docilement à la mort ! Voilà longtemps que je réfléchis, évaluant les dangers des alternatives. Maintenant, j'ai pris ma décision. Maintenant, je vois que nous n'avons pas le choix. Nous devons partir.

– Partir ? répéta le jeune homme, médusé. Mais où irons-nous ? Il n'est aucun endroit sûr pour nous, car nos frères nous disent que ces persécutions existent partout où le soleil se lève...

Comme conjuré par ces paroles, le soleil sortit des nuages. Mais les vestiges calcinés de la suppliciée émettaient plus de chaleur que l'astre pâle et morne dans le ciel gris d'hiver.

Le vieillard le considéra, avec un sourire lugubre.

– Partout où le soleil se lève ? Oui, c'est vrai.

– Alors...

– Alors, il existe d'autres soleils, mon enfant, dit pensivement le vieillard, levant les yeux vers le ciel en caressant les symboles sculptés sur son bâton. D'autres soleils...

LIVRE I

LA PROPHÉTIE

Quand un Evêque du Royaume de Thimhallan reçoit la mitre, insigne de son statut de tête et cœur spirituels du monde, son premier acte officiel est un acte privé, secret, caché aux yeux mêmes de celui qu'il appelle Souverain.

Agissant sur les ordres du *Duuk-tsarith*, l'Evêque se retire dans ses appartements et active les sortilèges qui l'isolent du monde. Puis il introduit une personne – un magicien, chef du redoutable Ordre des *Duuk-tsarith*, qui apporte à Sa Sainteté une boîte de l'or le plus pur, fabriqué par les alchimistes. Cette boîte est entourée de tels sorts de défense et de protection que seul le magicien en personne peut l'ouvrir et en sortir ce qu'elle contient. Ce n'est rien de plus qu'une unique feuille de vieux parchemin couverte d'un texte manuscrit. Avec soin, avec révérence, le magicien pose cette feuille devant l'Evêque dérouté.

L'Evêque prend le parchemin et l'examine attentivement. Il est vieux, car il remonte à des siècles, maculé d'auréoles, comme si des larmes l'avaient taché, et l'écriture, bien qu'appartenant manifestement à un scribe professionnel, est pratiquement illisible.

L'Evêque entreprend de déchiffrer ce message, et à mesure qu'il progresse dans sa lecture, la perplexité fait place sur son visage au choc et à l'horreur. Invariablement, il lève les yeux sur le chef de l'Ordre des *Duuk-tsarith* comme pour lui demander s'il connaît le contenu du texte et s'il est véridique. Le chef de l'Ordre se contente de hocher la tête, car ces personnages parlent rarement. Assuré que l'Evêque a assimilé le contenu du document, le magicien fait un geste et le parchemin quitte la main de l'Evêque et revient dans la boîte. Le *Duuk-tsarith* se retire alors, laissant derrière lui un homme bouleversé et désemparé, les mots du parchemin imprimés en lettres de feu dans son esprit.

Pardonnez-moi, vous qui lisez ces mots dans l'avenir. Ma main tremble – l'Etern me vienne en aide ! Je me demande si je cesserai jamais de trembler ! Non, je sais que cela ne sera pas, tant que je verrai si nettement cet événement tragique qu'il est de mon devoir d'annoncer, et tant que j'entendrai ces mots résonner à mes oreilles.

Qu'on sache donc qu'aux jours noirs ayant suivi les Guerres du Fer, quand le chaos régnait dans le pays et que beaucoup prédisaient la fin de notre monde, l'Evêque du Royaume entreprit de voir dans l'avenir, dans l'intention de calmer le peuple. Pendant un an entier, il se prépara à jeter ce sort. Notre Evêque bien-aimé priait quotidiennement l'Etern, et écoutait la musique recommandée par le Theldara, *et qui devait mettre le corps et l'esprit en harmonie. Il mangeait les nourritures prescrites et s'abstenait de tous les alcools forts. Ses yeux ne se posaient que sur les couleurs apaisantes pour l'esprit, il respirait les parfums et les encens conseillés. Le mois précédant la Prophétie, il jeûna et ne but que de l'eau pour purger son corps de toutes les influences indésirables. Et pendant tout ce temps, il resta confiné dans une petite cellule, sans parler à personne, sans que personne ne lui parle.*

Le jour de la Prophétie arriva. Ah ! Comme ma main tremble ! Je ne peux pas conti... (Tache sur le papier. L'écriture sort de la page.)

Pardonnez-moi. J'ai repris le contrôle de moi-même. Notre Evêque bien-aimé descendit au Puits sacré qui se trouve au cœur de la Source. Il s'agenouilla sur la margelle de marbre du Puits, qui est, nous dit-on, la source de la magie de notre monde. Les plus grands catalystes du pays étaient revenus sur ce sol sacré pour assister le théurge dans son entreprise. Ils faisaient cercle autour du

Puits, leurs mains unies pour que la Vie circule à travers elles.

Debout près de notre Evêque se tenait le plus ancien théurge – l'un des derniers de ce monde, craignons-nous, car ils se sont sacrifiés dans leurs tentatives pour mettre fin à la terrible guerre. Tirant la Vie des catalystes qui l'entouraient, le Façonneur d'Esprit activa sa puissante magie, en appelant à l'Etern pour qu'il donne à notre Evêque la connaissance du futur. A ce sort, notre Evêque ajouta ses prières, et bien que son corps fût affaibli par le jeûne, sa voix restait ferme et forte.

Et l'Etern apparut.

Nous sentîmes tous Sa présence, et nous tombâmes à genoux, pleins de crainte et de révérence, incapables de contempler Sa terrible beauté. En transe, sous l'influence d'un puissant sortilège, le visage extasié, notre Evêque plongea son regard dans le Puits et parla d'une voix qui n'était pas la sienne. Ce qu'il dit n'était pas ce que nous attendions. Voici ses paroles. Je prie d'avoir la force de les transcrire.

« Il naîtra dans la Maison royale un fils qui sera mort et qui pourtant vivra, qui mourra de nouveau et de nouveau vivra. Et quand il reviendra, il tiendra dans sa main la destruction du monde... »

Peut-être en aurait-il dit davantage, mais à cet instant, notre Evêque bien-aimé poussa un cri terrible – un cri qui résonnera à jamais dans mon cœur comme ses paroles continuent de résonner à mes oreilles – et, crispant la main sur son cœur, il tomba sur la margelle du Puits, mort. Le théurge s'effondra près de lui, comme frappé par la foudre, les membres paralysés, les lèvres remuant sans émettre un son cohérent.

Et nous sûmes que nous étions seuls. L'Etern nous avait abandonnés.

Quand cette prophétie s'accomplira-t-elle ? Que signifie-t-elle ? Nous ne le savons pas, quoique nos meilleurs esprits l'analysent mot par mot, et même lettre par lettre. Le nouvel Evêque pense à conjurer une autre Vision, mais cela semble improbable, car le théurge est à l'article de la mort, et il est sans aucun doute le seul de son espèce encore vivant dans ce monde.

Il fut donc décrété que j'écrirai ces paroles à votre intention, vous qui pourrez peut-être voir un futur dont beaucoup d'entre nous croient qu'il n'existera jamais. Ce parchemin sera confié à la garde des Duuk-tsarith. *Il ne sera connu que d'eux seuls, qui savent tout, et de l'Evêque du Royaume, qui en prendra connaissance le jour de son intronisation.*

Que ce document reste donc secret, de crainte que le peuple paniqué ne se soulève pour détruire la Maison royale et qu'un règne de terreur, tel que celui qui nous a chassés de notre ancien monde, ne descende sur le pays.

Puisse l'Etern être avec vous... et avec nous tous.

La signature est illisible et sans importance.

Depuis cette époque, tous les Evêques du Royaume – et il y en eut beaucoup – ont lu la Prophétie. Tous se sont demandé avec crainte si elle se réaliserait de leur vivant. Et tous ont prié pour que cela leur soit épargné...

... et secrètement prévu ce qu'ils feraient si elle se réalisait.

Chapitre 1

LE CATALYSTE DE MERILON

L'enfant était Mort. Tout le monde était d'accord sur ce point.

Tous les devins, magiciens et archimages qui flottaient au-dessus du sol de marbre, dont le blanc radieux avait été altéré la veille en une nuance de bleu plus appropriée au deuil, étaient d'accord sur ce point. Tous les sorciers vêtus de noir, qui conservaient leur réserve distante et leur stricte attention au devoir en dérivant vers leur poste assigné, étaient d'accord sur ce point. Tous les thaumaturges – catalystes – humblement debout sur le sol bleu, étaient, à en juger sur la sombre couleur de leurs robes, d'accord sur ce point.

Une pluie fine, dont les larmes glissaient sur les hautes voûtes de cristal de la magnifique Cathédrale de Merilon, pleurait son accord. L'air même de la Cathédrale, tinté d'un doux clair de lune conjuré par les Sorciers pour cette circonstance solennelle, en convenait. Même les arbres or et blancs du parc de la Cathédrale, dont les gracieux rameaux luisaient dans cette pâle lumière vaporeuse, l'admettaient – du moins le semblait-il à Saryon. Il s'imaginait entendre leurs feuilles bruire en graves murmures affligés... le Prince est Mort... le Prince est Mort.

L'Empereur était d'accord sur ce point. (Accord pour lequel, pensa Saryon, caustique, l'Evêque Vanya avait sans aucun doute passé la plus grande partie de la nuit à genoux, priant l'Etern de lui accorder la langue persuasive du serpent.) Dans la nef de la Cathédrale, l'Empereur flottait près du berceau sculpté en bois de rose posé au centre d'une estrade de marbre, et regardait le bébé, les bras croisés pour indiquer qu'il le rejetait. Le visage sévère et figé, le seul signe de son affliction était la couleur de ses robes, qui passaient lentement de l'*Or Soleil* au *Bleu pleureur*, de la même nuance que le sol. L'Empereur lui-même conservait la dignité majestueuse qu'on attendait de lui, même en cette circonstance où sa dernière chance de donner un héritier au trône était morte avec ce petit enfant. Car l'Evêque Vanya avait conjuré la Vision, et avait vu qu'il n'y aurait plus de descendance pour l'Impératrice, dont la santé était fragile.

L'Evêque Vanya était debout sur l'estrade de marbre, près du berceau en bois de rose. Il ne flottait pas, comme l'Empereur. Debout sur le sol lui-même, Saryon ne pouvait s'empêcher de se demander si Vanya sentait l'envie qui rongeait le catalyste ; envie à l'égard des mages qui, même en cette occasion solennelle, semblaient faire parade de leur pouvoir aux yeux des humbles thaumaturges en planant dans l'air au-dessus d'eux..

Seuls les mages de Thimhallan possèdent le don de la Vie en telle abondance qu'ils peuvent voyager à travers le monde sur les ailes de l'air. La force de Vie du catalyste est si faible qu'il doit en conserver la moindre étincelle. Parce qu'il est obligé de marcher à travers le monde et la vie, le symbole de l'Ordre des catalystes est le soulier.

Le soulier : symbole de notre pieux sacrifice, symbole de notre humilité, se dit amèrement Saryon, s'arrachant à la contemplation des mages et se forçant à ramener son attention sur la cérémonie. Il vit l'Evêque Vanya incliner sa tête mitrée dans ses prières à l'Etern, et il vit aussi l'Empereur surveiller l'Evêque Vanya du regard, attendant une indication, une instruction. A un signe subtil de Vanya, l'Empereur baissa la tête, comme le firent tous les membres de la cour.

Du coin de l'œil, Saryon regarda une fois de plus les mages flottant autour et au-dessus de lui, murmurant distraitement la prière. Mais cette fois, son regard était pensif. Oui, humble symbole que le soulier...

L'Evêque Vanya releva brusquement la tête. Ainsi fit aussi l'Empereur. Saryon remarqua que le soulagement de Vanya se voyait nettement sur son visage. Le fait que l'Empereur ait convenu avec lui que le Prince était Mort facilitait beaucoup les choses. Le regard de Saryon dériva vers l'Impératrice. C'est de là que viendraient les problèmes. L'Evêque le savait, tous les catalystes le savaient, tout le monde à la cour le savait. Dans une réunion des catalystes, convoquée la veille à la hâte, on les avait instruits de la façon de réagir. Saryon vit que Vanya était tendu. Ostensiblement, il accomplissait les formalités avec l'Empereur, selon le rituel prescrit pas la loi.

– ... ce corps sans Vie sera emporté à la Source où aura lieu la Veillée de la Mort...

Mais en réalité, Vanya surveillait étroitement l'Impératrice, et Saryon vit l'Evêque froncer légèrement les sourcils. La robe de l'Impératrice, qui aurait dû être du plus éclatant *Bleu pleureur* de l'assistance, était assez terne – d'une sorte de *Gris Cendre*. Mais Vanya s'abstint avec tact de lui demander de la modifier, comme il l'aurait fait en toute autre circonstance. Il se félicitait – tous les assistants se félicitaient – qu'elle ait apparemment retrouvé son emprise sur elle-même. Puissante magicienne appartenant aux *Albanara*, sa réaction initiale d'indignation et de douleur à la nouvelle que son enfant était Mort avait poussé tous les catalystes à rompre tous liens avec elle de crainte qu'elle n'utilise la force de Vie qu'ils dispensaient pour provoquer de terribles destructions dans le Palais.

Mais l'Empereur avait parlé à son épouse bien-aimée, et maintenant, elle aussi semblait d'accord avec tout le monde. Son bébé était Mort.

En fait, la seule personne présente semblant disconvenir que le bébé était Mort était le bébé lui-même, qui poussait des hurlements frénétiques. Mais ses cris se perdaient dans les immenses voûtes de cristal au-dessus de lui.

L'Evêque Vanya, le regard maintenant carrément posé sur l'Impératrice, se lança dans la partie suivante de la cérémonie avec plus de hâte qu'il n'était parfaitement correct. Saryon savait pourquoi. L'Evêque craignait que l'Impératrice ne s'empare du bébé, dont le corps avait été lavé et purifié. Maintenant, seul l'Evêque Vanya était autorisé à le toucher.

Mais l'Impératrice, épuisée par un accouchement difficile et par sa récente explosion de fureur, n'avait apparemment plus d'énergie pour défier les ordres de Vanya. Elle n'avait pas même l'énergie de flotter au-dessus du berceau, mais s'était assise par terre près de lui, versant des larmes de cristal qui se fracassaient sur le marbre bleu. Ces larmes étincelantes étaient le signe de son accord.

Un muscle se contracta dans le visage de Vanya quand ces larmes se mirent à rendre un son musical en heurtant le sol. Saryon crut même voir l'Evêque esquisser un sourire de soulagement, mais il se ressaisit à temps et prit un air d'affliction plus convenable.

L'Evêque arriva sans encombre à la fin du rituel ; alors, l'Empereur hocha gravement la tête et répéta les antiques paroles rituelles, dont personne ne se rappelait le sens, avec à peine un léger tremblement dans la voix :

– Le Prince est Mort. *Dies irae, dies illa. Solvet saeculum in favilla. Toeste David cum Sibylla.*

Puis Vanya, de plus en plus détendu à mesure que la cérémonie approchait de sa fin, se retourna pour regarder la cour et s'assurer que chacun et chacune était à sa place, que chacun et chacune avait altéré la couleur de sa robe pour l'accorder à la nuance de bleu convenant à son statut.

Son regard passa du cardinal aux deux prêtres puis aux trois diacres. Et là, son regard s'immobilisa. L'Evêque Vanya fronça les sourcils.

Saryon trembla. L'œil sévère de l'Evêque était sur lui. Qu'avait-il fait ? Il n'en avait aucune idée. Paniqué, il regarda autour de lui, espérant un avis de ses voisins.

– Trop de vert, bon sang ! murmura le Diacre Dulchase, la bouche en coin.

Saryon baissa vivement les yeux sur sa robe. Dulchase avait raison ! Saryon était en *Eau tumultueuse* au milieu de *Cieux pleureurs* !

Rougissant au point que ce fut merveille qu'il n'arrosât pas le sol d'une pluie de sang comme l'Impératrice l'arrosait d'une pluie de larmes, le jeune diacre entreprit de modifier la couleur de sa robe pour l'accorder à celle de ses frères présents dans cet Illustre Cercle de la cour. Comme changer la couleur d'un vêtement n'exige que le minimum de force de Vie, c'est un sort que peuvent réaliser même les faibles catalystes. Saryon s'en félicita. Il aurait été embarrassé d'avoir à faire appel à l'aide d'un mage. Cela étant, il était si troublé qu'il eut à peine l'énergie de lancer ce simple sort. Sa robe passa d'*Eau tumultueuse* à *Etang calme*, hésita un moment angoissant, puis enfin – au prix d'un violent arrachement – le jeune diacre réussit *Cieux pleureurs*.

Le regard de Vanya resta sur lui jusqu'à complète réussite. A ce stade, tous les yeux, même ceux de l'Empereur, étaient fixés sur le pauvre jeune homme. C'est sans doute aussi bien que je *ne sois pas* né mage, pensa Saryon, au supplice. J'aurais disparu sur le champ. Même ainsi, il avait à peine la force de tenir debout, se flétrissant sous la réprobation de l'Evêque, jusqu'au moment où Vanya, fronçant toujours les sourcils, termina la revue du cercle par les nobles de la cour.

Satisfait de son inspection, Vanya se retourna face à l'Empereur, et l'embarqua dans la dernière partie de la cérémonie consacrée au Prince Mort. Saryon, absorbé par sa honte, ne prêta pas attention à ce qui se disait. Il savait qu'il serait réprimandé. Qu'aurait-il à dire pour sa défense ? Que les cris du bébé lui déchiraient le cœur ?

Ça au moins, c'était vrai. L'enfant, seulement âgé de dix jours, appelait avidement de ses cris – c'était un bébé vigoureux et bien formé – l'amour, l'attention et le lait qu'il avait reçus jusque-là, mais qu'il ne recevrait plus. Saryon pouvait donner cela comme excuse, mais il savait par expérience que l'Evêque Vanya répondrait d'un air patient : « Nous ne pouvons pas entendre les cris des Morts, seulement leur écho », ainsi qu'il le lui avait entendu dire la veille.

C'était peut-être vrai. Mais Saryon savait que cet écho hanterait son sommeil pendant très longtemps.

Voilà ce qu'il pouvait dire à l'Evêque et c'était la vérité, mais seulement une partie de la vérité. Ou il pouvait lui dire l'autre partie : j'étais désemparé parce que la Mort de cet enfant a ruiné *ma* vie.

Que ce fût ou non à porter au crédit de l'Evêque, Saryon avait l'impression que Vanya était plus susceptible de sympathiser avec la seconde excuse de son échec des couleurs qu'avec la première. Recevant un bon coup de coude – du coude de Dulchase – dans les côtes, Saryon baissa vivement la tête et se força à marmonner les paroles du rituel entre ses dents serrées. Il s'efforçait désespérément de se ressaisir, mais c'était difficile. Les cris du bébé lui perçaient le cœur. Il avait envie de s'enfuir et souhaitait ardemment que la cérémonie se termine.

La psalmodie de Vanya se tut. Relevant la tête, Saryon vit Vanya lancer un regard interrogateur à l'Empereur, qui devait donner son autorisation pour que commence la Veillée de la Mort. Les deux hommes se regardèrent pendant une éternité, pensa Saryon. Puis l'Empereur opina, tourna le dos à l'enfant, et, baissant la tête, adopta la posture rituelle du deuil. Saryon poussa un si gros soupir de soulagement que Dulchase, l'air choqué, lui redonna un coup de coude dans les côtes.

Saryon s'en moquait. La cérémonie était presque terminée.

Bras tendus, l'Evêque Vanya fit un pas vers le berceau. Entendant le froufrou de ses robes, l'Impératrice leva les yeux pour la première fois depuis que la cour s'était rassemblée. Regardant autour d'elle d'un air hébété, elle vit l'Evêque approcher du berceau. Paniquée, elle reporta son regard sur son époux, mais ne vit que le dos de l'Empereur.

– Non !

Avec des sanglots déchirants, elle jeta les bras sur le berceau qu'elle serra sur son cœur. Geste pitoyable. Malgré sa douleur, elle n'osait pas défier les catalystes jusqu'à toucher le bébé.

– Non ! Non ! sanglotait-elle.

L'Evêque Vanya regarda l'Empereur avec un toussotement significatif. L'Empereur, qui surveillait Vanya du coin de l'œil, n'eut pas à se retourner. Lentement, il hocha de nouveau la tête. Vanya s'avança résolument. Puis, audacieusement, il ouvrit un conduit vers l'Impératrice, s'efforçant d'utiliser la force de Vie pour adoucir sa douleur irrationnelle. Saryon trouva stupide de donner ce pouvoir supplémentaire à une magicienne déjà très puissante. Mais peut-être Vanya savait-il ce qu'il faisait ? Après tout, il connaissait l'Impératrice depuis trente ans, depuis son enfance.

– Chère Evenue, dit-il, renonçant à lui donner son titre, l'attente est longue et douloureuse. Vous avez besoin de repos pour recouvrer la santé. Pensez à votre cher mari, dont la douleur est égale à la vôtre, et qui doit de plus assumer le poids de votre chagrin. Permettez-moi d'emporter l'enfant et d'assurer la Veillée de la Mort pour tout Thimhallan.

Relevant son visage inondé de larmes, l'Impératrice le fixa de ses yeux bruns, maintenant aussi noirs et étincelants que sa chevelure. Soudain, elle se brancha sur le pouvoir, aspirant de la Vie du catalyste. Le conduit de magie, normalement invisible, fulgura entre eux en un arc aveuglant de lumière blanche, tandis que, d'un geste de la main, l'Impératrice projetait Vanya à cinq pieds au-dessus du sol. Aucun des assistants n'osa bouger, tous contemplant avec une crainte révérencielle cette incroyable démonstration de pouvoir, et l'Evêque qui retombait lourdement sur le marbre *Bleu pleureur* du sol.

Aspirant la force de Vie par le conduit de l'Evêque, l'Impératrice affaiblie en tira une vigueur qu'elle ne possédait pas. S'élançant en l'air, elle plana au-dessus du berceau de son fils. Des paroles magiques crépitèrent. Ouvrant les mains, elle fit apparaître un globe de feu, enfermant elle et l'enfant entre ses parois flamboyantes.

– Jamais ! Dehors ! glapit-elle d'une voix brûlante comme le feu. Sors, canaille ! Je ne vous crois pas, tous tant que vous êtes ! Sortez ! Vous avez menti ! Mon bébé n'a pas échoué à vos Epreuves ! Il n'est pas Mort ! Vous avez peur de lui ! Vous craignez qu'il n'usurpe votre cher pouvoir !

Mouvements et murmures divers parcoururent l'assistance, personne ne sachant où poser les yeux. Il était inconvenant de regarder l'Evêque dans cette posture incompatible avec sa dignité habituelle : sa mitre tombée par terre, son crâne tonsuré luisant au clair de lune, empêtré dans ses robes cérémonielles, bataillant pour se relever. Quelques-uns tournèrent leur regard sur l'Impératrice, mais il était pénible de la contempler, et encore plus pénible d'entendre ses paroles sacrilèges.

Saryon se réfugia dans la contemplation de ses souliers, souhaitant être à cent miles de cette scène pathétique. A l'évidence, la plupart des assistants partageaient ce sentiment. Les nuances de *Bleu pleureur*, si soigneusement graduées pour traduire le rang et le statut de chacun, évoluaient avec sa nervosité, donnant l'impression d'une ondulation à la surface tranquille d'un lac.

Avec l'aide du Cardinal, l'Evêque parvint enfin à se relever. Devant son visage livide, chacun eut un mouvement de recul, bien des mages perdant de l'altitude et retombant plus près du sol. Même l'Empereur, qui s'était retourné, pâlit visiblement devant la colère de l'Evêque. Tandis que le Cardinal lui remettait sa mitre sur la tête, l'Evêque rajusta ses robes – il se maîtrisait si bien qu'elles n'avaient pas changé de couleur – et, rassemblant ses dernières forces, ferma le conduit le reliant à l'Impératrice.

Le globe de feu s'évanouit. Cependant, l'Impératrice avait tiré assez de Vie de l'Evêque pour continuer à planer au-dessus du berceau, ses larmes de cristal tombant sur l'enfant. Elles explosaient en heurtant la petite poitrine nue, redoublant les cris de l'enfant, qui hurlait en un paroxysme hystérique de souffrance et de terreur. Tous les assistants virent du sang couler sur la peau du bébé.

Vanya pinça les lèvres. Cela allait trop loin. Il faudrait recommencer à laver et purifier l'enfant. L'Evêque lança un nouveau regard à l'Empereur. Pourtant, le regard n'était pas interrogateur cette fois. Il était impérieux, et chacun le savait.

Le visage sévère de l'Empereur s'adoucit. Flottant

dans l'air, il s'approcha de son épouse, et, tendant la main, caressa ses beaux cheveux luisants. On disait dans l'entourage royal qu'il adorait cette femme et aurait donné n'importe quoi en son vaste pouvoir pour lui faire plaisir. Mais il ne pouvait apparemment pas lui donner la seule chose qu'elle désirait – un enfant vivant.

– Evêque Vanya, dit-il au catalyste, sans le regarder toutefois, emporte l'enfant. Et envoie-moi le signe quand tout sera terminé.

Un soupir collectif de soulagement s'éleva de la foule. Regardant autour de lui, Saryon vit que la couleur des robes avait de nouveau changé. Où il y avait naguère tout le spectre des bleus de deuil, on voyait maintenant des nuances oscillant entre le *Vert bilieux* et le *Gris piteux*.

Un soulagement mêlé de colère se lisait aussi sur le visage de l'Evêque, trop épuisé lui-même pour dissimuler ses sentiments. Un filet de sueur coulait de son crâne rasé sous sa mitre. Il l'essuya, expulsa l'air de ses poumons, et s'inclina devant l'Empereur.

Beaucoup plus précipitamment qu'il n'était convenable en une circonstance aussi solennelle, et sans quitter des yeux l'Impératrice, qui planait toujours au-dessus de lui, l'Evêque tendit les bras et souleva le bébé gigotant. Se tournant vers un sorcier, le Maître des Exécutions, Vanya lui dit à voix basse :

– Par ton talent, emporte-moi à la Source.

Puis il ajouta à l'adresse de l'Empereur :

– Je vous enverrai le signe, Majesté. Attendez-le.

L'Empereur, les yeux toujours rivés sur sa frêle épouse, sembla ne pas l'entendre. Mais l'Evêque ne tarda pas davantage. Faisant signe au Cardinal, le plus haut dignitaire de l'Ordre après lui, Vanya lui murmura quelques mots. Le Cardinal s'inclina, et, se tournant vers le Maître des Exécutions, ouvrit un conduit jusqu'à lui, lui conférant plus qu'assez de Vie pour, à travers les Couloirs, retourner à la forteresse de la Source, centre de l'Eglise à Thimhallan.

Malgré sa détresse, Saryon se surprit à faire machinalement les calculs compliqués pour un si long voyage. Il eut terminé en quelques instants, et il réalisa que le Cardinal avait gaspillé son énergie – péché mortel parmi les catalystes, car il les laisse affaiblis et vulnérables, et confère aux mages une énergie supplémentaire qu'ils peuvent emmagasiner et réutiliser quand bon leur semble. Mais, supposa Saryon, peu importait pour l'heure. Bien qu'habile mathématicien, il faudrait au Cardinal de longs moments d'étude pour arriver au résultat obtenu par Saryon en quelques secondes. Saryon et le Cardinal savaient tous deux que c'étaient de longs moments qu'il ne fallait pas gaspiller.

Agissant vivement sur ordre de Vanya, le sorcier entra dans le Couloir qui s'ouvrit devant lui sous forme de disque bleu béant. L'Evêque suivit, son minuscule fardeau dans les bras. Quand ils furent tous trois à l'intérieur, le disque s'allongea, se comprima, et s'évanouit.

C'était fini. L'Evêque et le bébé avaient disparu. Les membres de la Maison royale flottèrent vers l'Empereur, pour lui offrir leurs condoléances et leur sympathie, et lui rappeler leur présence. Le Cardinal, qui avait donné toute sa force au Maître des Exécutions, tomba comme une pierre, tous les frères de l'Ordre accourant à son aide.

Toutefois, un catalyste ne bougea pas. Il resta immobile à sa place dans le cercle maintenant rompu, ses projets, ses espoirs et ses rêves s'écroulant autour de lui, fracassés comme les larmes de l'Impératrice sur le sol *Bleu pleureur*. Perdu dans son chagrin, Saryon imagina qu'il entendait encore, résonnant faiblement dans l'air, les cris assourdis du bébé et les bruissements mélancoliques des feuillages.

– Le Prince est Mort.

Chapitre 2

LE DON DE VIE

Le sorcier se tenait sur le seuil de son manoir. C'était une demeure simple et commode, mais sans rien d'opulent ni d'ostentatoire car, bien que de noble naissance, ce sorcier n'occupait encore qu'un rang inférieur dans la hiérarchie. Il avait les moyens de s'offrir un palais de cristal scintillant, mais cela aurait été considéré comme inconvenant pour quelqu'un de son grade. Pourtant, il était satisfait de sa vie, et, pour l'heure, il contemplait ses terres dans le petit matin avec un air de calme contentement.

A un bruit derrière lui dans le hall, il se retourna.

– Dépêche-toi, Saryon, dit-il, souriant à son petit garçon qui, assis par terre, bataillait pour enfiler ses souliers. Dépêche-toi si tu veux voir les Ariels livrer les disques.

D'une secousse finale désespérée, l'enfant fit passer la chaussure par-dessus son talon ; puis, sautant sur ses pieds, il courut vers son père. Prenant l'enfant dans ses bras, le sorcier prononça les paroles obligeant l'air à exécuter ses volontés. Entrant dans le vent, il fut soulevé et flotta au-dessus des terres, ses robes de soie voltigeant au vent comme les ailes d'un papillon éclatant.

L'enfant, se retenant d'une main au cou de son père, ouvrit l'autre pour saluer l'aube naissante.

– Apprends-moi à faire ça, Père ! s'écria Saryon, ravi de sentir le vent de la course sur son visage. Apprends-moi les mots qui appellent le vent.

Le père de Saryon sourit, et, secouant la tête, serra

solennellement un pied de l'enfant enfermé dans sa prison de cuir.

– Aucun mot de toi n'appellera jamais le vent, mon fils, dit-il, rabattant affectueusement en arrière les cheveux blonds tombant sur le visage déçu de l'enfant. Car tu n'as pas ce don.

– Pas maintenant, peut-être, dit Saryon, têtu, tandis qu'ils survolaient les longs sillons fraîchement labourés, respirant la bonne odeur de la terre humide. Mais quand je serai plus grand, comme Janji...

Mais son père secoua de nouveau la tête.

– Non, mon enfant, pas même quand tu seras plus grand.

– Ce n'est pas juste ! s'écria Saryon. Janji n'est qu'un serviteur, comme son père, et pourtant il peut ordonner au vent de l'emporter sur son dos. Pourquoi...

Il se tut, saisissant le regard de son père.

– C'est à cause d'eux, hein ? dit-il soudain. Janji ne porte pas de souliers. Toi non plus. Seulement Mère et moi. Puisque c'est comme ça, je vais m'en débarrasser !

Agitant les pieds, il envoya valser une chaussure qui tomba sur le sol labouré où elle resterait jusqu'à ce qu'un Mage des Champs la trouve et la rapporte chez lui comme une curiosité. Saryon voulut faire valser son autre chaussure, mais la main de son père se referma sur son pied.

– Mon fils, tu n'as pas une force de Vie assez vigoureuse...

– Mais si, l'interrompit Saryon. Regarde !

D'un geste de sa petite main, il fit passer sa robe courte de vert à orange vif. Il allait y ajouter des pastilles bleues, pour créer un costume qu'il aimait beaucoup mais que sa mère ne lui permettait jamais de porter à la maison. Pourtant, son père ne s'y opposait pas, alors il le portait souvent quand ils étaient seuls, en voyage dans le domaine. Mais aujourd'hui, l'enfant vit le visage généralement indulgent de son père se faire sévère, alors, avec un soupir, il retint sa langue et maîtrisa ses impulsions.

– Saryon, dit le sorcier, tu as cinq ans. Dans un an, tu

commenceras tes études de catalyste. Il est temps que tu écoutes et essayes de comprendre ce que je vais te dire. Tu as le Don de Vie. Remercies-en l'Etern ! Certains en sont dépourvus de naissance. Sois donc reconnaissant de ce présent et uses-en avec sagesse, sans souhaiter davantage qu'il ne t'a été bienheureusement accordé. Car ce serait une voie de désespoir sombre et amer, mon fils. Ce chemin mène à la folie, ou pire.

– Mais si j'ai le don, pourquoi je ne peux pas en faire ce que je veux ? demanda Saryon, la lèvre inférieure tremblante devant le sérieux inhabituel de son père et sa conviction inavouée qu'il connaissait déjà la réponse, mais refusait de l'accepter.

– Mon fils, soupira son père, je suis un *Albanara*, versé dans l'art de diriger mes subordonnés, de gouverner ma maison, de veiller à ce que mes terres portent leurs fruits et mes bêtes leurs progénitures selon leur nature. C'est le talent que m'a donné l'Etern, et je m'en sers pour trouver grâce à ses yeux.

Se laissant tomber du ciel, le sorcier atterrit dans un bouquet d'arbres à la lisière des champs labourés, frissonnant légèrement au contact de ses pieds nus sur l'herbe couverte de rosée.

– Pourquoi on s'arrête ? demanda l'enfant. On n'est pas encore arrivés.

– Parce que j'ai envie de marcher, répondit le sorcier. Ce matin, j'ai une certaine raideur dans les muscles que je veux faire passer.

Posant son fils par terre, il se mit en marche, ses robes traînant dans l'herbe.

Tête baissée, Saryon boitilla derrière lui, un pied chaussé et l'autre nu, d'une démarche gauche et dandinante. Jetant un coup d'œil en arrière, le sorcier vit qu'il prenait du retard sur lui et, d'un geste, fit disparaître le second soulier de l'enfant.

Baissant les yeux sur son pied nu en un instant, de surprise Saryon éclata de rire, ravi de la sensation de l'herbe nouvelle sur sa peau.

– Père, on fait la course ! dit-il en s'élançant.

Soucieux de sa dignité, le sorcier hésita, puis il haussa

les épaules en souriant. Après tout, ce sorcier était encore jeune, n'ayant pas encore trente ans. Retroussant ses longues robes, il courut après son fils. Ils se poursuivirent à travers les arbres, l'enfant criant d'excitation chaque fois que son père feignait d'être sur le point de le rattraper – sans jamais y parvenir tout à fait. Peu habitué à ce genre d'exercice épuisant, le sorcier, bientôt hors d'haleine, fut contraint de mettre fin à la course.

Non loin de là, un roc déchiqueté sortait de terre. Un peu haletant, le sorcier s'en approcha, le toucha, et, sous sa main, le rocher devint plane et lisse. Puis, s'asseyant avec soulagement sur ce siège improvisé, il fit signe à son fils de le rejoindre. Après avoir retrouvé son souffle, il reprit leur conversation antérieure.

– Vois-tu ce que j'ai fait, Saryon ? demanda le sorcier, tapotant le rocher de la main. Vois-tu comment j'ai façonné cette pierre qui, auparavant, nous était inutile, mais qui est maintenant un banc pour nous asseoir ?

Saryon hocha la tête, fixant avidement son père.

– Cela, je peux le faire par le pouvoir de ma magie. mais je me demande parfois si ce ne serait pas merveilleux d'extraire ce roc de la terre et de le façonner en... en... en une maison où nous pourrions vivre... seuls, toi et moi...

Une ombre passa sur le visage du sorcier en regardant la maison qu'il venait de quitter, maison où sa femme, déjà levée, s'affairait au rituel de ses prières matinales.

– Pourquoi tu ne le fais pas, Père ? demanda l'enfant avec passion.

Le sorcier ramena son attention sur son fils et sourit, mais d'un sourire un peu amer, que vit Saryon sans le comprendre.

– Qu'est-ce que je disais ? murmura le sorcier en fronçant les sourcils. Ah, oui, ajouta-t-il en s'éclairant. Je ne peux pas façonner une maison à partir d'un rocher, mon fils. Seuls les *Pron-alban,* les mages artisans, possèdent ce don, cadeau de l'Etern. Et je ne peux pas non plus transmuter le plomb en or, comme le font les *Mon-alban*. Je dois me contenter de ce que l'Etern m'a donné...

– Alors, l'Etern ne s'est pas fatigué pour moi si tout ce

qu'il m'a donné, c'est ces vieilles chaussures, dit l'enfant avec humeur, enfonçant un orteil dans la terre.

Il regarda son père du coin de l'œil, pour voir l'effet de cette remarque audacieuse et blasphématoire. Sa mère en aurait blêmi de colère. Mais le sorcier porta sa main à sa bouche, comme pour dissimuler un sourire, puis, prenant son fils par la taille, il l'attira à lui.

– L'Etern t'a donné le plus grand de tous les dons, dit le sorcier. Le don de transfert de la Vie. Tu as le pouvoir, et toi seul, d'absorber dans ton corps la Vie, la magie qui est dans le sol, dans l'air et tout autour de nous, de la concentrer et de la donner à moi ou à un autre qui l'utilisera pour accroître son pouvoir. C'est le don de l'Etern au catalyste. C'est le don qu'il t'a fait.

– Je trouve que ce n'est pas un don très intéressant, dit Saryon, boudeur, se dégageant de l'étreinte de son père.

Le sorcier le souleva et l'assit sur ses genoux. Mieux valait tout lui expliquer et le laisser exprimer son amertume maintenant qu'ils étaient seuls, que de le laisser bouleverser sa pieuse mère.

– C'est un don très important qui a survécu à travers les siècles, répondit sévèrement le sorcier, et qui *nous* a aidés à survivre aux siècles, et même aux époques du Monde noir où vivaient les anciens, ainsi qu'on nous l'apprend.

– Je sais, dit l'enfant.

Nichant sa tête au creux de l'épaule de son père, il récita sa leçon sans hésiter, parlant inconsciemment de la voix froide, sèche et précise de sa mère.

– « On nous appelait alors les " familiers ", et les anciens nous utilisaient comme dépo... déposi... dépositaires – il trébucha sur le mot difficile, et parvint enfin à le sortir, rouge d'effort et de satisfaction – de leur énergie. Cela fut fait pour que le feu de la magie ne détruise pas leurs corps, et pour que leurs ennemis ne les découvrent pas. Pour nous protéger, ils nous façonnèrent en forme de petits animaux, et ainsi nous travaillâmes ensemble pour conserver la magie dans le monde. »

– Exactement, dit le sorcier, lui caressant les cheveux avec approbation. Tu récites bien ton catéchisme, mais est-ce que tu le comprends ?

– Oui, soupira Saryon. Je le comprends, je crois.

Mais ce disant, il fronçait les sourcils.

Lui soulevant le menton de l'index, le sorcier leva vers lui le petit visage solennel.

– Tu comprends, et tu seras reconnaissant à l'Etern, et tu travailleras pour lui faire plaisir... et me faire plaisir à moi ? demanda doucement le sorcier.

Il hésita, puis reprit :

– Car tu me feras plaisir si tu t'efforces d'être heureux dans ton travail, même si... même si je ne suis pas là pour te dire que je veille sur toi et que je m'intéresse à toi.

– Oui, Père, dit l'enfant, percevant dans la voix de son père une profonde affliction qu'il aurait voulu soulager. Je serai heureux, je te le promets. Mais pourquoi tu ne seras pas là ? Où tu vas ?

– Je ne vais nulle part, du moins pas tout de suite, dit le père, souriant et ébouriffant les cheveux blonds. En fait, c'est toi qui me quitteras. Mais pas avant un certain temps, alors, ne t'inquiète pas. Regarde...

Il montra soudain quatre hommes ailés volant au-dessus des arbres, et portant entre eux deux grands disques dorés. Le sorcier se leva, asseyant l'enfant sur le rocher.

– Reste ici, Saryon. Je dois maintenant lancer le sortilège sur les semences...

– Je sais ce que tu vas faire ! s'écria Saryon, se mettant debout pour mieux voir.

Les hommes ailés se rapprochèrent, les disques dorés étincelants comme de jeunes soleils apportant à la terre une nouvelle aurore.

– Laisse-moi t'aider ! supplia l'enfant, tendant la main à son père. Laisse-moi te transférer la magie comme le fait Mère.

De nouveau, une ombre passa sur le visage du sorcier, qui disparut aussitôt quand il baissa les yeux sur son petit catalyste.

– Très bien, dit-il, tout en sachant que Saryon était trop jeune pour exécuter l'opération compliquée consistant à sentir la magie et à ouvrir un conduit vers lui.

Il faudrait des années à l'enfant pour maîtriser cet art.

Des années au cours desquelles le père n'aurait plus aucune part à la vie de son propre fils. Devant le petit visage qui le regardait avec passion, le sorcier réprima un soupir. Tendant la main, il prit celle de son fils et feignit solennellement d'accepter le Don de la Vie.

Une personne née à Thimhallan naît en même temps à la place qu'il ou elle occupera dans la vie, fait assez commun dans les sociétés féodales. Par exemple, un duc naît duc, comme un paysan naît paysan.

Thimhallan avait ses familles nobles, qui gouvernaient depuis des siècles, et Trimhallan avait ses paysans. Ce qui rendait Thimhallan unique, c'est que certains de ses habitants avaient leur place et leur statut déterminés, non par la société, mais par leur connaissance innée d'un des Mystères de la Vie.

Il y a Neuf Mystères. Huit d'entre eux concernent la Vie, ou Magie, car dans le monde de Thimhallan, la Vie *est* la Magie. Tout ce qui existe dans ce pays existe soit par la volonté de l'Etern qui l'a placé là avant l'arrivée des anciens, ou a, depuis ce temps, été « façonné, formé, appelé ou conjuré », ces quatre opérations étant les quatre Lois de la Nature. Ces lois sont sous le contrôle d'au moins l'un des huit Mystères : Temps, Esprit, Air, Feu, Terre, Eau, Ombre et Vie. De ces Mystères, seuls cinq survivent actuellement dans le pays. Deux – les Mystères du Temps et de l'Esprit – ont été perdus pendant les Guerres du Fer. Avec eux disparurent à jamais des connaissances possédées par les anciens – la capacité de deviner l'avenir, la capacité de construire les Couloirs, et la capacité de communiquer avec ceux qui sont passés de cette vie dans l'Outre-Monde.

Quant au dernier Mystère, le Neuvième Mystère, il est encore pratiqué, mais seulement par ceux qui marchent dans les ténèbres. La plupart croyant que ce Mystère fut la cause des Guerres du Fer si destructrices, il a été banni du pays. Ses sorciers ont été envoyés dans l'Outre-Monde, et leurs machines et outils mortels ont été détruits. Connu sous le nom de Mort, on l'appelle aussi Technologie.

Quand un enfant naît à Thimhallan, on le soumet à une série d'Epreuves pour découvrir le mystère particulier pour lequel il est doué. Cela déterminera le futur rôle de l'enfant dans la vie. Les Epreuves peuvent indiquer, par exemple, que le bébé est doué pour le Mystère de l'Air. S'il appartient aux castes inférieures, il fera plus tard partie des *Kan-Hanar*, dont les devoirs comprennent l'entretien des Couloirs qui sont le moyen de transport le plus rapide de Thimhallan, et la supervision de tout le commerce à l'intérieur et entre les cités. S'il est de noble famille, l'enfant pourvu de ce don atteindra presque certainement le rang d'archimage et deviendra l'un des *Sif-Hanar*, dont les vastes responsabilités comprennent le contrôle du climat. Ce sont eux qui embaument l'air des cités un certain jour, et décorent les toits de neige blanche le lendemain. Dans les régions agricoles, c'est le devoir des *Sif-Hanar* de veiller à ce que la pluie tombe et que le soleil brille quand c'est nécessaire, et non quand cela pourrait être nuisible.

Ceux nés avec le Mystère du Feu sont les guerriers de Thimhallan. Sorcières et sorciers, ils deviennent *DKarn-Duuk*, avec le pouvoir de conjurer les forces destructrices de la guerre. Ce sont aussi les gardiens du peuple. Vêtus de robes noires, les *Duuk-tsarith*, ou Vigiles, appartiennent à cette classe.

Le Mystère de la Terre est le plus répandu de tous, englobant la majorité des gens qui vivent à Thimhallan. Ils forment la plus basse caste du pays, celle des Mages des Champs, qui font pousser les récoltes. Au-dessus d'eux sont les artisans, divisés en Guildes selon leurs diverses spécialités – les *Quin-alban,* ou conjureurs, les *Pron-alban,* ou magiciens, les *Mon-alban,* ou alchimistes. Les supérieurs de cette caste, magiciens et magiciennes ou *Albanara*, connaissent toutes ces techniques, et sont responsables du gouvernement du peuple.

Un enfant né dans le Mystère de l'Eau est druide. Sensibles de nature, ces mages utilisent leurs talents pour nourrir et protéger toutes les choses vivantes. Les *Fibanish,* ou Druides des Champs, s'occupent essentiellement de la croissance et de l'épanouissement des plantes et de la vie animale. Toutefois, les druides les plus révérés sont les Guérisseurs. L'art de guérir est complexe, utilisant la propre magie du Guérisseur alliée à celle du patient pour aider le corps à se guérir lui-même. Les *Mannanish* traitent les maladies et blessures bénignes, et pratiquent les accouchements. Ceux du plus haut rang, qui requiert le plus de pouvoir et d'études, sont les *Theldari,* qui traitent les maladies graves. On croit qu'ils avaient anciennement le pouvoir de résurrection, mais les *Theldari* ne peuvent plus ramener les morts à la vie.

Ceux qui pratiquent le Mystère des Ombres sont les Illusionnistes, les artistes de Thimhallan. Ce sont des gens qui créent de charmants fantasmes, et peignent des images dans l'air avec des palettes de pluie et de poussière d'étoile.

Enfin, un enfant peut naître avec le Mystère le plus rare de tous, le Mystère de la Vie. Le thaumaturge, ou catalyste, est un distributeur de magie, quoiqu'il n'en possède que peu lui-même. C'est le catalyste qui, comme son nom l'indique, extrait la Vie de la terre et de l'air, du feu et de l'eau, et, en l'assimilant en lui, est capable de l'accroître et de la transférer au mage qui a la capacité de l'utiliser.

Et, naturellement, il arrive qu'un enfant naisse Mort.

Chapitre 3

SARYON

Saryon était né catalyste. Il n'avait pas eu le choix en la matière. Il était originaire d'une petite province située hors les murs de la cité de Merilon. Son père était un sorcier appartenant à la noblesse de troisième rang. Sa mère, cousine de l'Impératrice, était une catalyste de quelque importance. Elle quitta l'Eglise seulement quand, la Vision ayant été obtenue, il fut prévu que le mariage avec ce jeune noble produirait un enfant, et que son don de catalyste serait transmis à sa descendance.

La mère de Saryon obéit sans discuter, quoique ce mariage fût pour elle une mésalliance. Son père obéit sans discuter également. Un noble de sa classe pouvait ou non obéir à un ordre de l'Empereur. Mais personne, quel que fût son rang, ne rejetait une requête des catalystes.

La mère de Saryon s'acquitta de ce mariage comme elle s'acquittait de tous ses devoirs religieux. Le jour propice étant venu, elle se rendit avec son mari au Bosquet de la Guérison, où les *Mannanish*, guérisseurs subalternes, prélevèrent la semence de l'homme et la donnèrent à la femme. Et, en son temps, un enfant naquit, comme l'avait prédit la Vision.

Saryon était typique en ce sens qu'il commença ses études à l'âge de six ans. Il était atypique en ce sens qu'il fut autorisé à les faire sous la conduite de sa mère, qui occupait un rang élevé dans l'Eglise. Le jour de son sixième anniversaire, il fut amené en présence de sa mère. A partir de ce moment, et pendant les quatorze années suivantes, il passa tout son temps avec elle dans l'étude et la prière. Quand Saryon eut vingt ans, il quitta la maison de sa mère à jamais, et, voyageant par les couloirs, se rendit au lieu le plus saint, le plus sacré de Thimhallan – la Source.

L'histoire de la Source est l'histoire du Thimhallan. Des siècles et des siècles auparavant, à une époque dont les souvenirs avaient été détruits et dispersés par le chaos des Guerres du Fer, un peuple de persécutés était arrivé sur ce monde, exilé volontaire de sa propre planète. Le voyage magique avait été terrible. Les immenses énergies nécessaires à l'exécution de cet exploit avaient drainé les dernières forces de nombreux participants, qui donnèrent volontiers leur vie pour que leurs pareils survivent et prospèrent dans un pays qu'ils ne verraient jamais eux-mêmes.

Ils choisirent cet endroit parce que la magie de ce monde était puissante ; si puissante qu'elle les avait attirés à lui – un aimant les guidant avec sûreté à travers le temps et l'espace. Et ils y restèrent parce que ce monde était isolé et inhabité.

Il y avait des inconvénients. De terribles tempêtes faisaient rage au-dessus des terres en friche. Ses montagnes crachaient le feu, ses eaux étaient tumultueuses, sa végétation était sauvage et impénétrable. Mais, quand ils touchèrent le sol, ces gens sentirent la magie frémir et battre sous leurs pieds comme un cœur vivant. Ils la sentaient, la touchaient ; et ils en cherchèrent la source, endurant d'innombrables épreuves et d'immenses souffrances.

Enfin, ils trouvèrent la source de la magie – montagne dont le feu s'était éteint, laissant derrière lui la magie, qui étincelait comme un diamant sous le soleil étranger.

Ils appelèrent la montagne la Source, et c'est là, au Puits de la Vie, que les catalystes avaient établi leur foyer et le centre de leur monde. Au début, il n'y eut que quelques souterrains, hâtivement creusés et façonnés par ceux qui étaient impatients d'échapper aux périls extérieurs. Au cours des siècles, ces premiers tunnels rudimentaires s'étaient entourés d'un dédale de couloirs et de halls, de salles et de pièces, de cuisines et de cours et de jardins suspendus. Une université, bâtie au flanc de la montagne, enseignait aux jeunes *Albanara* les techniques nécessaires au gouvernement de leurs terres et de leurs gens. Les jeunes *Theldari* venaient s'y perfectionner en l'art de guérir, les jeunes *Sif-Hanar* étudiaient les façons de contrôler les vents et les nuages, et tous étaient assistés par de jeunes catalystes novices. Les Guildes des Métiers y avaient aussi leurs centres d'instruction. Afin de pourvoir aux besoins des professeurs et des étudiants, une petite cité avait surgi au pied de la montagne.

Au sommet se dressait une grande cathédrale, dont le pic même de la montagne formait la voûte, et la vue qu'on avait des fenêtres était si belle que beaucoup pleuraient devant la magnificence de ce panorama.

Mais rares étaient ceux de Thimhallan qui pouvaient admirer cette vue. Autrefois, la Source était ouverte à tous, depuis l'Empereur jusqu'au Mage du Foyer. Après les Guerres du Fer, cette politique avait changé. Maintenant, seuls les catalystes eux-mêmes, et les rares privilégiés qui travaillaient avec eux, étaient admis dans ses saints murs, et seuls les plus grands dignitaires de l'Eglise étaient autorisés à entrer dans la salle sacrée du Puits.

Il y avait une cité à l'intérieur de la montagne comme il y en avait une à l'extérieur, les catalystes ayant tout ce qu'il leur fallait pour vivre et travailler à l'intérieur de la Source. Bien des novices franchissaient ces portes dans leur jeunesse, et, s'ils en sortaient jamais, c'était sous la forme que prennent les morts pour aller dans l'Outre-Monde.

Saryon était l'un de ces novices, et il aurait pu y passer paisiblement sa vie comme d'innombrables autres l'avaient fait avant lui.

Mais Saryon était différent. En fait, il en était même venu à penser qu'il était maudit...

Le *Theldara*, l'un des rares non-catalystes vivant à la Source, cultivait ses simples dans son jardin quand un vénérable vieux corbeau sautilla gravement dans l'allée courant entre les rangées de semences, et, avec un croassement, informa son maître que le patient était arrivé. D'un geste gracieux, le Druide remercia l'oiseau – qui, vieux au point d'en être déplumé, ressemblait lui-même à un catalyste – et quitta son jardin ensoleillé pour retourner dans l'enceinte fraîche, sombre et paisible de l'infirmerie.

– Que le soleil se lève, Frère, dit le *Theldara*, entrant silencieusement dans la Salle d'Attente, sa robe brune effleurant le sol dallé avec un doux froufrou.

– Que le so... soleil se lève, Guérisseur, bredouilla le jeune homme en sursautant.

D'humeur morose, il regardait mornement par la fenêtre et ne l'avait pas entendu entrer.

– Si tu veux bien me suivre, nous irons chez moi où nous pourrons parler plus confortablement, dit le *Theldara*, son regard pénétrant notant toutes les caractéristiques du jeune homme, de sa pâleur inusitée à sa préoccupation nerveuse, en passant par ses ongles rongés.

Le jeune homme hocha la tête et répondit poliment, mais, à l'évidence, le druide aurait pu inviter le catalyste à se jeter du haut d'une falaise qu'il aurait obtenu la même réponse. Ils traversèrent l'infirmerie avec ses longues rangées de lits, au bois amoureusement façonné en forme de mains en coupes tenant les matelas de feuilles et d'herbes odorantes, dont les parfums provoquaient la relaxation et le sommeil. Ici et là, quelques nouveaux patients reposaient, écoutant la musique prescrite, et concentrant leurs énergies corporelles sur le processus de guérison. Le *Theldara* leur dit un mot à chacun en passant, mais ne s'arrêta pas, faisant entrer le jeune homme dans une autre pièce plus intime. Dans ce refuge ensoleillé aux murs de verre, plein de plantes vivantes, le druide s'assit sur un coussin d'aiguilles de pin et invita son patient à l'imiter.

Le catalyste s'exécuta, et s'assit gauchement. C'était un jeune homme de haute taille aux épaules voûtées, avec des mains et des pieds qui semblaient trop grands pour son corps. Il était vêtu sans recherche, de robes trop courtes pour lui. Des cernes gris se creusaient sous ses yeux mornes. Le druide remarqua tout cela sans paraître observer son patient, bavardant sans discontinuer et s'enquérant à la fin s'il accepterait une tasse de tisane calmante.

Le jeune homme ayant murmuré son acceptation, le druide fit un geste, et une sphère de liquide fumant quitta docilement le feu et s'approcha, remplit deux tasses et retourna à sa place. Le druide goûta prudemment le breuvage brûlant, puis fit flotter sa tasse jusque sur la table. Cette tisane était destinée à lever les inhibitions et à encourager aux confidences. Il regarda attentivement le jeune homme avaler avidement la sienne, apparemment indifférent à sa chaleur et probablement sans en apprécier le goût. Posant sa tasse, le jeune homme regarda dehors par l'une des grandes fenêtres.

– Je suis ravi de cette occasion de nous voir, Frère Saryon, dit le druide, faisant signe à la sphère de remplir à nouveau la tasse du jeune homme. En général, je ne vous vois, vous autres jeunes, que lorsque vous êtes malades. Mais tu es en bonne santé, n'est-ce pas, mon Frère ?

– Oui, je vais bien, Guérisseur, dit le jeune homme, regardant toujours par la fenêtre. Je viens à la requête de mon Maître.

– Ton corps semble en bonne condition, dit doucement le *Theldara*, mais notre corps n'est que la coquille de notre esprit. Si l'esprit souffre, le corps en pâtit.

– Je vais bien, répéta Saryon légèrement impatienté. Un peu d'insomnie...

– Mais on me dit que tu as manqué la Prière du Soir, que tu ne prends pas de l'exercice quotidiennement, et que tu sautes parfois des repas.

Le druide se tut un moment, surveillant d'un œil exercé les effets de la tisane qui commençaient à se manifester. Les épaules voûtées s'affaissèrent, les paupières tombèrent, les mains nerveuses se détendirent sur les genoux du catalyste.

– Quel âge as-tu, mon Frère ? Vingt-sept, vingt-huit ans ?

– Vingt-cinq.

Le druide haussa un sourcil. Saryon hocha la tête.

– J'ai été admis à la Source à l'âge de vingt ans, dit-il en guise d'explication, la plupart des jeunes gens entrant à vingt et un ans révolus.

– Et pour quelle raison ? demanda le *Theldara.*

– Je suis un génie mathématique, répondit Saryon du même ton nonchalant qu'il aurait dit : « Je suis grand », ou « Je suis un mâle. »

– Vraiment ?

Le druide caressa sa longue barbe grise. Cela expliquait facilement l'admission anticipée du jeune homme à la Source. Le transfert de la Vie, depuis les éléments jusqu'aux mages qui l'utiliseront, est un art délicat, reposant presque complètement sur les principes mathématiques. Parce que la force de la magie, tirée du monde environnant, est concentrée dans le catalyste, qui à son tour transférera cette Vie concentrée sur le sujet choisi, les calculs de l'énergie transférée doivent être très précis, car ce transfert affaiblit le catalyste. C'est uniquement au cours de grandes urgences ou en temps de guerre qu'un catalyste est autorisé à saturer de Vie un mage.

– Oui dit Saryon, se détendant sous l'influence de la tisane, renversant son corps maladroit sur le coussin. J'ai appris toutes les routines du calcul dans mon enfance. A l'âge de douze ans, je pouvais donner les chiffres qui soulèveraient un immeuble de ses fondations et l'envoyer voler dans l'air, tout en fournissant les nombres qui feraient apparaître une robe pour l'Impératrice.

– C'est remarquable, murmura le druide, observant Saryon à travers ses paupières mi-closes.

Le catalyste haussa les épaules.

– C'est ce que pensait ma mère. Pour moi, cela n'avait rien d'extraordinaire. C'était un jeu, le seul plaisir de mon enfance, ajouta-t-il, tripotant le tissu du coussin.

– Tu as étudié avec ta mère ? Tu ne fréquentais pas les écoles ?

– Non. Elle est prêtresse. Pressentie pour devenir cardinal. Mais à la place, elle a épousé mon père.

– Pour raisons politiques ?

Saryon secoua la tête avec un sourire ironique.

– Non. A cause de moi.

– Ah oui, je vois.

Le druide but une nouvelle gorgée de tisane. Les mariages sont toujours arrangés au Thimhallan, et sont, en général, contrôlés par les catalystes. Cela est dû au don de la Vision. Seul vestige de l'art autrefois florissant de la divination, la Vision permet aux catalystes de prévoir si une union portera des fruits et sera par conséquent raisonnable. Si aucun descendant n'est envisageable, l'union est interdite.

Comme seuls les catalystes peuvent engendrer des catalystes, leurs mariages sont encore plus strictement contrôlés que ceux des mages, et sont généralement arrangés par l'Eglise elle-même. Les catalystes étant si rares, en avoir un dans sa maison est considéré comme un privilège. De plus, la dépense de leur éducation et de leur instruction est entièrement assumée par l'Eglise. Leur place dans le monde est établie, assurant aux catalystes et à leurs familles un train de vie au-dessus de la moyenne.

– Ta mère a un haut rang dans l'Ordre. Ton père doit être un noble puissant...

– Non, dit Saryon, secouant la tête. Ce mariage était une mésalliance pour ma mère ; en fait, elle le rappelait sans cesse à mon père. Elle est cousine de l'Impératrice de Merilon, alors qu'il n'était que duc.

– Ton père ? Tu parles de lui au passé...

– Il est mort, répondit Saryon sans émotion. Il y a dix ans, quand j'en avais quinze. D'une maladie de langueur. Ma mère a fait ce qu'elle a pu. Elle a fait venir les Guérisseurs, mais elle n'a pas fait beaucoup d'efforts pour le sauver, et il n'en a pas fait beaucoup pour vivre.

– Cela t'a-t-il bouleversé ?

– Pas tellement, marmonna Saryon, enfonçant le doigt dans le trou qu'il avait fini par faire dans le coussin.

Il haussa les épaules.

– Je ne l'avais pas vu depuis longtemps. A six ans, j'ai commencé mes études avec ma mère et... mon père a commencé à passer de plus en plus de temps loin de la maison. Il aimait la vie à la cour de Merilon. De plus... – fronçant les sourcils, Saryon se concentra sur l'élargissement du trou du coussin, ses doigts travaillant diligemment – j'avais... d'autres choses... à penser.

– C'est généralement le cas à quinze ans, dit le *Thendara* avec bonté. Parle-moi de ces pensées. Elles doivent être bien sombres, car elles pèsent comme un nuage sur le soleil de ton être.

– Je... je ne peux pas, marmonna Saryon, rougissant et pâlissant tour à tour.

– Très bien, dit placidement le druide. Nous allons...

– Je ne voulais pas être catalyste, lâcha Saryon tout à trac. Je voulais la magie. C'est... c'est la première pensée consciente que je me rappelle, même quand j'étais enfant.

– Il n'y a pas de quoi avoir honte, remarqua le *Theldara*. Bien des membres de ton Ordre sont jaloux des mages.

– Vraiment ? dit Saryon, l'air d'abord plein d'espoir. Puis son visage s'assombrit. Il se mit à pêcher des aiguilles dans le coussin, les pinçant entre le pouce et l'index.

– Enfin, ça n'est pas le pire.

Il se tut, fronçant les sourcils.

– Quel genre de mage voudrais-tu être ? demanda le druide, sachant où conduisait cette conversation, mais préférant la laisser se dérouler naturellement.

Il fit signe à la sphère de venir remplir la tasse du catalyste.

– *Albanara*...

– On non ! dit Saryon avec un sourire amer. Rien de si ambitieux.

Levant les yeux, il se remit à regarder par la fenêtre.

– J'aimerais être *Pron-alban* – façonneur de bois. J'aime le contact du bois, sa douceur, son odeur, les fibres et les nœuds du matériau.

Il soupira.

– Ma mère dit que c'est parce que je sens la Vie dans le bois et que je la révère.

– Absolument correct, remarqua le druide.

– Mais ce n'est pas du tout ça ! dit Saryon, reportant son regard sur le *Theldara* avec un sourire crispé. Je voudrais changer le bois, Guérisseur ! Je voudrais joindre un morceau de bois avec un autre et en faire quelque chose de nouveau !

Se renversant sur son coussin, il regarda le Druide avec suffisance attendant une réaction choquée et horrifiée.

Dans un monde où joindre deux choses – vivantes ou inanimées – est considéré comme le péché le plus impardonnable, l'aveu de Saryon était terrible, confinant aux Arts noirs. Seuls les Sorciers pratiquant le Neuvième Mystère pouvaient avoir une telle idée. Un *Pron-alban*, par exemple, ne construit pas une chaise, il la forme. Prenant le bois – un solide tronc d'arbre vivant – il se sert de sa magie pour façonner amoureusement ce bois en l'image qu'il voit dans sa tête. Ainsi, la chaise représente simplement un autre stade de la Vie pour le bois. Si le mage coupait et mutilait le bois, le pliait à mains nues, et assemblait de force ces pièces mutilées à la ressemblance d'une chaise – le bois crierait de souffrance et ne tarderait pas à mourir. Pourtant, Saryon venait de confesser qu'il aspirait à commettre cet acte abominable. Le jeune homme pensait que le Druide allait pâlir d'horreur, peut-être même le chasser de chez lui.

Pourtant, le *Theldara* se contenta de le regarder placidement, comme si Saryon lui avait avoué une faiblesse pour les pommes.

– Nous avons tous une curiosité naturelle pour ces choses, dit-il avec calme. De quoi d'autre as-tu rêvé dans ton enfance ? De joindre du bois ? C'est tout ?

Saryon déglutit avec effort. Baissant les yeux sur le coussin, il enfonça le doigt dans le trou.

– Non !

Le visage inondé de sueur, il se voila la face.

– Que l'Etern me vienne en aide ! s'écria-t-il d'une voix brisée.

– Mon cher enfant, l'Etern cherche à t'aider, mais il faut d'abord t'aider toi-même, dit le druide avec sérieux. Tu as rêvé de jonction avec des femmes, non ?

Saryon releva la tête, le visage fiévreux.

– Comment... comment le sais-tu ? Tu as lu dans mon esprit...

– Non, non, dit le *Theldara*, levant les mains en souriant. Je ne sais pas drainer les esprit comme les Vigiles. Ces rêves sont tout à fait naturels, mon Frère. Vestiges des sombres époques de notre histoire, ils servent à nous rappeler notre nature animale, et la façon dont nous sommes liés au monde. Personne n'a jamais discuté de ces questions avec toi ?

L'expression de Saryon était si comique, mélange de soulagement, de choc et de naïveté, que le druide eut du mal à garder son sérieux, tout en maudissant intérieurement l'environnement froid, stérile et sans amour qui avait pu engendrer tant de culpabilité chez le jeune homme. Il se mit en devoir de tout lui expliquer en quelques mots.

– On pense qu'aux sombres époques de notre passé, nous autres mages étions forcés de joindre nos corps pour engendrer des descendants, comme les bêtes. Cela ne nous permettait pas de contrôler la reproduction des nôtres, et mêlait notre sang à celui des Morts. Même des années après notre arrivée sur ce monde, croit-on, nous avons continué à nous accoupler de cette façon. Puis nous avons appris que nous avions le pouvoir de prélever la semence d'un homme et de la transférer – en utilisant la force de Vie – à une femme. Ainsi, nous avons pu contrôler l'accroissement de la population, et élever les gens au-dessus des désirs bestiaux de la chair. Mais ce n'est pas aussi facile qu'il le paraît, car la chair est faible. Je suppose que tu as dépassé ces rêves, ajouta-t-il. A moins qu'ils ne continuent à te tourmenter...

– Non, dit vivement Saryon, en pleine confusion. Enfin, je ne veux pas dire qu'ils ne me tourmentent plus, mais que je ne les ai pas dépassés. Enfin... les mathématiques, dit-il finalement. Je... j'ai découvert que ce qui avait été autrefois... un jeu, était devenu... mon salut !

Se redressant, son visage s'éclaira en regardant le druide.

– Quand je suis dans le monde de mes études, j'oublie

tout ! Comprends-tu, Guérisseur ? C'est pour ça que je manque parfois la Prière du Soir ! J'oublie de manger, j'oublie de prendre de l'exercice. Tout ça est une perte de temps ! La connaissance ! Etudier, apprendre, créer – de nouvelles théories, de nouveaux calculs. J'ai réduit de moitié la magie nécessaire pour faire du verre à partir de la pierre ! Et cela n'est rien – *rien* – comparé à certains de mes projets ! J'ai même découvert...

Saryon s'interrompit brusquement.

– Découvert quoi ? demanda le druide avec nonchalance.

– Rien qui t'intéresse, dit Saryon d'un ton bref.

Baissant les yeux sur le coussin, il remarqua soudain le trou qu'il y avait fait. Rougissant, il se mit, sans grand succès, à essayer de réparer les dégâts.

– Je ne comprends peut-être pas les mathématiques, dit le *Theldara*, mais ça m'intéresserait beaucoup de t'entendre en parler.

– Non, vraiment, ce n'est rien, dit Saryon, se levant, un peu chancelant. Excuse-moi pour le coussin.

– C'est facilement réparable, dit le druide, se levant en souriant, bien qu'il étudiât une fois de plus le jeune catalyste. Peut-être reviendras-tu me voir, et alors nous pourrons parler de ta nouvelle découverte ?

– C'est possible. Je... je ne sais pas. Comme je l'ai dit, elle n'est pas très importante. Ce qui est important dans ma vie, ce sont les mathématiques. C'est plus important que tout ! Comprends-tu ? L'acquisition de la connaissance... de *tous* les types de connaissance ! Même de celle qui est...

Il s'interrompit brusquement.

– Puis-je partir maintenant ? reprit-il. En as-tu terminé avec moi ?

– Je n'en ai pas « terminé » avec toi, parce que je n'ai jamais « commencé » avec toi, dit le *Theldara*, doucement réprobateur. Ton Maître t'a conseillé de venir me voir parce qu'il s'inquiétait pour ta santé. Moi aussi. A l'évidence, tu te surmènes, Frère Saryon. Ton esprit supérieur dépend de ton corps. Comme je te l'ai dit tout à l'heure, si tu négliges l'un, l'autre en souffre.

– Oui, murmura Saryon, honteux de sa véhémence. Je suis désolé, Guérisseur. Tu as peut-être raison.

– Te verrai-je aux repas... et à la promenade ?

– Oui, dit le catalyste, réprimant un soupir exaspéré, et se tournant vers la porte.

– Et cesse de passer tout ton temps à la Bibliothèque, continua le druide en le suivant. Il y a d'autres...

– La Bibliothèque ? dit Saryon, pivotant sur lui-même, pâle comme la mort. Que veux-tu dire par là ?

Le *Theldara* battit des paupières, stupéfait.

– Mais rien, Frère Saryon. Tu as parlé d'étudier, et naturellement, j'en ai déduit que tu passais beaucoup de temps à la Bibliothèque...

– Eh bien, tu as mal déduit ! Je n'y suis pas allé depuis un mois ! dit Saryon avec véhémence. Un mois, tu m'entends ?

– Mais oui...

– Que l'Etern soit avec toi, marmonna le catalyste. Inutile de me raccompagner. Je connais le chemin.

Il s'inclina gauchement, et passa vivement la porte, sa robe trop courte claquant autour de ses chevilles osseuses tandis qu'il traversait rapidement l'infirmerie et ressortait dans le jardin.

Le druide le suivit pensivement des yeux longtemps après son départ, caressant distraitement les plumes du corbeau qui était entré par la fenêtre et s'était perché sur son épaule.

– Qu'est-ce que c'est ? demanda-t-il à l'oiseau. Tu as dit quelque chose ?

L'oiseau croassa en réponse, nettoyant son bec de sa patte, comme si lui aussi suivait le catalyste de ses yeux noirs et luisants.

– Oui, répondit le *Theldara*, tu as raison, mon ami. Cette âme vole sur des ailes bien noires.

Chapitre 4

LA CHAMBRE DU NEUVIÈME MYSTÈRE

Le Maître Bibliothécaire n'était pas de service quand l'incident survint. C'était dans la soirée, bien après l'Heure du Repos. La seule personne présente était un vieux diacre portant le titre de Sous-Maître.

Ce terme de Sous-Maître était d'ailleurs propre à induire en erreur, car il n'était en réalité Maître de rien, ni Sous ni Sur. Ce n'était en fait qu'un gardien, dont le rôle essentiel dans la Bibliothèque intérieure consistait à décourager les rats qui, indifférents aux travaux érudits, avaient entrepris d'ingérer les livres de préférence aux connaissances qu'ils contenaient.

A la Source, le Sous-Maître était l'un des rares individus autorisés à rester debout pendant le Temps du Repos. Cela lui importait peu, vu qu'il avait l'habitude de piquer du nez n'importe quand. En fait, son crâne jaunâtre commençait à s'affaisser vers les pages du volume qu'il lisait, lorsqu'il entendit une sorte de bruissement à l'autre bout de la Bibliothèque.

A ce bruit, il sursauta, et son cœur fit un bond dans sa poitrine. Toussotant nerveusement, il jeta un coup d'œil à travers les vastes espaces ombreux de la Bibliothèque, dans l'espoir (ou la crainte) d'apercevoir ce qui avait provoqué le son. A ce stade, il pensa aux rats, soudain frappé par l'idée qu'un rat assez gros pour être entendu à cette distance devait être un spécimen de taille peu commune. Egalement frappé par l'idée qu'il lui faudrait traverser une très sombre section de la Bibliothèque pour neutraliser le contrevenant. Rapprochant ces deux idées dans sa tête, il décida, après mûre réflexion, qu'il n'avait pas entendu ce bruit, mais qu'il était le fruit de son imagination.

Grandement réconforté, il reprit sa lecture, commençant au début du paragraphe qu'il tentait de lire depuis une semaine, et qui ne manquait jamais de l'endormir à peine arrivé au milieu.

Cette fois ne fit pas exception. En fait, son nez effleurait la page quand le bruissement se reproduisit.

Le diacre avait vu des choses merveilleuses dans sa jeunesse, ayant été témoin d'une escarmouche entre les royaumes de Merilon et de Zith-el. Il avait vu les cieux pleuvoir du feu, des lances pousser sur les arbres. Il avait vu les Maîtres de la Guerre transformer les hommes en centaures, les chats en lions, les lézards en dragons, les rats en monstres baveux. Le rat ayant maintenant grossi dans son esprit en proportion de ses souvenirs, le diacre se leva en tremblant et se hâta vers la porte.

Passant la tête hors de la salle, mais sans s'aventurer dehors (que personne ne puisse dire qu'il avait abandonné son poste !) le diacre commença à appeler les *Duuk-tsarith* à la rescousse. Mais la vue de la haute silhouette immobile, en robe noire à capuchon rabattu sur le visage, les mains croisées devant elle, le fit réfléchir, l'emplissant d'une crainte presque égale à celle du bruit mystérieux. Peut-être que ce n'était rien. Peut-être n'était-ce qu'un *petit* rat...

Et ça recommençait ! Et cette fois, avec un bruit de porte qui se ferme !

– Vigile ! siffla le diacre, agitant une main arthritique. Vigile !

La silhouette encapuchonnée se tourna dans sa direction. Le diacre vit deux yeux luisants, puis, le temps d'une respiration et sans paraître avoir bougé, la silhouette noire et silencieuse se dressa devant lui.

Le sorcier ne dit rien, mais le diacre entendit nettement une question dans sa tête.

– Je... je ne suis pas sûr, bredouilla-t-il en réponse. Je... j'ai entendu un bruit.

Le *Duuk-tsarith* hocha la tête, ce que comprit le diacre au léger tremblement du bout pointu du capuchon.

– Ça semble assez important... enfin, pas le bruit. Je veux dire que ça semble fait par quelque chose d'assez gros et... et je *crois* avoir entendu une porte se fermer.

Le capuchon noir émit une bouffée murmurante d'air tiède et humide.

– Bien sûr que non ! dit le diacre, l'air choqué. C'est le Temps du Repos. Aucune présence n'est autorisée. J'ai une disp... une dispense, ajouta-t-il, trébuchant sur le mot dans sa nervosité.

La tête encapuchonnée se tourna vers les allées ombreuses formées par les étagères cristallines et leur précieux contenu.

– Là... là-bas, bafouilla le diacre, montrant le fin fond de la Bibliothèque. Je n'ai rien vu. J'ai seulement entendu un bruit, une sorte de bruissement, et puis... et puis la porte...

Il fit une pause à une autre haleine murmurante.

– Ce qu'il y a là-bas ? Une minute. Permets-moi de réfléchir.

Tout son crâne chauve se plissa dans sa laborieuse traversée mentale de la Bibliothèque intérieure. Son hésitante promenade le conduisit manifestement à une prise de conscience stupéfiante, car ses yeux se dilatèrent et il fixa le *Duuk-tsarith* d'un air alarmé.

– Le Neuvième Mystère !

Le capuchon noir du Vigile se tourna tout d'une pièce.

– Le Neuvième Mystère ! gémit le diacre en se tordant les mains. Les livres interdits ! Mais la porte est toujours scellée. Comment... qu'est-ce qui...

Mais il parlait dans le vide. Le sorcier avait disparu.

Secoué comme il l'était, il fallut un moment au diacre pour assimiler ce fait. Pensant d'abord que le *Duuk-tsarith* s'était enfui en proie à la terreur, une pensée plus rationnelle reprit bientôt le dessus. Bien sûr. Le Vigile était parti enquêter.

Des visions de rats géants se dressèrent devant les yeux du diacre. Peut-être devait-il rester là et monter la garde devant la porte ? Puis une vision du Maître Bibliothécaire remplaça celle du rat géant. Avec un soupir, le diacre retroussa son ample robe blanche pour qu'elle ne traîne pas dans la poussière, et traversa vivement la Bibliothèque en direction de la salle interdite.

Un moment perdu dans le dédale des étagères de cristal, il entendit un bruit de voix devant lui sur sa droite. Cela lui indiqua la direction à suivre ; il repartit en trottinant et arriva à la porte de la salle interdite juste comme un nouveau *Duuk-tsarith* en robe et capuchon noirs se matérialisait à partir du néant. Le premier Vigile ayant ôté le sceau de la porte, le second entra immédiatement. Le diacre voulut le suivre, mais l'apparition inattendue du Vigile l'avait tellement bouleversé qu'il fut contraint de se soutenir contre le chambranle, la main sur son cœur palpitant.

Puis, étant redevenu lui-même, et ne voulant pas rater le spectacle de deux *Duuk-tsarith* bataillant contre un rat géant, le diacre jeta un coup d'œil prudent dans la salle. Bien que ses antiques ombres aient été repoussées dans les coins par la lumière d'une chandelle, elles semblaient attendre l'occasion de lui sauter dessus et de reprendre possession de leur domaine scellé. Au premier coup d'œil, le rat géant s'évanouit dans l'air raréfié de son imagination, remplacé par une horreur plus réelle et profonde. Il savait maintenant qu'il fallait affronter quelque chose de plus ténébreux et terrible.

Quelqu'un était entré dans la salle interdite. Quelqu'un étudiait ses sombres arcanes. Quelqu'un s'était laissé séduire par le pouvoir redouté du Neuvième Mystère.

Clignant les paupières, s'efforçant d'habituer ses yeux à la vive lumière de la chandelle, le diacre ne reconnut pas, au premier abord, la silhouette qui tremblait entre les deux sorciers noirs. Il ne vit qu'une robe blanche bordée de gris, comme la sienne. C'était donc un diacre de la Source. Mais qui est-ce qui...

Un visage hâve et torturé se leva vers lui.

– Frère Saryon !

Chapitre 5

LES APPARTEMENTS DE L'ÉVÊQUE

Se relevant laborieusement après l'exécution du Rituel de l'Aube, l'Evêque Vanya lissa sa robe rouge, et, se dirigeant vers la fenêtre, regarda le soleil levant, front plissé, lèvres pincées. Comme conscient de ce rigoureux examen, le soleil pointa timidement au-dessus des Monts de Vannheim. Il sembla même hésiter quelques secondes, chancelant sur l'arrête aiguë d'un pic neigeux, comme prêt à se recoucher immédiatement si l'Evêque Vanya lui en donnait l'ordre.

Mais l'Evêque se détourna de la fenêtre, prenant pensivement et passant à son cou la chaîne d'or et d'argent insigne de son office, assortie aux bordures or et argent de sa robe. Comme s'il attendait ce moment, le soleil bondit dans le ciel, inondant de lumière le salon. De plus en plus contrarié, l'Evêque Vanya retourna à la fenêtre et ferma les lourds rideaux de velours.

Un coup timide interrompit Vanya à l'instant où, s'asseyant à son bureau, il allait attaquer les affaires du jour.

– Entrez, avec la bénédiction de l'Etern, dit-il d'une voix douce et affable, ce qui ne l'empêcha pas de soupirer tout de suite après, fronçant les sourcils en contemplant la pile de missives récemment apportées par les Ariels, et posées sur le bois poli de son bureau.

Pourtant, son visage avait repris sa sérénité quand le visiteur s'encadra sur le seuil. Un rayon de soleil rebelle, parvenant à se faufiler par l'entrebâillement des rideaux, fit luire la bordure argent de la robe blanche. Passant la porte, il s'inclina, referma soigneusement derrière lui, et se hasarda à traverser la pièce, l'épais tapis étouffant le bruit de ses souliers.

– Votre Sainteté, commença-t-il, s'humectant nerveusement les lèvres, un incident des plus regrettables...

– Que le soleil se lève, Cardinal, dit l'Evêque de sa place.

Le Cardinal rougit.

– Je vous demande pardon, Votre Sainteté, murmura le Cardinal, s'inclinant une seconde fois. Que l'Etern soit avec vous en ce jour.

– Et avec vous, Cardinal, dit placidement l'Evêque, lisant les missives que les messagers avaient apportées la veille.

– Votre Sainteté, un incident des plus regrettables...

– Nous ne devrions jamais nous laisser absorber par les affaires du monde au point d'oublier d'invoquer la bénédiction de l'Etern, observa distraitement Vanya, apparemment plongé dans la lecture d'une lettre tout auréolée du prestige doré de l'Empereur.

En fait, il ne lisait pas. Encore un « incident regrettable » ! Au diable ! Il finissait à peine d'en régler un – un pauvre diable de Catalyste du Foyer s'étant entiché de la fille d'un petit noble au point qu'ils avaient commis ensemble l'abominable péché de la jonction. L'Ordre avait décrété l'exécution par la Pétrifixion. Décision des plus sages. Quand même, l'expérience n'avait pas été agréable, et avait bouleversé la vie à la Source pendant une semaine.

– Vous vous en souviendrez, n'est-ce pas, Cardinal ?

– Oui bien sûr, Votre Sainteté, dit le Cardinal d'une voix tremblante, sa rougeur remontant de ses joues à son crâne chauve.

Il fit une pause.

– Eh bien ? reprit l'Evêque, levant les yeux de sa lecture. Un incident des plus regrettables ?

– Oui, Votre Sainteté, dit le Cardinal, profitant de l'ouverture. L'un de nos jeunes diacres a été découvert hier soir à la Bibliothèque après le temps du Repos...

Vanya fronça les sourcils avec irritation, agitant une main replète.

– Qu'un Sous-Maître le punisse. Je n'ai pas de temps à perdre avec toutes les petites transgressions...

– Pardonnez-moi, Votre Sainteté, dit le Cardinal, s'avançant d'un air pressant. Mais il ne s'agit pas d'une transgression ordinaire.

Vanya scruta le visage du Cardinal et remarqua pour la première fois, son sérieux et sa solennité d'une intensité presque effrayante. Vanya reposa gravement la lettre de l'Empereur sur son bureau et accorda toute son attention au ministre de l'Eglise.

– Eh bien, parlez.

– Votre Sainteté, le jeune homme a été découvert dans la Bibliothèque intérieure...

Le Cardinal hésita, non parce qu'il voulait ménager son effet, mais pour se préparer à la réaction de son supérieur.

– ... dans la Salle du Neuvième Mystère.

L'Evêque considéra le Cardinal en silence, l'air mécontent.

– Qui ? demanda-t-il d'une voix grinçante.

– Le diacre Saryon.

L'Evêque s'assombrit encore.

– Saryon... Saryon, marmonna-t-il, tambourinant distraitement sur son bureau en un mouvement de reptation – l'une de ses petites habitudes.

Le Cardinal, habitué à cette manie, pensait toujours à une araignée guettant sa proie. Involontairement, il recula d'un pas, tout en rafraîchissant la mémoire de son supérieur.

– Saryon. Le mathématicien prodige, Votre Sainteté.

– Ah oui !

Les sourcils se détendirent un peu, le mécontentement s'estompa.

– Saryon.

Il réfléchit un moment, puis fronça de nouveau les sourcils.

– Combien de temps y est-il resté ?

– Pas longtemps, Votre Sainteté, l'assura vivement le

Cardinal. Les *Duuk-tsarith* ont été alertés presque immédiatement par le Sous-Maître qui avait entendu un bruit dans le fond de la Bibliothèque. En conséquence, ils ont pu appréhender le jeune homme quelques minutes après son entrée.

Le visage de l'Evêque s'éclaira, il faillit même sourire. Toutefois, remarquant que le Cardinal observait son soulagement d'un air de plus en plus choqué et désapprobateur, Vanya prit aussitôt un air sévère.

– Cela ne doit pas rester impuni.

– Certainement pas, Votre Sainteté.

– Il faut faire un exemple de ce Saryon, pour protéger les autres de la tentation.

– C'est exactement ma pensée, Votre Sainteté.

– Quand même, dit Vanya d'un ton méditatif, se levant avec un profond soupir, je ne peux m'empêcher de penser que c'est en partie notre faute, Cardinal.

Les yeux du Cardinal se dilatèrent.

– Je vous assure, Votre Sainteté, que ni moi ni aucun des Maîtres n'ont jamais...

– Ce n'est pas ce que je voulais dire, dit Vanya avec un geste de dénégation. Je me rappelle certains rapports signalant que ce jeune homme négligeait ses prières et sa santé en faveur de ses livres. Nous avons manifestement laissé ce Saryon s'absorber dans ses études au point qu'il a été perdu pour le monde. Et il a bien failli y perdre aussi son âme, ajouta solennellement l'Evêque en branlant du chef. Ah, Cardinal, l'Etern aurait pu nous demander des comptes sur cette âme, mais grâce à Sa miséricorde, nous avons une chance de sauver ce jeune homme.

Gratifié d'un regard réprobateur de l'Evêque, le Cardinal marmonna : « Loué soit l'Etern » ; mais, à l'évidence, il ne considérait pas cette chance comme l'une des grandes bénédictions de sa vie.

Tournant le dos à son subordonné boudeur, l'Evêque s'approcha de la fenêtre, et soulevant le rideau d'une main, regarda dehors, comme pour méditer sur la splendeur du jour. Mais il avait bien autre chose en tête que le temps, ainsi qu'en témoigne le fait que, le Cardinal ne reprenant pas la parole, Vanya – la main toujours sur le rideau – le regarda du coin de l'œil.

– L'âme de ce jeune homme est d'une importance capitale, n'est-ce pas Cardinal ?

– Certainement, Votre Sainteté, dit le Cardinal, clignant des yeux dans la lumière qu'il voyait aussi reflétée dans l'œil de l'Evêque.

L'Evêque reprit sa contemplation du paysage.

– Il me semble donc que nous sommes partiellement responsables de la chute de ce jeune homme, pour l'avoir laissé s'égarer sans conseil et sans supervision.

Ne recevant pas de réponse, Vanya poussa un profond soupir et se frappa lourdement la poitrine.

– Et je m'inclus aussi dans ce blâme, Cardinal.

– Votre Sainteté est trop bonne...

– Ne s'ensuit-il donc pas que sa punition devrait retomber sur nos têtes ? Que c'est sur nous, et non sur ce jeune homme, qu'on devrait faire un exemple, car nous lui avons failli ?

– Je suppose...

Laissant brusquement retomber le rideau, et replongeant la pièce dans la pénombre, Vanya se détourna de la fenêtre pour faire face au Cardinal, qui clignait des yeux une fois de plus, s'efforçant d'ajuster sa vision à l'obscurité comme il s'efforçait d'ajuster son esprit au raisonnement de l'Evêque.

– Toutefois, nous humilier publiquement à cause de cet incident risquerait de nuire à l'Eglise, ne pensez-vous pas, Cardinal ?

– Certainement, Votre Sainteté, dit le Cardinal, son indignation croissant au même rythme que sa confusion. Une telle chose est impensable...

L'Evêque croisa les mains derrière son dos d'un air pensif.

– Pourtant, ne va-t-il pas à l'encontre de tous nos principes de laisser un autre payer pour nos propres transgressions ?

Le Cardinal, maintenant complètement perdu, ne sut que murmurer quelque chose de pas compromettant.

– Par conséquent, poursuivit l'Evêque d'une voix

douce, je pense que le mieux pour l'Eglise et pour l'âme de ce jeune homme serait... d'oublier cet incident, dit l'Evêque, maintenant son regard sur son subordonné.

Le visage du Cardinal semblait irrésolu, puis il se durcit, l'air têtu. De nouveau, Vanya fronça les sourcils. Derrière son dos, ses mains se crispèrent d'irritation. Le Cardinal était un homme doux et modeste, dont la plus grande qualité, aux yeux de Vanya, était sa lenteur d'esprit. Mais cette lenteur avait parfois des inconvénients. Le Cardinal partageait le monde en portions égales de blanc et de noir ; par conséquent, il ne parvenait jamais à voir, au-delà de ces couleurs distinctes, les nuances subtiles du gris. Si le Cardinal pouvait agir à sa guise, pensa amèrement Vanya, le jeune Saryon serait sans doute condamné à la Pétrifixion.

Reprenant la parole avec calme, Vanya murmura, en soulignant les derniers mots :

– Je ne voudrais pas causer le moindre chagrin à la mère de Saryon, surtout actuellement où elle s'inquiète beaucoup, comme nous tous, de la santé de *sa cousine, l'Impératrice...*

Un muscle se contracta sur une joue du Cardinal. Il était peut-être lent d'esprit, mais ce n'était pas un imbécile – ce qui était une autre de ses précieuses qualités.

– Je comprends, dit-il en s'inclinant.

– Je n'en doutais pas, dit Vanya avec ironie. Maintenant, poursuivit-il avec entrain en retournant à son bureau, qui est au courant de la transgression de cet infortuné jeune homme ?

Le Cardinal réfléchit.

– Le Sous-Maître et le Maître Bibliothécaire – nous avons dû l'informer, naturellement.

– Je suppose, marmonna Vanya, sa main reprenant sa reptation sur le bureau. Les Vigiles, bien sûr. Quelqu'un d'autre ?

– Non, Votre Sainteté, dit le Cardinal en secouant la tête. Heureusement, c'était le Temps du Repos...

– Oui, dit Vanya, se frictionnant le front. Très bien. Les *Duuk-tsarith* ne sont pas un problème. Je peux me fier à leur discrétion. Envoyez-moi les deux autres, de même que ce misérable jeune homme.

– Que lui ferez-vous ?

– Je ne sais pas, dit doucement Vanya, reprenant la lettre de l'Empereur et la regardant sans la voir. Je ne sais pas.

Mais une heure plus tard, quand le prêtre, qui servait de secrétaire à l'Evêque, entra dans son bureau en disant que le diacre Saryon était là pour le voir selon ses ordres, Vanya avait pris sa décision.

N'ayant qu'un vague souvenir de Saryon, l'Evêque avait passé toute la matinée à tenter de se rappeler ses traits. Que cela n'augure pas défavorablement du sens de l'observation de l'Evêque, très aigu au contraire. Il faudrait plutôt porter à son crédit le fait qu'il soit finalement parvenu à extraire le visage grave et décharné du jeune génie mathématique des centaines de visages de jeunes hommes et femmes circulant à la Source.

Ayant fermement fixé ces traits dans son esprit, Vanya continua à travailler pendant une demi-heure après qu'on lui eut annoncé l'arrivée du jeune homme. Laissons-le mariner un peu, se dit froidement Vanya, sachant bien que la plus exquise forme de torture est celle qu'on s'inflige à soi-même. Jetant un coup d'œil sur le chronoverre de son bureau, il nota, à la position du minuscule soleil magique tournant autour du gnomon enchâssé dans sa prison de verre, que le temps imparti s'était écoulé. Levant la main, il fit vibrer une clochette d'argent, qui tinta. Puis, se levant nonchalamment, l'Evêque coiffa sa mitre et lissa sa robe. Puis s'avançant au milieu de la pièce somptueusement meublée, il attendit debout, dans une attitude de majesté imposante.

La porte s'ouvrit. Le secrétaire fit une brève apparition, mais il fut avalé par les ténèbres quand les *Duuktsarith* vêtus de noir le dépassèrent, encadrant le jeune homme comme une nuit qu'il aurait transportée avec lui.

– Vous pouvez vous retirer, dit l'Evêque aux Vigiles, qui s'inclinèrent et s'évanouirent.

La porte se referma sans bruit. L'Evêque et le jeune transgresseur étaient seuls.

Conservant soigneusement son air froid et sévère, Vanya lorgna le jeune homme avec curiosité. A part lui, il nota avec satisfaction qu'il avait conservé un souvenir précis de Saryon, bien qu'il lui fallût quelques instants pour s'en assurer, tant le visage avait changé. De tout temps creusé par l'étude, il était maintenant d'une pâleur cadavérique. Les yeux fiévreux brûlaient, profondément enfoncés dans les orbites, au-dessus des pommettes saillantes. La haute et maigre silhouette tremblait, de même que les mains trop grandes. Tous les signes de la souffrance, du remords et de la peur se voyaient dans le corps frémissant, dans les yeux rougis et dans les sillons que les larmes avaient laissés sur son visage.

Vanya se permit de sourire intérieurement.

– Diacre Saryon, commença-t-il d'une voix grave et sonore.

Mais avant qu'il ait pu continuer, le misérable jeune homme se jeta à ses pieds, et saisit l'ourlet de sa robe qu'il porta à ses lèvres. Puis, gémissant des paroles incohérentes, Saryon éclata en sanglots.

Quelque peu déconcerté, et voyant une large tache s'élargir sur l'ourlet de sa coûteuse robe de soie, l'Evêque fronça les sourcils, et arracha l'étoffe de la main du jeune homme. Saryon ne bougea pas, et resta à genoux, prostré, sanglotant la tête dans les mains.

– Ressaisis-toi, Diacre ! dit sèchement Vanya. Allons, mon garçon, ajouta-t-il d'un ton radouci, Tu as commis une faute. Mais ce n'est pas la fin du monde. Tu es jeune. La jeunesse est l'époque de toutes les explorations.

Tendant la main, il prit Saryon par le bras.

– C'est une époque de la vie où nos pieds nous emportent sur des chemins inexplorés, poursuivit-il, remettant le jeune homme debout, où nous rencontrons parfois les ténèbres.

Guidant ses pas incertains, l'Evêque conduisit Saryon à un fauteuil, tout en continuant à prononcer des paroles apaisantes.

– Il suffit de demander l'aide de l'Etern pour rentrer dans le droit chemin. Là, assieds-toi. Tu n'as rien mangé ni bu depuis hier, je suppose ? C'est bien ce que je pensais. Tiens, goûte ce Xérès. Il est très bon. Il vient des vignobles du Duc Allegro.

Notant la confusion du jeune homme avec un plaisir soigneusement dissimulé, Vanya ajouta encore à sa gentillesse en plaçant le verre dans sa main récalcitrante. Puis, ôtant sa mitre, l'Evêque s'assit dans un fauteuil confortable et élégant en face du jeune homme. Se versant un verre de Xérès, il le fit flotter devant sa bouche et lissa sa robe.

Complètement éberlué, Saryon ne put que fixer ce grand homme, qui maintenant ressemblait davantage à un tonton replet qu'à l'un des hommes les plus puissants du pays.

– L'Etern soit loué, ajouta l'Evêque, faisant effleurer sa bouche par son verre et buvant une petite gorgée de l'excellent vin.

– L'Etern soit loué, marmonna machinalement Saryon, s'efforçant de boire et ne parvenant qu'à répandre son vin sur sa robe dans sa nervosité.

– Et maintenant, Saryon, dit l'Evêque Vanya, de l'air d'un père aimant grondant un enfant chéri, foin des formalités. Je veux entendre de ta bouche ce qui s'est passé exactement.

Le jeune homme cligna des yeux ; sa concentration faiblit, faisant osciller le verre qui planait devant lui. Il le saisit vivement et le posa près de lui sur la table d'une main tremblante.

– Votre Sainteté, murmura distraitement l'infortuné Saryon, mon crime est... abominable... impardonnable...

– Mon fils, dit Vanya, avec tant de bonté et d'infinie patience que les yeux de Saryon s'emplirent de larmes, dans Sa sagesse, l'Etern connaît ton crime, et dans Sa miséricorde, il te pardonne. Comparé à notre Père, je ne suis qu'un pauvre mortel. Mais je dois partager Sa connaissance du crime pour participer à Son pardon. Explique-moi ce qui t'a conduit sur cette voie ténébreuse.

Le pauvre Saryon fut si totalement subjugué qu'il en perdit momentanément la parole. Vanya attendit, sirotant son Xérès, avec son air extérieur de bienveillance paternelle, et son sourire intérieur de satisfaction. Finalement, le jeune diacre se mit à parler. Avec hésitation d'abord, les yeux braqués sur le sol. Puis de plus en plus tendu à mesure que, levant les yeux de temps en temps pour voir l'effet de ce qu'il considérait comme la confession d'une âme noire et corrompue et ne voyant que compréhension et compassion. Ses péchés ruisselèrent de sa bouche comme un torrent.

– Je ne sais pas ce qui m'a poussé à ça, Votre Sainteté ! s'écria-t-il, désemparé. J'étais si content, si heureux ici.

– Je crois que tu le sais. Maintenant, tu dois te l'avouer à toi-même, dit placidement Vanya.

Saryon hésita.

– Oui, peut-être que je le sais. Pardonnez-moi, Votre Sainteté, mais ces derniers temps j'ai ressenti...

Sa voix s'altéra ; il se tut, hésitant à continuer.

– De l'ennui ? suggéra Vanya.

Rougissant, le jeune homme secoua la tête.

– Non. Oui. Peut-être. Les devoirs sont si simples... dit-il, avec un geste d'impatience. J'ai appris toutes les techniques des catalystes, tous les genres de magie. Oui, ajouta-t-il devant le regard sceptique de Vanya, je ne me vante pas. Et en plus, j'ai trouvé de nouvelles formules mathématiques pour remplacer les calculs traditionnels compliqués qui remontent à des siècles. Je suppose que cela aurait dû me satisfaire, mais non. Cela n'a fait qu'accroître mon désir de connaissance.

Perdu dans son récit, Saryon parlait de plus en plus vite ; finalement, il se leva et se mit à arpenter la pièce en faisant de grands gestes.

– Je me suis mis à travailler sur des formules qui auraient pu ouvrir la voie à d'autres merveilles, à des magies dont l'homme n'a encore même jamais rêvé ! Au cours de mes recherches, je me suis enfoncé de plus en plus profondément dans la Bibliothèque de la Source. Finalement, dans un secteur écarté, je suis tombé devant la Salle du Neuvième Mystère.

« Pouvez-vous imaginer ce que j'ai ressenti ? Non, dit Saryon, regardant l'Evêque avec embarras. Comment le pourriez-vous, vous qui êtes la vertu incarnée ? J'ai regardé les runes gravées au-dessus de la porte, et peu à peu, j'ai éprouvé une impression semblable à l'Enchantement dont nous faisons l'expérience tous les matins en ressentant la magie. Sauf que ce n'était pas une impression de lumière et de plénitude. C'était comme si les ténèbres de mon âme s'assombrissaient et m'aspiraient en elles. J'avais faim et soif et je tremblais littéralement de désir.

– Qu'as-tu fait ? demanda Vanya, fasciné malgré lui. Es-tu entré ?

– Non, j'avais trop peur. Je suis resté devant la porte je ne sais pas combien de temps. Des heures, sans doute, soupira Saryon, parce que j'ai soudain ressenti une douleur dans les jambes, et une impression d'étourdissement. Je suis tombé sur une chaise, terrifié, et j'ai regardé autour de moi. Et si on m'avait vu ? Les pensées interdites que j'avais eues devaient sûrement se voir sur mon visage ! Mais j'étais seul.

Accordant inconsciemment ses actes à ses paroles, Saryon se laissa tomber dans son fauteuil.

– Assis là, dans la Salle d'Etude contiguë à la salle interdite, j'ai su ce que c'était que d'être tenté par le Mal.

Il se prit la tête dans les mains.

– Vous comprenez, Votre Sainteté, je savais, aussi sûrement que j'étais assis sur cette chaise de bois, que je pouvais ouvrir cette porte interdite ! Oh, elle sont protégées par des runes de défense – il haussa les épaules avec impatience – mais ce sont des sorts si simples que n'importe qui ayant en lui un peu de Vie peut les neutraliser facilement. Comme si leur protection était une pure formalité, et qu'on tienne pour acquis que personne dans son bon sens ne voudrait approcher des textes interdits, et encore moins les lire.

Le jeune homme se tut, puis reprit à voix basse, comme se parlant à lui-même :

– Peut-être que je ne suis pas dans mon bon sens. Ces derniers temps, il me semble que tout ce que je regarde est flou et déformé, comme vu à travers un rideau de gaze.

Il leva les yeux sur Vanya en branlant du chef, et poursuivit, la voix teintée d'amertume :

– A cet instant, j'ai réalisé quelque chose, Votre Sainteté. Je n'avais pas découvert ces livres par hasard. Non, dit-il, serrant le poing, je les avais cherchés délibérément, sans me l'avouer. Sur ma chaise, des passages entiers d'autres livres me revinrent à l'esprit, des passages se référant à des ouvrages que je n'avais jamais pu trouver et que j'avais présumés détruits après les Guerres du Fer. Mais en trouvant cette salle, je sus qu'il n'en était rien. Ils étaient là. C'était obligatoire. Et je l'avais toujours su.

« Ce que j'ai fait ? répéta-t-il avec un rire hystérique qui se termina en un sanglot. Je me suis enfui de la Bibliothèque comme si j'étais poursuivi par des fantômes ! Je suis rentré en courant dans ma cellule, et je me suis jeté sur mon lit, tremblant de peur.

– Mon fils, tu aurais dû parler avec quelqu'un, lui reprocha doucement Vanya. As-tu si peu foi en nous ?

Saryon secoua la tête, essuyant ses larmes avec impatience.

– J'ai failli le faire. Le *Theldara* m'a convoqué. Mais j'avais peur. J'ai cru pouvoir me débrouiller tout seul, soupira-t-il. J'ai essayé d'oublier dans le travail cette soif de connaissance interdite. J'ai cherché à purifier mon âme par la prière et par le respect scrupuleux de mes devoirs. Après ça, je n'ai pas manqué une seule fois le Rituel du Soir. J'ai pris de l'exercice dans la cour avec les autres, m'épuisant pour ne plus penser.

« Par-dessus tout, j'ai évité la Bibliothèque. Pourtant, pas un instant – dans la veille ou dans le sommeil – je n'ai cessé de penser à cette salle et aux trésors qu'elle contient.

« J'aurais dû savoir que j'étais en train de perdre mon âme. Mais l'aiguillon douloureux de mon désir l'a emporté. J'ai cédé. Hier soir, quand chacun eut regagné sa cellule pour le Temps du Repos, je me suis glissé dans les couloirs jusqu'à la Bibliothèque. Je ne savais pas qu'on y avait posté le vieux diacre pour effrayer les rongeurs. Si je l'avais su, je ne crois pas que ça m'aurait arrêté, tant mon tourment me consumait.

« Comme je le pensais, neutraliser les sorts de défense fut facile. J'aurais pu le faire encore enfant. Pendant un instant oppressant, je me suis immobilisé sur le seuil, savourant l'exquis tourment de l'attente. Puis je suis entré dans la salle interdite, le cœur battant à exploser dans ma poitrine, le corps inondé de sueur.

« Vous y êtes déjà allé ? demanda Saryon, regardant l'Evêque, qui haussa les sourcils d'un air si alarmant que le jeune homme eut un mouvement de recul. Non, non, je... je suppose que non. Les livres ne sont pas bien rangés sur des rayons, ni classés dans un ordre quelconque. Ils sont juste posés en piles, comme laissés là à la hâte par des mains pressées de se débarrasser de la contamination. J'en ai pris un, le premier qui s'est présenté. »

Les mains de Saryon se mirent à trembler.

– L'ivresse et la plénitude que je ressentis en touchant ce petit livre me firent perdre le sens de la vue et de l'ouïe, la notion de l'endroit où je me trouvais et de ce que je faisais. Je me souviens seulement que je tenais le livre, pensant aux mystères merveilleux qui allaient m'être révélés, et au tourment dont j'allais être libéré.

– Et comment était-il, ce livre ? demanda Vanya, très doucement.

Saryon eut un sourire penaud.

– Morne. Ennuyeux. J'étais de plus en plus embrouillé à mesure que je tournais les pages. Je n'ai rien compris. Absolument rien ! Il était rempli de dessins rudimentaires d'appareils étranges et incompréhensibles, faisant allusion à des choses qui s'appellent « roues », « poulies » et « engrenages ».

Saryon baissa la tête en soupirant, et murmura, du ton d'un enfant déçu :

– Il n'y avait pas un mot de mathématiques.

Le sourire intérieur de Vanya déborda sur ses lèvres, mais peu importait. Saryon ne le regardait pas ; il fixait ses souliers.

D'une voix morne, Saryon conclut :

– A ce moment, les Vigiles sont entrés et... tout est devenu noir. Je... je ne me rappelle plus rien jusqu'au moment où... où je me suis retrouvé dans ma cellule.

Epuisé, il se renversa dans son fauteuil, la tête dans les mains.

– Qu'as-tu fait alors ?

– J'ai pris un bain.

Levant les yeux, Saryon vit le sourire de Vanya, et supposant qu'il était provoqué par sa réponse, il ajouta en guise d'explication :

– Je me sentais sale, dégoûtant. J'ai bien dû me baigner vingt fois la nuit dernière.

L'Evêque Vanya hocha la tête d'un air compréhensif.

– Et tu as sans doute passé la nuit à imaginer ce que serait ton châtiment.

De nouveau, Saryon baissa la tête.

– Oui, Votre Sainteté. Bien sûr.

– Sans aucun doute, tu t'es vu condamné à prendre place parmi les Sentinelles – transformé en pierre et surveillant à jamais les Confins du pays.

– Oui, Votre Sainteté, dit Saryon, d'une voix à peine audible. Ce n'est que ce que je mérite.

– Ah, Frère Saryon, si nous étions tous aussi sévèrement punis pour rechercher la connaissance, il n'y aurait plus que des statues de pierre dans le pays – et ce serait bien fait pour nous. La recherche de la connaissance n'est pas mauvaise en soi. Tu ne l'as pas cherchée où il fallait, voilà tout. Il y a une raison au bannissement de cette connaissance redoutable. Elle a failli détruire notre pays. Mais tu n'es pas unique. Nous avons tous été tentés par le Mal à un moment ou à un autre de notre vie. Nous comprenons. Nous ne condamnons pas. Il faut nous faire confiance. Tu aurais dû venir me voir, ou voir l'un des Maîtres et nous t'aurions conseillé.

– Oui, Votre Sainteté, je suis désolé.

– Quant à ton châtiment, tu l'as déjà subi.

Etonné, Saryon releva la tête.

Vanya sourit avec bonté.

– Mon fils, la nuit dernière, tu as souffert beaucoup plus que ne l'exigeait ta petite transgression, dit-il avec douceur. Je n'y ajouterai rien. Non. En fait je vais t'offrir quelque chose pour réparer en partie ce qui, je le crains, fut la part que j'ai prise à ton crime.

– Votre Sainteté ! s'écria Saryon, rougissant et pâlissant tour à tour. Votre part ? Non ! C'est moi...

Vanya eut un geste de dénégation.

– Non, non, je n'ai pas été assez ouvert avec les jeunes. A l'évidence, vous me considérez comme inabordable. Et je commence à m'apercevoir que cela est vrai également pour les autres membres de la hiérarchie. Nous allons tâcher de remédier à cela. Mais pour le moment, tu as besoin de quitter ces lieux, afin de débarrasser ton esprit de ces toiles d'araignées poussiéreuses. C'est pourquoi, Diacre Saryon, j'aimerais t'emmener avec moi à Merilon, pour m'aider pendant l'Epreuve de l'Enfant royal, dont la naissance est maintenant attendue d'un jour à l'autre. Qu'en dis-tu ?

Le jeune homme ne put répondre, littéralement frappé de mutisme. C'était un honneur pour lequel tous les Membres de l'Ordre intriguaient depuis des mois – en fait, depuis qu'on avait appris que l'Impératrice attendait enfin un enfant. Absorbé dans ses études, et consumé de désir pour les connaissances interdites, Saryon n'avait pas prêté grande attention à ces intrigues. De toute façon, il n'appartenait pas au cercle des jeunes hommes et femmes populaires, et s'était dit qu'on ne le choisirait pas, même si ça l'avait intéressé. Voyant le jeune homme interdit et réalisant qu'il lui faudrait un moment pour assimiler sa proposition, Vanya parla des beautés de la cité royale et des ramifications politiques de la naissance, jusqu'au moment où Saryon se fut suffisamment ressaisi pour murmurer une ou deux remarques intelligibles. L'Evêque comprit la pensée du jeune homme. S'étant attendu à être disgracié et rejeté dans les ténèbres, on lui proposait soudain de se rendre dans la ville de toutes les beautés et de tous les plaisirs et d'être présenté à la cour. Sa fortune serait faite – sans aucun doute.

Aucun Enfant royal n'était né depuis des années, l'Impératrice étant montée sur le trône après la mort de son frère, lui-même décédé sans enfant. Les cérémonies que prévoyait la cité de Merilon étaient d'une splendeur inimaginable. En tant que membre honoré de la suite de l'Evêque Vanya, et que parent – même éloigné – de l'Impératrice par sa mère, Saryon serait invité et fêté par les nobles les plus riches du pays. Sans doute que quelque noble famille lui proposerait de devenir son Catalyste du Foyer – il y avait quelques postes vacants qui n'avaient pas encore été remplis. Son avenir serait assuré.

Et, mieux que tout, pensa à part lui l'Evêque Vanya en raccompagnant à la porte le jeune homme encore sous le coup de la stupeur, Saryon vivrait à Merilon. Il ne reviendrait pas à la Source pendant très, très longtemps – s'il y revenait jamais.

Chapitre 6

MERILON

Merilon... cité enchantée de rêve. Nommée d'après le grand magicien qui avait conduit les siens sur ce monde éloigné. Il la regardait de ses yeux qui avaient vu passer les siècles, avait choisi ce lieu pour sa tombe, et reposait maintenant, lié par le Dernier Sortilège, dans la clairière qu'il aimait.

Merilon. Sa Cathédrale et ses palais de cristal étincelant comme des larmes gelées sous le ciel bleu.

Merilon. Deux cités : l'une faite d'assises de marbre que la magie contraint de flotter dans l'air comme de lourds nuages apprivoisés et façonnés par la main de l'homme. Appelée la Ville Haute, elle projette un crépuscule perpétuel teinté de rose sur la Ville Basse.

Merilon. Entourée d'une sphère de magie, avec ses cascades décoratives de neige sous le soleil d'été, et ses brises d'été embaumées parfumant l'air hivernal.

Merilon. Un visiteur, montant vers elle dans sa calèche dorée tirée par les étalons à fourrure et à plumes créés par les sortilèges, peut-il voir cette cité enchantée sans sentir son cœur se gonfler d'orgueil, jusqu'à ce que l'excès de fierté et d'amour le fasse pleurer de joie ? Certainement pas Saryon. Assis dans la calèche créée à la ressemblance d'une demi-coquille de noix en or et argent, et tirée par un fantastique écureuil ailé, il contemplait les merveilles qui l'entouraient, presque incapable de les voir à travers ses larmes. Mais il n'avait pas à en avoir honte. Tous les catalystes de la suite de l'Evêque Vanya étaient pareillement affectés, à l'exception du cynique Dulchase. Né et élevé à Merilon, il avait déjà tout vu, et pour l'heure, assis dans la calèche, il contemplait ces merveilles d'un air blasé que ses camarades lui enviaient.

Pour Saryon, les larmes qu'il versait étaient à la fois un soulagement et une bénédiction. Ses derniers jours à la Source n'avaient pas été faciles. L'Evêque Vanya avait réussi à garder secrète la transgression du jeune homme, et il avait persuadé Saryon qu'il était dans l'intérêt de l'Eglise qu'il n'en parle pas non plus. Mais Saryon était très mauvais comédien. Ses remords lui donnaient l'impression que les mots *Neuvième Mystère* fulguraient en lettres de feu au-dessus de sa tête. Il était si malheureux, malgré la bonté de Vanya, que, tôt ou tard, il était capable de se confesser à la première personne prononçant devant lui le mot « bibliothèque ». La seule chose qui l'avait sauvé et l'avait empêché de penser à son crime, c'était l'activité fiévreuse dans laquelle l'avaient plongé les préparatifs du voyage.

Comme Vanya l'avait prévu.

L'Evêque lui-même, voyageant en tête de sa suite dans la calèche de la Cathédrale formée de feuilles d'or poli et tirée par deux oiseaux au plumage d'un rouge éclatant, y pensait, se demandant distraitement comment son jeune pécheur réagissait en voyant la cité. Vanya, pour sa part, n'était pas impressionné par les beautés de la cité. Il avait tout vu de nombreuses fois.

Le regard blasé de l'Evêque se posa fugitivement sur les murs de cristal des trois Maisons des Guildes qui se dressaient sur trois plates-formes de marbre assorties, connues sous le nom collectif des Trois Sœurs. Il jeta un coup d'œil sur l'Auberge du Dragon de Soie, ainsi nommée parce que ses murs de cristal étaient décorés d'une série de plus de cinq cents tapisseries fabuleuses, une dans chaque pièce, qui, abaissées simultanément le soir, formaient l'image d'un dragon dont les couleurs flamboyaient comme l'arc-en-ciel dans l'air du soir. Il bâilla en passant devant les maisons des nobles, aux murs de cristal voilés de rideaux de roses, de soie ou de nuages.

Levant les yeux vers le Palais royal qui brillait au-dessus de la cité comme une étoile, il soupira pourtant. Toutefois, il ne s'agissait pas d'un soupir d'émerveillement comme ceux de sa suite, mais d'un soupir d'inquiétude et de sollicitude, ou peut-être d'exaspération.

Le seul édifice de tous les niveaux supérieurs de Merilon qui captura totalement l'attention de l'Evêque fut celui vers lequel les calèches se dirigeaient – la Cathédrale de Merilon, dont l'édification s'était étalée sur trente ans. Ses flèches et ses arcs-boutants de cristal brûlaient comme des flammes à la lumière du soleil, dont le jaune naturel avait été changé ce jour en rouge vif et or flamboyant par les pratiquants du Mystère de l'Ombre, les illusionnistes, pour le plus grand plaisir de la population. L'attention de Vanya fut attirée non pas la beauté scintillante de la Cathédrale – dont la vue remplit sa suite de révérence – mais par une imperfection qu'il y remarqua.

L'une des gargouilles vivantes avait légèrement modifié son attitude et regardait maintenant dans la mauvaise direction. L'Evêque le mentionna au Cardinal, assis près de lui, et qui prit l'air choqué qui convenait. Le secrétaire, assis en face de l'Evêque, le nota mentalement pour le signaler au Cardinal de la Région, qui dirigeait les affaires de l'Eglise à Merilon et dans ses environs, et qui se dressait maintenant, resplendissant dans sa robe verte bordée d'or et d'argent, sur le parvis de cristal pour accueillir son Evêque. Deux novices furent immédiatement dépêchés pour s'occuper de la gargouille fautive.

L'infraction corrigée, l'Evêque et sa suite entrèrent dans la Cathédrale, aux acclamations de la foule bordant les ponts reliant les différentes plates-formes comme des fils de la vierge d'or et d'argent. L'Evêque s'arrêta pour bénir la foule, qui se tut respectueusement. Puis les gens se dispersèrent, retournant à leurs divertissements.

La cité de Merilon – Ville Haute et Ville Basse –, grouillait de monde. Merilon n'avait pas connu une telle effervescence depuis le couronnement. Les nobles des districts éloignés qui avaient des relations dans la cité les honoraient de leur présence. Les nobles qui n'avaient pas cette chance étaient descendus à l'Auberge. Du bout de son nez au bout de sa queue, le Dragon de Soie était complet. Les *Pron-alban* et les *Quin-alban*, artisans et conjureurs, avaient travaillé jour et nuit pour ajouter des chambres d'amis aux vastes demeures des meilleures familles. Ainsi, les Maisons des Guildes bourdonnaient d'une activité inusitée, beaucoup de leurs membres étant venus de régions éloignées pour participer à ces travaux.

La vie de tous les jours s'était pratiquement arrêtée à Merilon, chacun se préparant aux cérémonies les plus sacrées de l'histoire de la cité. L'air résonnait des sons de la musique qu'on jouait dans les cours et les jardins, des poèmes que répétaient les comédiens, des cris des marchands vantant leurs marchandises, ou des mystérieux linceuls de fumée enveloppant les œuvres d'art jusqu'au moment où elles seraient dévoilées pour cette occasion extraordinaire.

Mais, quel que fût le poids de ses occupations, chacun regardait constamment vers le Palais royal, qui brillait si sereinement sous le soleil. Il se transformerait en arc-en-ciel multicolore quand le grand événement serait annoncé, quand l'Enfant royal naîtrait.

Après cette naissance, les vacances commenceraient, et pendant deux semaines, la cité de Merilon, danserait et chanterait, boirait et mangerait jusqu'à la béatitude.

Dans la Cathédrale même, tout était ombreux, frais et silencieux quand le soleil sombra derrière les montagnes et que la nuit déploya sur Merilon ses ailes de velours. Pendant un instant, la seule lumière fut celle d'une étoile brillant au bout d'une flèche. Mais elle disparut presque immédiatement dans l'explosion de couleurs qui éclata sur la ville. Seule la Cathédrale resta sereinement sombre ; et, assez curieusement, se dit Saryon, regardant, à travers le plafond de cristal, le château flottant au-dessus de lui, il n'y avait pas de lumières non plus au Palais royal.

Mais peut-être n'était-ce pas si bizarre. Saryon se rappelait avoir entendu dire à sa mère que l'Impératrice aurait un accouchement difficile dans le meilleur des cas, étant de santé fragile et délicate. Sans aucun doute, la vie brillante du Palais avait été mise en sourdine.

Saryon reporta son regard sur la cité, plus belle que tout ce qu'il avait jamais imaginé, et il regretta de ne pas être allé la visiter avec Dulchase et les autres. Toutefois, à la réflexion, il se félicita d'être resté à la Cathédrale, entouré d'une obscurité apaisante et des accents harmonieux d'un *Te Deum* d'action de grâce que répétaient les novices. Il sortirait le lendemain soir, décida-t-il, regagnant les quartiers d'habitation de l'Abbaye.

Pourtant, ni Saryon ni les autres ne sortirent le lendemain soir. Ils finissaient de dîner quand l'Evêque Vanya fut convoqué d'urgence au Palais, avec plusieurs des *Sharak-li*, les catalystes qui travaillaient avec les Guérisseurs. L'Evêque partit immédiatement, son visage rond était froid et sévère.

A la Cathédrale, personne ne dormit cette nuit-là. Tous, du plus jeune novice jusqu'au Cardinal du Royaume, restèrent éveillés pour offrir leurs prières à l'Etern. Au-dessus d'eux, le Palais royal brillait maintenant de tous ses feux, dont la lumière chaude contrastait violemment avec le froid scintillement des étoiles. A l'aube, ils n'avaient toujours aucune nouvelle. Quand le soleil levant éteignit les étoiles, les catalystes furent autorisés à cesser leur vigile pour vaquer à leurs activités, mais le Cardinal les exhorta à continuer de prier dans leur cœur.

Saryon, qui n'avait aucun devoir, vu qu'il était en visite, passa le plus clair de son temps à arpenter les immenses halls de la Cathédrale, admirant à travers les murs de cristal les merveilles de la cité, avec une curiosité qui ne se démentait pas. Il regardait les gens flotter devant lui pour aller à leurs affaires, leurs robes légères voletant autour d'eux. Il regardait les calèches et leurs fantastiques étalons, et sourit même aux farces des étudiants de l'Université, très en verve à l'approche des vacances.

Pourrais-je vivre ici ? se demanda-t-il. Pourrais-je quitter ma vie calme et studieuse pour entrer dans ce monde de splendeur et de gaieté ? Il y a un mois, j'aurai dit non. J'étais content de mon sort. Mais plus maintenant. Je ne pourrais plus retourner dans la Bibliothèque intérieure, sans voir la salle scellée par les runes au-dessus de la porte. Non, cette solution est préférable, décida-t-il. L'Evêque avait raison. Je me suis trop absorbé dans mes études. J'ai oublié la société. De nouveau, il faut que je fasse partie du monde et que le monde fasse partie de moi. J'assisterai aux réceptions. Je me mettrai en avant. Je ferai de mon mieux pour être invité dans une noble maison.

Il était satisfait de ce changement de fortune, sa seule crainte étant sa totale ignorance des devoirs d'un Catalyste du Foyer à Merilon. Il résolut d'en discuter avec Dulchase à la première occasion.

Toutefois, l'occasion ne se présenta pas tout de suite. Pendant la Noblheure, les deux Cardinaux furent convoqués au Palais, et partirent, l'air grave. Les autres catalystes furent de nouveau appelés à la prière. Maintenant, les rumeurs avaient gagné la rue, et tout Merilon sut bientôt que l'Impératrice était en travail, et que ça ne se passait pas bien. La joie fit place à la tristesse. Les gens se rassemblaient sur les scintillantes passerelles d'or et d'argent, et regardaient gravement le Palais en parlant à voix basse. Même le Dragon d'Or n'exhiba pas ses couleurs ce jour-là, mais resta dans l'ombre que créèrent les mages du temps, les *Sif-Hanar*, qui voilèrent le vif éclat du soleil de nuages gris perle, plus reposants pour les yeux et incitant à la méditation et à la prière.

La nuit tomba. Les lumières du Palais brillaient avec une intensité inquiétante. Les catalystes, une fois de plus rappelés à la prière après le dîner, se rassemblèrent dans la Cathédrale. A genoux sur les dalles de marbre, Saryon dodelina de la tête, terrassé par le sommeil, et, levant les yeux, il regarda ces lumières à travers le plafond de cristal pour ne pas s'endormir.

Puis, au matin, les cloches du Palais royal carillonnèrent triomphalement. La sphère magique entourant la cité se couvrit de bannières de feu et de soie. Le peuple de Merilon dansa dans les rues quand le Palais fit savoir que l'Impératrice avait accouché d'un fils, et que la mère et l'enfant se portaient bien. Saryon se releva avec soulagement, et se rendit dans la cour de la Cathédrale avec les autres catalystes pour admirer le spectacle, mais pas pour prendre part à la joie générale.

Pas encore.

Les Epreuves de Vie n'étaient qu'une formalité, mais les catalystes ne célébreraient la naissance de l'enfant que lorsqu'il serait prouvé qu'il était Vivant.

Toutefois, ce n'étaient pas les Epreuves qui occupaient l'esprit de Saryon quand, dix jours après la naissance de l'enfant, il descendit avec le diacre Dulchase l'escalier de marbre menant aux niveaux inférieurs de la Cathédrale.

– Eh bien, quels sont les devoirs d'un Père dans une noble famille ? demanda Saryon.

Dulchase ouvrit la bouche pour répondre, mais à cet instant, ils arrivèrent à un carrefour inconnu où le couloir se divisait en trois embranchements. Les deux diacres s'arrêtèrent, regardant autour d'eux avec hésitation. Finalement, Dulchase s'adressa à une novice qui passait.

– Pardonne-moi, ma Sœur, mais nous cherchons la chambre où sera Eprouvé l'Enfant royal. Peux-tu nous l'indiquer ?

– Je serai honorée de vous y conduire, Diacres de la Source, murmura la charmante novice, qui, lorsque ses yeux rencontrèrent la haute silhouette de Saryon, lui sourit timidement, et, de temps à autre, le regarda du coin de l'œil tout en les accompagnant.

Conscient de son manège, et aussi du sourire amusé de Dulchase, Saryon rougit et posa de nouveau sa question.

– Catalyste du Foyer, répéta pensivement Dulchase. Ainsi, c'est ce que le vieux Vanya a en tête pour toi. Je n'aurais pas cru que ce genre de vie t'intéresserait, ajouta-t-il, avec un regard en coin au jeune diacre. Je croyais que tu ne t'intéressais qu'aux mathématiques.

La rougeur de Saryon s'accusa, et il marmonna quelque chose sur le besoin d'élargir son horizon, de réaliser son potentiel, et autres choses du même genre.

Dulchase haussa un sourcil en attaquant la descente d'un nouvel escalier, soupçonnant des motifs moins avouables, mais s'abstint de poser d'autres questions, au grand soulagement de Saryon.

– Sache, mon Frère, dit-il d'un ton solennel, que les devoirs d'un catalyste dans une noble famille sont des plus épuisants. Voyons... comment t'en informer en douceur ? Tu seras réveillé vers le milieu de la matinée par un domestique t'apportant ton petit déjeuner sur un plateau d'or...

– Et le Rituel de l'Aube ? l'interrompit Saryon, le lorgnant d'un air incertain, comme le soupçonnant de se moquer de lui.

Les lèvres de Dulchase se retroussèrent en un rictus, expression fort habituelle chez lui, qui, à cause de sa langue acérée et de son attitude irrévérencieuse, resterait sans doute diacre pour le restant de ses jours. Il avait été inclus dans la suite de Vanya uniquement parce qu'il connaissait tout et tout le monde à Merilon.

– L'aube ? Bah, l'aube se lève à Merilon à l'heure où tu ouvres les yeux. La maison serait en révolution si tu te levais avec le soleil. Et maintenant que j'y pense, le soleil lui même n'est pas autorisé à se lever à l'aube. Les *Sif-Hanar* y veillent. Bon, où en étais-je ? Ah oui. Ton premier devoir du jour sera de donner aux mages de la maison la Vie qui leur revient pour la journée. Puis, après avoir récupéré de ce travail accablant, qui t'aura pris cinq bonnes minutes, tu devras parfois faire de même pour le Maître ou la Maîtresse, dussent-ils avoir un travail important en perspective, tel que de nourrir les paons ou changer la couleur de la robe de Milady pour l'assortir à la couleur de ses yeux. Puis, s'ils ont des enfants, tu devras enseigner leur catéchisme aux petits polissons, et leur donner suffisamment de Vie pour qu'ils puissent faire les cent coups dans toute la maison, et ravir leurs parents en cassant les meubles. Après quoi tu pourras te reposer jusqu'au soir où tu devras accompagner Milord et Milady au Palais royal, restant debout pour assister Milord dans la création de ses chimères habituelles qui font bâiller l'Empereur, ou donner de la Vie à Milady pour qu'elle puisse gagner sa partie de tarok ou de Mort du Cygne.

– Tu parles sérieusement ? demanda anxieusement Saryon.

Dulchase le regarda et éclata de rire, s'attirant un regard réprobateur de la grave novice.

– Mon cher Saryon, comme tu es naïf ! Le vieux Vanya a peut-être raison. Tu as besoin de connaître le monde. J'exagère un peu, mais très peu. Quand même, c'est la vie idéale, surtout pour toi.

– Vraiment ?

– Bien sûr. Tu auras toutes les ressources de la magie sous la main. Tu pourras passer tous tes après-midi à la Bibliothèque de l'Université, qui a l'une des plus belles collections du monde sur la magie perdue, possédant certains volumes qui ne sont même pas disponibles à la Source. Tu traverses la passerelle d'argent, et tu y es. Tu veux faire une étude sur les Guildes ou leur montrer tes nouvelles équations qui réduisent le temps nécessaire pour conjurer une couche de repos ? Tu montes dans la calèche de Milord et te fais emmener aux Trois Sœurs. Tu veux peut-être te rendre compte par toi-même de l'état des cultures de Milord ? Le Couloir t'emporte comme l'éclair dans les champs où tu peux regarder germer les semences, ou surveiller les activités de ces pauvres diables de Mages des Champs. Ta vie sera assurée. Tu pourras même te marier.

Cette dernière remarque était si manifestement destinée à la jeune novice, qu'elle secoua la tête d'un air désapprobateur, sans toutefois pourvoir s'empêcher de lancer un nouveau regard au jeune Diacre.

– Je crois que ça pourrait me plaire, dit Saryon après réflexion. D'un point de vue académique, bien sûr, ajouta-t-il vivement.

– Bien sûr, renchérit Dulchase, ironique. J'ai l'impression, ma chère, poursuivit-il, s'adressant à la novice, que tu nous as perdus. A moins que tu ne nous conduises dans une partie écartée de la Cathédrale pour nous détrousser ?

– Oh, Diacre ! murmura-t-elle, rougissant jusqu'à la

racine de ses boucles. C'est... c'est juste au bout du couloir, la première porte à droite.

Se retournant, après un dernier regard de biche à Saryon, elle s'enfuit presque en courant.

– Était-ce bien nécessaire ? marmonna Saryon avec irritation en la suivant des yeux.

– Réjouis-toi, mon vieux ! répondit Dulchase avec entrain en se frottant les mains. Réjouis-toi ! Ce soir, tu verras ce que Merilon peut t'offrir. Enfin ! On sortira de cette vieille tombe moisie ! On fera passer ses Epreuves au petit morveux, on déclarera au monde qu'il a un Prince Vivant, et après, on pourra aller se mêler au Tout Merilon. Tu sais ce que tu as à faire, au moins ?

– Pour les Epreuves ? demanda Saryon, pensant un instant qu'il parlait peut-être du Tout Merilon. J'espère, soupira-t-il. J'ai lu le rituel jusqu'à pouvoir le réciter à l'envers. Toi, tu y a déjà participé ?

– Des centaines de fois, mon vieux, des centaines. C'est toi qui tiendras l'enfant, non ? Le principal à se rappeler, c'est de le tenir avec son petit... bon, tu vois ce que je veux dire... pointé vers toi, et pas vers l'Evêque. Comme ça, si le mioche se met à uriner, ce sera sur toi, et pas sur Sa Sainteté.

Saryon fut choqué, mais heureusement, ils étaient arrivés devant la porte. La langue cynique de Dulchase fut réduite au silence, et Saryon n'eut pas à répondre à ce dernier conseil d'ami qu'il avait trouvé un peu trop irrévérencieux, même pour Dulchase.

Entrant sur les talons des autres assistants de Vanya, ils se livrèrent aux offrandes et purifications rituelles, puis un Diacre de la Cathédrale les conduisit dans la pièces où l'on amène tous les enfants nés à Merilon. En général, seuls deux catalystes sont présents. Ce jour-là, toutefois, il y avait une illustre assemblée. Si nombreuse en fait, que les deux diacres eurent à peine la place de se tasser en force dans la pièce exiguë. En plus de l'Evêque Vanya, vêtu de ses plus beaux atours, il y avait deux Cardinaux – le Cardinal du Royaume et le Cardinal de la Région – , et six membres de la suite de Vanya : quatre prêtres, qui serviraient de témoins, et deux diacres,

Saryon et Dulchase, qui exécuteraient le rituel. Et enfin, le Catalyste de la Maison royale, noble de haut lignage qui portait le bébé dans ses bras, et le bébé lui-même qui, venant juste de téter, dormait à poings fermés.

– Prions l'Etern, dit Vanya, inclinant la tête.

Saryon baissa la tête dans la prière, mais en prononça les paroles machinalement. Mentalement, il repassait une fois de plus dans sa tête la cérémonie des Epreuves de Vie.

Bien que remontant à de nombreux siècles en arrière, et apportées, dit-on, du Monde noir, ces Epreuves sont assez simples. Quand l'enfant a dix jours et est jugé assez vigoureux pour supporter la cérémonie, ses parents l'amènent à la Cathédrale – ou à tout autre lieu de culte proche de leur résidence – et le confient aux catalystes. On emporte l'enfant dans une petite pièce qui est scellée à toutes influences extérieures et l'on procède aux Epreuves.

D'abord, l'enfant est dépouillé de ses langes, puis placé à plat dos dans une eau chauffée à la température de son corps. Le diacre qui le tient dans ses bras lâche alors le bébé. Un enfant Vivant flotte, sans sombrer ni rouler ni gesticuler – il flotte calmement et sereinement – la Vie qui est en lui réagissant pour préserver son petit corps.

Après cette première Epreuve, un diacre apporte une babiole scintillante aux couleurs toujours changeantes, et la tient au-dessus du bébé qui flotte toujours sur l'eau. A dix jours, le bébé ne peut pas encore accommoder sa vision, mais il voit quand même l'objet et tend vers lui ses petites mains. Quand le diacre le lâche, l'objet tombe doucement vers le nourrisson, et, de nouveau, sa Vie magique intérieure réagit au stimulus extérieur et attire l'objet vers lui.

Finalement, le diacre sort l'enfant de l'eau, et le caresse jusqu'à ce qu'il se sente en sécurité et à l'aise. Alors l'autre diacre approche une torche enflammée, de plus en plus près de sa peau, jusqu'au moment où – sans intervention du catalyste – la torche est arrêtée par la force de Vie du bébé qui, instinctivement, l'enveloppe d'une coquille magique protectrice.

Telles sont les Epreuves, rapidement faites, rapidement terminées. C'était, comme Dulchase l'avait assuré à Saryon, une simple formalité.

– Je ne comprends pas pourquoi ils continuent à faire passer ces Epreuves, avait grommelé Dulchase la veille. Sauf que c'est un bon moyen de gagner quelques poulets et un boisseau de blé pour quelques pauvres Catalystes des Champs. Et pour la noblesse, le prétexte à donner une réception de plus. A part ça, c'est absurde.

Ce l'était, jusqu'à cette fois.

– Diacre Dulchase, Diacre Saryon, commencez les Epreuves, dit solennellement l'Evêque Vanya.

Saryon s'avança et prit le bébé des bras du Catalyste de la Maison royale. L'enfant était emmailloté dans une luxueuse couverture en laine d'agneau. Saryon, peu habitué à manier quelque chose d'aussi petit et délicat, tâtonna maladroitement dans ses efforts pour dépouiller le bébé de son cocon sans l'éveiller. Finalement, sentant que tous les yeux l'observaient avec impatience, il prit dans ses mains le bébé maintenant tout nu, et rendit le lange au Catalyste de la Maison royale.

Se retournant pour le mettre dans l'eau, Saryon baissa les yeux sur le petit garçon qui dormait paisiblement dans ses bras, et oublia immédiatement tous les yeux qui l'observaient. C'était la première fois que le jeune catalyste tenait un bébé, et il fut captivé par celui-là. Même Saryon se rendait compte que cet enfant était d'une beauté exceptionnelle. Fort et vigoureux, avec une crinière de cheveux noirs et bouclés, le Prince avait un teint d'albâtre, légèrement bleuté sous les yeux. Il serrait ses petits poings. Touchant doucement l'un d'eux, Saryon fut charmé de la perfection des petits doigts et des ongles minuscules et parfaits. Quelle merveille, pensa-t-il, que l'Etern ait pris le temps de veiller à des détails si communs dans la création de cette petite personne.

Un toussotement impatient de Dulchase rappela Saryon à ses devoirs. L'autre diacre avait ôté le sceau du bassin contenant l'eau chaude, d'où montèrent des effluves embaumés. Une novice avait répandu des pétales de rose à la surface.

Murmurant la prière rituelle qu'il avait passé la moitié de la nuit à mémoriser, Saryon posa doucement l'enfant sur l'eau. Les yeux de l'enfant s'ouvrirent au contact du liquide sur sa peau, mais il ne pleura pas.

– Voilà un brave petit garçon, murmura Saryon, souriant au bébé qui regardait autour de lui de l'air pensif et perplexe des nouveau-nés.

– Lâchez l'enfant, ordonna cérémonieusement l'Evêque Vanya.

Saryon retira doucement ses mains.

Le Prince coula comme une pierre.

Sursautant, Dulchase fit un pas en avant, mais Saryon le devança, et, plongeant les mains dans l'eau, en sortit le bébé. Tenant gauchement l'enfant dégoulinant qui hoquetait toussait et tentait de hurler à ce rude traitement, Saryon regarda autour de lui, désemparé.

– C'est peut-être ma faute, Votre Sainteté, dit-il vivement, juste comme le bébé, parvenant enfin à inspirer, poussait un cri perçant. J'ai dû le lâcher trop tôt.

– Sottise, Diacre, dit sèchement Vanya. Continuez.

Il n'était pas exceptionnel qu'un enfant échoue à l'une des Epreuves, surtout s'il était particulièrement fort dans l'un des Mystères. Par exemple, un sorcier très puissant dans le Mystère du Feu pouvait facilement échouer à l'Epreuve de l'Eau.

Sa rappelant cela de ses lectures, Saryon se détendit et souleva l'enfant tandis que le Diacre Dulchase lui tenait la babiole au-dessus de la tête. A la vue du jouet scintillant, le bébé cessa de pleurer et tendit vers lui ses petites mains. Sur un mot de l'Evêque Vanya, Dulchase lâcha le jouet.

Il tomba sur le nez du Prince d'où il rebondit et tomba par terre, dans un silence de mort immédiatement fracassé par les hurlements indignés du bébé. Une goutte de sang perla sur sa peau d'albâtre.

Saryon regarda craintivement Dulchase, espérant qu'il le rassure d'un signe. Mais le rictus ricanant de Dulchase avait disparu ; maintenant, il pinçait les lèvres, la lueur cynique de ses yeux avait disparu, et il évita soigneusement le regard de Saryon. Le jeune diacre regarda autour de lui, paniqué, et vit ses camarades qui se regardaient, interdits, alarmés.

L'Evêque Vanya murmura quelque chose au Catalyste de la Maison royale, qui, le visage pâle et tiré, hocha la tête avec force.

– Répétez la première Epreuve, ordonna Vanya.

Les mains tremblantes, Saryon posa sur l'eau l'enfant hurlant, puis le lâcha. Dès qu'il devint évident que le bébé coulait, Saryon – sur un signe précipité de l'Evêque – le sortit du bassin.

– Que l'Etern nous protège ! dit le Catalyste de la Maison royale d'une voix tremblante.

– Je crains qu'il ne soit trop tard pour ça, répondit froidement Vanya. Amenez-moi l'enfant, Saryon, ajouta-t-il, nerveux au point qu'il oublia de lui donner son titre de Diacre.

S'efforçant gauchement de calmer le bébé, Saryon obéit vivement et vint se placer devant l'Evêque.

– Donnez-moi la torche, ordonna Vanya au Diacre Dulchase qui, l'ayant prise à contrecœur, ne fut que trop heureux de la passer à son supérieur.

Saisissant la torche, l'Evêque Vanya la fourra brusquement sous le nez de l'enfant, qui hurla de douleur, tandis que Saryon s'oubliait au point d'arrêter le bras de l'Evêque et de le repousser avec un cri de colère.

Personne ne dit un mot. Tout le monde sentit l'odeur de cheveux brûlés. Tout le monde vit la marque rouge de la brûlure à la tempe de l'enfant.

Tremblant, serrant le bébé sur son cœur, Saryon tourna le dos aux visages livides et aux yeux horrifiés. Tapotant l'enfant qui hurlait maintenant en un paroxysme de fureur hystérique, la première pensée incohérente qui frappa Saryon fut qu'il venait de commettre un nouveau péché. Il avait osé toucher le corps de son supérieur sans sa permission, et, pire encore, il l'avait repoussé dans la colère. Le jeune diacre se raidit, s'attendant à une sévère réprimande. Qui ne vint pas. Regardant l'Evêque Vanya par-dessus son épaule, Saryon comprit pourquoi.

L'Evêque ne sut sans doute jamais que Saryon l'avait touché. Il fixait le bébé, les yeux dilatés, le visage gris cendre. Le Catalyste de la Maison royale se tordait les mains et tremblait visiblement, tandis que les Cardinaux se regardaient, interdits et désemparés.

Pendant ce temps, le Prince hurlait de douleur au point qu'il s'en étranglait. Ne sachant quoi faire d'autre, et réalisant que les hurlements de l'enfant éprouvaient les nerfs de tous les assistants, Saryon s'efforçait désespérément de le calmer. Il se tut enfin, plus d'épuisement qu'à cause des dons de puériculteur du jeune catalyste. Le silence tomba sur la pièce comme une chape de plomb, rompu de temps à autre par un hoquet du bébé.

Puis l'Evêque Vanya prit la parole.

– Une telle chose ne s'est jamais produite au cours de toute notre histoire, même avant les Guerres du Fer, murmura-t-il, en proie à une crainte révérencielle que Saryon comprit, car elle s'accordait à la sienne.

Mais il y avait une autre nuance dans la voix de Vanya, qui fit frissonner Saryon. Une nuance qu'il entendait pour la première fois dans la voix de l'Evêque – une nuance de peur.

Otant sa mitre en soupirant, Vanya passa la main sur son crâne tonsuré. En enlevant sa mitre, il semblait avoir enlevé aussi l'aura mystique et de majesté qui l'entourait, et Saryon, tapotant le dos du bébé, ne vit plus qu'un homme vieillissant et bedonnant, à l'air extrêmement fatigué et effrayé. Ce qui effraya Saryon plus que tout, et, à voir le visage des autres, il n'était pas le seul à réagir de la sorte.

– Ce que je vais vous dire de faire, vous devrez le faire sans discuter, dit Vanya d'une voix rauque, les yeux fixés sur la mitre qu'il tenait à la main.

Distraitement, il en caressa le galon d'or de ses doigts tremblants.

– Je pourrais vous donner la raison de... non, dit-il, relevant la tête, le regard froid et sévère. Non, j'ai juré de garder le silence. Je ne peux pas rompre mon vœu. Vous m'obéirez. Vous ne discuterez pas. Sachez que je prends sur moi l'entière responsabilité de ce que je vais exiger de vous.

Il se tut un moment, puis, une haleine tremblante s'échappant de ses lèvres, se mit à prier silencieusement.

Tenant toujours l'enfant secoué de hoquets, Saryon regarda les autres pour voir s'ils comprenaient. Lui, il ne comprenait pas. Il n'avait jamais entendu dire qu'un enfant ait échoué aux Epreuves. Qu'allait-il se passer ? Quelle chose terrible l'Evêque allait-il leur demander ? Ses yeux se reportèrent sur Vanya. Tout le monde fixait l'Evêque, attendant qu'il se serve de sa magie pour les sauver. Comme si chacun avait ouvert un conduit vers Vanya, non pour lui donner de la Vie, mais pour lui en prendre.

Peut-être cette dépendance lui donna-t-elle de la force, car l'Evêque se redressa et releva la tête. Le regard vague, il fronça les sourcils, réfléchissant avec une moue pensive. Puis, ayant apparemment pris sa décision, son front se détendit, et son visage reprit sa sérénité habituelle. Il recoiffa sa mitre, redevenu l'Evêque du Royaume, et se tourna vers Saryon.

– Emportez l'enfant directement à la nurserie, ordonna-t-il. Ne l'amenez pas à sa mère. Je parlerai moi-même à l'Impératrice pour la préparer. Il vaut mieux que la séparation soit brutale et rapide.

Le Catalyste de la Maison royale émit une sorte de gémissement étranglé. Mais l'Evêque Vanya, le visage glacé comme si le silence glacial de la pièce s'était infiltré dans son sang, l'ignora. Parlant d'une voix impassible, il reprit :

– A partir de cet instant, l'enfant ne doit recevoir ni nourriture, ni eau, ni caresses. Il est Mort.

L'Evêque ajouta quelque chose, mais Saryon n'entendit pas. Le bébé hoquetait sur son épaule, trempant de ses larmes sa plus belle robe de cérémonie. Etant parvenu à porter un poing à sa bouche, le Prince le tétait bruyamment, regardant Saryon de ses grands yeux dilatés. Le Diacre sentait le petit corps frémir, chaque fois qu'un nouveau sanglot l'agitait.

Saryon baissa les yeux sur l'enfant, le cœur serré, en pleine confusion. Il avait entendu quelque part que tous les bébés avaient les yeux bleus, mais ceux de celui-là étaient d'un bleu brumeux presque noir. Ressemblait-il à sa mère, qui avait la réputation d'être d'une beauté extraordinaire ? L'Impératrice avait les yeux bruns, avait-il entendu dire, et des cheveux bleu-noir si luxuriants qu'elle n'avait pas besoin de magie pour qu'ils brillent comme l'aile d'un corbeau. Pensant à cela, et regardant les cheveux noirs du bébé, Saryon vit qu'une cloque se formait sur sa tempe. Instinctivement, il voulut la toucher, ses lèvres articulant silencieusement les mots de la prière qui renforcerait la force de guérison de la Vie de l'enfant. Mais il s'interrompit. Cet enfant n'avait aucune Vie de guérison dans le corps. Aucune Vie ne palpitait en lui.

Le jeune Diacre tenait un cadavre dans ses bras.

Le Prince prit soudain une inspiration convulsive. Il parut sur le point de pleurer, mais il continua à téter son poing, apparemment satisfait. Se blottissant contre Saryon, il le regarda de ses grands yeux frangés de longs cils noirs.

A partir de maintenant, pensa Saryon, le cœur serré, je serai le dernier à le tenir dans mes bras, à lui tapoter le dos, à caresser ses cheveux soyeux. Les larmes lui montèrent aux yeux, et il regarda autour de lui, suppliant l'un des autres de lui enlever ce fardeau. Personne ne fut volontaire. Tous évitèrent son regard, sauf l'Evêque Vanya, qui fronça les sourcils car ses instructions n'étaient pas exécutées.

Saryon ouvrit la bouche pour discuter cet ordre cruel, mais sa voix s'étrangla dans sa gorge. Vanya avait dit qu'ils devaient obéir sans savoir pourquoi. Qu'il prenait sur lui toute la responsabilité. Que pourraient faire les supplications d'un simple diacre ? D'un diacre déjà en disgrâce ? Sans doute rien. Saryon n'avait rien d'autre à faire que de s'incliner et de quitter la pièce, tapotant gauchement le dos du Prince d'une façon qui semblait le calmer. Une fois sorti toutefois, le jeune diacre ne sut plus où diriger ses pas dans l'immense Cathédrale. Tout ce qu'il savait, c'est que, d'une façon ou d'une autre, il devait se rendre au Palais royal. Au bout du couloir, il aperçut la sombre silhouette d'un Vigile. Saryon hésita. Le sorcier pourrait le diriger sur le Palais. En fait, il pouvait l'y envoyer par sa magie.

Considérant la silhouette en robe noire, Saryon frissonna, et, tournant les talons, se dirigea dans la direction opposée. Je trouverai tout seul le chemin du Palais, pensa-t-il avec frustration et colère. Au moins, en marchant, je peux réconforter un peu ce pauvre petit avant... avant...

La dernière chose que Saryon entendit avant de quitter le couloir, ce fut la voix de l'Evêque Vanya.

– Demain matin, l'Empereur et l'Impératrice reconnaîtront publiquement que l'enfant est Mort. J'emporterai le bébé à la Source. Puis, demain après-midi, la Veillée de la Mort commencera. Dans notre intérêt à tous, j'espère qu'elle sera courte.

Dans notre intérêt à tous.

Le lendemain, le Diacre Saryon se retrouva dans la merveilleuse Cathédrale de Merilon, écoutant les pleurs de l'enfant Mort et le murmure de ses projets, espoirs et visions qui lui disaient au revoir.

Maintenant, il n'y aurait pas de fêtes à Merilon, pas de présentations aux familles nobles. Le peuple était hébété. Les réceptions cessaient brusquement à mesure que la nouvelle se répandait. Les *Sif-Hanar* enveloppèrent la cité dans un linceul de brouillard gris. Les musiciens et les artisans quittèrent la ville, et les étudiants furent renvoyés à l'Université. Les nobles voletaient dans cette atmosphère sinistre, allant de maison en maison, parlant à voix étouffées, cherchant quelqu'un qui se souviendrait comment se comporter décemment pendant les sombres heures de la Veillée de la Mort. Rares étaient ceux connaissant le rituel à observer. Il y avait des années qu'un Enfant royal n'était pas né, et, de mémoire d'homme, personne n'avait jamais entendu parler d'un Enfant royal né Mort.

Naturellement, l'Evêque Vanya avait toutes ces informations sous la main, et il fit passer les consignes. Le temps que Saryon se retrouve dans la Cathédrale, vêtu de *Bleu pleureur*, toute la ville avait changé ; les *Pron-alban*, ou artisans, et les *Quin-alban*, ou conjureurs, ayant travaillé fiévreusement toute la nuit.

Le brouillard gris demeura sur la ville, et s'épaissit au point d'empêcher les rayons du soleil de pénétrer ce linceul magique, qui couvrait les rues mortellement silencieuses et dérivait entre les plates-formes de marbre rose. Les couleurs gaies décorant les murs de cristal des maisons disparurent, remplacées par des tapisseries d'un gris sinistre, comme si le brouillard avait pris forme et substance. Même le grand Dragon de Soie disparu, rentré dans son repaire – dirent les adultes aux enfants – pour pleurer le Prince Mort.

Les rues étaient désertes et silencieuses. Ceux qui n'étaient pas de service auprès de la Famille royale en deuil restaient confinés chez eux, priant ostensiblement avec leur voisins pour que la Veillée de la Mort soit courte. Mais, dans beaucoup de ces maisons, les prières des jeunes mères, serrant leurs enfants sur leurs cœurs, sortaient de lèvres pâles et tremblantes, tandis que les femmes enceintes, les mains posées sur leur ventre distendu, ne pouvaient même pas former les mots des prières.

Quand la cérémonie fut terminée, on emporta le bébé. La Veillée de la Mort commença.

Cinq jours plus tard, on annonça qu'elle était terminée.

Après cela, de nombreux enfants des nobles familles de Merilon échouèrent aux Epreuves, bien qu'aucun aussi complètement que le Prince. La plupart de ces bébés furent emportés à la Source, où il fut procédé à la Veillée de la Mort.

La plupart, mais pas tous.

Saryon, à la requête de Vanya, resta à Merilon pour travailler à la Cathédrale. Eprouver ces enfants faisait partie de ses responsabilités. Au début, il détestait cet office au point qu'il faillit se révolter et demander une nouvelle affectation. N'importe quoi lui semblait préférable – même de devenir Catalyste des Champs. Mais il n'était pas dans la nature de Saryon de se rebeller ouvertement, et au bout d'un certain temps, il se résigna à son travail, mais sans s'y endurcir.

Saryon comprenait le raisonnement justifiant la destruction de ces enfants. En fait, il lui fut exposé par l'Evêque en personne, quand les échecs aux Epreuves se multiplièrent. Désemparés et effrayés, les gens commençaient à murmurer contre les catalystes, qui, pendant ce temps, se plongeaient dans toutes les sources imaginables en l'espoir de trouver des réponses à leurs questions troublantes.

Pourquoi ces échecs ? Comment les faire cesser ? Et surtout, pourquoi cela n'arrivait-il qu'aux nobles ? Car on découvrit bientôt que les roturiers des villes, de même que les paysans des campagnes, mettaient au monde des enfants sains et Vivants. Le peuple de Merilon exigea des réponses, forçant l'Evêque Vanya à prononcer à la Cathédrale un sermon destiné à calmer les esprits.

– Ces infortunés enfants ne sont pas des enfants du tout, s'écria-t-il, joignant les mains avec passion, sa voix résonnant sous les voûtes de cristal. Ce sont des mauvaises herbes dans le jardin de notre Vie ! Nous devons les déraciner et les anéantir, comme les Mages des Champs déracinent les mauvaises herbes de leurs cultures, ou ils étoufferont la magie de notre monde.

Cette terrible prédiction eut l'effet attendu. Après ça, la plupart des parents se soumirent à la volonté de l'Etern, et remirent leurs enfants Morts aux mains des catalystes. Mais certains parents se révoltèrent. En secret, ils éprouvèrent eux-mêmes leurs enfants, et, si le bébé échouait, ils le cachaient jusqu'au moment où ils pouvaient le sortir de la cité en contrebande. Les catalystes le savaient, mais ils ne pouvaient rien faire à part garder le silence sur ces faits, pour ne pas alarmer indûment la population.

Et c'est ainsi que les Morts foulèrent la terre en nombre toujours croissant, nota un soir Saryon dans son journal. *Et que nos terreurs augmentèrent.*

Chapitre 7

ANJA

Le surveillant planait au-dessus du champ, observant la douzaine de mages voletant au-dessus des cultures comme de ternes papillons. Ils allaient et venaient au-dessus des sillons, leurs vêtements bruns se détachant sur le vert vif des plants de haricots. Se rapprochant du sol, ils flétrissaient les mauvaises herbes d'un simple contact de la main, donnaient de la Vie à une plante poussive, ou enlevaient doucement un insecte prédateur et le jetaient au loin.

Hochant la tête avec satisfaction, le surveillant porta son regard sur le champ voisin, où d'autres mages peinaient sur la terre fraîchement retournée. On l'avait moissonné la semaine précédente, et les mages glanaient les derniers épis. Puis la terre se reposerait, et enfin, les mages reviendraient, et, utilisant leur force magique intérieure, traceraient des sillons par des gestes précis de leurs mains, préparant le sol aux semences.

Tout se passait bien. Le surveillant aurait été surpris qu'il en fût autrement. Walren était un petit village de Mages des Champs, semblable à beaucoup d'autres. Situé sur les terres du Duc de Nordshire, il était relativement récent, n'ayant été construit qu'une centaine d'années plus tôt quand un terrible ouragan (causé par deux factions rivales de *Sif-Hanar*) avait provoqué un incendie qui avait efficacement défriché le pays tout en laissant assez de bois pour construire des maisons. Le Duc avait immédiatement profité de la situation, ordonnant à une centaine de ses paysans d'aller s'établir en ce lieu, situé à la lisière du Nullepart, de finir de déblayer le terrain et de mettre les terres en valeur. Ils étaient loin des murs de la cité, loin de tout autre village. La plupart des mages qui travaillaient là y étaient nés et y mourraient sans doute. Il n'y avait pas de mécontentement ni de discours de révolte, comme dans certains villages dont le surveillant avait entendu parler.

Un mouvement attira son œil. Il quitta immédiatement son attitude détendue et prit un air sévère en voyant le Catalyste des Champs se diriger vers lui. Dans les villages agricoles, le Catalyste des Champs travaille aussi dur ou même plus dur que les mages eux-mêmes. Les Mages des Champs ne peuvent recevoir du Catalyste des Champs que le strict nécessaire de Vie magique pour travailler efficacement, parce qu'ils ont la capacité de stocker en eux cette énergie et de l'utiliser quand bon leur semble. A cause d'un certain mécontentement et d'une certaine agitation se manifestant de temps en temps chez les Mages des Champs, on juge prudent de laisser cette énergie magique au plus bas. C'est pourquoi le Catalyste des Champs est obligé de circuler constamment parmi eux pour restaurer leurs forces magiques presque toutes les heures – raison pour laquelle ce travail est abhorré de tous les catalystes, et généralement assigné à ceux de basse extraction, ou à ceux ayant commis une infraction envers les règles de l'Ordre.

D'ailleurs, au moment même où le catalyste traversait le champ, ses souliers – insignes de sa fonction – couverts de boue, un mage tomba à terre et ne se releva pas. Voyant la femme lever la main en l'air, le surveillant attira l'attention du catalyste et la lui montra du pouce.

– Ordonne une halte, grogna le catalyste, se laissant lourdement tomber sur le sol.

Arrachant ses chaussures encroûtées de boue, il se frictionna les pieds, non sans jeter un amer regard d'envie sur les pieds nus du surveillant. Bien que hâlés par le soleil, leur peau était encore lisse, les orteils droits et bien séparés – signe de ceux qui parcourent le monde sur les ailes de la magie.

– Repos ! cria le surveillant, et les mages tombèrent à terre comme des mouches mortes pour s'allonger à l'ombre des plants de haricots ou se laissèrent flotter sur les courants, fermant les yeux dans le soleil éclatant.

– Tiens, qu'est-ce que c'est ? marmonna le surveillant, son attention détournée du champ par une silhouette apparue sur la route menant de la forêt aux terres cultivées.

Le catalyste, notant avec consternation qu'il avait une ampoule, releva la tête avec lassitude pour suivre le regard du surveillant.

La silhouette était celle d'une femme, mage à l'évidence d'après son vêtement, pourtant, elle marchait, signe qu'elle avait épuisé presque toute sa force magique de Vie. Sur le dos, elle portait un balluchon – du linge sans doute, se dit le surveillant, examinant la femme avec attention. Autre preuve que sa force de Vie était faible, car les mages portaient rarement quoi que ce soit.

Le surveillant aurait pensé qu'elle était Mage des Champs, n'était le vert vif de sa robe, bien différent du brun terne de ceux qui cultivent la terre.

– Une dame noble, dit le catalyste, renfilant vivement ses chaussures.

– Ouais, grommela le surveillant en fronçant les sourcils.

Cela sortait de l'ordinaire, et le surveillant détestait tout ce qui sortait de l'ordinaire. En général, ça annonçait des problèmes.

La femme était plus proche maintenant, si proche qu'elle entendit leurs voix. Elle releva la tête, et, les regardant bien en face, elle s'arrêta pile. Son visage hâlé par le soleil prit un air de fierté hautaine, puis – au prix de ce qui dut être un suprême effort – elle s'éleva au-dessus du sol et flotta vers eux avec distinction. Le surveillant regarda le catalyste, qui haussa les sourcils en la voyant dériver dans leur direction, de façon plutôt erratique, avant de s'arrêter devant eux. Puis, d'un air nonchalant, comme si elle faisait cela par choix, et non parce qu'elle n'avait pas la force de continuer, la femme se posa doucement sur le sol et les regarda fièrement.

– Milady, dit le surveillant, hochant la tête en une sorte de salut, mais sans ôter son chapeau comme le voulait l'usage.

Maintenant qu'elle était tout près, il vit que sa robe, quoique taillée dans un luxueux tissu, était sale et déchirée. L'ourlet avait traîné dans les pierres et la boue des chemins, et il y avait un accroc à la jupe. Ses pieds nus tailladés saignaient.

– Votre Seigneurie est-elle égarée ? Ou a-t-elle besoin d'aide... ? demanda le catalyste, quelque peu troublé par sa tenue dépenaillée, contrastant avec son air de défi hautain.

– Ni l'un, ni l'autre, répondit-elle d'une voix tendue,.

Elle les regarda à tour de rôle.

– J'ai besoin de travail, ajouta-t-elle, relevant fièrement la tête.

Le catalyste ouvrit la bouche pour refuser, mais à cet instant, le surveillant toussota, et d'un geste imperceptible, montra le balluchon de la femme. Ce balluchon avait remué. Deux yeux bruns le regardaient par-dessus l'épaule de la femme.

Un bébé.

Le catalyste et le surveillant se consultèrent du regard.

– D'où venez-vous, Milady ? demanda le surveillant, pensant que c'était à lui de prendre les choses en main.

Mais le catalyste intervint.

– Et où est le père du bébé ? demanda-t-il d'un ton sévère, comme il convenait à un membre du clergé.

La femme ne se laissa pas démonter par ces questions. Ses lèvres se retroussèrent en un rictus, et quand elle parla, ce fut au surveillant, non au catalyste.

– Je viens de là-bas, dit-elle, montrant vaguement la direction de Merilon. Quant au père de l'enfant – mon mari, souligna-t-elle avec emphase – il est mort. Il a défié l'Empereur et a été envoyé Outre-Monde.

De nouveau, les deux hommes se regardèrent. Ils savaient qu'elle mentait – personne n'avait été envoyé Outre-Monde depuis un an – mais ses yeux brillaient d'un éclat si étrange qu'ils hésitaient à la provoquer.

– Eh bien ? dit-elle avec brusquerie, remontant sur

son dos le balluchon contenant le bébé. Aurai-je du travail ou non ?

– Avez-vous sollicité l'aide de l'Eglise, Milady ? demanda le catalyste. Je suis certain que...

A sa stupéfaction, la femme cracha à ses pieds.

– Mon bébé et moi, nous préférons mourir de faim, et nous *mourrons* avant que j'accepte une croûte de pain des mains de vos pareils.

Elle lui décocha un regard cinglant, et, lui tournant le dos, fit face au surveillant.

– As-tu besoin d'une travailleuse supplémentaire ? demanda-t-elle d'une voix grave et rauque. Je suis vigoureuse. Je travaillerai dur.

Le surveillant s'éclaircit la gorge avec embarras. Il voyait les grands yeux noirs du bébé fixés sur lui. Techniquement, le surveillant, en sa qualité de Maître Mage, dirigeait le village, et, bien que l'Eglise pût contester sa décision, elle ne contesterait jamais son droit de la prendre. Mais il était dans une situation délicate. Il ne ressentait aucune sympathie pour cette femme. Au contraire, il éprouvait une certaine révulsion pour elle et son bébé. Au mieux, il s'agissait sans doute d'une fécondation illégale – certains catalystes sans scrupules se livraient à ces pratiques contre espèces sonnantes et trébuchantes. Au pire, l'enfant était le fruit du rut, conséquence de la jonction aberrante des corps mâle et femelle. Ou peut-être encore l'enfant était-il Mort. Selon la rumeur, on faisait sortir en contrebande certains de ces bébés de Merilon. Son premier mouvement fut de la renvoyer.

Mais c'était l'envoyer à une mort certaine, il le savait.

Le voyant hésiter, le catalyste fronça les sourcils et vint se placer sous le surveillant qui flottait toujours, lui faisant signe avec irritation de descendre à son niveau.

– Il est impensable que tu hésites ! murmura-t-il. C'est manifestement une... enfin... tu sais...

Le catalyste rougit d'embarras devant le sourire lubrique du surveillant, et poursuivit vivement :

– Dis-lui de passer son chemin ; ou mieux, fais venir les Vigiles...

Le surveillant fronça les sourcils.

– Je n'ai pas besoin des Vigiles pour savoir ce que j'ai à faire. Et que voudrais-tu que je fasse ? Que je les envoie dans le Nullepart, elle et le bébé ? C'est le dernier village de ce côté de la rivière. Tu pourras dormir la nuit, en pensant à ce qui leur arrivera là-bas ?

Il reporta son regard sur la femme. Elle était jeune, pas plus de vingt ans. Elle devait avoir été jolie, mais son visage altier était creusé de rides de colère et de haine. Et elle était beaucoup trop maigre – sa robe pendait lamentablement sur elle comme sur un portemanteau.

Le catalyste lui signifia par son air acide qu'il risquerait volontiers quelques nuits d'insomnie pour être débarrassé de cette femelle. Ce qui aida le surveillant à se décider.

– Très bien, Milady, dit-il, bourru, affectant d'ignorer l'air choqué et désapprobateur du catalyste. J'ai du travail pour une personne de plus. On te donnera un logement – aux frais de Sa Seigneurie – une parcelle de terre à cultiver à ta guise, et une part des récoltes. Mais il faut être aux champs de l'aube à la nuit. Repos à midi. Mamie Hudspeth surveillera le bébé...

– Le bébé reste avec moi, l'informa froidement la femme, remontant la bretelle de son balluchon. Je le porte sur le dos en travaillant, pour avoir les mains libres.

– Tu devras travailler comme les autres, dit le surveillant, secouant la tête.

– Ce sera fait, l'interrompit la femme, se redressant de toute sa taille. Je commence tout de suite ?

Devant son visage blême et épuisé, le surveillant remua avec embarras.

– Non, dit-il, bourru. Installe-toi d'abord. Au bout de la rue, près des arbres, la chaumière est vacante. Mais va au moins voir Mamie. Elle vous donnera à manger...

– Je n'accepte pas les aumônes, dit la femme, se retournant pour partir.

– Hé, quel est ton nom ? demanda le surveillant.

– Anja, lança la femme par-dessus son épaule.

– Et celui du bébé ?

– Joram.

– A-t-il été Eprouvé et béni selon les lois de l'Eglise ? demanda sévèrement le catalyste bien résolu à sauver ce qui restait de sa dignité.

Mais cette tentative échoua. Pivotant sur elle-même, elle le regarda en face pour la première fois, et ses yeux brillaient d'un éclat si étrange, si moqueur, si démentiel, que le catalyste recula d'un pas.

– Oh oui, murmura Anja. Il a subi la cérémonie des Epreuves et il a reçu la bénédiction de l'Eglise, tu peux en être sûr !

Sur quoi, elle éclata d'un rire si strident, si bizarre, que le catalyste lança au surveillant un regard plein de suffisance. N'était ce regard, le surveillant serait peut-être revenu sur sa décision. Lui aussi avait entendu la note de folie dans ce rire. Mais tout plutôt que se dédire devant ce petit chauve myope qui ne cessait de l'irriter depuis son arrivée, un mois plus tôt.

– Qu'est-ce que vous avez à bayer aux corneilles ? cria-t-il aux Mages des Champs qui regardaient la scène avec intérêt, toujours friands de ce qui pouvait adoucir leur vie ennuyeuse et pénible. Le repos est terminé. Reprenez le travail. Père Tolban, donne-leur de la Vie, dit-il au catalyste qui, de l'air avantageux de celui à qui les faits ont donné raison, renifla dédaigneusement et se mit à psalmodier le rituel.

Gratifiant le surveillant d'un sourire triomphal, comme s'ils partageaient une plaisanterie connue d'eux seuls, la femme se retourna et se dirigea vers la misérable chaumière dressée très à l'écart des autres, sa belle robe verte traînant dans la poussière et s'accrochant aux ronces du chemin.

Le surveillant devait apprendre à bien connaître cette robe. Six ans plus tard, Anja en portait toujours les haillons.

Chapitre 8

LES CONFINS

Joram savait qu'il était différent des autres enfants du village, chose qu'il semblait avoir toujours connue, comme il connaissait son nom, celui de sa mère ou le contact de sa main. Mais cette différence intriguait ses six ans.

– Pourquoi tu ne me laisses pas jouer avec les autres ? demandait-il souvent le soir, quand il était autorisé à sortir de leur chaumière pour prendre de l'exercice sous la stricte supervision d'Anja.

– Parce que tu es différent, répondait froidement Anja.

– Pourquoi je dois apprendre à lire ? demandait-il encore. Les autres n'apprennent pas.

– Parce que tu es différent, répondait encore Anja.

Différent. Différent. Différent. Le mot occupait toutes ses pensées, comme occupaient toute son ardoise les mots qu'Anja l'obligeait à copier laborieusement. C'était à cause de La Différence qu'il restait enfermé dans leur chaumière chaque fois qu'Anja allait aux champs. C'était à cause de La Différence qu'Anja vivait à l'écart des autres Mages des Champs, ne prenant jamais part à leurs petites réunions ni aux brèves conversations du soir avant le coucher.

– Pourquoi je suis différent ? demanda-t-il un jour avec humeur, regardant les autres enfants jouer sur le chemin poussiéreux. Je ne veux pas être différent.

– Que l'Etern pardonne à ta sotte langue, dit sèchement Anja, regardant avec mépris les enfants qui jouaient dans la rue. Tu es autant au-dessus d'eux que la lune est au-dessus du misérable sol que nous foulons.

Joram leva les yeux vers le ciel nocturne où luisait faiblement une lune solitaire, entourée du pâle scintillement des étoiles.

– Mais la lune est froide, et toute seule, Anja, remarqua Joram.

– Tant mieux pour elle, mon enfant, rétorqua Anja. Rien ne peut lui faire du mal.

S'agenouillant devant son fils, elle le prit dans ses bras et le serra passionnément sur son cœur.

– Sois seul comme la lune, et rien ne pourra te nuire !

Eh bien, c'était une raison, certes, pensa Joram, mais pas une très bonne raison. Etant seul toute la journée, il avait beaucoup de temps pour réfléchir. Alors, il ouvrait les yeux et les oreilles, espionnait sa mère, dans l'espoir d'identifier La Différence. Un jour, il crut l'avoir trouvée.

– Qu'est-ce que tu veux, Catalyste ? demanda hargneusement Anja, ouvrant brusquement à un coup frappé à la porte, un matin avant le travail.

Père Tolban s'efforça de maintenir un sourire sur ses lèvres, mais ce fut un sourire contraint, pincé.

– Que le soleil se lève, Anja. Puisse la bénédiction de l'Etern être sur toi en ce jour.

– Si c'est le cas, ce ne sera pas de ta faute, rétorqua Anja. Je te le répète, Catalyste, qu'est-ce que tu veux ? Fais vite. Je dois aller aux champs.

– Je suis venu pour discuter... commença cérémonieusement le catalyste, mais, perdant rapidement contenance devant le regard glacial d'Anja, il oublia son discours soigneusement préparé et bredouilla tout à trac :

– Quel âge a ton... a Joram ?

Encore à moitié endormi dans la grisaille de l'aube, l'enfant était pelotonné dans un coin sur son grabat.

– Il a six ans, répondit Anja avec arrogance, comme le mettant au défi de la contredire.

Le catalyste hocha la tête, tentant de reprendre contenance.

– C'est ce que je pensais, dit-il, s'efforçant d'être aimable. C'est l'âge auquel il devrait commencer son instruction. Je réunis les enfants pendant la Noblheure, tu sais. Permets-moi... c'est-à-dire...

Sa voix mourut, son sourire s'effaça, se fanant lentement devant le rictus sardonique d'Anja.

– C'est moi qui m'occuperai de son instruction, Catalyste, pas toi. Il est de noble extraction, après tout, ajouta-t-elle, voyant le Père Tolban sur le point de protester. Il sera éduqué comme il convient à un enfant de noble lignée, et non comme un de tes grossiers paysans !

Sur quoi, elle passa devant lui et scella la porte de la chaumière. Construite en branches, la porte, comme toutes les portes du village, avait été façonnée, à l'origine, en forme de mains accueillantes. Mais les branches en désordre et jamais taillées de la porte d'Anja lui donnaient plutôt l'air de serres crochues. Avec un dernier regard soupçonneux au catalyste, Anja jeta sur la maison le sort de protection qui la vidait tellement de son énergie tous les matins qu'elle était forcée d'aller aux champs à pied, au lieu de flotter comme les autres mages.

A l'intérieur, Joram sortit prudemment la tête de sa couverture. Le catalyste n'était pas encore parti. Il l'entendait remuer dehors, puis il entendit d'autres pas approcher.

– Tu l'as entendue ? demanda le Père Tolban, amer.

– Laisse-la tranquille, conseilla le surveillant. Et l'enfant aussi.

– Mais il devrait être éduqué...

– Bah ! grogna le surveillant. Le gamin ne saura pas son catéchisme, et alors ? Pourvu qu'il soit prêt pour les champs quand il aura huit ans, peut m'importe qu'il puisse ou non réciter les Neuf Mystères.

– Tu pourrais lui parler...

– A elle ? J'aimerais mieux parler à un centaure. Si tu veux le petit, il faudra l'arracher à ses griffes.

– Tu as peut-être raison, murmura Père Tolban. Je suppose que ça n'a guère d'importance après tout.

Ils s'éloignèrent.

Ainsi, ça faisait partie de La Différence, pensa Joram.

Il était de noble extraction ... quoi que cela puisse vouloir dire.

Mais il y avait autre chose. C'était forcé. Car, en grandissant, il commença à réaliser que cette Différence le tenait à l'écart de tout le monde – y compris de sa mère. Il le voyait parfois à la façon qu'elle avait de le regarder quand il faisait quelque chose d'ordinaire, comme de prendre un objet ou de traverser la pièce. Il voyait de la peur dans ses yeux – une peur qui l'effrayait lui aussi, bien qu'il ne sût pas pourquoi. Et chaque fois qu'il voulait demander, elle détournait les yeux et était soudain très occupée.

Une différence entre Joram et les autres enfants était évidente – il marchait. Il avait ses tâches ménagères et ses devoirs à faire pendant ses longues journées d'isolement, mais il en passait souvent une bonne partie à la fenêtre, à regarder avec envie jouer les enfants du village. Tous les jours à midi, sous l'œil vigilant de Père Tolban, ils flottaient et cabriolaient en l'air, jouant avec tous les objets que leur imagination et leurs pouvoirs magiques limités leur permettaient de créer. Joram aspirait ardemment à flotter, à ne plus être obligé de marcher sur le sol comme les Mages des Champs de la plus basse classe, ou cette créature la plus stupide de toutes d'après sa mère – un catalyste.

– Comment je peux savoir que je ne peux pas ? se dit-il un jour. Je n'ai jamais vraiment essayé.

Quittant la fenêtre, l'enfant embrassa la chaumière du regard. Façonnée à partir d'un arbre mort évidé par la magie, ses branches avaient été habilement tordues et entrelacées pour former un toit rudimentaire. Haut au-dessus de sa tête, une branche traversait le toit dans toute sa longueur. Travaillant diligemment, Joram traîna la table, formée d'une souche, sous cette branche. Puis il posa une chaise sur la table, et, montant dessus, leva les yeux vers le plafond. Pas assez haut. Frustré, il regarda autour de lui et avisa le coffre à pommes de terre dans le coin. Il descendit, vida sur le sol les pommes de terre, souleva l'énorme calebasse creuse, et, après bien des efforts, parvint à la positionner sur la chaise.

Maintenant, il atteignait la poutre, de justesse. La gourde branlant sous ses pieds, Joram toucha la branche du bout des doigts, et, d'un saut qui catapulta la gourde par terre, il la saisit et se hissa dessus. Baissant les yeux, il constata que le sol était loin au-dessous de lui.

– Ça ne fait rien, dit-il avec assurance. Je vais flotter comme les autres.

Prenant une profonde inspiration, Joram allait sauter quand soudain le sceau magique se rompit, la porte s'ouvrit et sa mère entra.

Le regard stupéfait d'Anja passa de la table à la chaise à la gourde et enfin à Joram, perché sur la poutre, et qui la fixait de ses yeux noirs, le visage froid et vide comme un masque. Instantanément, Anja vola vers le plafond et prit l'enfant dans ses bras.

– Qu'est-ce qui t'es passé par la tête, mon amour chéri ? demanda-t-elle fiévreusement, le serrant contre elle tandis qu'ils descendaient doucement vers le sol.

– Je veux flotter comme eux, dit Joram, montrant la rue et se débattant dans les bras de sa mère.

Posant son fils par terre, Anja regarda dehors par-dessus son épaule, les lèvres retroussées en un rictus.

– Ne déshonore jamais plus ni moi ni toi par de telles pensées ! dit-elle, s'efforçant de pendre un ton sévère.

Mais sa voix tremblait, et ses yeux se posèrent sur l'édifice rudimentaire assemblé par Joram pour arriver à ses fins. Frissonnante, elle porta sa main à sa bouche, puis, avec un regard horrifié, elle saisit la chaise et la jeta dans le coin. Enfin, elle se tourna vers Joram, pâle comme la mort, des paroles de réprimande sur les lèvres.

Mais elle ne put pas les prononcer. Dans les yeux de Joram, elle vit la question, déjà prête et sur le point d'être formulée.

Et elle n'était pas préparée à y répondre.

Sans un mot, Anja tourna les talons et quitta la chaumière.

Bien entendu, Joram essaya de sauter du toit, faisant sa tentative pendant la moisson, quand il était certain que sa mère ne rentrerait pas déjeuner comme elle en avait pris l'habitude de plus en plus souvent. En équilibre à l'extrême bord d'une branche, l'enfant sauta, dirigeant toute la force de sa volonté sur la sustentation, afin de planer dans l'air automnal comme les vautours, puis de tomber lentement vers le sol comme une feuille morte...

Il tomba, pas comme une feuille voltigeant dans le vent, mais comme une pierre. La chute lui fit très mal. Se relevant, il ressentit une vive douleur au côté en respirant.

– Qu'est-ce qu'il a, mon petit chaton ? demanda Anja avec enjouement le même soir. Tu es bien silencieux.

– J'ai sauté du toit, dit Joram, la regardant sans ciller. J'essayais de flotter comme les autres.

Anja ouvrit la bouche pour le gronder. Mais de nouveau, elle vit la question dans les yeux de l'enfant.

– Et qu'est-ce qui s'est passé ? demanda-t-elle bourrument, tripotant les haillons de sa robe verte.

– Je suis tombé, dit Joram à sa mère qui ne le regardait pas. Je me suis fait mal. Ici, ajouta-t-il, portant la main à son côté.

Anja haussa les épaules.

– J'espère que ça te servira de leçon, remarqua-t-elle froidement. Tu n'es pas comme les autres. Tu es différent. Et chaque fois que tu voudras être comme les autres, tu te feras mal ou ils te feront mal.

Elle a raison. Je ne suis pas comme les autres. Joram le savait maintenant. Mais pourquoi ? Pour quelle raison ?

Cet hiver-là, l'hiver de ses six ans, Joram crut de nouveau avoir trouvé la réponse.

Joram était un enfant très beau. Même le surveillant endurci ne pouvait s'empêcher de se retourner pour le regarder en ces rares occasions où l'enfant était autorisé à sortir de la chaumière. Comme il vivait toujours à l'intérieur, il avait la peau blanche, lisse, et translucide comme le marbre. Il avait de grands yeux expressifs, frangés de cils noirs si longs qu'ils effleuraient ses joues. Il avait les sourcils noirs et le front haut, ce qui lui donnait un air méditatif d'adulte s'accordant bizarrement avec son visage juvénile.

Mais son trait le plus marquant, c'étaient ses cheveux. Epais et luxuriants, noirs comme le plumage luisant des corbeaux, ils se partageaient au centre du front pour cascader sur ses épaules en une masse de boucles.

Malheureusement, ces cheveux magnifiques étaient le tourment de son enfance. Anja refusait de les couper, et ils étaient maintenant si longs et emmêlés qu'Anja passait des heures à les démêler. Elle essayait de les natter, mais ils étaient si indociles que les tresses se défaisaient au bout de quelques minutes, les cheveux encadrant le visage de l'enfant et tressautant sur ses épaules comme doués d'une vie propre.

Anja était extrêmement fière de la beauté de son fils. Lui laver et peigner les cheveux était son grand plaisir – son seul plaisir, en fait, car elle vivait hautainement à l'écart des autres. Peigner Joram était devenu un rituel quotidien. Tous les soirs, après leur maigre dîner et la brève séance de jeu de l'enfant, il s'asseyait sur un tabouret devant la table rudimentaire, tandis qu'Anja, à l'aide de ses doigts et de sa magie, peignait la chevelure magnifique et indocile.

Un soir, Joram se rebiffa.

Seul à la maison toute la journée comme d'habitude, il avait regardé par la fenêtre les autres enfants qui jouaient, flottant, cabriolant et pourchassant une boule de cristal que leur meneur, un garçon sympathique nommé Mosiah, avait conjurée. Le jeu prit fin avec le retour des parents qui rentraient des champs. Les enfants s'attroupèrent aussitôt autour d'eux, s'accrochant à leurs robes et les embrassant d'une façon qui serra le cœur de Joram. Pourtant, Anja ne cessait de le cajoler et de le serrer dans ses bras, mais avec une intensité si farouche que Joram avait parfois l'impression qu'elle voulait l'écraser contre elle, le faire rentrer dans son corps pour qu'ils ne fassent plus qu'un.

– Mosiah, cria le père de l'enfant, qui, après un rapide câlin, retournait à son jeu. On dirait un jeune lion, ajouta-t-il, ébouriffant affectueusement les cheveux blonds qui lui tombaient dans les yeux.

Prenant les mèches entre ses doigts, le père les coupa d'un rapide mouvement de la main.

Le soir, quand Anja le fit asseoir sur le tabouret et

commença à défaire ce qui restait de ses nattes, il dégagea sa tête d'une secousse, et tourna vers elle de grands yeux sombres et solennels.

– Si j'avais un père comme les autres, dit-il avec calme, il me couperait les cheveux. Si j'avais un père, je ne serais pas différent. Il ne te laisserait pas me rendre différent !

Sans un mot, Anja le gifla à toute volée.

Le coup le projeta par terre, et sa joue resta tuméfiée pendant des jours. Ce qui suivit laissa une blessure dans le cœur de Joram, qui ne guérit jamais tout à fait.

Contusionné, furieux, et alarmé devant le visage de sa mère – car elle était devenue pâle comme la mort et ses yeux brûlaient de sa fièvre intérieure – Joram se mit à pleurer.

– Arrête ! dit-elle, le relevant brutalement, ses ongles s'enfonçant douloureusement dans son bras. Arrête ! répéta-t-elle d'un ton farouche. Pourquoi pleures-tu ?

– Parce que tu m'as fait mal ! marmonna Joram d'un ton accusateur.

Portant la main à sa joue meurtrie, il fixa sur elle un regard de défi.

– Je t'ai fait mal ! dit-elle, sarcastique. Une gifle, et l'enfant pleure ! Viens, dit-elle, l'entraînant dans la rue où les gens s'installaient pour se reposer après la dure journée de labour. Viens, je vais te montrer ce que c'est que d'avoir mal !

Marchant si vite qu'elle traînait littéralement l'enfant derrière elle (Anja marchait toujours quand elle était avec Joram – comportement bizarre qui n'avait pas manqué d'éveiller la curiosité des autres mages) Anja arriva à la maison du catalyste, à l'autre bout du village. Utilisant la magie engrangée pendant la journée de travail, Anja fit ouvrir la porte. Elle et l'enfant s'y engouffrèrent, propulsés par sa fureur.

– Anja ! Qu'est-ce qu'il y a ? s'écria Père Tolban alarmé, quittant le coin du feu où il se délassait et se levant d'un bond.

Mamie Hudspeth, penchée au-dessus des flammes, faisait cuire son dîner, cette activité exigeant plus de Vie que n'en a un catalyste. Les saucisses étaient suspendues au-dessus du feu, grésillant et caquetant, un peu comme la vieille elle-même, qui préparait du gruau dans une sphère magique bouillant dans l'âtre.

– Hors d'ici ! ordonna Anja à la vieille, sans quitter des yeux le catalyste stupéfait.

– Tu... il vaut mieux faire ce qu'elle dit, Mamie, dit doucement Père Tolban.

Il aurait aimé ajouter : « Et préviens immédiatement le surveillant ! », mais les yeux étincelants et l'air furieux d'Anja lui firent ravaler ses paroles. Gloussant et marmonnant, la vieille projeta les saucisses de la cheminée sur la table, puis – regardant la mère et l'enfant de ses yeux étrécis – elle s'enfuit en faisant le signe qui conjure le Mal.

Avec un rictus méprisant, Anja claqua la porte et se planta devant le catalyste. Il n'était plus retourné la voir depuis qu'elle avait refusé qu'il instruise Joram. Aux champs, elle ne lui parlait jamais dans la mesure du possible. Il fut donc frappé de stupeur de la voir dans sa maison, et encore plus de voir l'enfant avec elle.

– Qu'y a-t-il, Anja ? Vous êtes malades, toi ou l'enfant ?

– Ouvre-nous les Couloirs, Catalyste, dit Anja, de l'air supérieur qu'elle prenait pour s'adresser à des inférieurs, et qui contrastait bizarrement avec sa robe rapiécée et son visage sale. L'enfant et moi devons faire un voyage.

– Maintenant ? Mais... mais... bredouilla Père Tolban, totalement désemparé.

C'était inouï ! Ce ne devait pas être permis ! Cette femme était devenue folle ! Et cela le fit penser à autre chose. Il était seul et sans protection en présence d'une magicienne, une *Albanara*, s'il fallait l'en croire, dont il sentait la force de Vie qui irradiait de son corps dans sa fureur.

Elle avait sans doute économisé de l'énergie pendant la journée. Pas beaucoup, bien sûr, mais ce pouvait être suffisant pour le métamorphoser ou dévaster son humble maison. Que faire ? Gagner du temps. Peut-être que la vieille Mamie aurait l'intelligence d'aller chercher le surveillant. S'efforçant de garder son calme, il transféra son regard de la mère sur l'enfant, debout en silence près d'elle, à moitié caché dans les plis de sa luxueuse robe en haillons.

Malgré sa peur et l'agitation de son esprit, Père Tolban s'immobilisa, médusé. Il n'avait jamais vu l'enfant de près, Anja veillant à ce qu'il n'approche pas de lui. Et, bien qu'ayant entendu des rumeurs sur la beauté du garçon, le catalyste n'était pas préparé à ce qu'il voyait. Des cheveux noir corbeau encadraient un visage d'albâtre aux grands yeux noirs. Mais le plus remarquable, en dehors de son extraordinaire beauté, c'est qu'il n'y avait aucune peur dans ces grands yeux brillants. Il y avait comme une ombre de souffrance – il vit sur la joue la marque de la main d'Anja. Il y avait des traces de larmes. Mais il n'y avait pas de peur, seulement une expression de triomphe tranquille, comme si cela avait été soigneusement prévu et préparé.

– Immédiatement, Catalyste ! dit Anja d'une voix sifflante. Je n'ai pas l'habitude que tes pareils me fassent attendre !

– Le pai... paiement, bredouilla Père Tolban.

Détournant son regard de l'étrange enfant, il le fixa sur le visage délirant de la mère, soulagé de trouver refuge dans la sécurité des règles de l'Ordre.

– Il doit y avoir un paiement, tu le sais, reprit-il sévèrement, reprenant de l'assurance à mesure que les règles lui prêtaient la force des siècles. Une partie de ta Vie, Maîtresse Anja, et une partie de la Vie de l'enfant, s'il voyage avec toi...

Le catalyste pensait que cela arrêterait la femme – après tout, quelle Mage des Champs avait encore assez de Vie au bout de la journée pour en donner la portion exigée par les catalystes pour l'usage de leurs Couloirs ?

Cela arrêta effectivement Anja, mais pas pour longtemps, et pas du tout de la façon qu'espérait Tolban.

L'entendant mentionner l'enfant, elle baissa les yeux sur lui, perplexe, comme si elle avait oublié sa présence. Puis, fronçant les sourcils, elle les releva sur le catalyste, qui croisait les bras, s'apprêtant à déclarer que l'affaire était close.

– Parasites, je vous paierai ce dont vous avez besoin pour vivre ! dit-elle sèchement. Mais tu ne prendras rien à l'enfant. Je te paierai sa part sur ma Vie. J'en ai suffisamment ! Prends ma main !

Anja tendit la main au catalyste, qui perdait rapidement son assurance comme un arbre blessé perd sa sève. Hébété, il fixa cette main, et, pendant un instant, il ne vit plus le visage sale et les yeux déments, il ne vit plus la robe déchirée et le teint hâlé d'une Mage des Champs. Il vit une femme grande et jolie, née pour commander et pour être obéie. Sans vraiment savoir ce qu'il faisait, le catalyste prit la main, et sentit la Vie surgir en lui avec une force qui faillit le renverser.

– Où... où veux-tu aller ? demanda-t-il d'une voix mourante.

– Les Confins.

– Les Confins ?

Sa mâchoire s'affaissa de stupéfaction.

Les sourcils d'Anja se rapprochèrent de façon alarmante.

Père Tolban déglutit avec effort. Puis il fronça les sourcils, s'efforçant de sauver une partie de sa dignité.

– Je dois laisser le Couloir ouvert pour garantir ton retour, dit-il d'un ton acide.

Anja émit un reniflement dédaigneux.

– Eh bien, laisse-le ouvert, dit-elle sèchement. Peu m'importe. Nous ne nous absenterons que quelques instants. Exécution !

– Très bien ! grommela le catalyste.

Utilisant la Vie d'Anja, le catalyste ouvrit une fenêtre dans le temps et l'espace, l'un des nombreux Couloirs créés à l'origine par les Devins, ou Mages du Temps. Les Devins avaient disparu depuis des siècles, emportant avec eux les connaissances nécessaires à la construction des Couloirs. Mais les catalystes, qui les contrôlaient depuis toujours, savaient encore les entretenir et les faire fonctionner, les conservant en activité en prenant de la Vie à ceux qui les utilisaient.

Entrant dans la fenêtre, qui apparut comme un néant ténébreux dans le confortable séjour de Père Tolban,

Anja et l'enfant disparurent. Jetant un coup d'œil craintif dans le Couloir, le catalyste se surprit à taquiner l'idée de le fermer, pour les laisser en plan de l'autre côté. Il revint à lui en sursaut, choqué d'avoir seulement pu avoir cette idée.

Les Confins, se dit-il, branlant du chef. Comme c'était étrange. Pourquoi aller dans cette région désolée, oubliée de Dieu ?

Il n'y a pas de gardes sur les Confins. Ils sont inutiles.

Passer de ce monde dans les brouillards dérivant au-delà, c'est passer dans l'Outre-Monde. Passer dans l'Outre-Monde, c'est mourir.

Quant à garder le monde contre ce qui se trouve dans l'Outre-Monde, ce n'est pas nécessaire. Car il n'y a rien dans l'Outre-Monde, rien, à part le royaume de la Mort. Et de ce royaume, personne n'est jamais revenu.

Le premier paragraphe du catéchisme déclare : « Nous avons fuit le monde où régnait la Mort, emportant avec nous la magie et les créatures de magie que nous avions créées. Nous choisissons ce monde parce qu'il est vide. Ici vivra la magie, puisqu'il n'y a rien ni personne pour recommencer à nous menacer. Ici, sur ce monde, est la Vie. »

Il n'y a pas de gardes, mais il y a les Veilleurs.

Entrant avec hésitation dans le Couloir en serrant la main de sa mère, Joram éprouva une sensation immédiate de forte compression. Des étoiles scintillantes éclatèrent devant ses yeux. Mais avant qu'il ait pu enregistrer ce qui se passait, la sensation cessa, la lumière disparut, et il regarda autour de lui, pensant voir le petit séjour du catalyste. Mais il n'était pas dans la maison du catalyste. Il était debout sur une grande étendue de sable blanc.

L'enfant n'avait jamais rien vu de pareil, et, la sensation du sable tiède sous ses pieds lui plut beaucoup. Il se baissa pour en ramasser une poignée, mais Anja le releva d'une secousse, et traversa la plage à longues enjambées en le traînant derrière elle. D'abord, Joram eut plaisir à marcher dans le sable. Mais ça ne dura pas, le sable devenant de plus en plus mou et la marche de plus en plus pénible. Il commença à s'enfoncer dans les dunes mouvantes, et quand il essaya d'aller plus vite, elles glissèrent sous ses pas, le faisant trébucher et tomber.

– Où on est? demanda-t-il, haletant.

– Nous sommes au bord du monde, dit Anja, s'arrêtant pour essuyer la sueur de son visage et pour s'orienter.

Content de ce répit, Joram regarda autour de lui.

Anja avait raison. Derrière lui, il y avait le monde – le sable blanc faisant place à la savane qui à son tour faisait place aux champs cultivés. Les forêts vertes amenaient la Vie du monde jusqu'en haut des montagnes pourpres, qui dressaient leurs sommets neigeux dans le clair azur du ciel. Et, aux yeux de Joram, le ciel sembla bondir des montagnes et se déployer au-dessus de sa tête en un immense dais serein. Suivant sa courbe du regard, il se retourna et regarda devant lui, là où le ciel tombait enfin dans le vide brumeux au-delà du sable blanc.

Et c'est alors qu'il vit les Sentinelles.

Sursautant, il serra la main de sa mère et tendit le bras.

– Oui, dit-elle simplement.

Mais la douleur et la fureur qu'elle mit dans ce mot firent frissonner l'enfant dans le jour déclinant, bien que le sable irradiât encore sous ses pieds la chaleur de midi.

Serrant fermement la main de Joram, Anja l'entraîna de l'avant, sa robe en haillons traînant derrière elle et traçant un sillon reptilien dans les dunes.

Hautes de trente pieds, les statues de pierre des Sentinelles bordent les Confins, regardant éternellement dans les brouillards de l'Outre-Monde. Erigées à intervalles de vingt pieds, les statues se dressent à perte de vue au bord des sables blancs.

Joram approcha, bouche bée. Il n'avait jamais rien vu d'aussi grand! Même les arbres de la forêt ne le dominaient pas de si haut que ces statues géantes. Arrivant derrière elles, Joram pensa d'abord qu'elles étaient toutes identiques. Les statues représentaient toutes des humains vêtus de robes. Certains semblaient être des mâles, d'autres des femelles, mais à part ça, il n'y avait aucune différence. Toutes les statues étaient dans la même posture, bras le long du corps, pieds joints, visages regardant devant eux.

Puis, quand il fut plus près, Joram vit qu'une statue avait quelque chose de différent. Chez elle, la main gauche, qui aurait dû être ouverte, était refermée en poing.

Joram se tourna vers Anja, débordant de questions sur ces merveilleuses statues. Mais quand il vit son visage, il ravala ses paroles si précipitamment qu'il se mordit la langue, et, quand il déglutit, il sentit le goût du sang.

Les visage d'Anja était plus blanc, ses yeux plus brûlants que le sable où ils marchaient. Son regard fiévreux et dément fixé sur une statue – celle qui fermait le poing – elle avançait résolument, trébuchant et tombant dans le sable.

Alors, Joram comprit. Avec la clairvoyance mystérieuse et soudaine de l'enfance, Joram comprit, même s'il aurait été incapable de l'expliquer en paroles. Une onde de terreur nauséeuse déferla sur lui, lui donnant le vertige. Terrifié, il essaya de s'enfuir, mais Anja serra sa main encore plus fort. Criant avec désespoir des paroles qu'Anja – à en juger sur son air absent et préoccupé – n'entendit jamais, il enfonça ses talons dans le sable, refusant d'avancer.

– Non, Anja ! Ramène-moi à la maison ! Je ne veux pas voir...

Il tomba, l'entraînant à sa suite ; elle atterrit sur les mains et les genoux et fut forcée de le lâcher pour amortir sa chute. Se relevant précipitamment, l'enfant tenta de s'enfuir, mais Anja lança le bras et le rattrapa par les cheveux, le traînant en arrière.

– Non ! hurla Joram d'une voix stridente, sanglotant de douleur et de peur.

L'attrapant par la taille avec une force née de son travail aux champs, Anja l'emporta, tombant plus d'une fois dans le sable, mais sans jamais dévier de son but.

Arrivant devant la statue, Anja s'arrêta, haletante, et leva les yeux vers la tête qui les dominait de si haut.

Le poing gauche serré, les yeux immobiles fixés sur les brouillards de l'Outre-Monde, elle semblait – selon toute apparence – avoir moins de Vie que les arbres de la forêt. Pourtant, elle avait conscience de leur présence. Joram le sentit, comme il sentit son terrible tourment.

Epuisé, il cessa de sangloter et de se débattre. Anja le jeta aux pieds de la statue, où il resta prostré, la tête dans ses mains.

– Joram, dit Anja, voilà ton père.

L'enfant ferma les yeux de toutes ses forces, incapable de bouger, de parler, immobile dans le sable chaud aux pieds de la statue géante.

Mais une éclaboussure dans son cou le fit sursauter. Relevant lentement la tête, Joram rouvrit les yeux. Très haut au-dessus de lui, il vit les yeux de la statue fixés droit devant eux, sur le royaume de la Mort dont la paix lui serait toujours refusée. Une éclaboussure tomba sur l'enfant. Avec un sanglot déchirant, il enfouit sa tête dans ses petites mains.

Tandis qu'au-dessus de lui, la statue continuait à pleurer.

Chapitre 9

LE RITUEL

– Je suis née dans l'une des plus nobles familles de Merilon. Lui – ton père – était le Catalyste du Foyer.

De retour dans leur chaumière, Joram, assis devant la table, entendait la voix d'Anja tomber sur lui de très haut, à travers une brume de crainte et d'horreur, comme les larmes de la statue.

– Je suis née dans l'une des plus nobles familles de Merilon, répéta-t-elle, peignant les cheveux de Joram. Ton père était le Catalyste du Foyer. Lui aussi était de noble lignée. Mon père refusait que le catalyste vive avec nous comme Père Tolban – lui-même guère supérieur à un Mage des Champs. J'avais seize ans, ton père vingt.

Elle soupira, et les doigts qui tiraient et tiraillaient les cheveux emmêlés de Joram se firent alanguis et caressants. La regardant dans la vitre de la fenêtre, Joram vit sa mère sourire rêveusement, osciller comme au son d'une musique inaudible et tapoter de la main sa crinière sale et feutrée.

– Lui et moi, nous avons créé tant de beauté. J'avais reçu le Don de la Vie, disait ma mère. Le soir, pour divertir ma famille, ton père et moi remplissions le crépuscule d'arcs-en-ciel et de fantasmes merveilleux qui faisaient monter les larmes aux yeux des assistants. Il n'était que naturel, disait ton père, que nous, qui pouvions créer tant de beauté, nous tombions amoureux l'un de l'autre.

Les doigts se crispèrent dans les cheveux, les ongles

s'enfoncèrent dans le crâne, et Joram sentit le liquide poisseux de son sang couler dans son cou.

– Nous sommes allés demander aux catalystes la permission de nous marier. Ils ont conjuré la Vision. La réponse fut non. Ils ont dit que nous ne pourrions pas avoir de descendance !

De ses ongles aigus comme des griffes, elle séparait les nœuds, arrachait les cheveux. Cramponné à la table, Joram jouissait de la souffrance de sa chair, qui masquait la souffrance de son âme.

– Pas de descendance ! Ils mentaient !

L'attrapant par le cou, elle le serra contre elle, farouchement, passionnément.

– Parce que tu es là, mon enfant chéri. Tu es la preuve vivante qu'ils mentaient !

Pressant la tête de Joram contre son sein, elle le berça d'avant en arrière, en roucoulant doucement « menteurs », tout en caressant les boucles soyeuses.

– Oui, délice de mon cœur, tu es là, murmura Anja, s'arrêtant un instant de le peigner pour fixer le feu, le regard absent. Tu es là. Ils n'ont pas pu nous arrêter. Bien qu'ils aient ordonné à ton père de quitter notre maison et de retourner à la Cathédrale, ils n'ont pas pu nous séparer. Il est revenu me voir la nuit qui suivit leur sale Vision. Nous nous sommes rencontrés en secret dans le jardin où nous avions donné vie à tant de belles créations.

« Il avait un plan. Nous produirions un enfant Vivant, pour montrer aux catalystes qu'ils mentaient. Et alors, ils seraient forcés de nous laisser nous marier, tu comprends ?

« Nous avions besoin d'un catalyste pour la cérémonie qui créerait un enfant dans mon sein. Mais nous n'en avons trouvé aucun. Les lâches ! Ceux qu'il contacta refusèrent, craignant le courroux de l'Evêque s'ils étaient découverts.

« Puis arriva la nouvelle : on l'envoyait à la campagne, comme Catalyste des Champs ! Lui, dont l'âme n'était que beauté et délicatesse, condamné à cette vie de labeur et de misère ! A peine au-dessus des paysans nés sur la terre ! Et cela signifiait que nous ne nous reverrions plus, car une fois qu'on a peiné dans la boue des champs, on ne foule plus jamais les rues enchantées de Merilon.

« Nous étions désespérés. Puis, un soir, il me dit qu'il avait trouvé la solution – une ancienne méthode, une méthode interdite pour produire un enfant.

Les mains d'Anja se crispèrent. Elle se laissa lourdement tomber sur un tabouret, les yeux toujours fixés sur le feu. Joram n'avait pas le courage de la regarder, l'estomac noué de colère et d'une étrange sensation de chagrin qu'il ne comprenait pas. A la place, il regarda par la fenêtre la lune froide et sereine.

– Il me décrivit cette ancienne méthode, dit-elle doucement. J'en eus la nausée. C'était... bestial. Comment pourrais-je m'y soumettre ? Comment le pourrait-il, lui ? Et comment ne pas le faire ? Car s'il me quittait, je mourrais. Nous nous sommes éclipsés furtivement...

La voix d'Anja devint presque inaudible.

– Je ne me rappelle pas grand-chose de la nuit où tu fus conçu. Lui... ton père... m'avait fait boire une infusion de fleurs rouges... Il me semble que mon âme quitta mon corps, l'abandonnant à ton père pour en faire à sa guise.. Comme dans un rêve... je me souviens de ses mains qui me caressaient... Je me souviens d'une douleur terrible, déchirante... Je me souviens... d'une douceur...

« Mais nous avons été trahis. Les catalystes nous filaient, nous surveillaient. Je suis revenue à moi en criant, les voyant au-dessus de nous, témoins de notre honte. Ils ont emmené ton père à la Source pour le juger. Moi aussi, ils m'ont emmenée à la Source. Là-bas, ils ont un endroit où ils enferment les “ femmes comme moi ”, disent-ils.

Anja sourit amèrement aux flammes.

– Nous sommes plus nombreuses qu'on le pense, mon chéri. Je l'ai cherché, mais la Source est un endroit immense et terrible. Et je ne l'ai revu qu'au Châtiment.

« Toi, mon amour chéri, tu pesais déjà lourd dans mon ventre quand ils m'ont traînée jusqu'aux Confins, me forçant à rester debout sur le sable brûlant. Me forçant à les regarder exécuter leur affreuse besogne !

Se retournant en grondant, Anja vint se placer devant Joram, et lui enfonça ses ongles dans les épaules.

– Les mages qui ont contrevenu à la loi son envoyés dans l'Outre-Monde ! murmura-t-elle farouchement. C'est leur châtiment pour leurs écarts de conduite en ce monde. « Les catalystes, qui possèdent la Vie, ne peuvent pas être condamnés à mort », dit le catéchisme. Un mage disparaît dans le brouillard, dans le néant, et périt ! Bah ! dit-elle, crachant avec mépris dans le feu. Qu'est-ce que cette punition comparée à la métamorphose en pierre vivante ? Consumant les jours de son existence éternelle, rongé par l'eau et le vent, et le souvenir de ce que c'est qu'être vivant !

Anja fixa la nuit avec des yeux qui auraient pu être de pierre car ils ne voyaient rien. Joram regardait la lune.

– Ils l'ont placé à l'endroit qu'ils avaient choisi sur le sable. Il était vêtu de la robe de la honte, et deux Vigiles le ligotaient de leurs sombres enchantement, de sorte qu'il ne pouvait pas bouger. Il paraît que la plupart des catalystes acceptent docilement leur sort. Certains le subissent même avec soulagement, ayant été persuadés de l'énormité de leurs crimes. Mais pas ton père. Nous n'avions rien fait de mal, dit-elle, enfonçant ses ongles dans la chair de Joram. Nous nous étions seulement aimés !

La respiration oppressée, elle resta longtemps incapable de parler, se forçant à revivre ces terribles moments, jouissant un instant de sa souffrance, jouissant de savoir qu'elle partageait cette souffrance avec l'enfant.

– Jusqu'à la fin, poursuivit-elle d'une voix rauque, ton père leur hurla son défi. Ils essayèrent de l'ignorer, mais j'ai vu leurs visages. Ses paroles faisaient mouche. Furieux, l'Evêque Vanya – puisse le sol grouiller de scorpions partout où il pose le pied – ordonna de commencer la Pétrifixion.

« Il faut vingt-cinq catalystes pour effectuer cette métamorphose. Vanya les avait fait venir de toutes les régions du Thimhallan, pour assister à la punition de notre péché – le péché d'amour !

« Ils firent cercle autour de ton père, et dans ce cercle entra le propre catalyste des *Duuk-tsarith*, sorcier qui travaille pour eux et qui, en échange, reçoit toute la Vie dont il a besoin pour effectuer son sale travail. Les deux Vigiles de rang inférieur s'inclinèrent devant lui et se retirèrent, laissant ton père seul dans le cercle avec celui qu'on appelle l'Exécuteur. Le sorcier fit un signe. Les catalystes se donnèrent la main. Chacun ouvrit un conduit vers l'Exécuteur, lui donnant une puissance incroyable.

« Il prit son temps. Le Châtiment est lent et douloureux.

« L'Exécuteur pointa la main sur les pieds de ton père. Je ne voyais pas ses membres sous la longue robe, mais je sus quand la transmutation commença à l'expression de son visage. Ses pieds se transformèrent en pierre. Lentement, le froid glacial remonta dans ses jambes, dans ses reins, son ventre, sa poitrine et ses bras. Il continua à hurler jusqu'à ce que ses poumons se pétrifient. Et même quand sa voix cessa de résonner, ses lèvres continuèrent à remuer. Au dernier moment, dans un suprême effort, il serra le poing au moment où il se changeait en pierre. Ils auraient pu lui faire rouvrir la main, bien sûr, mais ils choisirent de laisser ce témoignage de son défi comme avertissement aux autres. »

Oui, pensa Joram, prenant et serrant la main de sa mère dans la sienne, et ils lui ont aussi laissé son expression – monument d'amertume, de haine et de colère.

Anja baissa la voix.

– Je l'ai vu prendre sa dernière inspiration. Après, il ne put plus respirer – comme un homme normal. Mais le souffle de la vie demeure en lui. C'est la partie la plus atroce du châtiment que ces monstres ont inventé. Pense à lui quand quelque chose te fera mal, mon chéri. Pense à lui quand tu seras tenté de pleurer, et tu sauras que tes larmes sont mesquines et honteuses comparées aux siennes. Pense à lui, qui est mort et pourtant vivant.

Joram pensa à lui.

Il pensa à son père tous les soirs, tandis qu'Anja lui répétait l'histoire en le peignant, et tous les soirs dans son lit les mots « mort et pourtant vivant » résonnaient dans sa tête. A partir de ce moment, il pensa à lui chaque jour, car Anja lui répétait l'histoire tous les soirs en démêlant ses cheveux de ses doigts.

Comme certains boivent du vin pour adoucir leurs souffrances, elle et Joram s'enivraient du vin amer de ses paroles. Sauf que ce vin n'adoucit pas leur souffrance. Né de la folie, il engendrait la souffrance même. Car Joram comprit enfin La Différence, ou crut la comprendre. Maintenant, il comprenait enfin la souffrance et la haine de sa mère et il les partageait.

Durant le jour, il continuait à regarder jouer les autres enfants, mais ce n'était plus avec envie. Comme sa mère, il les regardait avec mépris. Seul jour après jour dans la chaumière silencieuse, Joram se mit à jouer à un jeu de son invention. Il était la lune, suspendue dans le ciel noir, qui regardait au-dessous de lui les mortels petits comme des insectes, qui parfois levaient les yeux sur sa froide et brillante majesté, mais ne pouvaient pas la toucher.

Ainsi passait-il ses journées, et le soir, en le peignant, Anja lui répétait l'histoire.

A partir de ce moment, si Joram pleura, personne ne le vit jamais.

Chapitre 10

LE JEU

Joram avait sept ans quand la partie sombre et secrète de son éducation commença.

Un soir après dîner, Anja passa les mains dans sa crinière indocile. Joram se raidit. Cela annonçait toujours le début de l'histoire, moment auquel il aspirait confusément et qu'il redoutait à la fois à chaque minute de ses longues journées solitaires. Mais elle ne se mit pas à le peigner comme d'habitude. Perplexe, il leva les yeux sur elle.

Anja le regardait, caressant distraitement ses cheveux. Elle scruta son visage, et déplaça sa main pour lui caresser la joue. Et il voyait bien qu'elle retournait quelque chose dans sa tête, comme un *Pro-alban* retourne une gemme dans ses doigts pour en voir les défauts. Finalement, elle pinça les lèvres d'un air résolu.

Saisissant Joram par le bras, elle le fit asseoir par terre près d'elle.

– Qu'est-ce qu'il y a ? demanda-t-il, inquiet. Qu'est-ce qu'on fait ? Tu ne vas pas me parler de mon père ?

– Plus tard, dit-elle avec fermeté. Pour le moment, nous allons jouer.

Joram la regarda, méfiant et stupéfait. Anja n'avait jamais joué de sa vie, et il avait l'impression qu'elle n'allait pas commencer maintenant. Anja s'efforça de lui sourire pour le rassurer, mais son sourire crispé et son regard dément ne firent qu'accroître la nervosité de l'enfant. Anja le blessait quoiqu'elle fît, mais – comme on ne peut s'empêcher de passer la langue sur une dent malade – Joram ne pouvait s'empêcher de palper son cœur douloureux, ressentant une sombre satisfaction à savoir que sa douleur n'avait pas bougé.

Anja fouilla dans une poche pendue à sa taille par un cordon de cuir et en sortit une petite pierre lisse. La jetant en l'air, elle la fit disparaître à l'aide de sa magie. Puis elle le regarda d'un air triomphal qui le troubla. Il n'y avait rien d'extraordinaire dans la disparition de cette pierre. C'était courant, même dans le monde inférieur des Mages des Champs. Maintenant, si elle voulait seulement lui montrer certaines des merveilles qu'elle créait à Merilon...

– Très bien, mon chaton, dit Anja, récupérant la pierre dans les cheveux de Joram. Puisque ça ne t'impressionne pas, fais-en autant.

Joram plissa le front, ses sourcils noirs se rejoignant en une ligne sévère dans son visage juvénile. Et voilà. Voilà la blessure. Il palpa la douleur sourde.

– Tu sais que je ne peux pas, dit-il, boudeur.

– Prends la pierre, mon cœur, dit Anja d'un air enjoué en la lui donnant.

Mais Joram ne vit pas de rire enjoué dans les yeux de sa mère, seulement une résolution implacable, et une lueur étrange. Tendant la main, Joram prit la pierre.

– Fais-la avaler par l'air, ordonna Anja.

Fronçant toujours les sourcils, il lança la pierre avec un soupir exaspéré. Elle retomba bruyamment à ses pieds.

Dans le silence qui suivit, Joram entendit la pierre rouler et rouler sans fin sur le parquet. Quand elle s'arrêta, il regarda sa mère du coin de l'œil.

– Pourquoi je ne peux pas la faire disparaître ? demanda-t-il à voix basse. Pourquoi je suis différent ? Même un catalyste peut faire une chose aussi simple...

– Bah ! Un jour, ce sera simple aussi pour toi, dit Anja, ébouriffant ses boucles noires. Ne t'impatiente pas. Les nobles mettent parfois du temps à développer la magie.

Mais Joram n'était pas satisfait. Elle ne l'avait pas regardé en parlant ; elle regardait dans le vide. Il releva la tête avec colère et s'écarta d'elle.

– Quand ?

Il vit les lèvres de sa mère se pincer, et il se raidit pour affronter sa colère. Mais les mains d'Anja retombèrent mollement sur ses genoux, son regard se fit vague.

– Bientôt. Non, ne me tourmente pas de tes questions. Donne-moi ta main.

Joram hésita, regardant sa mère, comme résolu à discuter. Puis, voyant que ça ne servirait à rien, il lui tendit la main. Anja la prit et l'étudia intensément.

– Les doigts sont longs et fins, les articulations souples, dit Anja, se parlant à elle-même. Bon. Très bon.

Soulevant magiquement la pierre du sol, Anja la déposa dans la paume de l'enfant.

– Joram, dit-elle avec douceur, je vais t'apprendre à faire disparaître la pierre. C'est de la magie que je vais te montrer, mais une magie secrète. Tu ne devras la montrer à personne, ni permettre à personne de te regarder faire, sinon on nous enverra tous les deux dans l'Outre-Monde. Tu comprends, mon cœur ?

– Oui, dit Joram, les yeux dilatés et incrédules, peur et méfiance faisant place au désir dévorant d'apprendre.

– La première fois que j'ai lancé la pierre en l'air, je ne l'ai pas vraiment fait disparaître. C'était une illusion, comme quand j'ai fait semblant de la faire reparaître. Non, c'est vrai. Regarde. Je l'ai relancée en l'air. Elle a disparu. D'accord ? N'est-ce pas ce que tu as vu ? Mais regarde ! La pierre est toujours là ! Dans ma main !

– Je ne comprends pas, dit Joram, de nouveau méfiant.

– J'ai trompé tes yeux. Regarde, il semble que je jette la pierre en l'air, et tes yeux suivent le mouvement de ma main. Mais pendant ce temps, mon autre main fait cela. Et voilà la pierre. C'est ce que tu dois apprendre à faire, Joram – tromper les yeux des gens. Non, mon chéri. Ne prends pas cet air buté. Ce n'est pas difficile. Les gens voient ce qu'ils veulent voir. Maintenant, à ton tour...

Et c'est ainsi que Joram commença ses leçons de prestidigitation.

Jour après jour, il s'entraîna, bien en sécurité dans l'aura magique protectrice de la chaumière. Joram aimait ces leçons. Cela l'occupait et il découvrit qu'il était doué. Il était trop jeune pour s'étonner qu'Anja connût cet art secret, ou, s'il s'en étonna, il le mit sur le compte des nombreuses bizarreries de sa mère, comme sa robe en haillons. Une chose pourtant le tracassait. Une fois de plus, La Différence surgit dans son esprit.

– Pourquoi je dois faire ça, Anja ? lui demanda-t-il six mois plus tard, alors qu'il s'exerçait à faire rouler rapidement sur ses doigts un petit caillou rond et lisse.

– Tu en auras besoin quand tu iras aux champs pour gagner ta vie l'année prochaine, répondit-elle distraitement.

L'enfant releva vivement la tête, rapide comme un chat qui bondit sur une souris. Saisissant le regard sombre de l'enfant, elle ajouta précipitamment :

– Si la magie ne s'est pas développée en toi d'ici là, bien sûr.

Fronçant les sourcils, Joram ouvrit la bouche, mais Anja se détourna, lissant de la main sa luxueuse robe crasseuse et en lambeaux.

– Et il y a une autre raison. Quand nous irons à Merilon, mon fils, tu pourras impressionner par tes talents les membres de la Maison royale.

– On va aller à Merilon ? s'écria Joram, oubliant les leçons, oubliant La Différence.

Bondissant sur ses pieds, il lâcha la pierre et saisit les mains de sa mère.

– Quand, Anja ? Quand ?

– Bientôt, répondit Anja avec calme, lui caressant les cheveux. Bientôt. Quand j'aurai retrouvé mes bijoux, ajouta-t-elle, parcourant la chaumière d'un regard flou. J'ai perdu mon coffret à bijoux. Je ne peux pas me présenter à la cour sans...

Mais Joram ne s'intéressait pas aux bijoux, ni aux élucubrations incohérentes d'Anja, qui devenaient de plus en plus fréquentes. S'accrochant aux haillons de sa mère, il supplia :

– S'il te plaît, Anja, dis-moi quand ? Quand est-ce que je verrai les merveilles de Merilon ? Quand est-ce que je verrai le Dragon de Soie, les Trois Sœurs, les Flèches de Cristal arc-en-ciel, le Jardin du Cygne et...

– Ah, ma beauté, mon cœur, dit-elle tendrement, caressant les boucles brunes qui tombaient sur son visage. Bientôt nous irons à Merilon. Bientôt tu verras les fastes et les merveilles de Merilon. Et ils te verront, *toi*, mon papillon. Ils verront un véritable *Albanara*, un magicien de noble maison. C'est dans ce but que je t'instruis, c'est dans ce but que je travaille. Bientôt je te ramènerai à Merilon, et alors, nous revendiquerons ce qui nous appartient de droit.

– Mais quand ? insista Joram, têtu.

– Bientôt, ma beauté, bientôt, s'obstina Anja.

Et Joram dut se contenter de cette réponse.

A huit ans, Joram prit sa place dans les cultures avec les autres enfants des Mages des Champs. On réservait aux enfants les tâches faciles, mais les journées étaient longues et ennuyeuses, car ils travaillaient aussi longtemps que les adultes. On leur assignait les petits travaux – débarrasser un champ de ses pierres, ou rassembler les vers et insectes qui accomplissaient leur humble destinée en travaillant harmonieusement avec l'homme à la production de la nourriture de son corps.

Le catalyste ne donnait pas de Vie aux enfants ; cela aurait été un gaspillage d'énergie. C'est pourquoi les enfants marchaient dans les champs, et ne flottaient pas. Mais la plupart avaient assez de force de Vie naturelle en eux pour envoyer les pierres en l'air ou faire voler au-dessus des plantes les insectes dépourvus d'ailes. Souvent, ils égayaient leur travail – quand le surveillant et le catalyste avaient le dos tourné – par des concours de magie impromptus. En ces rares occasions où ils persuadaient Joram d'exhiber ses talents, il égalait facilement leurs exploits grâce aux techniques de prestidigitation auxquelles il était devenu si habile. De sorte qu'ils ne faisaient pas particulièrement attention à lui.

La plupart du temps, en fait, les autres enfants n'invitaient pas Joram à se joindre à leur jeux. Peu l'aimaient. Il était morose et distant, et se méfiait instantanément des avances amicales.

– Ne laisse personne t'approcher, mon fils, lui disait Anja. Ils ne te comprendraient pas. Et ce qu'il ne comprennent pas, ils le craignent. Et ce qu'ils craignent, ils le détruisent.

Un par un, après que chacun eut été repoussé avec froideur par l'étrange enfant aux cheveux noirs, ils laissèrent Joram tranquille. Mais l'un d'eux persista dans ses tentatives d'amitié. C'était Mosiah. Fils d'un Mage des Champs du rang le plus élevé, intelligent et ouvert, il était extrêmement doué pour la magie, au point que Père Tolban, le catalyste, parlait de l'envoyer gagner sa vie dans une Guilde quand il serait plus grand.

Extraverti, charmant et populaire, Mosiah ne pouvait pas expliquer son attirance pour Joram, sauf peut-être que celui-ci l'attirait comme l'aimant attire le fer. Quelle qu'en fût la raison, Mosiah ne se laissa pas rebuter.

Il profitait de toutes les occasions de travailler aux champs à côté de Joram. Souvent, il s'asseyait avec lui pendant la pause du déjeuner, sans attendre ni exiger une réaction de son camarade silencieux et réservé. L'amitié semblait unilatérale et mal récompensée – car Joram ne faisait certainement rien pour l'encourager, et il était souvent cassant dans ses rares réponses. Mais Mosiah sentait que sa présence était appréciée, alors il s'obstina, ébréchant peu à peu la façade de pierre que Joram s'était faite, façade aussi dure que celle qui emprisonnait son père.

Les années passaient uniment pour le village de Walren et ses habitants, les saisons se fondant l'une dans l'autre, aidées de temps à autre par le *Sif-Hanar* si la nature ne se comportait pas conformément à leurs desseins.

Et la vie des Mages des Champs coulait au rythme des saisons. Au printemps, ils semaient. En été, ils soignaient. En automne, ils récoltaient. En hiver, ils luttaient pour survivre jusqu'au printemps, où le cycle recommençait. Mais, bien que leur vie ne fût que travail et pauvreté, les Mages des Champs de Walren estimaient qu'ils avaient de la chance. Tous savaient que leur sort aurait pu être pire. Le surveillant était un homme honnête et juste, veillant à ce que chacun eût sa part des récoltes, et n'en exigeant pas une partie pour lui-même. Les bandits, dont on disait qu'ils dévalisaient les villages du Nord, n'avaient jamais été vus ni entendus ici. Les hivers, pire époque de l'année, étaient longs et froids, mais pas aussi rigoureux que dans le Nord.

Même à Walren, pourtant loin de la civilisation, on avait entendu des rumeurs d'émeutes et de révoltes. En fait, certains avaient été approchés discrètement, pour déterminer s'ils ne voulaient pas revendiquer leur indépendance. Mais le père de Mosiah, qui était content de son sort, savait par expérience que la liberté, c'est très bien, mais que quelqu'un doit la payer. Il avait donc fait savoir sans ambiguïté à tous les étrangers que lui et ses camarades voulaient simplement qu'on les laisse tranquilles.

Le surveillant de Walren s'estimait heureux lui aussi. Il avait toujours des récoltes abondantes, et n'avait pas à se soucier des troubles et soulèvements qui, disait-on, sévissaient ailleurs. Il était au courant des contacts de ses travailleurs avec les mécontents et les fauteurs de troubles venus d'ailleurs. Mais il avait d'excellents rapports avec ses paysans, il avait confiance en le père de Mosiah, et pouvait donc fermer les yeux en toute sérénité.

Père Tolban, le catalyste, ne s'estimait pas heureux quant à lui. Il consacrait tous ses moments de loisir, assez rares dans sa morne vie, à ses études, dans l'espoir de rentrer un jour au bercail. Son crime – le crime qui avait fait de lui un Catalyste des Champs – était un péché véniel commis dans l'enthousiasme de la jeunesse. Un traité, rien de plus, sur *Les Bénéfices du Cycle naturel des Saisons comparés à l'Intervention magique dans la Production des Récoltes*. C'était un beau travail, et il était fier qu'il eût été placé dans la Bibliothèque intérieure de la Source. C'était du moins ce qu'on lui avait dit quand on l'avait exilé dans ce village. Il ne pouvait pas être certain qu'il était effectivement dans la Bibliothèque intérieure, vu qu'il n'avait jamais été autorisé à revenir à la Source. Les saisons devenaient des années, le surveillant continuait à rentrer ses récoltes, et le catalyste à poursuivre son rêve illusoire, mais la vie changeait peu pour Joram, sauf peut-être qu'il devenait plus sombre.

Quinze ans après son arrivée au village, Anja portait toujours la même robe, l'étoffe si usée et déchirée qu'elle ne tenait plus que grâce aux sorts dont elle l'entourait. Les récits nocturnes continuaient, égayés par la description des merveilles de Merilon. Mais, à mesure que les années passaient, ces récits d'Anja devenaient de plus en plus confus et incohérents. Souvent, elle glissait dans l'illusion qu'elle se trouvait à Merilon même, et, d'après les peintures extravagantes qu'elle en faisait, la cité pouvait être un jardin de délices ou un repaire d'horreurs, selon ce que lui inspirait sa folie.

Quant à retourner à Merilon, Joram avait réalisé en grandissant que le rêve d'Anja était aussi misérable que sa robe. Il aurait même pensé que toutes ses histoires étaient des inventions, mais elles semblaient conserver des fragments de vérité, qui lui collaient à la peau comme les lambeaux de cette robe autrefois somptueuse.

La vie de Joram était pénible et monotone, lutte quotidienne pour survivre. Il observait la descente de plus en plus rapide de sa mère dans la folie avec des yeux qui auraient pu être ceux de son père – des yeux de pierre perpétuellement fixés sur un royaume de ténèbres. Il acceptait la folie d'Anja comme il acceptait toutes ses autres souffrances.

Mais il y avait une souffrance qu'il n'avait pas pu se résigner à accepter – il n'avait jamais acquis la magie. De jour en jour, il devenait plus habile prestidigitateur. Ses illusions trompaient même les yeux vigilants du surveillant. Mais la magie, à laquelle il aspirait et qu'il espérait sentir brûler en lui à chaque réveil, ne descendit jamais sur lui.

Quand il eut quinze ans, il cessa de demander à Anja quand il acquerrait la magie.

Tout au fond de lui, il connaissait la réponse.

A mesure que les enfants grandissaient, on leur donnait des tâches plus difficiles. Les grands garçons et les jeunes adultes se voyaient assigner les durs travaux – labeur qui épuisait leurs corps et occupait leurs esprits. C'étaient ces jeunes qui, disait-on, fomentaient des troubles parmi les Mages des Champs, et, bien que le surveillant n'eût aucune raison de se plaindre de ses gens, il n'avait pas non plus l'intention de faire l'âne pour avoir du son, comme on dit. C'est pourquoi, quand il décida de défricher de nouvelles terres, il assigna aux jeunes la tâche de les nettoyer. Le travail était épuisant. Ils devaient arracher ou brûler les broussailles, enlever les grosses pierres, tuer les mauvaises herbes, et cent autres tâches éreintantes. Puis les Mages des Champs les plus privilégiés et les plus haut placés dans la hiérarchie venaient, et, avec l'aide des *Fibanish* ou Druides, persuadaient les arbres géants de dégager du sol leurs racines et d'aller se planter ailleurs. Après quoi, les jeunes devaient rapporter ceux de ces arbres qui étaient morts au village, où, plusieurs fois par an, les *Pron-alban* envoyaient les Ariels ailés pour les transporter à la cité.

Tous ces travaux se faisaient à la main. Le catalyste ne leur donnait jamais de Vie pour les aider dans leur travail. Même Mosiah, avec son don naturel pour la magie, était généralement trop épuisé pour y faire appel. C'était intentionnel, pour briser le caractère des jeunes et faire d'eux de braves Mages des Champs dociles et soumis comme leurs parents.

Quant aux outils... Un jour, Joram, fatigué de pousser devant lui une énorme pierre, eut l'idée de glisser un bâton dessous et de s'en servir comme d'un levier pour la faire rouler. Il allait juste replacer le bâton sous la pierre quand Mosiah, l'air choqué arrêta son bras.

– Joram, qu'est-ce que tu fais là ?

– Ce que je fais ? dit-il d'un ton impatienté avec un mouvement de recul, car il détestait qu'on le touche. Je déplace cette pierre !

– Tu la déplaces en donnant de la Vie à ce bâton ! dit Mosiah. Tu donnes de la Vie à ce qui n'en a pas en propre.

Joram considéra le bâton en fronçant les sourcils.

– Et alors ?

– Joram, murmura Mosiah d'un ton de crainte révérencielle, c'est ce que font les Sorciers ! Ceux qui pratiquent les Arts noirs !

Joram eut un grognement dédaigneux.

– Tu veux dire que les Arts noirs consistent seulement à bouger les pierres avec des bâtons ? A la façon dont tout le monde les craint, je croyais qu'ils sacrifiaient au moins des bébés...

– Ne parle pas comme ça, Joram, lui dit Mosiah à voix basse. Ils nient la magie. Ils nient la Vie. Avec leurs Arts noirs, ils la détruiraient. Ils ont failli réussir pendant les Guerres du Fer !

– C'est idiot ! marmonna Joram. Pourquoi se détruiraient-ils eux-mêmes ?

– S'ils sont Morts à l'intérieur, comme le disent certains, alors, ils ne perdent rien.

– « Morts à l'intérieur » ? Qu'est-ce que tu veux dire ? demanda tout bas Joram, sans regarder Mosiah, les yeux fixés sur la pierre à travers la masse de ses cheveux tombés sur son visage.

– Parfois, il y a des enfants qui naissent sans Vie, dit Mosiah, regardant Joram avec étonnement. Tu ne le savais pas ? Je croyais que ta mère te l'avait dit...

Mosiah se tut avec embarras.

– Non, répondit Joram, de la même voix inexpressive, mais il pâlit et sa main se crispa sur le bâton.

Mosiah aurait voulu se battre pour avoir amené Anja dans la conversation, mais il continua à parler comme d'habitude au silencieux Joram.

– On nous fait passer des Epreuves à la naissance, et parfois les bébés y échouent, ce qui signifie qu'ils n'ont aucune Vie en eux.

– Et qu'est-ce qui arrive... à ces bébés ? demanda Joram, si bas que Mosiah l'entendit à peine.

– Les catalystes les emportent à la Source, répondit Mosiah, stupéfait.

Jamais Joram ne lui avait posé de question sur quoi que ce fût.

– Ils procèdent à la Veillée de la Mort. On dit que parfois les parents cachent ces enfants pour que les catalystes ne les emportent pas. Moi, je trouve plus charitable de les laisser mourir tout de suite. Tu imagines ce que ça doit être ? De vivre comme ça ? Sans Vie ?

– Non, dit Joram d'une voix tendue.

Prenant le bâton, il le lança loin de lui. Puis, fixant la pierre d'un regard sombre et méditatif, il répéta :

– Non. Pas du tout.

Regardant son ami, gêné de son intérêt inhabituel pour un sujet si déplaisant, Mosiah vit une ombre envelopper Joram de ténèbres si intenses qu'il leva les yeux pour voir si un nuage avait caché le soleil. Des humeurs noires s'emparaient parfois de son ami. Dans ces moments, il restait enfermé dans la chaumière, tandis qu'Anja annonçait au surveillant d'un air de défi qu'il était malade.

Une fois, curieux et inquiet à son sujet, Mosiah s'était glissé près de la chaumière et avait regardé par la fenêtre. Il avait vu Joram, allongé sur son grabat, qui regardait le plafond sans bouger. Mosiah avait frappé à la vitre, mais Joram n'avait pas remué et n'avait pas semblé l'entendre. Ces accès duraient un jour ou deux, après quoi Joram reprenait son travail, sans quitter sa réserve distante.

Mais Mosiah avait remarqué autre chose, quelque chose que personne, peut-être même pas Anja ellemême, n'avait remarqué. Ces crises de léthargie étaient presque toujours suivies d'accès d'intense activité. Pendant des jours, Joram faisait le travail de trois hommes, se cravachant jusqu'à friser l'épuisement, de sorte qu'il dormait debout en rentrant chez lui.

Pour l'heure, Joram était en proie à une de ces crises d'humeur sombre, et Mosiah, avec la sensibilité et l'intuition qu'il avait acquises pour Joram au cours des ans, resta avec lui sachant que, quelque part, sa présence était désirée et nécessaire.

Immobile, osant à peine respirer tandis que Joram luttait avec un de ses démons intérieur, Mosiah étudia intensément son ami, s'efforçant comme toujours de jeter un coup d'œil à l'intérieur de cette forteresse si bien gardée.

A la suite des durs travaux des champs, Joram, à seize ans, était fort et musclé. Sa beauté, si frappante dans son enfance, avait été taillée à coups de serpe. Comme sur la statue de pierre de son père, les marques de son tourment intérieur s'étaient gravées sur son visage. Le travail au soleil avait tanné et hâlé sa peau d'albâtre. Ses sourcils noirs s'étaient épaissis, et coupaient son visage d'une ligne continue, s'incurvant légèrement à la racine du nez, lui donnant un air de colère perpétuelle. Ses joues rondes d'enfant s'étaient creusées, faisant ressortir les hautes pommettes et la mâchoire carrée. Ses yeux étaient grands et auraient pu être qualifiés de beaux, avec leur chaude couleur noisette et leurs longs cils noirs. Mais il y avait tant de fureur, de maussaderie et de méfiance dans ces yeux que quiconque soutenait trop longtemps leur regard perçant était pris de gêne et de nervosité.

Les cheveux de Joram étaient la seule vraie beauté qu'il eût conservée de son enfance. Sa mère n'avait jamais permis qu'on les coupe. Ceux qui parfois s'aventuraient à jeter un coup d'œil par la fenêtre, le soir, et qui voyaient Anja le peigner, murmuraient d'un ton révérenciel qu'ils lui tombaient jusqu'à la taille et cascadaient sur ses épaules en longues mèches ondées.

Joram ne l'avouait pas, mais ses cheveux étaient devenus sa fierté. Il les nattait pour travailler, en une longue tresse noire qui lui pendait dans le dos. Cela contrastait avec les autres garçons, qui portaient leurs cheveux en brosse ou mi-longs. L'image de Joram, assis sur sa chaise tandis qu'Anja le peignait, donna naissance à une histoire parmi les paysans, qui racontaient qu'une araignée avec un peigne tissait une toile de cheveux noirs autour du jeune homme.

Cette image revint à la pensée de Mosiah devant Joram qui tissait autour de lui une toile noire, quand, soudain, il releva la tête et se tourna vers son ami.

– Viens avec moi, dit Joram.

Mosiah sursauta, un picotement parcourant ses veines. Le visage de Joram était clair, l'ombre dissipée, la toile déchirée.

– Bien sûr, eut-il le bon sens de répondre avec naturel, emboîtant le pas à son ami. Où ?

Mais Joram ne répondit pas. Marchant d'un pas vif, il avançait, son air impatient et excité contrastant si violemment avec l'air maussade et sombre de tout à l'heure, qu'on eût dit le soleil reparaissant après l'orage.

Et ils continuèrent à travers les terres boisées que les mages défrichaient, et laissèrent bientôt derrière eux les champs familiers. A mesure qu'ils s'enfonçaient dans la forêt, elle devenait plus épaisse, le sol se couvrait de broussailles presque impénétrables. Forcé plus d'une fois d'utiliser sa magie pour tracer un chemin, Mosiah sentit son énergie déjà affaiblie s'épuiser. Ayant le sens de l'orientation, il savait à peu près où ils étaient, et cela fut confirmé par un bruit inquiétant – un bruit d'eau courante.

Ralentissant l'allure, Mosiah regarda autour de lui, nerveux.

– Joram, dit-il, touchant l'épaule de son ami, et remarquant machinalement que celui-ci, en proie à son étrange excitation, ne reculait pas comme d'habitude. Joram, nous sommes tout près de la rivière.

Joram ne répondit pas, et continua à marcher.

– Joram, reprit Mosiah, la gorge serrée. Joram, qu'est-ce que tu fais ? Où tu vas ?

Il parvint à arrêter le jeune homme en resserrant sa main sur son épaule, s'attendant à être vertement rabroué. Mais Joram se contenta de se retourner et le regarda intensément.

– Viens avec moi, dit-il, le regard sombre et étincelant. Allons voir la rivière. Allons voir ce qu'il y a de l'autre côté.

Mosiah humecta ses lèvres desséchées par la chaleur de cette fin d'après-midi. Quelle idée extravagante ! Juste quand il pensait apercevoir le commencement d'une lézarde dans la forteresse, par laquelle un peu de lumière pourrait s'infiltrer, il devait la refermer de sa propre main.

– On ne peut pas, Joram, dit Mosiah avec calme, malgré son désespoir intérieur. C'est la frontière. Au-delà s'étend le Nullepart. Personne n'y va.

– Mais tu as parlé avec des gens qui en venaient. Je le sais, dit Joram avec cette violente excitation qui était si étrange.

Mosiah rougit.

– Comment le sais-tu ? Non, ça ne fait rien, marmonna-t-il. Je ne leur ai pas parlé. C'est eux qui m'ont parlé. Et... je n'ai pas aimé... ce qu'ils disaient.

Serrant l'épaule de son ami, il chercha à l'entraîner.

– Rentrons à la maison, Joram. Pourquoi veux-tu aller là-bas ?

– Il *faut* que je m'en aille ! répondit Joram, d'une voix soudain farouche et passionnée. Il faut que je m'en aille !

– Joram, dit Mosiah avec désespoir, s'efforçant de trouver l'argument qui l'arrêterait, tout en se demandant ce qui lui avait mis cette folle idée dans la tête. Réfléchis calmement une minute ! Ta mère...

A ce mot, le visage de Joram se vida de toute expression. Il n'était pas enveloppé d'ombre, mais il n'y avait pas non plus la moindre lumière. Son visage était vide et froid comme la pierre.

Haussant les épaules, Joram se dégagea de l'emprise de Mosiah. Tournant les talons, il replongea dans les broussailles, sans se soucier si son ami suivait ou non.

Mosiah suivit, le cœur serré. La lézarde de la forteresse avait disparu, la forteresse était plus solide et impénétrable que jamais. Et il ne savait pas pourquoi.

Chapitre 11

L'AMÈRE RÉCOLTE DU PRINTEMPS

La saison des semailles revint. Tout le monde était aux champs. Chacun, du plus jeune au plus âgé, peinait de l'aube à la nuit, semant les graines ou repiquant dans le sol tiède fraîchement labouré les jeunes plants soigneusement élevés pendant l'hiver. Il fallait faire vite, car bientôt les *Sif-Hanar* arriveraient pour ensemencer les nuages, comme les Mages des Champs ensemençaient la terre, provoquant la pluie qui ferait verdir la campagne.

De toutes les saisons de l'année, c'était celle des semailles que Joram détestait le plus. A seize ans, c'était un prestidigitateur si habile que ses tours étaient presque indétectables, mais les graines étaient si petites que même avec sa grande dextérité, il semblait lent et maladroit quand il semait. Le soir, il avait mal aux mains et aux épaules à cause du dur travail et du stress de maintenir l'illusion qu'il possédait la magie.

Cette année-là, ce fut particulièrement difficile, car ils avaient un nouveau surveillant, l'ancien étant mort pendant l'hiver. Ce nouveau surveillant venait du nord du Thimhallan, où la rébellion fermentait et bouillonnait depuis des années parmi les Mages des Champs et les basses classes. En conséquence, il surveillait les moindres indices de révolte, et même il les cherchait. Et il en trouva immédiatement – chez Joram. Dès le début, il résolut d'écraser les braises de la colère qu'il voyait rougeoyer dans les yeux du jeune homme.

Un matin, aux champs avant l'aube, les mages se

tenaient devant lui, attendant patiemment qu'il leur assigne leurs tâches.

Mais Joram n'attendait pas patiemment ; il dansotait nerveusement d'un pied sur l'autre, fléchissant ses doigts fuselés pour en évacuer la raideur de la nuit. Il savait que le surveillant le regardait. Cet homme avait tout de suite épinglé Joram, et en faisait l'objet d'une attention spéciale, dont le jeune homme ne comprenait pas la raison. Plus d'une fois, levant les yeux de son travail, Joram l'avait surpris à l'observer.

– Bien sûr qu'il te regarde, ma beauté, avait dit Anja avec tendresse, quand Joram lui avait communiqué ses soupçons. Il est jaloux, comme tous ceux qui te voient. Il sait que tu appartiens à la noblesse. Il craint sans doute ta colère quand tu seras adulte.

Joram n'écoutait plus ce genre de discours depuis longtemps.

– Quelle que soit la raison, avait-il répondu avec impatience, il me regarde. Et pas avec jalousie, tu peux me croire.

Bien que minimisant ses craintes, Anja en était plus effrayée qu'elle ne voulait l'admettre. Elle aussi remarqua l'intérêt inusité et apparemment hostile que le surveillant portait à son fils, et elle se mit à flotter près de Joram, travaillant à son côté chaque fois qu'elle le pouvait, s'efforçant de compenser sa lenteur. Mais, au lieu de détourner l'attention du surveillant, cette attitude surprotectrice ne fit que l'attirer davantage. Joram devint de plus en plus nerveux, et la colère qui avait toujours couvé en lui devint plus brûlante maintenant qu'elle avait une cible.

– Toi, cria le surveillant, faisant signe à Joram. Va làbas. Commence à semer.

Maussade, Joram se déplaça avec les autres jeunes, remontant sur son épaule la bretelle de son sac de graines. Bien qu'on ne lui ait rien dit, Anja suivit vivement Joram, craignant que le surveillant ne l'expédie à l'autre bout du champ.

– Catalyste, tonitrua la voix du surveillant. Nous avons pris du retard. Donne de la Vie à ces jeunes.

Aujourd'hui, ils vont flotter au lieu de marcher. Ainsi, ils couvriront un tiers de terrain en plus.

C'était une requête des plus inusitées, et même Père Tolban lança un regard interrogateur au surveillant. Ils n'avaient pas pris de retard. C'était une décision inutile. Père Tolban n'aimait pas le nouveau surveillant, mais il ne discuta pas. Le Catalyste des Champs s'était emmuré dans sa misérable existence paysanne. Il avait même fini par renoncer à ses recherches. Chaque jour, il prenait sa place dans les champs avec les mages ; chaque jour il allait et venait sans discontinuer au milieu des sillons. Les vents de l'hiver le glaçaient. Le soleil de l'été le cuisait. Maintenant, il était aussi noir et desséché qu'une tige de maïs de l'année dernière.

Le catalyste se mit à psalmodier le rituel, et Joram se pétrifia. Quelque quantité de Vie qu'on lui donnât, il resterait collé au sol. Tout au fond de lui, la vieille douleur se réveilla. La Différence. Il faillit s'arrêter de marcher, mais Anja le poussa, lui enfonçant ses ongles dans le bras.

– Continue ! murmura-t-elle. Il ne verra rien.

– Si, il verra ! dit Joram, se dégageant avec colère.

Sans se décourager, Anja s'accrocha à lui.

– Alors, on lui dira ce que tu as toujours dit aux autres, siffla-t-elle. Tu ne vas pas bien. Tu dois conserver ta force de Vie.

Un par un, les Mages des Champs, inondés de Vie par le catalyste, utilisèrent leur magie pour décoller gracieusement du sol. Comme des oiseaux bruns, ils se mirent à raser le sol, semant rapidement les graines dans la terre fraîchement labourée.

Joram et Anja continuèrent à marcher.

– Hé, stop ! Vous deux là-bas ! Retournez-vous.

Joram s'arrêta mais ne se retourna pas. Anja s'arrêta aussi, de profil, regardant le surveillant à travers la masse emmêlée de ses cheveux crasseux, le menton agressif.

– C'est à nous que tu parles ? demanda-t-elle froidement.

Les ignorant pour le moment, le surveillant s'approcha de Père Tolban.

– Catalyste, dit-il, montrant le dos de Joram, ouvre un conduit jusqu'à ce jeune homme.

– Je l'ai déjà fait, Surveillant, répondit Père Tolban d'un ton ulcéré. Je suis capable de faire mon travail sans...

– Tu l'as fait ? l'interrompit le surveillant, foudroyant Joram. Et il ne plane pas ! Il absorbe la force de Vie et la garde pour son usage personnel ! Refusant de m'obéir !

– Je ne crois pas que ce soit ça, rétorqua le catalyste, fixant Joram comme s'il le voyait pour la première fois. C'est très curieux. Je n'ai pas l'impression que ce jeune homme me prenne de la Vie...

Mais, avec un grognement, le surveillant laissa le catalyste à ses explications et marcha sur Joram, qui l'entendit venir mais ne se retourna pas. Les yeux fixés droit devant lui sans rien voir, il serra les poings. Il ne pouvait pas le laisser tranquille, non ?

Mosiah, observant nerveusement la scène, sentit la vérité se glisser sous sa peau comme une écharde. Vivement, il fit signe à Joram de se retourner et de parler au surveillant. Il pouvait dissimuler ! Il le faisait depuis des années ; il y avait mille choses à dire pour se disculper.

Mais si Joram vit son ami, il l'ignora. Il ne savait pas comment parler à cet homme, et encore moins comment le raisonner. Il resta immobile, interdit, avec la conscience aiguë que les autres mages s'étaient arrêtés et le regardaient. Le sang lui monta à la tête, battant violemment à ses tempes, de colère et d'embarras. Pourquoi ne le laissaient-ils pas tranquille ?

Arrivant derrière Joram, le surveillant tendit le bras pour le saisir par l'épaule et imposer sa volonté de force à ce jeune homme indocile. Mais avant qu'il l'ait touché, Anja se glissa entre le surveillant et son fils.

– Il n'est pas bien, dit-elle vivement. Il doit conserver sa force de Vie...

– Pas bien ! ricana le surveillant, fixant le jeune corps vigoureux de Joram. Il est assez bien pour se rebeller, bon sang !

Poussant Anja de côté, le surveillant posa la main sur l'épaule de Joram. A ce contact, Joram pivota sur lui-même tout en reculant pour se mettre hors de sa portée.

Dérivant non loin au-dessus du sol, Mosiah se mit à flotter de l'avant, sans doute dans l'intention d'intervenir, mais son père l'arrêta du regard.

– Je ne suis pas un rebelle, dit Joram, la respiration oppressée, comme s'il suffoquait. Laisse-moi faire mon travail. Et laisse-moi le faire à ma façon...

– Tu le feras de la façon qu'on te dira, jeune chien ! gronda le surveillant.

Il allait se remettre à avancer quand Père Tolban, qui avait observé Joram, livide et les yeux dilatés, poussa soudain un cri strident. Il trébucha dans sa pauvre robe verte, tomba, et saisit le bras du surveillant.

– Il est Mort ! dit le catalyste en un souffle. Par les Neuf Mystères, Surveillant, ce garçon est Mort !

– Quoi ?

Stupéfait, le surveillant se tourna vers le catalyste qui le secouait frénétiquement.

– Mort ! bredouilla Père Tolban. Je m'étonnais... mais je n'ai jamais eu à lui donner de la Vie ! Toujours, sa mère... Il est Mort ! Il n'y a en lui aucune Vie ! Je n'obtiens aucune réaction...

Mort ! Joram fixa le catalyste. Enfin, le mot avait été dit. Enfin, la vérité qu'il connaissait tout au fond de son cœur parvenait à son esprit et à son âme. Le souvenir de l'histoire d'Anja lui revint. La Vision. Pas d'enfant Vivant. Le souvenir des paroles de Mosiah. Les enfants Morts sortis en contrebande des cités. Les enfants Morts sortis en contrebande de Merilon.

Terrifié, Joram regarda Anja... et vit la vérité.

– Non, dit-il, son sac de graines tombant à ses pieds sans qu'il s'en aperçoive, et reculant d'un pas de plus. Non, répéta-t-il, secouant la tête.

Anja lui tendit les bras, le visage mortellement pâle sous la poussière, les yeux dilatés de frayeur.

– Joram ! Mon chéri ! Mon unique ! Ecoute-moi, je t'en supplie...

– Joram, intervint Mosiah.

Ignorant le regard désapprobateur de son père, le jeune homme n'avait aucune idée de ce qu'il allait faire, sauf qu'il pouvait réconforter son ami.

Mais Joram ne le vit pas, ne l'entendit pas. Fixant sa mère avec horreur, Joram recula devant elle, secouant violemment la tête. Ses cheveux noirs échappèrent à leurs liens, couvrant de boucles son visage livide, simulacre des larmes qu'elle lui avait appris à ne pas verser.

– Mort ! répéta le surveillant, ayant apparemment mis un moment à assimiler le fait. Il y a une récompense pour les Morts vivants, ajouta-t-il, les yeux étincelants. Donne-moi de la Vie, Catalyste. Après, ouvre un Couloir ! Je le garderai prisonnier jusqu'à l'arrivée des Vigiles...

Tout se passa en un clin d'œil, le temps d'un battement de cœur.

Gardant devant les yeux l'image du visage livide de Joram, Anja se tourna vers le surveillant. Son fils, sa beauté, savait maintenant la vérité. Il la haïrait à jamais, elle le voyait dans ses yeux. Sa haine la transperçait comme les lames magiques d'un ennemi. Et, au milieu de cette souffrance, résonna comme une musique aiguë et discordante le mot « Vigiles ».

Autrefois, les Vigiles, les *Duuk-tsarith*, étaient venus lui enlever son bien-aimé. C'était un *Duuk-tsarith* qui l'avait métamorphosé en pierre. Et maintenant, ils allaient lui enlever son enfant. Comme ils avaient voulu le faire la première fois...

– Non... Ne prends pas mon bébé ! cria-t-elle sauvagement. Il ne faut pas. Il va se réchauffer. Je le réchaufferai. Mort-né ? Non ! Tu te trompes ! Là, je vais le tenir tout contre moi. Bientôt, il sera chaud ! Respire, bébé. Respire, petit. Vous mentez, canailles ! Mon bébé va respirer ! Mon bébé vivra. La Vision était mensongère...

– Fais-la taire et appelle un Vigile ! cria le surveillant en se détournant.

Père Tolban sentit un conduit s'ouvrir, sentit qu'on aspirait son énergie avec tant de force qu'il tomba à genoux. Au prix d'un suprême effort, il ferma le conduit par lequel s'écoulait sa force de Vie, mais il était trop tard. Levant les yeux, il vit, impuissant, les ongles d'Anja se transformer en serres acérées, ses dents s'allonger en crocs. La robe en lambeaux se changea en fourrure soyeuse, moulant un corps où ondulaient des muscles formidables. Rapide et silencieuse sous sa forme de chat géant, elle bondit sur le surveillant.

Le catalyste cria un avertissement incohérent. Le surveillant pivota, et aperçut la magicienne enragée. Levant un bras pour se protéger, il activa instinctivement un bouclier magique.

Il y eut un craquement, un terrible cri d'agonie et Anja s'affaissa en un petit tas calciné sur le sol fraîchement retourné. Le sort qu'elle s'était lancé sur elle-même se dissipa. Retrouvant sa forme humaine, elle leva les yeux sur Joram, s'efforça de parler, puis, secouant la tête, s'immobilisa, ses yeux grands ouverts fixés sur le ciel bleu du printemps.

Horrifié, le catalyste se traîna jusqu'à elle et s'agenouilla près de son corps.

– Elle est morte ! murmura-t-il, en état de choc. Tu l'as tuée.

– Je ne le voulais pas, protesta le surveillant, fixant le corps inanimé à ses pieds. Je le jure ! C'est un accident ! Elle... tu l'as vue ! Elle était folle ! ajouta-t-il, se tournant vers Joram. Tu le savais, non ? Elle a bondi sur moi ! Je...

Joram ne répondit pas. Son désarroi avait disparu. La peur ne l'aveuglait plus. Il voyait tout avec une netteté stupéfiante.

Dans le corps de ma mère, la chaleur de la Vie s'en est allée. Dans mon corps, elle n'a jamais été. Maintenant que la vérité parlait en lui, il pouvait l'accepter. La souffrance devenait une partie de lui-même, pas différente des autres.

Regardant autour de lui, Joram vit l'outil dont il avait besoin, et, se baissant, ramassa un gros caillou. Il prit même le temps d'en examiner la texture et de le palper dans sa main. Rugueux et déchiqueté, ses angles vifs s'enfoncèrent dans sa paume. Il était froid et inanimé, aussi Mort que lui. Il repensa incongrûment au petit caillou qu'Anja lui avait donné quand il était petit, en lui disant de « le faire avaler par l'air ».

Soupesant le caillou dans sa main, Joram se redressa et, de toutes ses forces, le lança sur le surveillant.

Il l'atteignit à la tempe, écrasant la tête avec un bruit mou, comme un melon trop mur qui éclate.

Père Tolban, toujours agenouillé près d'Anja, se figea, comme s'il s'était lui-même transformé en pierre. Les Mages des Champs atterrirent lentement, sentant la force de Vie les quitter, à mesure qu'ils réalisaient ce qui s'était passé.

Immobile, Joram regardait les cadavres en silence.

Anja parut pitoyable à son fils. Maigre et décharnée toujours vêtues des haillons de son bonheur passé, elle était morte comme elle avait vécu, pensa-t-il avec amertume. En niant la vérité. Joram jeta un coup d'œil – mais un seul – sur le surveillant, allongé sur le dos, le sang de sa blessure formant une flaque dans le sillon. Il n'avait pas vu arriver l'attaque, il ne l'avait même pas imaginée possible.

Regardant ses mains, puis regardant la pierre tombée près de la tête écrasée du surveillant, Joram se dit seulement... comme c'était facile. Comme c'était facile de tuer avec cet outil si simple...

Quelqu'un le toucha. Il se retourna, terrifié, et saisit Mosiah qui recula devant la folie qu'il vit dans ses yeux sombres.

– C'est moi, Joram ! Je ne vais pas te faire du mal ! dit Mosiah, levant les mains.

Au son de sa voix, Joram relâcha un peu son emprise et son regard s'éclaircit en reconnaissant peu à peu son ami.

– Il faut que tu t'en ailles ! dit Mosiah d'un ton pressant, pâle, les yeux si dilatés qu'on n'en voyait plus que le blanc, avec à peine un point de couleur au milieu. Dépêche-toi ! Avant que Père Tolban ouvre un Couloir et appelle les *Duuk-tsarith* !

Joram regarda Mosiah, le visage vide, puis reporta les yeux sur les cadavres.

– Je ne sais pas où aller, marmonna-t-il. Je ne peux pas...

– Le Nullepart, dit Mosiah en le secouant. La frontière où tu voulais m'emmener l'autre fois. Il y a des gens qui vivent là-bas. Des hors-la-loi, des rebelles. Des Sorciers. Tu avais raison. Je leur ai parlé. Ils t'aideront, mais il faut te dépêcher, Joram !

– Non ! Ne le laissez pas s'enfuir ! s'écria Père Tolban.

Pointant le doigt sur Joram, le catalyste ouvrit un conduit tout grand, inondant de Vie les Mages des Champs.

– Arrêtez-le !

– Père ! cria Mosiah en se tournant vers lui.

– Mosiah a raison. Cours, Joram, dit le mage. Va dans le Nullepart. Si tu survis, ceux qui y habitent veilleront sur toi.

– Ne t'inquiète pas pour ta mère, Joram, dit une femme. On s'occupera de la cérémonie. File vite, jeune homme, avant l'arrivée des *Duuk-tsarith*.

Joram continuait à regarder les corps sans bouger.

– Accompagne-le jusqu'à mi-chemin, Mosiah, dit le père. Il n'a plus sa tête. On s'arrangera pour qu'il puisse prendre un peu d'avance.

Le Mage des Champs s'avança vers Père Tolban, qui le regarda en reculant.

– Tu n'oseras pas ! gémit le catalyste. Je te dénoncerai ! Une révolte...

– Non, tu ne nous dénonceras pas, dit le père de Mosiah avec calme, sans cesser d'avancer. Nous avons essayé d'arrêter le garçon, exact ?

Les autres Mages des Champs opinèrent.

– Tu as eu la vie assez facile ici, Père Tolban. Tu ne voudrais pas en changer maintenant, non ? Mosiah, en route...

Mais Joram était revenu à lui, comme rentrant d'un long voyage.

– Par où ? demanda-t-il à Mosiah d'une voix ferme. Je ne me rappelle plus...

– Je viens avec toi !

– Non, tu as une vie ici, dit Joram, secouant la tête. Il se reprit, et ajouta avec amertume :

– Tu as la *Vie.* Bon, par où ?

– Nord-est, répondit Mosiah. Traverse la rivière. Une fois dans la forêt, sois prudent.

– Comment trouver ces gens ?

– Tu ne les trouveras pas. C'est eux qui te trouveront. Avant qu'il t'arrive quelque chose de grave, espérons-le. Au revoir, Joram, dit-il en lui tendant la main.

Joram fixa cette main – première fois qu'il voyait quelqu'un lui tendre la main en signe d'aide ou d'amitié. Il vit de la pitié dans les yeux de Mosiah, de la pitié qu'il ne put dissimuler. De la pitié pour un homme Mort.

Se retournant sans jeter un regard en arrière, Joram s'enfuit en courant à travers les champs labourés.

La main de Mosiah retomba à son côté. Pendant un long moment, il suivit Joram du regard, puis, avec un soupir, il rejoignit son père.

– Très bien, Catalyste, dit le mage, quand Joram eut disparu dans la forêt. Ouvre le Couloir et appelle les Vigiles. Et, Père Tolban, ajouta-t-il, comme le catalyste se retournait, n'oublie pas comment les choses se sont passées. Les *Duuk-tsarith* ne resteront ici que quelques minutes, mais toi, tu resteras ici encore très, très longtemps...

Opinant en baissant la tête, Père Tolban lui lança un dernier regard craintif et s'éloigna.

S'agenouillant près d'Anja une femme passa les mains au-dessus du corps calciné, créant un cercueil de verre, tandis que les autres mages faisaient léviter le cadavre du surveillant et le ramenaient au village.

– Si Joram est vraiment Mort, tu ne lui as pas rendu service en l'envoyant là-bas, remarqua une femme, regardant vers la forêt profonde. Il n'a aucune chance contre ceux qui hantent le Nullepart.

– Au moins, il aura la possibilité de se battre pour défendre sa vie, répondit Mosiah avec véhémence.

Puis, saisissant le regard de son père, il se tut.

La même question surgit dans l'esprit de chacun.

Quelle vie ?

Chapitre 12

LA FUITE

Joram courut, même si rien ne le poursuivait.

Enfin, rien de visible. Rien de réel. Rien de tangible. Les Vigiles ne pouvaient pas arriver aussi vite. Les autres le protégeraient. Lui gagneraient du temps. Il n'était pas en danger.

Pourtant, il courut.

Et s'arrêta seulement quand des crampes l'empêchèrent de continuer ; il s'effondra, sachant qu'il ne pourrait jamais échapper à l'être sombre et tourmenté qui le pourchassait. Il ne pourrait jamais échapper à lui-même.

Combien de temps resta-t-il prostré dans la forêt, il ne le sut jamais. Il ne savait pas où il était. Il avait la vague impression d'arbres et de vie végétale foisonnante. Quelque part, il crut entendre un murmure d'eau courante. Pour lui, les seules réalités, c'étaient la terre sous sa joue, la douleur dans ses jambes, et l'horreur dans son âme.

Allongé dans les broussailles, attendant que ses crampes se dissipent, la partie froidement rationnelle de son esprit lui disait qu'il devrait se lever et continuer à courir. Mais sous la surface froidement rationnelle de son esprit rôdait une sombre créature qu'il parvenait, la plupart du temps, à enchaîner. Mais, de temps en temps, elle se libérait de ses fers et le terrassait, le maîtrisait totalement.

La nuit se déploya sur le jeune homme épuisé et terrorisé dans ce lieu sauvage, et l'obscurité déchaîna en lui cet être ténébreux qui, ainsi libéré, bondit hors de son repaire, le saisit dans ses mâchoires, et, rongeant et ravageant, lui ravit son âme.

Joram ne se leva pas. Un engourdissement paralysant s'empara de son corps, comme celui que l'on ressent en s'éveillant d'un profond sommeil. Impression agréable. La douleur quitta ses jambes, et bientôt, toute sensation quitta son corps. La joue pressée contre la poussière du sentier, il ne sentait plus le goût de la terre dans sa bouche. Il n'avait plus conscience d'être allongé sur le sol, plus conscience du froid de l'air nocturne, plus conscience de la faim et de la soif. Son corps dormait, mais son esprit restait vaguement éveillé.

De nouveau, il était le petit enfant, prostré aux pieds de la statue de pierre qui était son père, sentant une larme chaude et amère tomber sur lui. Puis la larme devint ses cheveux, cascadant sur son visage et dans son dos, les doigts de sa mère les tirant et tiraillant pour les démêler. Et les mains de sa mère devinrent des serres, qui déchiraient le surveillant, qui déchiraient sa vie.

Enfin, la pierre qui était son père devint une pierre dans la main de Joram. Froide et tranchante, la pierre se rapetissa soudain, devint un jouet qui dansait sur ses doigts et semblait de dissoudre dans l'air. Mais elle était toujours cachée dans sa main, bien dissimulée à la vue. Cachée, jusqu'à ce jour, où elle avait tant grossi qu'il ne pouvait plus la cacher et qu'il l'avait lancée loin de lui...

Sauf qu'elle ne cessait de revenir sur lui, et une fois de plus il redevint un enfant...

La nuit passa. Puis le jour. Peut-être une autre nuit et un autre jour.

Anja appelait « crises de noir » ces moments où les ténèbres de son âme le terrassaient. Elles avaient commencé à l'affecter vers ses douze ans. Il n'avait aucun pouvoir sur elles. Il ne pouvait pas les combattre, mais restait allongé pendant des jours sur son grabat, fixant le plafond, repoussant les tentatives frénétiques de sa mère pour le faire manger, boire, ou marcher dans le monde réel.

Anja ne sut jamais ce qui le tirait de ce marasme. Soudain, il s'asseyait, regardait amèrement la chaumière et sa mère, comme pour lui reprocher son retour à la réalité. Puis, avec un soupir, il revenait à la vie, avec l'air de quelqu'un qui a combattu des démons.

Mais cette fois, ses ténèbres étaient si profondes que, semblait-il, rien ne pourrait l'en sauver. La partie froidement rationnelle de son esprit était sur le point de renoncer, quand elle trouva soudain un allié – le danger.

Sa première réaction fut l'irritation à être dérangé. La suivante fut une douleur déchirante qui explosa dans son genou, fulgura dans son corps et lui coupa le souffle. Gémissant et haletant, il roula sur lui-même dans une agonie de souffrance.

– Ça vit.

Le regard brouillé par la torture et les ombres de la nuit qui se dissipaient, il leva les yeux vers la voix rébarbative. Il eut une impression confuse de cheveux gras et feutrés tombant sur un visage qui avait peut-être été humain autrefois, mais qui avait dégénéré en une face cruelle et bestiale. Des poils couvraient des bras humains, un torse humain. Mais ce n'était pas un pied humain qui avait frappé Joram. C'était le sabot d'une bête.

La douleur imprima à ses nerfs, à son corps, à son esprit, une secousse qui le fit revenir à la réalité. De nouveau, il voyait et éprouvait des sensations, et il ressentit d'abord de la terreur. Il vit des sabots près de sa tête, et, levant les yeux, il vit la puissante créature, mi-homme, mi-cheval, qui le dominait de toute sa hauteur. La vision d'un sabot lui écrasant la tête agit comme un second stimulant – la peur. Mais il ne put pas faire grand-chose. Il avait les muscles raidis par la fatigue, le corps affaibli par le manque d'eau et de nourriture. Serrant les dents, il parvint à se soulever sur les mains et les genoux. Un coup de sabot dans les côtes le propulsa tête la première dans un fourré.

La douleur fut comme un coup de poignard. Le souffle coupé, il s'efforçait d'aspirer l'air quand des sabots claquèrent près de lui. Une énorme main le saisit au collet et le mit sur pied d'une secousse. La circulation se rétablit dans ses jambes avec de douloureux picotements ; il tituba et serait tombé, mais d'autres mains le stabilisèrent et lui lièrent les mains derrière le dos.

Grognement.

– Marche, humain.

Joram fit un pas mal assuré, trébucha et tomba.

Les mains le remirent debout et le poussèrent de l'avant. Sa douleur au côté l'élançait comme une brûlure, le sol se soulevait sous ses pas chancelants, les arbres le griffaient au passage. Vacillant sur ses jambes, il avança, se prit les pieds dans une racine et tomba lourdement. Les bras liés, il ne put amortir sa chute et roula dans la boue.

Les centaures éclatèrent de rire.

– Sport, dit l'un.

– De l'eau, râla Joram, les lèvres craquelées, la langue enflée.

Les centaures grognèrent, découvrant des dents jaunes dans leurs faces poilues.

– De l'eau ? répéta l'un d'eux, tendant un bras massif.

Tenant à peine debout, Joram tourna la tête. Devant lui, il vit la rivière luire parmi les banches.

– Cours ! dit le centaure.

– Cours, humain ! Cours ! cria un autre en rigolant.

Désespéré, Joram partit à un trot saccadé, entendant les sabots claquer derrière lui, sentant une haleine brûlante dans son dos, et asphyxié par une odeur bestiale nauséabonde. La rivière se rapprocha, mais Joram sentit ses forces l'abandonner. Et il savait aussi, avec la certitude du désespoir, que les centaures n'avaient pas l'intention de le laisser atteindre la rivière.

Autrefois humaines, ces créatures avaient été métamorphosées par les *DKarn-Duuk*, les Maîtres de Guerre, pour combattre dans les Guerres du Fer. Ces campagnes s'étaient révélées coûteuses, dévastatrices. Les sorciers survivants étaient vidés de leur magie, leurs catalystes épuisés n'avaient plus la force de tirer de l'énergie des sources de Vie. Incapables de faire appel à la magie pour redonner à leurs soldats leur forme première, ils les avaient abandonnés et exilés dans le Nullepart. Là, les centaures avaient vécu, s'accouplant avec des animaux ou des humains captifs, créant une race dont les émotions et les sentiments humains avaient presque disparu dans leur lutte pour la survie. Presque, mais pas tout à fait. Une émotion était toujours vivace en eux, conservée et nourrie au cours des siècles – la haine.

La raison de cette haine était oubliée depuis longtemps par ces créatures qui n'avaient aucun souvenir de leur histoire, mais les centaures savaient une chose – torturer et tuer les humains leur procurait une profonde satisfaction.

Arrêtant brusquement sa course trébuchante, Joram se retourna dans l'intention de se battre. Aussitôt, un poing s'écrasa sur son visage et le renversa. Allongé sur le sol, déchiré de souffrance, la partie froidement rationnelle de son esprit lui dit : « Meurs maintenant. Finis-en vite. Ça n'a pas d'importance. »

Il entendit les sabots claquer autour de lui. L'un d'eux le frappa. Il entendit les os craquer mais ne sentit pas le coup. Lentement, résolument, il se releva en chancelant. De nouveau, les centaures le renversèrent. D'autres coups de sabots lui brisaient les os, tailladaient sa chair.

Il sentit du sang dans sa bouche...

Le son d'une voix froide le fit revenir à lui en même temps qu'une sensation d'eau froide sur les lèvres.

– On peut faire quelque chose pour lui ?

– Je ne sais pas. Il est en piteux état.

– Au moins, il a enfin repris connaissance, dit la voix froide. Il y a des signes de blessures à la tête ?

Joram sentit des mains lui palper le crâne, lui ouvrir les yeux.

– Non. Ils voulaient s'amuser le plus longtemps possible, je suppose.

Il y eut un silence, puis la même voix poursuivit :

– Alors, on le ramène à Blachloch ou non ?

Nouveau silence.

– Emmenons-le, dit enfin la voix froide. Il est jeune et vigoureux. Ça vaut la peine de le ramener au camp. Réduis ses fractures et mets-lui des attelles, comme le vieillard t'a appris.

– Tu crois que c'est celui qui a tué le surveillant ? résonna une voix proche de son oreille, comme des mains s'emparaient sans ménagements de ses membres, leur imprimant des secousses qui lui coupèrent le souffle.

– Bien sûr, dit la voix froide. Sinon, qu'est-ce qu'il ferait là. Ça le rend d'autant plus précieux. S'il nous cause des problèmes, Blachloch pourra toujours le livrer. Il a gardé ses anciens contacts chez les *Duuk-tsarith.*

Un os craqua. Des ténèbres trouées de feu dansèrent devant les yeux de Joram. Il se raccrocha à la voix froide pour ne pas se laisser sombrer dans la nuit.

– Dépêche-toi, dit la voix froide. Mets-le sur le cheval de bât. Et empêche-le de hurler comme ça. Il y a peut-être d'autres bandes de centaures à la frontière.

– Ne t'inquiète pas de ses hurlements. Regarde. Il a son compte.

Mots indistincts, s'évanouissant dans le lointain...

Impression d'être soulevé...

Impression de tomber...

Les jours se fondaient dans les nuits avec des bruits de cascade. Jours et nuits pleins de la vague impression de voyager sur l'eau. Jours et nuits d'efforts pour reprendre connaissance, mais où seules la souffrance et la certitude amère d'être seul et oublié l'assaillaient. Jours et nuits de retombées dans l'inconscience, avec le vague souhait de ne jamais se réveiller.

Puis, l'impression confuse que le voyage était terminé et qu'il était de nouveau sur la terre ferme. Il était dans un étrange logis, et Anja s'approchait de lui, s'agenouillait près de son lit et démêlait sa tignasse en lui murmurant des histoires de Merilon. Merilon-la-Belle, Merilon-la-Merveilleuse, qu'il visualisait dans sa tête. Il voyait les flèches de cristal et les navires aux voiles de soie tirés par des animaux fabuleux voguant sur les courants atmosphériques. Il était heureux tant que duraient ces rêves, car ses douleurs cessaient. Mais quand ses douleurs le reprenaient, les rêves devenaient terribles. Anja devenait une créature pleine de crocs et de griffes, qui cherchait à lui déchirer la poitrine pour lui arracher le cœur.

Et toujours, dominant ses rêves et l'atteignant à travers ses souffrances, des bruits étranges : un souffle, comme une respiration de géant, des claquements métalliques, comme d'une cloche désaccordée, des sifflements, comme d'une horde de serpents. Des flammes surgissaient, brûlant devant ses yeux, brûlant les belles images déformées de Merilon.

Puis enfin, ce fut la nuit et le silence. Enfin, ce fut le sommeil, paisible et réparateur. Enfin vint un jour où ses yeux s'ouvrirent et où il regarda autour de lui. Anja était partie, Merilon avait disparu, et il n'y avait plus qu'une vieille femme assise près de lui, et les claquements métalliques qui résonnaient à ses oreilles.

– Tu reviens de loin, Beau Brun, dit la vieille, lissant ses cheveux noirs en arrière. D'un long voyage qui t'a presque emmené dans l'Outre-Monde. La Guérisseuse a fait ce qu'elle a pu, mais sans un calatyste pour lui donner de la Vie, ses pouvoirs sont limités.

Joram voulut s'asseoir, mais découvrit qu'il avait les bras et les jambes liés.

– Détache-moi, cria-t-il d'une voix rauque, essayant de se faire entendre par-dessus les claquements métalliques et un bruit de soufflet qui semblait tout proche, mais d'un endroit situé hors de la chaumière.

– Non, tu n'es pas attaché, dit la vieille avec un sourire amusé. Rallonge-toi et ne bouge pas. Tu avais une jambe cassée en deux endroits, un bras presque arraché, et la cage thoracique enfoncée. Ce que tu prends pour des liens, ce sont des bandages qui te maintiennent en un seul morceau.

Le sourire amusé fit place à un sourire de fierté.

– Une invention de mon mari quand il était plus jeune. C'est ce qu'on a pu faire de mieux pour toi, sans catalyste pour aider notre Guérisseuse. Ces attelles maintiennent les os en place pendant qu'ils se ressoudent.

Joram se rallongea, confus et méfiant, mais trop fatigué pour discuter. Maintenant, les claquements métalliques incessants semblaient venir de sa tête. Le voyant grimacer, la vieille lui tapota la main.

– Ce sont les bruits de la forge. Tu t'y habitueras avec le temps. Moi, je ne les entends plus, sauf quand ils s'arrêtent. Tu y travailleras sans doute, mon garçon, dit-elle en se levant. Tu es vigoureux je parie, et habitué à travailler dur. Je le vois à tes mains calleuses. Un jeune homme comme toi peut nous être utile. Mais ne t'inquiète pas pour ça en ce moment. Je vais te chercher un peu de bouillon, si tu peux le garder dans l'estomac.

Joram hocha la tête. Les bandages le démangeaient. Les mouvements lui faisaient mal. Puis il sentit un bras qui lui soulevait la tête, et quelque chose contre ses lèvres. Ouvrant les yeux, il vit la vieille qui tenait un bol dans une main et un objet bizarre dans l'autre. Avec l'objet, elle transféra le bouillon du bol dans sa bouche. Le goût salé et délicieux lui réchauffa le cœur. Il l'avala avidement.

– Bon, ça suffit, dit la femme, le rallongeant. Ton estomac a perdu l'habitude de travailler. Tâche de te rendormir.

Comment dormir avec ce bruit infernal ?

– Qu'est-ce que c'est qu'une forge ? demanda-t-il, méfiant.

– Tu verras en temps voulu, Beau Brun, dit-elle, se penchant sur lui avec un bon sourire.

Ce faisant, un objet pendu à son cou à une chaîne d'argent sortit de son corsage et oscilla devant les yeux de Joram. C'était un pendentif, reconnut-il, se rappelant les récits d'Anja sur les bijoux scintillants que portaient les dames de Merilon. Mais ça, ce n'était pas un bijou scintillant. C'était un cercle évidé en bois, traversé de neuf bâtonnets.

Voyant que Joram le regardait, elle prit l'objet dans sa main et le caressa, aussi fière que l'Impératrice devait l'être de ses riches bijoux.

– Où suis-je ? demanda Joram d'une voix endormie, avec l'impression de recommencer ce terrible voyage et d'être entraîné par le courant.

– Tu es avec ceux qui pratiquent le Neuvième Mystère, ceux qui doivent apporter la mort et la destruction sur Merilon, selon certains.

La voix de la vieille était triste, comme le murmure grave de la rivière. Elle lui parvenait comme de très loin, étouffée par les bruits de métal et de soufflet. Flottant sur l'eau, il entendit un dernière fois la voix de la vieille qui murmurait comme le vent.

– Nous sommes la Congrégation de la Roue.

Chapitre 13

LE CHÂTIMENT DE SARYON

Dix-sept ans avaient passé depuis que Saryon avait commis le crime abominable de lire des livres interdits. Dix-sept ans avaient passé depuis qu'on l'avait emmené à Merilon. Dix-sept ans avaient passé depuis la mort du Prince. A Merilon et dans son petit empire de cités-états, le jour commémoratif de ce triste événement se terminait quand Saryon fut convoqué dans les appartements de l'Evêque Vanya.

Cette convocation, arrivant en ce sombre anniversaire, lui rappela des souvenirs si malheureux et abominables qu'il ne put se défendre d'une certaine appréhension. Résidant à l'Abbaye de Merilon, il était revenu à la Source exprès pour éviter ces cérémonies qui lui rappelaient non seulement ses espoirs et ses rêves brisés et l'amère affliction de l'Impératrice, mais aussi l'affliction des parents dont les enfants étaient nés Morts.

Saryon retournait toujours à la Source, s'il le pouvait, à cette époque. Il y trouvait du réconfort, car personne à la Source n'avait le droit de faire seulement allusion à la mort du Prince, et encore moins d'en commémorer l'anniversaire. L'Evêque Vanya l'avait interdit, chose que tout le monde trouvait bizarre.

– Le vieux Vanya déteste vraiment cet anniversaire, dit le Diacre Dulchase à Saryon, tandis qu'ils arpentaient les couloirs silencieux de la forteresse.

– Je dois dire que je le comprends, soupira Saryon en secouant la tête.

Dulchase émit un grognement. Encore diacre à l'âge mûr, et sachant qu'il avait toutes les chances de mourir diacre, Dulchase ne se gênait pas pour dire ce qu'il pensait – même à la Source où, disait-on, les murs avaient des yeux et des oreilles... *et* des bouches. S'il n'avait pas été expédié aux champs depuis longtemps, il le devait uniquement à l'intervention du vieillissant Duc de Justar chez qui il avait été élevé.

– Bah, laissons cette fantaisie à l'Impératrice. L'Etern est témoin qu'elle en a peu. Tu sais que Vanya a essayé de dissuader l'Empereur de faire de cet anniversaire un jour férié ?

– Non ! dit Saryon, l'air choqué.

Dulchase hocha la tête avec suffisance. Il connaissait tous les potins de la cour.

– Vanya a dit à l'Empereur que c'était un péché de se rappeler un enfant né sans Vie, un enfant qui était manifestement maudit.

– Et l'Empereur a refusé ?

– Ils ont encore drapé Merilon en *Bleu pleureur* cette année, non ? Oui, l'Empereur a eu le courage de tenir tête à Sa Sainteté, dit Dulchase en se frottant les mains. Même si Sa Sainteté est sortie, drapée dans sa dignité offensée, et si elle refuse maintenant d'aller à la cour.

– Je n'arrive pas à le croire, murmura Saryon.

– Oh, ça ne durera pas. C'est juste pour la galerie. Vanya finira par l'emporter, c'est certain. Attends seulement le prochain problème ; l'Empereur ne sera que trop content de céder. Ils se réconcilieront, et Vanya attendra simplement l'année prochaine pour revenir à la charge.

– Ce n'est pas ce que je voulais dire, dit Saryon, regardant autour de lui avec gêne et attirant l'attention de Dulchase sur un *Duuk-tsarith* en robe noire, immobile et muet dans le couloir, le visage caché par son capuchon, les mains croisées devant lui dans la posture rituelle.

Dulchase poussa un nouveau grognement dédaigneux, mais il traversa le couloir pour marcher de l'autre côté.

– Je veux dire que je n'arrive pas à croire que l'Empereur ait refusé une requête de Sa Sainteté.

– C'est à cause de l'Impératrice, naturellement, dit

Dulchase, hochant la tête d'un air entendu et baissant la voix avec un regard en coin au Vigile. C'est *elle* qui voulait cette célébration, alors, naturellement, elle l'a eue. Je tremble à l'idée de ce qui se passerait si elle se mettait en tête de vouloir la lune ! Mais tu dois le savoir. Tu fréquentes la cour.

– Non, pas souvent, avoua Saryon.

– Il vit à Merilon et il ne va pas à la cour ! dit Dulchase avec un sourire amusé.

– Regarde-moi, dit Saryon, montrant ses grandes mains maladroites en rougissant. Je détonne au milieu des gens riches et célèbres. Tu as vu ce qui s'est passé pendant la cérémonie il y a dix-sept ans, quand je me suis trompé de couleur pour ma robe. Et je crois que je ne suis pas arrivé à lui donner la couleur correcte une seule fois depuis. Si la couleur correcte était *Abricot flambé* ma robe était *Pêche pourrie.* Tu ris, mais c'est vrai. Finalement, j'ai renoncé à la changer. C'était plus facile de porter la robe blanche insigne de ma vocation et de mon rang.

– Je parie que tu as dû avoir du succès ! dit Dulchase, sarcastique.

– Tu parles ! répondit Saryon, haussant les épaules avec un sourire amer. Tu sais comment ils m'appelaient derrière mon dos ? Père Calculus. Parce que je ne savais parler que de mathématiques.

Dulchase émit un grognement.

– Je sais. Je les ennuyais jusqu'aux larmes, certains jusqu'à l'invisibilité. Un soir, le Comte s'est tout simplement évanoui sous mes yeux. Il ne l'a pas fait intentionnellement, le pauvre. Il était vraiment embarrassé et il s'est excusé très courtoisement. Mais il se fait vieux.

– Si seulement tu faisais un effort...

– J'ai essayé. J'ai vraiment essayé, je t'assure. J'ai pris part aux commérages et aux réjouissances. Mais c'était trop difficile, soupira Saryon. Je me fais vieux moi aussi, je suppose. Je tombe de sommeil deux heures avant que les gens de Merilon pensent seulement à se mettre à table.

Il regarda autour de lui les murs de pierre luisant doucement d'un rayonnement magique.

– Ça me plaît de vivre à Merilon. Ses beautés me paraissent aussi neuves et impressionnantes que la première fois où je les ai vues, il y a dix-sept ans. Mais mon cœur est ici, Dulchase. Je veux poursuivre mes recherches. J'ai besoin du matériel qui se trouve ici. Je suis en train d'inventer une nouvelle formule, mais je ne suis pas sûr de certains théorèmes magiques impliqués. Il s'agit...

Dulchase s'éclaircit la gorge.

– Oui. Désolé, sourit Saryon. Et voilà Père Calculus qui reparaît. Je suis trop enthousiaste, je sais. Bref, je me préparais à présenter ma requête pour revenir ici quand j'ai reçu la convocation de l'Evêque...

Le visage de Saryon s'assombrit.

– Haut les cœurs ! N'aie pas l'air si terrorisé, dit Dulchase avec nonchalance. Il veut sans doute te présenter ses condoléances pour la mort de ta mère. Et il y a des chances qu'il t'invite lui-même à revenir. Après tout, tu n'es pas comme moi. Tu as toujours été sage, tu as toujours mangé tes légumes et ces trucs-là. Et ne t'inquiète pas pour les courtisans. Même ennuyeux comme tu as dû l'être, mon ami, tu n'as certainement jamais pu être aussi ennuyeux que l'Empereur.

Dulchase jeta un regard pénétrant sur Saryon qui avait détourné la tête.

– Tu as bien mangé tes légumes, non ?

– Oui, bien sûr, répondit vivement Saryon, avec une tentative de sourire qui fut un lamentable échec.

Ramenant les yeux sur Dulchase, il s'aperçut que le diacre l'observait avec curiosité. Une fois de plus, le remords accablant de son crime l'assaillit. Se sentant totalement incapable d'abuser plus longtemps l'astucieux diacre, Saryon marmonna une excuse et s'éloigna, suivi des yeux et du sourire ironique de Dulchase.

– Je voudrais bien savoir quels cadavres tu as dans ton placard, mon vieil ami. Je ne suis pas le seul à me demander pourquoi on t'a expédié à Merilon il y a dix-sept ans. Enfin, quoi que ce soit, je te souhaite bonne chance. Dix-sept ans pourraient aussi bien être dix-sept minutes au regard de Sa Sainteté. Quoi que tu aies fait, il ne l'aura pas oublié – ni pardonné d'ailleurs.

Retournant à ses activités, Dulchase branla du chef en soupirant.

Quittant Dulchase, Saryon se réfugia dans le havre de paix de la Bibliothèque, où il savait qu'il serait tranquille. Mais il n'étudia pas. Caché derrière une pile de parchemins, hors de vue d'un passant accidentel, le diacre enfouit sa tête tonsurée dans ses mains, aussi malheureux que la première fois où Vanya l'avait convoqué dans ses appartements, dix-sept ans plus tôt.

Il avait souvent vu l'Evêque Vanya au cours de ces années, car l'Evêque logeait toujours à l'Abbaye quand il venait à Merilon. Mais Saryon ne lui avait pas parlé depuis ce jour fatal.

Non que l'Evêque l'ait évité ou traité avec froideur. Loin de là. Saryon avait reçu une très gentille lettre à la mort de sa mère, où l'Evêque lui exprimait sa profonde sympathie et l'assurait qu'elle serait inhumée dans la même tombe que son père, en l'un des lieux les plus prestigieux de la Source. Pendant les funérailles, l'Evêque s'était même approché de lui, mais Saryon, feignant une profonde affliction, s'était détourné.

Il était mal à l'aise en présence de l'Evêque. Peut-être parce qu'il n'avait jamais vraiment pardonné à Sa Sainteté d'avoir condamné à mort le petit Prince. Peut-être parce que Saryon voyait sa propre faute chaque fois qu'il regardait Vanya. Il avait vingt-cinq ans quand il avait commis son crime. Maintenant, Saryon en avait quarante-deux, et il avait l'impression d'avoir vécu davantage pendant ces dix-sept années que pendant les vingt-cinq qui avaient précédé. Ce qu'il avait dit à Dulchase sur la vie à la cour n'était vrai qu'en partie. Il détonnait, assurément. Il était ennuyeux à mourir, certes. Mais ce n'étaient pas les vraies raisons. La beauté et les réjouissances de la vie de cour n'étaient que des illusions, avait-il découvert. Par exemple, Saryon avait vu l'Impératrice dépérir de jour en jour d'une maladie de langueur que les Guérisseurs étaient impuissants à guérir. Elle mourait lentement, tout le monde le savait. Personne n'en parlait. Et certainement pas l'Empereur qui ne manquait jamais une occasion de se féliciter des progrès de sa guérison, et du bien que lui faisait l'air printanier dont les *Sif-Hanar* entouraient Merilon (c'était le printemps depuis un an à Merilon). Tout le monde à la cour opinait. Les dames d'honneur mettaient des couleurs sur les joues livides de l'Impératrice et modifiaient la nuance de ses yeux.

– Elle est rayonnante, Majesté. Elle est plus belle de jour en jour. Je ne l'ai jamais vue d'humeur si charmante, n'est-ce pas, Votre Seigneurie ?

Toutefois, elles ne pouvaient pas mettre de la chair sur son visage émacié, ni atténuer l'éclat fiévreux de ses yeux.

– Que fera-t-il quand elle mourra ? murmurait-on à la cour. La succession se fait selon la lignée féminine. Son frère vient la voir. C'est lui l'héritier du trône. Lui avez-vous été présenté ? Alors, permettez-moi de le faire. Cela pourrait servir.

Et au milieu de tant de beauté et d'illusions, la seule réalité semblait être l'Evêque Vanya – qui circulait, travaillait, faisait signe à quelqu'un, aplanissait une difficulté du geste, guidait, contrôlait, toujours parfaitement maître de lui.

Pourtant, Saryon l'avait vu bouleversé, une fois, il y avait dix-sept ans. Et il se demanda, non pour la première fois, ce que Vanya leur cachait. Une fois de plus, les paroles de l'Evêque résonnèrent dans sa tête. *Je pourrais vous donner la raison* – puis le soupir qui avait interrompu ses paroles, puis son air de froide résolution. *Non. Vous devez faire ce que je vous dirai sans discuter.*

Un novice se dressa devant lui et lui toucha légèrement l'épaule. Saryon sursauta. Depuis quand l'adolescent était-il là, sans qu'il le remarque ?

– Oui, mon Frère ? Qu'y a-t-il ?

– Pardonne-moi de t'interrompre, mon Père, mais l'Evêque Vanya veut te voir, au moment qui te conviendra.

– Oui. Eh bien, tout de suite... ce serait parfait, dit Saryon se levant avec empressement.

Même l'Empereur, disait-on, ne faisait jamais attendre l'Evêque Vanya.

– Entre, entre, Père Saryon.

Vanya se leva, avec un geste cordial de la main. Sa voix était chaleureuse, mais elle sembla à Saryon un peu contrainte, comme s'il avait du mal à entretenir la chaleur de son hospitalité.

S'agenouillant pour baiser l'ourlet de la robe épiscopale selon l'usage, Saryon se rappela douloureusement la dernière fois qu'il avait fait ce geste, dix-sept ans plus tôt.

– Non, non, Saryon, dit cordialement Vanya, le prenant par la main. Nous pouvons nous dispenser de cérémonies. Réserve-les pour le public à qui elles sont destinées. Il s'agit d'une petite réunion privée, *discrète.*

Le ton lui paraissant plus explicite que les paroles, Saryon attacha sur l'Evêque un regard pénétrant.

– Je suis... je suis honoré d'être convoqué en votre présence, Votre Sainteté, dit Saryon, troublé.

– Il y a quelqu'un ici que j'aimerais te présenter, reprit l'Evêque Vanya, suave, ignorant ces paroles.

Saryon se retourna, stupéfait de voir une autre personne dans la pièce.

– Voici Père Tolban, Catalyste des Champs au village de Walren, dit Vanya. Père Tolban, je te présente le Diacre Saryon.

– Père Tolban, dit Saryon, s'inclinant selon l'usage. Que l'Etern te bénisse.

Pas étonnant que Saryon ne l'ait pas remarqué en entrant. Brun et desséché, le Catalyste des Champs se fondait dans les lambris comme s'il en faisait partie intégrante.

– Diacre Saryon, marmonna Tolban, avec force courbettes, regardant tour à tour Saryon et Vanya pour revenir enfin à Saryon, tiraillant nerveusement les manches de sa robe verte élimée et maculée de boue.

– Eh bien, asseyons-nous, dit Vanya avec bonté, leur indiquant des fauteuils du geste.

Saryon remarqua que le Catalyste des Champs attendait un instant – pour s'assurer qu'il était bien inclus dans l'invitation, sans doute. La situation devint vite embarrassante car, par simple courtoisie, Saryon ne pouvait pas s'asseoir sans que le catalyste en fasse autant. Se décidant à s'asseoir, il vit que Tolban restait debout, et il interrompit son geste, jusqu'au moment où Tolban décida apparemment qu'il pouvait s'asseoir. Mais voyant Saryon debout, le Catalyste des Champs se releva précipitamment, rougissant d'embarras. Cette fois, l'Evêque Vanya intervint et répéta son invitation, d'une voix aimable mais ferme.

Après leur avoir proposé des rafraîchissements – qu'ils refusèrent – et avoir posé quelques questions polies sur les difficultés des semailles de printemps et des perspectives de récoltes, auxquelles le Catalyste des Champs, manifestement nerveux, répondit confusément d'une voix mourante, l'Evêque Vanya entra dans le vif du sujet.

– Père Tolban a une histoire étonnante à raconter, Diacre Saryon, dit-il du même ton aimable, comme s'ils étaient trois amis réunis pour passer un moment à papoter.

Saryon se détendit un peu, mais sa perplexité augmenta. Pourquoi avait-il été convoqué dans les appartements privés de Vanya – où il n'avait pas mis les pieds depuis dix-sept ans – pour entendre le récit d'un Catalyste des Champs ? Il lança un regard pénétrant à Vanya, qui le fixait froidement, l'air entendu.

Maintenant prêt à écouter attentivement le petit homme desséché, Saryon ramena son regard sur le Catalyste des Champs, qui prit une profonde inspiration, comme s'il s'apprêtait à plonger dans des eaux glaciales. Le visage de Vanya demeura lisse et placide comme toujours, mais Saryon vit un muscle se contracter sur sa joue, comme lors de la cérémonie pour le Prince Mort.

Père Tolban commença son récit, et Saryon s'aperçut qu'il n'avait pas à se forcer pour l'écouter. Il était suspendu à ses lèvres. C'était la première fois qu'il entendait l'histoire de Joram.

Le catalyste éprouva des émotions diverses pendant ce

récit, allant du choc à la révulsion, en passant par l'indignation – émotions des plus normales à l'audition de révélations aussi ténébreuses et sinistres. Mais il éprouva aussi la peur – une peur qui lui nouait les entrailles et lui glaçait la moelle, une peur qui se répandait dans tout son corps. Frissonnant, il se recroquevilla dans sa robe.

De quoi ai-je peur ? se demanda-t-il. Je suis là, dans l'élégant salon de l'Evêque, en train d'écouter le récit hésitant de ce vieux catalyste desséché. Que peut-il m'arriver ? C'est seulement plus tard que Saryon se rappela le visage de Vanya en écoutant cette histoire. C'est seulement plus tard qu'il comprit pourquoi il frissonnait de terreur. Sur le moment, il décida que c'était le frisson délicieux de la peur substitutive que l'on éprouve, enfant, en écoutant des histoires de monstres qui hantent la nuit...

– Et quand les *Duuk-tsarith* arrivèrent, conclut lamentablement Père Tolban, le jeune homme était parti depuis plusieurs heures. Ils suivirent sa piste jusqu'au Nullepart, où il devint évident qu'il s'était évanoui dans ces lieux sauvages. Nous avons vu sa piste franchir les frontières de la civilisation. Ils ont aussi trouvé des traces de centaures. Ils ne pouvaient pas faire grand-chose, et ils ont présumé qu'il était perdu pour notre monde, car chacun sait que rares sont ceux qui reviennent de ce pays. C'est ce que j'ai dit dans mon rapport.

Vanya fronça les sourcils, et le catalyste baissa la tête en rougissant.

– C'était... c'était une conclusion prématurée, semble-t-il, car maintenant, un an plus tard...

– Ce sera suffisant, Père Tolban, dit Vanya, toujours aimable.

Mais ce ton ne trompa pas le Catalyste des Champs. Serrant les poings, il fixait le sol d'un air lugubre. Saryon savait ce que pensait le malheureux. Après un tel désastre, il serait Catalyste des Champs le restant de ses jours. Mais ce n'était pas le problème de Saryon, et ce n'était pas non plus la raison pour laquelle il avait dû écouter cette sombre histoire de folie et de meurtre. Perplexe, il regarda de nouveau l'Evêque Vanya, dans l'espoir de comprendre. Mais Vanya ne le regardait pas ; il ne regardait pas non plus l'infortuné Catalyste des Champs. L'Evêque regardait dans le vague, front plissé, lèvres boudeuses, comme s'il se colletait mentalement avec quelque ennemi invisible. Enfin, cette lutte intérieure prit fin, ou du moins le parut, car il se tourna vers Saryon, le visage de nouveau lisse.

– Incident des plus choquants, Diacre Saryon.

– Oui, Votre Sainteté, répondit Saryon, toujours frissonnant.

Joignant le bout de ses doigts replets, Vanya les tapota délicatement.

– Ces dernières années, nous avons pu localiser plusieurs de ces enfants nés Morts, et qui, de part l'intervention malencontreuse de leurs parents, ont pu rester dans le monde. Après leur découverte, il fut charitablement mis fin à leurs souffrances.

Saryon remua avec embarras dans son fauteuil. Il avait entendu des rumeurs en ce sens, et, tout en sachant quelle existence torturée devaient vivre ces pauvres âmes, il ne pouvait s'empêcher de se demander si ces mesures draconiennes étaient vraiment nécessaires. Ses doutes parurent sans doute sur son visage, car Vanya fronça les sourcils, et, tournant son regard sur l'innocent Catalyste des Champs, se mit en devoir de le sermonner.

– Tu sais, bien sûr, que les Morts ne peuvent pas être autorisés à fouler le sol du pays, dit Vanya à Tolban d'un ton sévère.

– Oui, Vo...Votre Sainteté, bredouilla le catalyste, se recroquevillant devant cette attaque inattendue et imméritée.

– La Vie, c'est-à-dire la magie, vient de notre environnement, du sol que nous foulons, de l'air que nous respirons, des plantes qui poussent pour nous servir... oui, même les rochers et les pierres, vestiges d'anciennes montagnes, nous donnent de la Vie. C'est cette force, que nous captons et canalisons dans nos humbles corps, qui donne aux mages la capacité d'altérer et modeler les éléments bruts en des objets à la fois utiles et beaux.

Vanya foudroya le Catalyste des Champs pour voir s'il

suivait. Le catalyste, ne sachant quoi faire d'autre, déglutit et hocha la tête, l'air absolument lamentable.

– Imagine cette force de Vie comme un vin capiteux, dont la couleur, le goût, le bouquet sont parfaits, poursuivit Vanya, ouvrant les mains. Irais-tu diluer ce vin dans de l'eau ?

– Non ! Oh non, Votre Sainteté ! s'écria Tolban.

– Pourtant, tu permettrais aux Morts de marcher parmi nous, tu permettrais à leur semence d'ensemencer un sol fertile et de se propager ? Voudrais-tu voir les vrilles des mauvaises herbes étouffer la vie des grappes ?

Se recroquevillant de plus en plus sous cet assaut, le catalyste aurait pu être lui-même une grappe étouffée. Son visage boucané se ratatina, ses traits burinés se convulsèrent tandis qu'il protestait avec véhémence qu'il n'avait aucune intention de nourrir les mauvaises herbes. Vanya le laissa protester, ramenant son regard sur Saryon, qui baissa la tête. Ces remontrances lui étaient destinées, bien sûr. Il n'aurait pas été convenable que l'Evêque tance un Diacre de la Source devant un inférieur, et c'est pourquoi il avait choisi cette méthode pour le chapitrer. Des souvenirs confus de bébé hoquetants et de parents en pleurs passèrent dans l'esprit de Saryon, mais il les réprima fermement. L'Evêque avait raison, comme toujours. Le Diacre Saryon ne serait pas de ceux qui diluent le vin.

Mais, se dit-il, contemplant ses mains sagement posées sur ses genoux, où l'Evêque voulait-il en venir ?

D'un geste brusque, l'Evêque fit taire le Catalyste des Champs, le sectionnant à la racine et le laissant faner par terre. Vanya se tourna vers Saryon.

– Diacre Saryon, tu te demandes sans aucun doute ce que cela a à voir avec toi. Et voilà la réponse. Je t'envoie chercher ce Joram.

Saryon le regarda, interdit. A son tour de bégayer et bredouiller, au grand soulagement de Père Tolban, apparemment très content que l'Evêque détourne de lui son attention.

– Mais... Votre Sainteté, je... vous dites qu'il est mort.

– N...non, balbutia Père Tolban, rentrant la tête dans les épaules. Je... je me suis trompé...

– Alors, il n'est pas mort ? dit Saryon.

– Non, répondit Vanya. Tu devras le retrouver et le ramener ici.

Fixant l'Evêque Vanya, Saryon se demanda ce qu'il pouvait dire. Qu'il n'était pas *Duuk-tsarith* ? Qu'il ne savait pas comment appréhender de dangereux criminels ? Qu'il était d'âge mûr ? Qu'il était catalyste – mot synonyme de faible et sans défense ?

– Pourquoi moi, Votre Sainteté ? parvint-il à dire d'une voix mourante.

L'Evêque Vanya sourit, d'un sourire indulgent devant la confusion de son prêtre. Il se leva et s'approcha nonchalamment de la fenêtre, agitant la main derrière lui pour indiquer à ses deux inférieurs qu'ils pouvaient rester assis, ceux-ci ayant fait mine de se lever.

Saryon retomba dans les coussins de son fauteuil, tout en modifiant sa posture pour continuer à voir le visage de Vanya. Cela fut impossible. Arrêté devant la fenêtre l'Evêque leur tournait le dos et contemplait la cour.

– Ce Joram nous pose un problème unique, Diacre Saryon, commença-t-il, d'un ton toujours aimable et détaché. Il n'a pas rencontré sa mort physique dans le Nullepart comme on l'avait annoncé.

A ce point, Vanya se retourna à moitié, examinant attentivement un coin du rideau et fronçant les sourcils avec irritation. Le Catalyste des Champs devint mortellement pâle.

– Un défaut, murmura finalement Vanya. Père Tolban a depuis reçu des nouvelles, poursuivit-il, imperturbable, nous incitant à penser que ce jeune homme, ce Joram, s'est joint à un groupe qui s'est donné le nom de Congrégation de la Roue.

Saryon regarda Père Tolban, espérant un indice, car l'Evêque Vanya avait prononcé ces mots avec tant d'horreur qu'il supposa être la seule personne au Thimhallan n'ayant jamais entendu parler de ce groupe. Mais le Catalyste des Champs ne lui fut d'aucune aide, car il s'était si bien renfoncé dans son fauteuil qu'il en était presque invisible.

Ne recevant aucune réponse de son prêtre, Vanya regarda par-dessus son épaule.

– Tu n'en as pas entendu parler, Diacre Saryon ?

– Non, Votre Sainteté, avoua Saryon. Mais je mène une vie si retirée... mes recherches...

– Inutile de t'excuser, l'interrompit Vanya.

Croisant les mains derrière son dos, il se tourna face à Saryon.

– En fait, j'aurais été surpris que tu connaisses ce nom. Comme un père aimant cache à ses enfants l'existence de choses mauvaises et honteuses jusqu'à ce qu'ils soient assez forts et raisonnables pour les supporter sans dommages, de même cachons-nous à nos frères l'existence de ce nuage noir, prenant sur nous ce fardeau pour qu'ils puissent profiter du soleil. Oh, le peuple n'est pas en danger, ajouta-t-il, voyant Saryon hausser des sourcils alarmés. Simplement, nous ne permettons pas à de vagues craintes de troubler la vie à Merilon comme elle l'a été dans d'autres royaumes. Tu vois, Saryon, cette congrégation se consacre à l'étude des Arts noirs – à l'étude du Neuvième Mystère, la Technologie.

Un fois de plus, Saryon sentit la main glacée de la peur lui nouer les entrailles. Partant de sa nuque, un frisson parcourut tout son corps.

– Il semble que ce Joram ait un ami, un jeune homme du nom de Mosiah. Une nuit, entendant des bruits dehors, un Mage des Champs s'est réveillé et a regardé par la fenêtre. Il a vu Mosiah, et un jeune homme qu'il a catégoriquement reconnu pour Joram, absorbés dans une longue conversation. Il n'a pas entendu ce qu'ils disaient, mais il jure qu'il a distingué les mots « Congrégation » et « Roue ». Il dit que Mosiah a eu un mouvement de recul, mais son ami dut être persuasif parce que, le lendemain matin, Mosiah avait disparu.

Saryon jeta un coup d'œil sur Père Tolban, juste à temps pour le voir regarder furtivement Vanya, qui l'ignorait avec ostentation. Tolban regarda vers son confrère catalyste et le surprit en train de l'observer. Rougissant d'un air coupable, Tolban se remit à contempler ses chaussures.

– Naturellement, nous connaissons l'existence de cette congrégation depuis un certain temps.

Vanya fronça les sourcils avant de poursuivre.

– Elle se compose de tous les hors-la-loi et de tous les ratés qui pensent que le monde leur doit quelque chose parce qu'ils sont nés. Non seulement des Morts marchent parmi eux, mais aussi des voleurs, des bandits, des débiteurs, des vagabonds, des rebelles... Et maintenant, un meurtrier. Ils viennent de toutes les parties de l'Empire, du Sharakan au nord jusqu'au Zith-el à l'est, et leur nombre croit sans cesse. Les *DKarn-Duuk* pourraient facilement les réduire à l'impuissance, mais enlever ce jeune homme de force provoquerait un conflit armé, avec soucis et bouleversements. Cela n'est pas pensable, pas en ce moment, alors que la situation politique à la cour est si délicate, dit-il, avec un coup d'œil significatif à Saryon.

– C'est... c'est épouvantable, Votre Sainteté, bredouilla Saryon, encore trop troublé pour comprendre plus d'un mot sur dix.

Mais Vanya le regardait, attendant une réponse, alors il dit la première chose qui lui passa par la tête.

– Il faut... certainement... faire quelque chose. Nous ne pouvons pas continuer à vivre en connaissant l'existence de cette menace...

– On *fait* quelque chose, Diacre Saryon, dit Vanya d'un ton conciliant. Sois assuré que nous contrôlons la situation, raison supplémentaire pour que l'arrestation de ce jeune homme se passe discrètement. Mais par ailleurs, nous ne pouvons pas permettre que l'assassinat d'un surveillant reste impuni. La rumeur se répand déjà parmi les Mages des Champs qui, comme tu le sais, sont des gens mécontents et rebelles. Laisser ce jeune homme libre, après son crime abominable, encouragerait l'anarchie dans cette classe. C'est pourquoi le jeune homme doit être appréhendé vivant, et passer en jugement pour son crime. Appréhendé vivant, répéta Vanya en fronçant les sourcils. C'est le plus important.

Saryon pensa enfin qu'il commençait à comprendre.

– Je vois, Votre Sainteté, articula péniblement Saryon, un goût amer dans la bouche. Il vous faut quelqu'un pour aller là-bas, localiser ce jeune homme, ouvrir un Couloir et conduire jusqu'à lui les *Duuk-tsarith* sans que personne le sache. Et vous m'avez choisi parce qu'autrefois j'ai été impliqué dans les Arts...

– Tu as été choisi pour tes grandes connaissances mathématiques, Diacre Saryon, l'interrompit habilement Vanya, l'empêchant de continuer.

Un regard au Catalyste des Champs et un imperceptible mouvement de tête suffirent pour rappeler à Saryon qu'il ne devait pas mentionner l'ancien scandale.

– Nous avons des raisons de croire que ces Technologues sont fascinés par les mathématiques, les considérant comme la clé de leur Art. Cela te fournira la couverture idéale pour te faire facilement accepter dans leur groupe.

– Mais, Votre Sainteté, je suis un catalyste, pas un... un rebelle ou un voleur, protesta Saryon. Pourquoi m'accepteraient-ils ?

– Il y a déjà eu des catalystes renégats, remarqua Vanya avec ironie. D'ailleurs, c'était le cas du père de ce Joram. Je me rappelle bien l'incident – il avait été reconnu coupable d'avoir conçu un enfant par l'acte répugnant de la jonction physique avec une femelle. Il fut condamné à la Pétrifixion...

Saryon frissonna involontairement. Tous ses anciens péchés revenaient le hanter aujourd'hui, semblait-il. Les rêves luxurieux de sa jeunesse lui resurgirent dans sa mémoire, ajoutant à son malaise. Le sort du père de Joram aurait très bien pu être le sien ! Un instant, il fut pris de nausée, et se renversa dans les coussins de son fauteuil. Quand le sang cessa de battre à ses tempes et que son vertige se dissipa, il put se remettre à écouter Vanya.

– Tu te souviens certainement de l'incident, n'est-ce pas, Diacre Saryon ? C'était il y a dix-sept ans... Mais non, j'oubliais. Tu étais... absorbé... par tes propres problèmes, à l'époque. Pour revenir à cette histoire, apprenant que l'enfant avait échoué aux Epreuves, la mère – je crois qu'elle s'appelait Anja – disparut, emportant le bébé avec elle. Nous avons essayé de la retrouver, mais sans succès. Maintenant, nous savons enfin ce qu'ils sont devenus, elle et l'enfant.

– Votre Sainteté, dit Saryon, ravalant la bile qui montait dans sa gorge, je ne suis plus un jeune homme. Je ne crois pas être le plus apte à remplir une mission aussi importante. Je suis honoré de la confiance que vous me faites, mais les *Duuk-tsarith* sont plus qualifiés...

– Tu te sous-estimes, Diacre Saryon, dit Vanya d'un ton aimable, quittant la fenêtre et traversant la pièce. Tu vis depuis trop longtemps au milieu de tes livres.

S'arrêtant juste devant Saryon, il baissa les yeux sur lui.

– J'ai peut-être d'autres raisons de te choisir, raisons que je ne suis pas libre d'exposer. Tu as été choisi. Naturellement, je ne peux pas te forcer à accepter. Mais ne crois-tu pas que tu dois quelque chose à l'Eglise, Saryon, pour... disons, pour son indulgence passée ?

Le Catalyste des Champs ne voyait pas le visage de l'Evêque. Seul Saryon pouvait le voir, et il s'en souviendrait jusqu'à sa mort. Les joues replètes étaient calmes et placides. Vanya souriait même, haussant un sourcil. Mais les yeux... les yeux étaient terribles – sombres, froids et implacables.

Saryon comprit soudain le génie de cet homme, et il put enfin mettre un nom sur sa peur irrationnelle. Le crime commis tant d'années auparavant n'avait jamais été oublié ni pardonné.

Le châtiment avait simplement été différé.

Vanya avait patiemment attendu dix-sept ans que se présente l'occasion de s'en servir.

De se servir de Saryon...

– Eh bien, Diacre Saryon, dit l'Evêque, toujours du même ton aimable, que dis-tu ?

Il n'y avait rien à dire. Rien, à part les antiques paroles que Saryon avait apprises voilà si longtemps. Les répétant maintenant, comme il les répétait tous les matins pendant le Rituel de l'Aube, il voyait presque la main fine et blanche de sa mère les tracer dans l'air.

– *Obedire est vivere. Vivere est obedire.* Obéir, c'est vivre. Vivre, c'est obéir.

LIVRE II

LE NULLEPART

La frontière entre les pays civilisés et cette partie du Thimhallan connue sous le nom du Nullepart, est marquée, au nord de Merilon, par une large rivière. Nommée la Famirash, ou Larmes des Catalystes, elle naît à la Source, cette haute montagne qui domine le paysage non loin de Merilon, où les catalystes ont établi le centre de leur Ordre. Ainsi, le nom de la rivière est un rappel quotidien des labeurs et des peines que souffrent les catalystes dans leurs travaux pour l'humanité.

L'eau de la Famirash est sacrée. Sa source dans la montagne – joyeux ruisseau gazouillant – est un lieu sacré, gardé et entretenu par les Druides. L'eau puisée dans cette section, la plus pure de la rivière, a des propriétés thérapeutiques que les Guérisseurs utilisent dans le monde entier. Toutefois, à mesure que la rivière descend de la montagne, cascadant et riant comme l'enfant qu'elle est, elle est rejointe par d'autres ruisseaux et cours d'eau, qui diluent son innocence et sa pureté. Le temps qu'elle arrive dans la cité de Merilon, la rivière adulte est devenue un fleuve large et profond. Ayant acquis stature et maturité, la Famirash, en arrivant à Merilon, devient civilisée. Dans les années ayant suivi les Guerres du Fer, les *Pro-alban*, magiciens habiles à façonner la pierre et la terre, s'emparèrent de son cours, le canalisèrent et le domptèrent, le partagèrent et le divisèrent, le tordirent et l'incurvèrent, l'obligèrent à gravir des collines et à descendre en cascades ornementales, l'emprisonnèrent dans de jolis petits bassins. Par leur art magique et celui de leurs descendants, la rivière monte de force dans les plates-formes de marbre où elle gazouille en source et jaillit en gracieux jets d'eau. Magiquement chauffée, elle s'introduit modestement dans les salles de bains parfumées, ou se présente audacieusement, prête à travailler dans les cuisines. Finalement autorisée à pénétrer dans le Bois sacré de Merilon, où se dresse le tombeau du grand magicien fondateur du pays, la Famirash en nourrit les magnifiques plantes tropicales, et trouve le temps de participer aux créations artistiques des Illusionnistes. A Merilon, la Famirash est tellement métamorphosée que la plupart des gens oublient que c'est une rivière.

Après avoir souffert de tous les luxes de la civilisation, il n'est pas étonnant, lorsqu'elle s'échappe des murailles de Merilon, qu'elle tempête et rage entre ses rives en tourbillons écumants. Mais après avoir dissipé sa colère, elle se calme, et quand ses méandres traversent les champs défrichés et les villages agricoles, comme un vieux Catalyste des Champs placide, elle coule lentement entre les arbres de ses berges.

Elle continue à couler au milieu des cultures, tranquille et travailleuse, jusqu'au moment où elle laisse derrière elle les terres civilisées. Alors, une fois hors de vue de l'homme, la Famirash s'incurve puissamment – comme le dos d'un dragon – et plonge dans le Nullepart avec un sauvage rugissement d'exultation.

Enfin libre, la rivière devient un torrent d'écume blanche, qui bondit par-dessus les rochers et s'engouffre dans d'étroites gorges. Il y a de la colère dans ses eaux, une colère qu'elle acquiert en longeant les endroits ténébreux où rôdent des êtres pleins de rancœur – êtres créés par la magie puis rejetés; êtres arrachés à leur foyer bien-aimés, amenés en pays étranger, puis abandonnés à eux-mêmes; êtres qui vivent là parce que leur propre nature ténébreuse ne leur permet pas de vivre dans la lumière.

Suivant son cours, la rivière voit bien des choses étranges. Les trolls lavent les os de leurs victimes dans son courant, pour les utiliser comme ornements corporels ou pour la décoration de leurs repaires puants. Des géants et des géantes de vingt pieds de haut, qui ont la force des rochers et la cervelle des enfants, assis sur ses berges, la regardent couler en proie à une stupide fascination. Des dragons se chauffent au soleil sur ses pierres, comme des lézards colossaux, gardant toujours un œil ouvert pour empêcher tout intrus de pénétrer dans leurs grottes. Des licornes boivent ses eaux, des centaures pêchent dans son courant, des fées dansent à sa surface. Mais le spectacle le plus étrange de tous se présente dans la dernière partie de son voyage, au cœur même du Nullepart. C'est le camp des Technologues.

Le temps qu'elle arrive dans cette région, la Famirash est devenue large et profonde, sombre et maussade. Car ici, la rivière reçoit un choc très rude. Elle coule entre les griffes des Sorciers du Neuvième Mystère, qui l'enchaînent et la forcent à travailler pour eux.

Les Technologues, ou membres de la Congrégation de la Roue, ainsi qu'ils se désignent eux-mêmes, vivent pacifiquement depuis bien des années dans le refuge du Nullepart. Nombreuse de plusieurs centaines d'individus, leur communauté est ancienne, ayant été fondée par ceux qui avaient échappé aux purges consécutives aux Guerre du Fer.

– Ils donnent la Vie à cela qui est Mort ! les avaient accusés les catalystes. Leurs Arts noirs nous détruiront dans ce monde, comme ils ont failli nous détruire dans l'autre. Regardez ce qu'ils ont déjà fait ! Combien sont déjà morts à cause d'eux, et combien d'autres mourront si nous n'extirpons pas cette peste de notre pays ?

Des centaines de praticiens du Neuvième Mystère furent envoyés dans l'Outre-Monde en ce qu'on appela l'Exclusion. Leurs livres et leurs papiers furent, aux dires des catalystes, complètement détruits, bien que les catalystes en aient secrètement gardé de nombreux exemplaires (« Pour combattre son ennemi, il faut le connaître aussi bien qu'on se connaît soi-même. »). Les terribles armes et engins de guerre devinrent lentement le sujet de sombres légendes ; les histoires de machines qui élèvent l'eau de la rivière et de calèches avançant par terre sur des pieds ronds rejoignirent les contes de fées que les enfants réclament en riant.

Les rares qui parvinrent à échapper aux persécutions s'enfuirent dans le Nullepart, où ils livrèrent une lutte constante et amère pour la survie. et tous ceux qui, comme disait l'Evêque Vanya, avaient une dent contre le monde, rejoignirent leurs rangs. Hommes et femmes des basses classes qui s'étaient révoltés contre leur sort. Hommes et femmes de toutes les classes que leur cupidité avait conduits au crime. Hommes et femmes dont les passions perverses les avaient fait tomber dans le péché. Et aussi, depuis quelques années, des Morts – enfants ayant échoué aux Epreuves. Tous furent acceptés parce qu'on avait besoin d'eux pour la bataille désespérée contre cette nature sauvage et ses habitants.

Finalement, après des siècles, les Technologues parvinrent à créer dans cette sauvagerie un havre où ils pouvaient vivre en paix. Tout ce qu'ils demandaient, c'était qu'on les laisse tranquilles, n'ayant plus ni ambition ni désir d'imposer leur mode de vie aux autres. Ils voulaient vivre à leur guise, rafistolant et bricolant, et construisant leurs roues à eau, leurs roues à meuler et leurs moulins à blé. Bien que continuant à recueillir les hors-la-loi, les Sorciers du Neuvième Mystère avaient leurs lois, qu'ils faisaient strictement respecter. Ainsi ils parvinrent à éliminer le sang impur. Ainsi parvinrent-ils à vivre isolés du reste du Thimhallan pendant de longues, très longues années, finissant par être oubliés du reste du monde.

Le monde, ayant oublié l'existence ces Sorciers, aurait pu les laisser tranquilles. Mais comme cela arrive souvent à l'humanité dans sa recherche de la connaissance, la Congrégation de la Roue tomba par hasard sur une découverte, dont il aurait pu découler beaucoup de bien, mais dont la perversion n'amena que du mal.

Ils retrouvèrent l'art oublié de forger le fer.

Qui sait quel hasard amena jusqu'à eux les hommes mauvais ? Peut-être la découverte d'un grossier couteau dans le corps d'un centaure. Peut-être la lance dans les mains d'un pauvre géant pathétique, bredouillant le nom de ceux qui l'avaient faite pour lui avant qu'il ne succombe sous la torture. Les bandits trouvèrent la Congrégation – ces gens simples et pacifiques, isolés du reste du monde. Les réduire en esclavage fut facile, car le chef des bandits était un puissant sorcier, ancien *Duuk-tsarith.*

Depuis cinq ans, les Technologues ont été gouvernés par un groupe qui a pris le fer, qui a pris ce qui est sans Vie, et lui a donné une vie propre.

Chapitre 1

LE RENÉGAT

En moins de temps qu'il n'en faut pour le dire, Saryon entreprit son voyage. Le temps de se préparer à quitter la Source, il n'avait plus peur, il ne ressentait plus ni amertume ni colère. Après tout, il avait échappé à son châtiment pendant dix-sept ans... Il quitta la Source sous le couvert de la nuit, propulsé à grande vitesse par les Vigiles, les *Duuk-tsarith* en robe noire.

Une seule personne remarqua son absence – le Diacre Dulchase. Comme ses questions aux Maîtres et aux frères ne lui valaient que des haussements d'épaules et des regards absents, Dulchase, assuré de la protection de son Duc, s'adressa finalement à l'Evêque Vanya lui-même.

– Au fait, Votre Sainteté, dit-il avec nonchalance, se plantant un jour devant l'Evêque qui se promenait dans un jardin en terrasse, je ne vois plus Frère Saryon ces derniers temps. Nous devions discuter une hypothèse mathématique concernant la possibilité de décrocher la lune pour l'Impératrice. La dernière fois que je l'ai vu, il disait être convoqué à vos appartements. Je me demandais...

– Père Saryon? l'interrompit froidement Vanya, embrassant du regard plusieurs catalystes, membres de son personnel, qui attendaient non loin. Père Saryon... répéta-t-il pensivement. Oui, je me rappelle maintenant. Je crois que nous avons discuté d'une de ses théories mathématiques, quelque chose concernant le façonnage de la pierre. Il m'a semblé fatigué. Surmené. N'est-ce pas votre avis, *Diacre* Dulchase, demanda-t-il, soulignant fortement le titre. Je lui ai recommandé... de prendre des vacances.

– Il semble avoir pris très à cœur cette recommandation, Votre Sainteté, rétorqua l'incorrigible Dulchase en fronçant les sourcils.

– Je l'espère, mon Frère, dit Vanya en lui tournant le dos.

Dulchase soupira et rentra dans sa cellule pour exécuter le Rituel de la Nuit, voyant, par les yeux de l'esprit, son malheureux ami peiner au milieu des haricots et des concombres.

L'imagination de Dulchase n'était pas loin de la vérité. L'Evêque avait décrété que Saryon devait se faire une « réputation » de catalyste renégat, afin d'être crédible quand il disparaîtrait dans le Nullepart. Il lui avait également conseillé d'apprendre tout ce qu'il pourrait sur Joram, de rassembler sur le jeune homme des informations qui pourraient lui être utiles plus tard. Et quel meilleur moyen d'atteindre ces deux objectifs que de vivre au milieu des Mages des Champs au village de Walren ?

Saryon accepta ces dispositions avec calme, en condamné qui accepte son sort. Après mûre réflexion, il avait conclu que cette histoire de Joram n'était qu'un prétexte. Cela lui paraissait la seule explication raisonnable. Parce qu'il ne concevait pas pourquoi l'Evêque aurait pris tant de peine pour retrouver un jeune homme Mort, même si c'était un meurtrier.

Saryon avait survécu à son utilité pour l'Ordre, tout simplement, et c'était la façon que Vanya avait trouvée pour l'éliminer rapidement et discrètement. Ce n'était pas exceptionnel. D'autres catalystes avaient disparu avant lui. L'Evêque avait même pris la précaution d'avoir un témoin en ce malheureux Père Tolban, qui pourrait raconter que Saryon était mort pour une cause héroïque. Ainsi, l'esprit de sa mère reposerait en paix et ne reviendrait pas tourmenter Vanya, comme les esprits le faisaient parfois maintenant que les Nécromanciens n'étaient plus de ce monde pour les apaiser.

Saryon et Tolban arrivèrent à Walren quelques minutes après avoir quitté la Source, utilisant les Couloirs dont les galeries magiques font qu'un voyage de plusieurs centaines de miles ne prend guère plus de temps que de poser un pied devant l'autre.

Ils arrivèrent en début de soirée, mais les Mages des Champs étaient déjà couchés, selon Tolban, à l'évidence mal à l'aise en présence de Saryon. Marmonnant quelque chose sur le désir qu'avait sans doute Saryon de se reposer aussi, il le conduisit dans un logis vide proche du sien.

– C'est là que vivait l'ancien surveillant, dit Père Tolban d'un ton lugubre, ouvrant la porte d'un arbre évidé par le feu, converti en chaumière comme tous les autres du village.

Légèrement plus grande que les autres, elle semblait sur le point de s'effondrer.

Saryon jeta un coup d'œil à l'intérieur, amèrement résigné. Rien, semblait-il, ne pouvait ajouter à son malheur.

– Le surveillant qui a été assassiné ? demanda-t-il doucement.

Tolban hocha la tête.

– J'espère que ça ne te fait rien, marmonna Tolban, se frictionnant les mains, car l'air nocturne était frais. Mais c'est... c'est la seule vacante en ce moment.

Quelle importance, pensa Saryon avec lassitude.

– Non, ça ne me fait rien.

– Alors, je te verrai au petit déjeuner. Te plairait-il de prendre tes repas avec moi ? demanda Tolban d'un ton hésitant. Il y a une femme, trop vieille pour travailler aux champs, qui gagne sa vie en faisant la cuisine.

Saryon allait répondre qu'il n'avait pas faim, et que ça durerait sans doute, quand il remarqua le visage anxieux et pincé de Tolban. Saryon eut alors une idée, et, se rappelant le lourd sac que quelqu'un lui avait mis dans les bras à son départ de la Source, il le donna au catalyste.

– Certainement, mon Frère, répondit Saryon. Je me

ferai un plaisir de partager ta table. Mais permets-moi de payer ma part.

– Diacre Saryon... c'est... c'est trop, balbutia Tolban, qui lorgnait avidement depuis leur arrivée le gros sac dont s'échappaient de bonnes odeurs de jambon et de fromage.

Saryon eut un sourire ironique.

– Autant manger tout cela maintenant. Je ne crois pas que j'en aurai besoin où je vais, n'est-ce pas, mon Frère ?

Rougissant, Tolban murmura une réponse incohérente et sortit précipitamment à reculons, laissant Saryon seul dans la chaumière. Elle avait dû être relativement agréable autrefois, pensa-t-il tristement. Le bois des murs était poli, les branches formant le plafond portaient des traces d'habiles réparations. Mais son dernier occupant était mort depuis un an et on l'avait laissée tomber en ruine. Apparemment, personne n'y était entré depuis l'assassinat de cet homme car on y voyait encore des signes de sa présence sous forme de vêtements et d'objets personnels. Saryon les ramassa et les jeta dans l'âtre, puis il regarda autour de lui.

Un lit formé d'une branche d'arbre se dressait dans un coin de la petite pièce. Groupées devant le feu, une table et plusieurs chaises rudimentaires. D'autres branches formaient des étagères sur les murs, qui étaient le tronc de l'arbre, et c'était tout. Pensant à sa confortable cellule de la Source, avec son matelas de plume, son bon feu et ses murs de pierre, Saryon regarda en frissonnant le grabat de l'assassiné. Puis, s'enveloppant dans sa robe, il se coucha à même le sol et donna libre cours à son désespoir.

Le lendemain matin, après avoir partagé le maigre déjeuner de Tolban, il fut introduit aux caquetages et roucoulements de Mamie Hudspeth, qui le considéra comme un miracle envoyé par l'Etern lui-même.

D'après le rôle qu'on lui avait dit de jouer, Saryon était expédié aux champs pour une offense mineure envers l'Ordre, et devait paraître mécontent et révolté. Mais le mensonge, comme on l'a dit, n'était pas son fort.

– Je ne sais pas si je pourrai jouer ce rôle, confia-t-il

au Père Tolban, peinant dans la boue vers l'endroit où les Mages des Champs, sagement alignés, attendaient patiemment le Don de la Vie matinal.

– Quoi – être furieux contre l'Eglise ? Furieux du sort qui t'amène ici ? Oh, tu le joueras bien, n'aie crainte, marmonna sombrement Père Tolban, le vent printanier plaquant sa robe sur son corps desséché. Pour ce que ça t'avancera !

Et Saryon découvrit qu'il avait raison. Sa première journée à Walren n'était pas terminée qu'il avait en partie oublié son malheur dans sa colère devant la vie qu'on forçait ces gens à mener.

Il trouva sa chaumière petite et étriquée jusqu'au moment où il découvrit que des familles entières vivaient dans des masures pas plus grandes. La nourriture était grossière et rare après le dur hiver. Contrairement aux habitants privilégiés des cités, où le temps est contrôlé, les Mages des Champs sont livrés aux caprices des saisons. A Merilon, enfermé dans sa bulle magique, la pluie tombe uniquement si l'Impératrice décide que le soleil est devenu ennuyeux, la neige ne tombe que pour scintiller au clair de lune sur les palais de cristal. Ici, à la frontière, il y avait de terribles tempêtes, telles que Saryon n'en avait jamais vu.

– Là-bas, les nobles craignent ces paysans, dit Père Tolban, regardant en direction de la lointaine Merilon. Et avec juste raison, ajouta-t-il en frissonnant. Je les ai vus, le jour où ce maudit garçon a assassiné le surveillant. J'ai bien cru qu'ils allaient m'assassiner aussi !

Saryon frissonna également, mais ce n'était pas de froid. Les vents soufflaient sans arrêt des montagnes, et, tant qu'ils ne changeraient pas de direction, le printemps ressemblerait à l'hiver. Ouvrant un conduit jusqu'à Mamie Hudspeth, Tolban les enveloppa tous les deux dans une bulle de chaleur qui donna à Saryon l'impression d'être dans un globe de flammes. Mais cela ne servit pas à grand-chose. Apparemment, le froid défiait la magie. Le froid occupait cette masure depuis plus longtemps que les mortels. Suintant du sol et des murs, il s'insinuait dans les pieds de Saryon et jusque dans ses os.

Il se demanda s'il aurait jamais chaud à l'avenir, et pensa parfois avec amertume, que l'Evêque Vanya aurait pu lui dire qu'il avait l'intention de le torturer avant de l'exécuter.

– Mais si l'Empereur craint la révolte, pourquoi n'améliore-t-il pas les conditions de vie ? demanda Saryon avec irritation, s'enveloppant les pieds dans le bas de sa robe. Il pourrait les loger, les nourrir convenablement...

– Les nourrir convenablement ! s'écria Tolban, choqué. Frère Saryon, ces gens sont forts en magie. J'ai entendu dire qu'ils sont plus forts que les *Albanara*, les magiciens nobles. Comment pourrions-nous les contrôler s'ils devenaient encore plus forts ? Pour le moment, ils dépendent de nous pour leur fournir la Vie. Ils doivent utiliser toute leur énergie pour survivre. S'ils avaient jamais les moyens d'en stocker...

Il branla du chef, puis, regardant craintivement autour de lui, il se rapprocha de Saryon.

– Et il y a une autre raison, murmura-t-il. Leurs enfants ne naissent pas Morts !

Un mois passa, puis un deuxième. Les jours et les nuits devinrent plus chauds, et Saryon apprit le travail de Catalyste des Champs. Levé avant l'aube, avec l'impression qu'il n'avait jamais assez dormi, il marmonnait le Rituel avec lassitude, rejoignait Père Tolban pour un déjeuner frugal, puis partait pour les champs où les mages attendaient. Ici, il mettait en pratique ces exercices mathématiques répétés dans son enfance. Il apprit à mesurer la Vie en quantités précises, vu qu'il ne fallait pas en donner trop aux Mages des Champs. Il peinait avec eux dans les sillons, indifférent au début. Il semblait que rien ne pouvait pénétrer la coquille où l'enfermait son malheur. Même la vue des jeunes pousses sortant de terre, comme un rayon de soleil perce les nuages, ne l'égayait qu'un instant, et il retombait bientôt dans son marasme.

Pourtant, il n'avait pas oublié la véritable raison de sa

présence. Surtout par ennui, et pour se distraire de sa propre infortune, Saryon passait les soirées avec les paysans, et n'eut aucun mal à les faire parler de Joram. En fait, ils ne parlaient guère d'autre chose, la mort d'Anja et le meurtre du surveillant ayant été les grands événements de leur vie. Ils se délectaient à répéter sans cesse cette histoire, pendant le court moment où ils étaient autorisés à se réunir après leur maigre dîner.

– Ce Joram était bizarre, dit le père le Mosiah, le fugitif. Je l'ai vu grandir. J'ai vécu avec lui pendant seize ans, et je pourrai compter sur les doigts d'une main les paroles qu'il m'a dites.

– Comment a-t-il pu vivre si longtemps parmi vous sans que personne s'aperçoive qu'il était Mort ? demanda Saryon.

Ils haussèrent les épaules.

– Mais est-ce que c'est vrai qu'il était Mort ? dit une femme, avec un regard de mépris à Père Tolban. Joram faisait son travail, exactement comme nous. Il n'avait pas assez de Vie pour flotter dans l'air, et alors ? Toi non plus tu ne flottes pas, Catalyste, remarqua-t-elle, et les autres éclatèrent de rire.

– C'était un beau bébé, dit une autre.

– Et un beau garçon, dit une troisième.

Sur quoi Saryon vit une jeune fille opiner avec tant d'enthousiasme qu'elle rougit en s'apercevant qu'il la regardait.

– Ou il l'aurait été, ajouta la première, s'il avait souri. Mais il ne souriait jamais. Il ne riait jamais non plus.

– Et il ne pleurait jamais non plus, dit le père de Mosiah. Même pas quand il était petit. Je l'ai vu une fois prendre une mauvaise gamelle. Il était toujours en train de tomber ou de se cogner quelque part. Bref, il s'était ouvert le crâne. Il était couvert de sang et complètement sonné. Un adulte n'aurait pas eu honte de pleurer. Et il avait des larmes dans les yeux. Par l'Etern, il n'avait que huit ou neuf ans. Mais il a serré les dents et les a ravalées. « Bon sang, petit, je lui ai dit en courant à son secours, pousse une bonne gueulante. C'est ce que je ferais à ta place. » Mais il m'a regardé, avec ses grands yeux noirs, d'un air que c'est miracle que j'ai pas été converti en pierre.

– C'était à cause de sa mère, reprit la première femme avec un reniflement dédaigneux. On peut dire qu'elle était toquée, celle-là. A porter sa robe de cour jusqu'à ce qu'elle tombe en morceaux. Lui farcissant la tête d'histoires de Merilon, et lui disant tout le temps qu'il valait mieux que nous.

– Il avait des cheveux extraordinaires, dit timidement la jeune fille. Et je... je crois que je l'ai vu sourire... une fois. On travaillait ensemble dans le bois, et j'ai trouvé une rose sauvage. Il semblait tellement malheureux la plupart du temps que... que je la lui ai donnée. Je le plaignais, termina-t-elle, baissant les yeux en rougissant.

– Qu'est-ce qu'il a fait ? ricana la femme. Il t'a mordu la main ?

Les autres ricanèrent et rigolèrent, de sorte que la jeune fille rougit un peu plus et se tut.

– Qu'est-ce qu'il a fait ? demanda doucement Saryon.

La jeune fille leva les yeux sur lui et sourit.

– Il ne l'a pas prise. Il avait l'air presque effrayé. Mais il m'a souri... Enfin, je crois qu'il a souri. Plus avec les yeux qu'avec les lèvres...

– Jeune sotte, dit sèchement la femme, qui était sa mère. Rentre à la maison et finis ton travail.

– C'est pourtant vrai, dit une autre. Je n'ai jamais vu des cheveux si noirs et si épais. Mais si tu veux mon avis, c'était plus une malédiction qu'une beauté.

– C'*était* une malédiction, grommela Mamie Hudspeth, regardant avec colère la masure abandonnée qui avait été le foyer de Joram. La mère était maudite, et elle avait passé la malédiction à son fils. Elle lui rongeait l'âme sans arrêt. Elle lui enfonçait les ongles dans la chair et lui suçait le sang.

Le père de Mosiah eut un rire de dérision, et Mamie le foudroya.

– Y a pas de quoi rire, Jacobias, glapit-elle. Ton petit gars est parti le retrouver ! Mort ? Oui, Joram est Mort, et je suis sûre qu'Anja lui a pris la Vie. Pour s'en servir pour elle ! Vous avez tous vu les cicatrices blanches qu'il avait à la poitrine...

– Quelles cicatrices ? allait demander Saryon.

Mais la conversation se termina brusquement quand Jacobias, avec une démonstration de force magique que Saryon trouva alarmante après une longue journée de travail, s'évanouit dans l'air, furieux. Branlant du chef, les autres rentrèrent avec lassitude dans leurs logis, pour le peu de temps qui leur restait à dormir avant que l'aube ne les retrouve dans les champs.

Retournant dans sa chaumière, Saryon réfléchit à ce qu'il avait entendu, commençant à se faire une idée du jeune homme. Produit d'une alliance maudite et sacrilège, élevé par une mère folle, il était sans doute lui-même à demi fou. Si on y ajoutait le fait qu'il était Mort (Père Tolban était catégorique sur ce point), l'étonnant, c'était qu'il n'eût pas tué ou commis quelque autre crime plus tôt.

Et c'était le jeune homme que Saryon était censé aller chercher dans le Nullepart ?

L'amertume du diacre augmenta. N'importe quoi – même la Pétrifixion – lui sembla préférable à cette torture.

A ce stade, la vie de Saryon était véritablement misérable. Habitué à passer ses jours dans la solitude et le silence réconfortants des bibliothèques, ou dans sa cellule bien chauffée, il trouvait que la vie de Catalyste des Champs n'était faite que de douleurs incessantes, de pieds écorchés et enflés, et de monotonie abrutissante. Jour après jour, lui et Père Tolban étaient aux champs, donnant de la Vie aux mages, marchant derrière eux entre les rangées de blé, de maïs, de betterave ou de toute autre chose qui poussait. Saryon ne savait jamais ce que c'était. Pour lui, tout était pareil.

Le soir, il s'allongeait sur son grabat, toutes les articulations et tous les muscles douloureux. Bien qu'affreusement fatigué, il n'arrivait pas à dormir. Le vent soufflait sauvagement par toutes les fentes et fissures que toute la magie du monde ne parviendrait jamais à refermer. Pardessus les hurlements du vent, il entendait d'autres bruits – des bruits vivants – qui l'effrayaient encore plus. C'étaient les bruits des bêtes du Nullepart qui parfois, lui avait-on dit, s'enhardissaient assez ou avaient assez faim, pour approcher du village dans l'espoir de trouver à manger. Ces rugissements et ces hurlements lui firent réaliser que, quelque misérable que fût sa vie au village, ce n'était rien en comparaison de celle qui l'attendait – la vie dans le Nullepart. Son estomac se nouait chaque fois qu'il y pensait, et souvent il était agité de tremblements incontrôlables. Sa seule amère consolation, c'était de se dire qu'il n'y survivrait pas assez longtemps pour souffrir.

Quatre mois passèrent ainsi – le temps qui lui était imparti pour établir sa réputation de catalyste renégat. Il ne savait pas s'il avait ou non trompé les autres. Censément frustré et révolté, il donnait plutôt l'impression d'être maladif et abattu. Mais les mages étaient si accablés par leur vie misérable qu'ils ne lui prêtaient pas grande attention.

Comme approchait le jour de son départ, fixé pour la fin de l'été, et qu'il n'avait pas de nouvelles de la Source, Saryon commença à espérer que l'Evêque Vanya l'avait oublié. Peut-être que mon séjour ici est une punition suffisante, se disait-il. Sûrement qu'un jeune homme Mort n'a pas tant d'importance.

Saryon résolut donc de rester où il était tant qu'il ne recevrait pas de message. Père Tolban, qui, à l'évidence, le considérait encore comme son supérieur, ferait ce qu'il lui dirait.

Mais cela ne devait pas être.

Un soir qu'il était assis dans sa chaumière, quelques jours avant la date présumée de son départ, il sursauta soudain, alarmé de voir un Couloir s'ouvrir devant lui. Il sut, avant même que la personne ne se matérialise, qui venait lui rendre visite, et le cœur lui manqua.

– Diacre Saryon, dit le personnage en sortant du Couloir.

– Evêque Vanya, dit Saryon, s'agenouillant devant lui.

Vanya embrassa du regard la pauvre masure, mais, à

part qu'il haussa un sourcil, il ne s'y attarda pas, toute son attention concentrée sur son prêtre.

– Tu vas bientôt commencer ton voyage.

– Oui, Votre Sainteté, répondit Saryon.

Il était toujours à genoux, pas tant par humilité que parce qu'il craignait de ne pas avoir la force de se relever.

– Je ne pense pas avoir de tes nouvelles pendant un certain temps, dit Vanya, debout devant l'entrée noire et béante du Couloir. Ta situation parmi ces... euh... Sorciers sera délicate, et il te sera difficile de me contacter...

Surtout si je suis mort, pensa Saryon avec amertume, mais il se tut sagement.

– Quand même, continua Vanya, nous avons des façons de communiquer à grande distance. Je ne vais pas m'étendre, mais ne t'étonne pas d'entendre parler de moi si je le juge nécessaire. Dans l'intervalle, tâche d'envoyer un message par l'intermédiaire de Tolban quand tu penseras pouvoir nous remettre ce Joram.

Saryon regarda l'Evêque, stupéfait. Encore ce jeune homme ! Toute la souffrance et le malheur rentrés de ces derniers mois trouvèrent enfin une issue. Lentement, toutes les articulations grinçantes, il se releva péniblement et regarda l'Evêque avec défi.

– Votre Sainteté, dit Saryon, respectueusement, mais avec une nuance de peur et de désespoir, vous m'envoyez à ma perte. Laissez-moi au moins mourir avec le peu de dignité qui me reste. Vous savez que je ne survivrai même pas une nuit dans le Nullepart. Prétendre que je dois pourchasser ce... ce Joram... c'était très bien devant un inférieur, mais nous pouvons nous dispenser de ce prétexte entre nous...

Vanya s'empourpra, son front se contracta. Pinçant les lèvres, il prit une profonde inspiration par le nez.

– Me prends-tu pour un imbécile, Père Saryon ? rugit-il.

– Votre Sainteté ! s'écria Saryon en pâlissant, interdit.

Il n'avait jamais vu l'Evêque aussi furieux. C'était plus effrayant – pour le moment – que les terreurs inconnues du Nullepart.

– Je n'ai jamais...

– Je croyais avoir été assez clair. Amener ce jeune homme devant la justice est d'une importance capitale, dit Vanya, fendant l'air de sa main replète. Toi, Frère Saryon, tu as une haute opinion de toi-même, il me semble ! Crois-tu vraiment que je perdrais tant de peine et de temps simplement pour me débarrasser d'un diacre ridicule ? Je n'entreprends jamais rien qui doive conduire à l'échec. J'ai des renseignements sur ces praticiens des Arts noirs, Saryon. Je sais qu'ils ont besoin d'une seule chose, et cette chose, je la leur envoie – c'est un catalyste. Non, tu ne seras pas en danger, je te le garantis. *Ils* y veilleront !

Saryon ne put rien répondre. Il ne put que regarder l'Evêque, en pleine confusion. Une pensée parvint quand même à surnager dans le tourbillon de son esprit. Une fois de plus, il se demanda ce qui rendait ce jeune Mort si important.

Voyant son prêtre abasourdi, Vanya referma la bouche, et se retourna, prêt à partir. Puis il hésita, et fit de nouveau face au catalyste.

– Frère Saryon, dit-il d'une voix étrangement douce, j'ai longtemps réfléchi pour savoir si je devais ou non te dire ce qui va suivre. Ces paroles ne devront pas quitter cette pièce. Ce que je vais te révéler n'est connu que de moi et de l'Empereur. La situation politique au Thimhallan n'est pas bonne. Malgré tous nos efforts, elle se détériore depuis des années. Nous savons de source sûre que le Royaume de Sharakan a été influencé par certains membres de cette Congrégation de la Roue. Ils n'ont pas encore embrassé les Arts noirs qui ont failli nous détruire voilà des siècles, mais leur Empereur a eu l'audace d'inviter ces gens dans son royaume. Le Cardinal du Royaume, qui était contre cette décision, a été banni de la cour.

Saryon le regarda, pétrifié.

– Mais pourquoi...

– Pour faire la guerre. Pour utiliser leurs armes infernales contre Merilon, dit Vanya avec un profond soupir. Tu comprends donc qu'il est vital que nous prenions ce jeune homme vivant pour, lors de son procès, exposer ces monstres pour ce qu'ils sont – des meurtriers, des Sorciers au cœur noir qui pervertissent les objets morts en leur donnant de la Vie. Ce faisant, nous montrerons au peuple de Sharakan que leur Empereur est de connivence avec les puissances des ténèbres et nous pourrons alors consommer sa chute.

– Sa chute !

Saryon, pris d'un étourdissement, se raccrocha au dossier de sa chaise.

– Sa chute, répéta Vanya d'un ton sévère. Alors seulement, Frère Saryon, pourrons-nous prévenir une guerre catastrophique.

Il regarda sombrement le catalyste.

– Tu comprends maintenant, j'espère, l'urgence et l'importance extrêmes de ta mission. Nous n'osons pas attaquer le camp des Sorciers. Sharakan viendrait aussitôt à leur aide. Un homme doit se glisser chez eux, ramener le garçon... Je t'ai choisi, toi le plus intelligent de mes frères...

– Je m'efforcerai de ne pas vous faillir, murmura confusément Saryon. Je regrette seulement de n'avoir pas su... de ne pas être plus digne...

Vanya posa la main sur l'épaule de Saryon, l'air grave et affectueux.

– Je sais que tu ne failliras pas, Diacre Saryon. J'ai toute confiance en toi. Je suis désolé que tu te sois mépris sur la nature de ta mission. Je n'ai pas osé t'en parler plus explicitement. A la Source, les murs ont des oreilles, tu le sais.

Il leva la main en la bénédiction rituelle.

– Que les éléments de la terre et de l'air, du feu et de l'eau, t'accordent la Vie. Que l'Etern soit avec toi.

Entrant dans le Couloir, l'Evêque disparut.

Quand il fut parti, les forces de Saryon l'abandonnèrent, et il tomba à genoux, accablé par ce qu'il venait d'entendre. La pensée de sa propre mort était déjà effrayante. Mais combien plus terrifiante l'idée que le destin de deux royaumes reposait peut-être sur ses épaules !

L'esprit en ébullition, il posa sa tête sur ses mains

jointes, s'efforçant de comprendre ce qui se passait. Mais cela le dépassait. Comme les équations de son art étaient simples, claire et pures ! Comme le monde des mathématiques s'agençait avec clarté et logique ! Comme c'était affreux d'entrer dans le monde du chaos !

Pourtant, il n'avait pas le choix. Et il servirait son pays, son Empereur, son Eglise. C'était bien préférable à se croire criminel ! Cette pensée lui donna du courage et il eut la force de se relever.

– Il faut que je fasse quelque chose, marmonna-t-il. Quelque chose pour m'occuper l'esprit, ou je vais me remettre à paniquer.

En un effort pour se ressaisir, il se concentra sur les petites tâches ménagères que, dans son désespoir, il remettait depuis des jours.

Prenant la théière sur la table, il la lava, l'essuya, et la remit sur l'étagère. Il balaya le sol, et ensuite, il eut même le courage de préparer son maigre bagage en prévision de son départ. Quand il réalisa qu'il était assez fatigué pour que le sommeil le terrasse, il s'allongea sur son grabat. Fermant les yeux, il glissait dans l'inconscience quand une idée le frappa soudain.

Il *ne possédait pas* de théière.

Chapitre 2

SIMKIN

Assis à son bureau, dans sa maison de brique, la plus belle et la plus grande du camp, Blachloch s'absorbait dans son travail. Le soleil entrant par la fenêtre brillait sur un registre ouvert devant lui. Un air doux et parfumé, plein des senteurs de l'été finissant, entrait avec le soleil, apportant le bruissement des feuillages, les murmures des voix, et, de temps en temps, les cris d'un enfant qui jouait, ou le rire grossier de ses écuyers qui se reposaient devant sa maison. Et toujours, dominant les bruits de la vie et des saisons, le martèlement rythmique de la forge comme le glas d'une cloche.

Blachloch remarqua tout et ne remarqua rien. Le moindre changement dans l'un de ces sons, le vent moins fort, une bagarre parmi les enfants, un homme qui parlait plus bas, et Blachloch aurait dressé l'oreille comme un chat. L'arrêt du bruit dans la forge lui aurait fait lever la tête, et d'un mot, il aurait envoyé l'un de ses hommes voir ce qui se passait. C'est à cela que l'on entraîne les *Duuk-tsarith* – à avoir conscience de tout ce qui se passe autour d'eux, à tout contrôler, tout en restant eux-mêmes à l'écart et au-dessus de la mêlée. Ainsi, Blachloch avait-il conscience de tout ce qui se passait dans la congrégation, ainsi la contrôlait-il, quoi qu'il sortît rarement de sa maison, et seulement pour commander ses hommes pendant leurs raids silencieux et mortels, ou, comme c'était arrivé récemment, pour un voyage dans les pays du Nord.

Blachloch revenait du Sharakan, et c'est suite à ses négociations fructueuses qu'il notait des chiffres dans son registre. Il travaillait avec rapidité et précision, pratiquement sans faire d'erreurs, écrivant les chiffres en colonnes nettes et bien ordonnées. Tout, autour de lui, était net et bien ordonné, depuis ses meubles jusqu'à ses cheveux blonds, depuis ses pensées jusqu'à sa fine moustache. Tout était net, ordonné, froid, calculé, précis.

Un coup frappé à la porte n'interrompit pas son travail. Entendant approcher l'homme depuis un certain temps, l'ancien Vigile continua à travailler. Et il ne dit rien. Les *Duuk-tsarith* parlaient rarement, connaissant la valeur intimidante du silence.

– Simkin est de retour, dit-on à travers la porte.

C'était inattendu, apparemment, car la main fine et blanche qui traçait les chiffres s'arrêta un instant, suspendue au-dessus de la page, tandis que le cerveau qui la guidait examinait vivement la situation.

– Fais-le entrer.

Ces mots furent-ils prononcés tout haut ou transmis directement dans la tête du garde ? C'était une question que personne ne se posait quand il s'agissait des *Duuk-tsarith*, entraînés à lire dans les esprits et à les contrôler, entre autres arts utiles à ceux qui faisaient respecter la loi au Thimhallan. Ou, comme dans le cas de Blachloch, utilisaient les techniques qu'ils avaient apprises pour la violer.

Le sorcier n'interrompit pas ses comptes, mais continua à additionner ses longues colonnes de chiffres. Le temps qu'il en termine une, on refrappa. Il ne répondit pas immédiatement, mais termina méthodiquement son calcul. Puis, essuyant la pointe de sa plume d'oie avec un linge blanc, il la posa près du registre, la partie emplumée tournée vers la droite. Alors, il fit un geste de la main, et la porte s'ouvrit en silence.

– Je l'ai amené. Il est avec moi...

L'écuyer franchit le seuil, vit Blachloch hausser les sourcils, et pivota sur lui-même. Personne ne l'accompagnait.

– Bon sang, grommela le garde. Il était derrière...

Sortant précipitamment pour chercher le disparu, le garde faillit percuter un jeune homme qui arrivait en sens inverse, et dont l'entrée dans le séjour terne et froid de Blachloch pourrait être comparée à une explosion de fleurs.

– Morbleu, butor, tu entres ou tu sors ? s'écria le jeune homme, dégageant vivement la voie pour l'écuyer et s'enveloppant de sa cape comme pour se protéger. Ah, ça rime. Je vais en faire une autre. Butor, dehors ! C'est charmant, n'est-ce pas ? Va prendre un bain ou massacrer les petits enfants ou faire autre chose que tu fais bien. A la réflexion, le bain n'entre pas dans cette catégorie. Tu offenses le museau, lourdaud !

Levant la main où se matérialisa un mouchoir orange, il le porta à son nez, regardant autour de lui de l'air d'un homme arrivant dans une réception ennuyeuse, et qui balance entre rester ou partir. Toutefois, l'écuyer lui fit comprendre sans ambiguïté qu'il devait rester, posant la main sur son bras et le poussant à l'intérieur. Mais, presque instantanément, il la retira avec un jappement de douleur.

– Oh, comme c'est navrant. Et absolument de ma faute, dit le jeune homme, examinant la main de l'écuyer avec une consternation bien imitée. Je m'excuse *platement*. J'ai baptisé cette couleur *Rose Raisin*. Je ne l'ai inventée que ce matin, et je n'ai pas eu le temps de la travailler. Je suppose que j'ai laissé un peu trop de *Rose* dans le *Raisin*.

Tendant le bras, il retira quelque chose de la main du garde.

– C'est bien ce que je pensais. Une épine. Suce-toi le doigt, mon brave. Je *ne crois pas* qu'elle soit empoisonnée.

Passant devant l'écuyer furieux, enveloppé comme d'une bulle d'un capiteux nuage de parfums exotiques, le jeune homme s'arrêta devant l'impassible Blachloch.

– Que penses-tu de mon ensemble ? demanda le jeune homme, se tournant de droite et de gauche, nullement intimidé par la silhouette silencieuse et noire qui ne bougeait pas, comme absorbant tout ce qui l'entourait dans son ténébreux néant. Cette mode fait fureur à la cour. Ils appellent ça des « culottes ». Furieusement inconfortable. Elles m'irritent les jambes. Mais tout le monde en porte, même les femmes. Par exemple, l'Impératrice m'a dit... Qu'est-ce ? As-tu marmonné, O Maître muet ? Merci de l'invitation, quoiqu'elle eût pu être formulée avec plus d'éloquence. Oui, je crois que je vais effectivement m'asseoir.

S'asseyant avec grâce en face de Blachloch, le jeune homme se renversa dans son fauteuil, adoptant la posture qui mettait sa tenue le mieux en valeur. Il était difficile de lui donner un âge, car ce pouvait être n'importe quoi entre dix-huit et vingt-cinq ans. Il était grand et bien fait, avec de longs cheveux châtains tombant sur ses épaules en boucles souples. Une courte barbe également châtain dissimulait la ligne un peu molle du menton, et une fine moustache ornait la lèvre supérieure, dont la seule fonction semblait être de lui fournir quelque chose à tripoter quand il s'ennuyait, ce qui était très fréquent. Quant à sa tenue, c'était un bouquet de couleurs tapageuses : bas de soie verts, culotte jaune, gilet pourpre, chemise en dentelle verte – assortie aux bas – le tout surmonté d'une longue cape mauve traînant majestueusement derrière lui.

Quand il fut assis, tortillant le bout de sa moustache, l'écuyer vint se placer derrière sa chaise, mais, à son approche, le jeune homme porta son mouchoir orange à son nez avec un haut-le-cœur.

– Oh, c'est insupportable. J'en ai la nausée...

D'un regard, Blachloch ordonna à son écuyer de reculer... Le garde obéit en grommelant, et alla se poster à l'autre bout de la pièce nette et ordonnée.

– Change tes vêtements, dit Blachloch.

– Ne sois donc pas si manant... commença le jeune homme d'un ton ulcéré.

Blachloch n'eut pas un geste, pas un mot.

– Tu trouves ma tenue parfaitement ridicule. Tu *me* trouves parfaitement ridicule, dit joyeusement le jeune homme, mais tu te sers de moi quand même, n'est-ce pas, mon Seigneur de Bienveillance ?

Lentement, la couleur de ses vêtements s'assombrit, la forme se transforma, et il parut bientôt vêtu de robes noires, copies exactes de celles de Blachloch, à deux détails près : les manches étaient trop longues et le capuchon trop grand, les unes lui cachant les mains, l'autre lui tombant jusqu'au nez. Renversant la tête en arrière pour voir, le jeune homme sourit.

– « Halte-là, mécréant ! », dit-il agitant en l'air son mouchoir de soie. N'est-ce pas ainsi que vous parlez, vous autres Vigiles ? J'aime assez ce...

– Où es-tu allé, Simkin ? demanda Blachloch.

– Oh, ici et là, à droite et à gauche, répondit le jeune homme d'un ton blasé.

Tendant le bras, sa longue manche noire traînant sur la table, il prit la plume d'oie posée à côté du registre. Puis, se renversant dans son fauteuil, il se chatouilla le nez du bout de la plume, souffla, renifla, et finalement eut un éternuement prodigieux qui lui rabattit son capuchon jusqu'au menton.

Au fond de la pièce, l'écuyer de Blachloch émit un grognement, ouvrant et refermant les mains comme si elles tenaient le jeune homme en leur pouvoir et se délectaient de leur travail. Blachloch n'eut toujours pas un mot, pas un geste, mais Simkin, rabattant soudain le capuchon en arrière, remua avec gêne et reposa très soigneusement la plume sur le bureau.

– Je suis allé au village, dit-il à mi-voix.

– Tu aurais dû me prévenir.

– Je n'y ai pas pensé, dit Simkin, haussant les épaules.

Son nez remua.

– Atch...

Se remettant à éternuer, il se pinça les narines d'une main délicate.

Le sorcier attendit un moment avant de parler.

Souriant de soulagement, Simkin se lâcha le nez.

– Un jour, tu iras trop loin... commença Blachloch.

– *Atchoum !*

L'éternuement de Simkin arrosa en pluie le registre du sorcier. Sans un mot, Blachloch tendit une main blanche, ferma le registre, et regarda le jeune homme avec froideur.

– Furieusement désolé, s'excusa Simkin, penaud.

Prenant son mouchoir de soie, il se mit à éponger le bureau.

– Là, permets-moi de réparer.

– *Dra-ach*, dit le sorcier, figeant Simkin d'un geste de la main. Continue.

Incapable de bouger, Simkin émit des sons pathétiques de sa bouche paralysée.

– Tu peux parler, dit Blachloch. Continue.

Simkin s'exécuta, seules ses lèvres remuant dans son visage pétrifié. Articulant lentement et péniblement, il ressemblait à un homme en proie à une attaque.

– Où... en... étais-je ? Le... village. C'est... vrai. Catalyste... là-bas.

Il s'interrompit, lançant un regard suppliant à Blachloch.

Le sorcier céda.

– *Act-dra !* dit-il, annulant le sortilège.

Se renversant dans son fauteuil, Simkin se massa la mâchoire et se palpa le visage comme pour s'assurer qu'il était toujours là. Regardant Blachloch du coin de l'œil comme un enfant puni, il continua d'un ton boudeur :

– Et il n'y sera plus pour longtemps, d'après ce que j'ai entendu.

Blachloch resta impassible, donnant l'impression que seul le soleil faisait briller ses yeux.

– Est-ce bien un renégat, comme on nous l'a dit ?

– Quant à ça, je pense que *renégat* n'est pas le mot juste, dit Simkin qui, sentant l'atmosphère se dégeler, osa porter son mouchoir à son nez. *Pitoyable* me semblerait plus approprié. Mais il est vrai qu'il a l'intention de venir dans le Nullepart. L'Evêque Vanya le lui a ordonné. Ce qui m'incite à penser, poursuivit-il d'un ton de conspirateur en se penchant sur le bureau, qu'il le fait sous la contrainte, si tu vois ce que je veux dire.

– L'Evêque Vanya...

Blachloch lança un regard à son écuyer qui sourit, hocha la tête et s'avança.

– Oui, il était là, dit Simkin avec un sourire charmeur, se renfonçant dans son fauteuil, une fois de plus parfaitement à son aise. Avec l'Empereur et l'Impératrice. Réception très joyeuse, je t'assure, poursuivit-il, tortillant sa moustache. Enfin, je me sentais véritablement en compagnie de mes pairs. « Simkin », m'a dit l'Impératrice, « j'adore la couleur de tes bas. Donne-moi le nom de cette teinte afin que je puisse la reproduire... » « Majesté », ai-je répondu, « je l'appelle *Nuit du Paon* ». Et elle a dit...

– Simkin, tu es un menteur, dit Blachloch d'une voix neutre comme approchait l'écuyer ricanant.

– Non, vraiment, sur mon honneur! protesta Simkin, ulcéré. Je l'appelle vraiment *Nuit du Paon.* Mais je t'assure que je n'irais jamais lui dire comment la copier...

Blachloch reprit sa plume et se remit à son travail comme l'écuyer approchait.

En un éclair de couleurs, Simkin reprit sa tenue flamboyante. Se levant avec grâce, il regarda autour de lui.

– Ne me touche pas, butor, dit-il, reniflant et se tamponnant le nez.

Puis, mettant le mouchoir de soie dans sa manche, il baissa les yeux sur le sorcier.

– A propos, Cruel et Impitoyable Sorcier, aimerais-tu que j'offre mes services à ce catalyste pour le guider à travers ces terres sauvages? Sinon, quelque chose d'incroyablement méchant pourrait très bien l'enlever. Ce serait gaspiller inutilement un bon catalyste, ne trouves-tu pas?

Apparemment absorbé dans son travail, Blachloch dit sans lever les yeux :

– Ainsi, il y a bien un catalyste.

– Dans quelques semaines, il sera debout devant toi.

– Quelques semaines? dit l'écuyer avec dédain. Laisse-nous faire, moi et les autres. On le ramènera en une question de minutes. Il nous ouvrira les Couloirs et...

– Et les *Thon-Li*, Maîtres des Couloirs, refermeront la porte, ricana Simkin. Et vous y resterez coincés. Je ne comprends pas pourquoi tu gardes ces imbéciles, Blachloch, à moins que, comme les rats, ils ne soient pas chers à nourrir. Personnellement, je préfère la vermine...

L'écuyer bondit vers Simkin, dont la cape se hérissa d'épines.

Blachloch fit un geste ; les deux hommes se pétrifièrent. Il n'avait même pas levé les yeux et continuait à écrire.

– Un catalyste, murmura Simkin de ses lèvres paralysées. Quel...pouvoir... pour nous ! Combine... la magie et le fer...

Levant la tête et cessant d'écrire, bien que tenant sa plume toujours posée sur le papier, le sorcier regarda Simkin. D'un mot, il annula le sortilège.

– Comment l'as-tu découvert ? On ne t'a pas vu ?

– Bien sûr que non !

Relevant le menton, Simkin baissa les yeux sur Blachloch avec un air de dignité outragée.

– Ne suis-je pas passé maître en déguisements, comme tu le sais très bien ? J'étais dans sa masure même, sur sa table même – sous forme de théière ! Non seulement il ne m'a pas soupçonné, mais il m'a même lavé, essuyé, et gentiment posé sur l'étagère. Je...

Blachloch le fit taire d'un regard.

– Retrouve-le dans le désert. Et sers-toi de toutes les bouffonneries que tu voudras pour l'amener ici.

Les yeux bleus et froids figèrent le jeune homme aussi efficacement qu'un sortilège.

– Mais amène-le ici. Vivant. Je désire ce catalyste plus que je n'ai jamais rien désiré de ma vie. Amène-le ici, et il y aura une grosse récompense. Reviens sans lui, et je te noie dans la rivière. Tu me comprends, Simkin ? dit le sorcier, le fixant sans ciller.

Simkin sourit.

– Je te comprends, Blachloch, dit-il doucement. Est-ce que je ne te comprends pas toujours ?

Saluant avec panache, Simkin se dirigea vers la porte, sa cape mauve traînant sur le sol derrière lui.

– Oh... et, Simkin... dit Blachloch, se remettant à son travail.

Simkin se retourna.

– Mon suzerain ? dit-il.

Blachloch ignora le sarcasme.

– Arrange-toi pour qu'il arrive quelque chose de désagréable au catalyste. Rien de grave, bien sûr. Juste pour le convaincre qu'il serait malavisé de penser à nous quitter...

– Ah... remarqua pensivement Simkin. Ce sera un plaisir. Adieu, butor, dit-il, tapotant la joue du garde. Beurk...

Faisant la grimace, il s'essuya la main sur son mouchoir de soie et sortit majestueusement.

– Prononce le mot... grommela le garde, suivant d'un regard furibond le jeune homme qui se pavanait à travers le camp comme un arc-en-ciel vivant.

Blachloch ne daigna même pas répondre. Il s'était remis à écrire.

– Pourquoi supportes-tu cet imbécile ? grogna le garde.

– On pourrait poser la même question à ton sujet, répondit Blachloch de sa voix inexpressive. Et je ferais la même réponse. Parce que c'est un imbécile utile, et qu'un jour je le noierai.

Chapitre 3

PERDU

– Qu'est-ce que c'est ?

Tiré d'un profond sommeil, Jacobias s'assit dans son lit et regarda autour de lui dans le noir, cherchant ce qui l'avait réveillé.

Le bruit recommença – un tapotement timide.

– Il y a quelqu'un à la porte, chuchota sa femme, s'asseyant à son tour et lui saisissant le bras. C'est peut-être Mosiah !

– Hum ! fit le Mage des Champs, rejetant sa couverture et flottant jusqu'à la porte sur les ailes de la magie. D'un mot, il rompit le sceau du battant et il jeta dehors un coup d'œil prudent.

– Père Saryon ! s'écria-t-il, stupéfait.

– Je... je suis désolé de vous réveiller, balbutia le catalyste. Est-ce que je peux vous déranger un peu plus et... entrer ? Il faut que je vous parle. C'est urgent, impératif ! ajouta-t-il d'un ton désespéré, regardant le père de Mosiah d'un air suppliant.

– Bien sûr, bien sûr, mon Père, dit Jacobias, reculant et ouvrant la porte.

Le catalyste entra, son grand corps maigre silhouetté un moment dans sa robe verte à la clarté de la pleine lune qui se levait, éclairant aussi le visage de Jacobias qui échangea un regard avec sa femme, toujours assise dans son lit, remontant pudiquement sa couverture sur sa poitrine. Puis il referma la porte, éteignit la lumière, replongeant la chaumière dans le noir. Pourtant, sur un mot du mage, une douce lumière s'alluma dans les branches formant le plafond.

– Eteins, je t'en prie ! dit Saryon avec un mouvement de recul et un coup d'œil craintif par la fenêtre.

Totalement désorienté, Jacobias s'exécuta, les laissant de nouveau dans le noir. Des froissements d'étoffe vers le lit lui apprirent que sa femme se levait.

– Je peux t'offrir quelque chose... mon Père ? demanda-t-elle. Une... une tasse de thé ?

Qu'est-ce qu'on peu dire à un catalyste qui vient chez vous à minuit, surtout à un catalyste qui a l'air poursuivi par des démons ?

Ils restèrent tous les trois debout dans le noir, s'écoutant respirer quelques instants, puis il y eut un autre froufrou et un grognement de Jacobias en réaction à un coup de coude dans les côtes de sa femme.

– Est-ce qu'on peut faire quelque chose pour toi, mon Père ?

– Oui, dit Saryon, qui, prenant une profonde inspiration, se lança dans son discours. Enfin, j'espère. Je suis... euh... désespéré, tu comprends et... euh... on m'a dit... enfin, j'ai entendu... que tu avais... que tu pourrais peut-être...

A ce point, il sécha, oubliant totalement le texte si soigneusement préparé. Espérant que la mémoire lui reviendrait, le catalyste se raccrocha à un mot qu'il se rappelait.

– Désespéré, tu comprends. Et...

En vain. Saryon renonça.

– J'ai besoin de ton aide, dit-il enfin, simplement. Je vais dans le Nullepart.

Si l'Empereur en personne était apparu dans la hutte, déclarant qu'*il* allait dans le Nullepart, Jacobias n'aurait sans doute pas été plus surpris. Maintenant, le clair de lune éclairait la fenêtre et la calvitie naissante du catalyste vieillissant et voûté, debout au milieu de la chaumière, serrant contre lui un sac qui, réalisa Jacobias, devait contenir tout ce qu'il possédait en ce monde. Un bruit émis par sa femme, et ressemblant étrangement à un fou rire étouffé provoqua un toussotement du mari, qui dit sèchement :

– Je boirais bien ce thé, femme. Assieds-toi donc, mon Père.

Saryon secoua la tête, regardant par la fenêtre avec appréhension.

– Je... je dois partir tant que la lune est pleine...

– Elle restera pleine un bon moment, dit Jacobias en s'asseyant, tandis que sa femme préparait le thé sur un petit feu qu'elle avait fait surgir magiquement dans le foyer. Maintenant, Père Saryon, ajouta-t-il, du ton sévère d'un père grondant son fils adolescent, qu'est-ce que cette folie d'aller dans le Nullepart ?

– Je le dois. Je suis désespéré, répéta Saryon, s'asseyant sans lâcher son sac.

Et il avait effectivement l'air désespéré, assis à la grossière table en face du Mage des Champs.

– Je t'en prie, ne tente pas de m'en empêcher, et ne me pose pas de questions. Donne-moi simplement l'aide que je te demande, et laisse-moi partir. Je ne risque rien. Nos vies sont entre les mains de l'Etern...

– Mon Père, l'interrompit Jacobias, je sais que pour ceux de ton Ordre, être envoyé aux champs est une punition. Je ne sais pas ce que tu as fait, et je ne veux pas le savoir, dit-il, levant la main pour décourager les confidences. Mais quoi que ce soit, ça ne vaut sûrement pas la peine de sacrifier ta vie. Reste avec nous, et continue ton service.

Saryon se contenta de secouer la tête. Jacobias le dévisagea quelques instants, puis branla du chef.

– Je... ce n'est pas à moi de parler comme je vais le faire, mon Père. Ton Dieu et moi avons toujours été en assez bons termes, ni Lui ni moi ne demandant grand-chose à l'autre. Je ne me suis jamais senti proche de Lui, ni Lui de moi, et je me suis dit que c'était ce qu'Il voulait. Au moins, c'est ce que semblait penser Père Tolban. Mais tu es différent, mon Père. Certaines choses que tu as dites m'ont donné à réfléchir. Quand *tu* dis que nous sommes entre les mains de l'Etern, j'ai presque l'impression que tu parles aussi de moi, et pas seulement de toi et de l'Evêque.

Saryon le regarda, ahuri. Il ne s'attendait pas à ça, et il

eut honte, parce qu'il réalisa soudain que, lorsqu'il disait « Nous sommes entre les mains de l'Etern », il ne le croyait pas lui-même. Sinon, aurait-il été aussi terrorisé à l'idée d'aller dans le Nullepart ? C'est aussi bien que je m'en aille, pensa-t-il amèrement. Maintenant, voilà que je suis devenu hypocrite, apparemment.

Devant le mutisme de Saryon, à l'évidence perdu dans ses réflexions, Jacobias se méprit sur son silence et crut qu'il reconsidérait sa décision.

– Reste ici, mon Père, dit le mage d'un ton pressant. La vie n'est pas belle, mais elle n'est pas trop mauvaise non plus. Il y a pire, crois-moi. Va là-bas, ajouta-t-il, baissant la voix et montrant la fenêtre, et tu verras.

Saryon baissa la tête, les épaules avachies, le visage crispé et livide de peur.

– Je vois, dit Jacobias après un silence. Alors, c'est définitif. Mes paroles ne comptent pas, parce qu'elles ne sont pas nouvelles. Tu les as déjà entendues dans ton cœur. Quelque chose ou quelqu'un t'oblige à partir.

– Oui, dit Saryon. Mais ne m'en demande pas plus. Je suis un très mauvais menteur.

Ils se turent pendant que la femme de Jacobias faisait flotter la théière jusqu'à la table, où elle remplit les tasses en corne polie. S'asseyant près de son mari, elle prit sa main dans les siennes et la serra très fort.

– C'est à cause de notre fils ? demanda-t-elle d'une voix craintive.

Relevant la tête, Saryon les regarda, le visage pâle et tiré au clair de lune.

– Non, dit-il doucement.

Puis, voyant qu'elle allait parler, il secoua la tête.

– Nous faisons tous ce que nous avons à faire.

– Mais, mon Père, argua Jacobias, nous faisons ou devrions faire ce que nous sommes *capables* de faire. Pardonne ma franchise, Père Saryon, mais je t'ai vu aux champs. Si tu as jamais été dehors dans la nature, ce devait être dans la roseraie d'une princesse ! Tu ne peux pas faire dix pas sans trébucher sur une pierre ! Les premiers jours, le soleil t'a tellement brûlé qu'on a dû te baigner dans le ruisseau pour te ramener à toi. Tu étais rôti.

Et tu as peur de ton ombre. Je n'ai jamais vu un homme courir aussi vite que toi le jour où un criquet t'a sauté au nez.

Saryon hocha la tête en soupirant, mais ne répondit pas.

– Tu n'es plus un jeune homme, mon Père, dit la femme de Jacobias avec bonté, attendrie par son désespoir et sa terreur.

Elle mit la main sur celle, tremblante, du catalyste, posée sur la table.

– Il doit bien y avoir une autre solution. Pourquoi ne pas boire ton thé et retourner te coucher ? Nous parlerons au Père Tolban...

– Il n'y a pas d'autre solution, je vous assure, dit-il doucement, avec une dignité tranquille, visible malgré sa peur. Je vous remercie de votre gentillesse et... de votre sollicitude.. C'est quelque chose que... je n'attendais pas.

Se levant sans avoir touché à son thé, il se tourna vers eux.

– Maintenant, je vous demande de m'accorder l'aide dont j'ai besoin. Je sais que vous avez des contacts là-bas. Je ne vous demande pas de me dire des noms. Dites-moi simplement où je dois aller et ce que je dois faire pour les trouver.

Jacobias regarda sa femme, hésitant. Elle non plus n'avait pas touché à sa tasse et fixait les braises du feu. Il pressa sa main. Sans se retourner, elle acquiesça de la tête. Jacobias toussa, se passa la main dans les cheveux, se gratta le menton, et dit finalement :

– Très bien, mon Père. Je vais faire ce que je peux pour toi, même si j'aimerais encore mieux envoyer un homme dans l'Outre-Monde ! C'est la vérité vraie !

– Je comprends, dit Saryon, sincèrement ému de ses scrupules. Et je te remercie du fond du cœur.

– Tu es un homme gentil et bon, dit soudain la femme de Jacobias. Je t'ai vu nous regarder avec quelque chose dans les yeux montrant que nous n'étions pas des animaux pour toi, mais des êtres humains. Si tu vois mon fils...

Elle ne put continuer et se mit à pleurer doucement.

– Il vaut mieux partir maintenant, mon Père, dit Jacobias d'un ton bourru. La lune atteint presque le faîte des arbres, et tu as loin à marcher. Si tu n'es pas arrivé à la rivière le temps que l'astre se couche, ajouta-t-il gravement, assieds-toi et attends le matin. Ne continue pas à l'aveuglette dans le noir. Tu pourrais tomber d'une falaise.

– Oui, parvint à articuler Saryon, prenant une profonde inspiration et lissant sa robe d'une main tremblante.

– Maintenant, viens voir, dit Jacobias, le conduisant à la porte qui s'ouvrit à son approche. Regarde où je pointe le doigt et écoute bien mes paroles, car pour toi, elles peuvent faire la différence entre la vie et la mort.

– Je comprends, dit Saryon, serrant son courage à deux mains, aussi fort qu'il serrait son sac.

– Tu vois cette étoile, au bout de la constellation qu'on appelle la Main de Dieu ? Tu la vois ?

– Oui.

– C'est l'Etoile du Nord. Ce n'est pas pour rien qu'on l'appelle la Main de Dieu, parce qu'elle te montre le chemin si tu la suis. Garde l'étoile dans ton œil gauche, comme on dit. Tu sais ce que ça veut dire ?

Le catalyste secoua la tête, et Jacobias réprima un soupir.

– Ça veut dire... Peu importe. Suis-la, c'est tout. Fais bien attention de marcher droit sur elle, et un peu sur sa droite. Ne laisse jamais l'étoile sur ta droite. Tu comprends ? Avec l'étoile sur ta droite, tu arrives sur le territoire des centaures. Et s'ils te capturent, il n'y a plus qu'à prier l'Etern qu'il t'accorde la mort la plus rapide possible.

Saryon leva les yeux sur le firmament pour regarder l'étoile, soudain consterné. C'était la première fois qu'il regardait le ciel nocturne, réalisa-t-il. Du moins ici, où les étoiles semblaient si nombreuses et si proches. Accablé par l'immensité de l'univers, et par la minuscule partie qu'il en occupait, il sembla à Saryon terriblement ironique que ce point lui aussi minuscule, froid, indifférent et lointain, dût le guider. Il repensa à la Source, où l'on étudiait les étoiles par rapport à leur influence sur la vie des hommes. Il vit les cartes célestes étalées sur la table, il repensa aux calculs qu'il avait faits à leur sujet, et il lui vint à l'idée que pas une seule fois il n'avait regardé les étoiles comme il les regardait aujourd'hui. Maintenant que sa vie en dépendait.

– Je comprends, murmura-t-il, bien qu'il ne comprît rien du tout.

Jacobias le considéra, dubitatif.

– Je devrais peut-être l'accompagner, murmura-t-il à sa femme.

Saryon regarda vivement autour de lui.

– Non, dit-il. Non, ce serait dangereux. Je suis déjà resté trop longtemps. Quelqu'un nous a vus, peut-être. Merci beaucoup – de votre aide... et de vos bonnes paroles. Au revoir. Au revoir. Que la bénédiction de l'Etern soit sur vous.

– Ce n'est peut-être pas à moi de dire ça, mon Père, vu que je ne suis pas catalyste... mais que la bénédiction de l'Etern soit sur *toi*.

Rougissant, il baissa les yeux.

– Là. J'espère qu'Il ne s'en offensera pas, non ?

Saryon voulut sourire, mais le tremblement de ses lèvres lui fit craindre de pleurer à la place, ce qui aurait été désastreux. Tendant la main, il serra gravement celle de Jacobias, apparemment en proie à un douloureux dilemme, comme cherchant à décider s'il devait en dire plus. Sa femme, restée près d'eux, prit soudain la main de Saryon et la porta à ses lèvres en disant d'une voix douce :

– C'est pour toi, et pour mon fils, si tu le vois.

Les yeux pleins de larmes, elle rentra brusquement dans la pauvre chaumière.

Saryon avait lui-même la vue brouillée quand il fit un pas pour partir, retenu par la main que Jacobias posa sur son épaule.

– Ecoute, dit le Mage des Champs. Je... je crois que tu dois savoir. Peut-être que ça te facilitera la vie. Il y a... il y a des gens qui ont... qui ont posé des questions sur toi. Ils ont besoin d'un catalyste, je suppose, alors ils vont sûrement s'intéresser à toi, si tu vois ce que je veux dire.

– Merci, dit Saryon, stupéfait.

L'Evêque Vanya lui avait dit la même chose. Comment avait-il su ?

– Et où trouverai-je ces...

– Ils te trouveront, dit Jacobias, bourru. Rappelle-toi seulement pour l'étoile, sinon, la première chose que tu trouveras, ce sera la mort.

– Je me rappellerai. Merci. Au revoir.

Mais Jacobias n'était toujours pas tranquille, apparemment, car il retint Saryon encore un instant.

– Je ne les approuve pas, murmura-t-il, fronçant les sourcils. Pas d'après ce que j'ai vu, surtout pas, mais d'après ce que j'ai entendu. J'espère que les rumeurs sont fausses. Si elles sont vraies, je prie que mon garçon ne soit pas compromis là-dedans. Je n'approuvais pas son départ, mais on n'avait pas le choix. Pas après avoir appris qu'on envoyait un *Duuk-tsarith* pour parler avec lui...

– Un *Duuk-tsarith* ? répéta Saryon, perplexe. Mais je croyais qu'il s'était enfui avec ce jeune homme qui a tué le surveillant, avec ce Joram...

– Joram ? dit Jacobias, secouant la tête. Je ne sais pas qui t'a dit ça. On n'a plus revu cet étrange garçon depuis plus d'un an. Mosiah espérait le retrouver, ça c'est sûr, mais pas moi. Un Mort vivant...

De nouveau, il branla du chef.

– Mais ce n'est pas de ça que je voulais parler. Je ne voulais rien dire près de sa mère, poursuivit-il, regardant gravement Saryon et le prenant par le bras. Mais si le petit est vraiment en mauvaise compagnie, s'il pratique le... les Arts noirs, parle-lui, veux-tu, mon Père ? Rappelle-lui que nous l'aimons et que nous pensons à lui.

– Je n'y manquerai pas, Jacobias, dit Saryon avec bonté, tapotant la main calleuse.

– Merci, mon Père.

Jacobias s'éclaircit la gorge, s'essuya le nez et les yeux du revers de la main, et attendit un moment d'avoir repris contenance avant de rentrer dans la chaumière.

– Au revoir, mon Père.

Se retournant, il rentra dans la masure et referma la

porte derrière lui. Cloué au sol, Saryon vit le Mage des Champs à la lumière lunaire pénétrant par la fenêtre. Il vit Jacobias prendre son épouse dans ses bras et la serrer contre lui. Il entendit les sanglots étouffés de la femme.

Prenant son sac en soupirant, Saryon partit à travers champs, les yeux fixés sur l'étoile, et, de temps en temps, sur l'immense nuit où l'attiraient les étoiles. Il trébuchait sur le sol inégal, où il ne voyait qu'une succession de flaques blanches de clair de lune et d'ombres. Une fois sorti du village, il se retourna, contemplant les champs de blé ondulant doucement sous la brise, comme un lac au clair de lune. Puis il jeta un dernier regard sur le village, sur son dernier contact, peut-être, avec l'humanité.

Les arbres-chaumières se dressaient, impassibles, leurs branches entrelacées projetant des ombres mystérieuses. Il n'y avait plus de lumières dans les masures. La faible lueur luisant à la fenêtre de Jacobias s'éteignit sous les yeux de Saryon. Trop fatigué pour rêver, le mage dormait.

Un instant, le catalyste eut envie de revenir sur ses pas. Mais, devant le paisible village, il réalisa que c'était impossible. Il aurait peut-être pu, une heure plus tôt, quand sa peur était bien réelle. Mais plus maintenant. Maintenant, il pouvait s'en aller, quitter tout son passé. Il marcherait dans la nuit, guidé par la minuscule étoile indifférente. Non parce qu'il s'était découvert un nouveau courage. Non. Mais pour une raison aussi sombre que l'ombre des arbres bruissant au-dessus de lui. Il ne pouvait pas revenir en arrière, pas avant d'avoir trouvé la réponse.

L'Evêque Vanya lui avait menti au sujet de Mosiah. Pourquoi ?

La question lancinante et son ombre inséparable accompagnèrent Saryon dans ces lieux sauvages, et furent pour lui des compagnes précieuses, car elles lui occupèrent l'esprit, et forcèrent son autre compagne – la peur – à passer à l'arrière-plan. Gardant un œil sur l'étoile, exploit de plus en plus difficile à mesure qu'il s'enfonçait plus profondément dans les épaisses forêts, Saryon ruminait la question, s'efforçant de trouver des excuses, s'efforçant de trouver des explications, pour s'avouer à la fin qu'il n'y avait pas d'excuses et qu'il n'avait pas d'explication.

L'Evêque Vanya lui avait menti, cela, c'était clair. Qui plus est, il s'agissait d'un conspiration de mensonges.

S'arrêtant un moment pour se reposer, Saryon s'assit lourdement sur une grosse pierre pour masser ses muscles douloureux. Les bruits étranges et inquiétants de la forêt grondaient et murmuraient autour de lui, mais Saryon parvint à les ignorer en retournant mentalement dans l'appartement de l'Evêque Vanya, le jour où il y avait été convoqué pour entendre l'histoire du Père Tolban. Les paroles de Vanya lui revinrent clairement, étouffant charitablement le grondement de quelque prédateur traquant sa proie dans la nuit.

Il semble que ce Joram ait un ami – Saryon se rappela nettement ces paroles – *un jeune homme du nom de Mosiah. Un Mage des Champs s'est réveillé et a regardé par la fenêtre. Il a vu Mosiah et un jeune homme qu'il a catégoriquement reconnu pour Joram. Il n'a pas entendu ce qu'ils se disaient, mais il jure qu'il a distingué les mots « Congrégation » et « Roue ». Il dit que Mosiah a eu un mouvement de recul, mais son ami dut être persuasif parce que, le lendemain matin, Mosiah n'était plus là.*

Oui, Mosiah était parti. Mais pas à cause de Joram. Il avait fui, parce que la rumeur disait que les *Duuk-tsarith* s'intéressaient à lui. Un cri strident derrière lui, suivi d'un rugissement furieux, le catapulta à bas de sa pierre et il s'enfuit à l'aveuglette avant de réaliser ce qu'il faisait. Quand il se ressaisit, il prit plusieurs profondes inspirations pour calmer les battements précipités de son cœur. Se forçant à ralentir, il s'orienta sur l'étoile qu'il voyait à peine à travers les branches, et s'aperçut avec consternation que la lune se couchait.

Le catalyste se rappela l'avertissement de Jacobias, lui déconseillant de marcher dans le noir, à l'instant même où il revit le regard furtif du Père Tolban à l'Evêque pendant qu'il racontait l'histoire de Joram et Mosiah. Il revit aussi la rougeur coupable de Tolban en voyant que le catalyste le regardait. Une conspiration de mensonges.

Mais pourquoi ? Qu'est-ce qu'ils lui cachaient ?

Soudain, Saryon eut sa réponse. Se hâtant de l'avant, avec la vague idée d'atteindre la rivière avant le coucher de la lune, Saryon résolut le mystère un peu comme il résolvait ses équations. Vanya *savait* que Joram était à la congrégation. Il avait menti pour dissimuler l'origine de ses renseignements. En fait, réalisa Saryon, Vanya savait beaucoup de choses sur cette congrégation, qu'ils avaient besoin d'un catalyste, qu'ils négociaient avec le roi de Sharakan. Il était donc logique que l'Evêque eût un espion parmi eux. Jusque-là, tout concordait. Mais, se dit Saryon en fronçant les sourcils, il manquait la solution finale à son équation.

Si Vanya avait un espion dans la congrégation, pourqui avait-il besoin de Saryon ?

Affolé par ces idées, Saryon trébuchait mentalement autant qu'il trébuchait physiquement dans l'obscurité croissante. S'arrêtant pour reprendre son souffle, il repéra la position de l'étoile et prêta l'oreille au bruit de la rivière. Il n'entendit rien, et, la logique le convainquant finalement qu'il n'avait pas assez marché pour l'atteindre, il décida d'écouter le conseil de Jacobias et de se reposer jusqu'au matin.

Il chercha un endroit où s'allonger jusqu'à l'aube. Il n'avait pas encore traversé la rivière, et en concluait naïvement qu'il était relativement en sécurité. Non qu'une autre conclusion eût changé grand-chose. Il était tellement épuisé par l'exercice inhabituel, et par la tension nerveuse qu'il se savait incapable de faire un pas de plus. Raisonnant qu'il valait mieux rester près du sentier (sans se soucier de savoir qui ou quoi l'avait tracé) Saryon resserra sa robe autour de ses chevilles osseuses et se blottit au pied d'un chêne gigantesque, se faisant un lit très inconfortable entre deux grosses racines saillantes. Ramenant ses genoux sous son menton, il s'installa dans les herbes et se prépara à attendre le matin.

Saryon n'avait pas l'intention de s'endormir. En fait, il ne se serait pas cru capable de dormir. La lune s'était couchée, et, malgré l'éclat des étoiles, la nuit était sombre et effrayante autour de lui. Il y avait d'étranges bruissements, chuintements, grognements. Des yeux sauvages le fixaient, et, en désespoir de cause, il ferma les siens.

– Je suis entre les mains de l'Etern, se murmurait-il fiévreusement.

Mais ces mots ne lui apportaient aucun réconfort. Au contraire, ils sonnaient stupides et dépourvus de sens. Qui était-il pour l'Etern, sinon l'un des nombreux misérables de ce monde ? Un être minuscule, pas même digne d'attirer Son attention comme l'une de ces étoiles étincelantes. Car lui, pauvre mortel, ne répandait aucune lumière. Même un paysan illettré pouvait solliciter la bénédiction de l'Etern avec plus de sincérité que Son catalyste ! Saryon serra les poings de désespoir. Son Eglise, autrefois aussi solide et puissante en lui que la forteresse de la montagne, tremblait et s'écroulait autour de lui.

Son Evêque, l'homme le plus proche de son Dieu, lui avait menti. Son Evêque se servait de lui, dans quelque but inconnu et ténébreux.

Secouant la tête, Saryon chercha à se rappeler ses études de théologie, tentant de retenir la foi qui lui échappait. Mais autant essayer d'arrêter la marée en mettant la main dans l'eau pour attraper une vague. Sa foi s'appuyait sur les hommes, et les hommes lui avaient failli.

Non, pour être franc, se dit Saryon, tremblant aux bruits de la forêt qui l'assaillaient de toutes parts, faisant resurgir avec eux toutes ses craintes subconscientes. Ta foi s'appuyait sur toi-même. C'est *toi* qui as failli !

Désespéré, il se cacha la tête dans ses bras. Blotti sous son arbre, il écoutait les bruits horribles de la forêt qui se rapprochaient, s'attendant à sentir des crocs s'enfoncer dans ses chairs, ou à entendre le rire dur des centaures. Mais peu à peu, les bruits s'estompèrent dans la distance. Ou peut-être était-ce lui qui s'estompait. Peu importait d'ailleurs. Rien n'importait.

Perdu et errant dans des ténèbres plus vastes et plus terrifiantes que le Nullepart, Saryon se résigna à son destin. Epuisé et désespéré, ne se souciant plus s'il vivrait ou mourrait, il dormit.

Chapitre 4

TROUVÉ

Levant la tête et clignant des yeux dans le brillant soleil matinal, Saryon regarda autour de lui. Complètement désorienté, il pensa confusément que quelqu'un l'avait enlevé de sa chaumière et déposé dehors.

Puis il entendit un grondement, et tout lui revint tout d'un coup, y compris sa peur et le fait qu'il était seul en ces lieux sauvages. Paniqué, il se leva d'un bond. Du moins, c'est ce qu'il avait l'intention de faire. Mais il parvint à peine à se mettre en position assise. Il avait le dos endolori, les articulations raides, et semblait avoir perdu toute sensation dans les jambes. Sa robe était humide de rosée, et il était transi, courbatu et totalement désemparé. Gémissant, il posa sa tête sur ses genoux, pensant comme ce serait facile de rester ici pour mourir.

– Morbleu, dit une voix admirative, je connais des sorciers qui n'osent pas passer une nuit dans le Nullepart sans s'entourer d'un cercle de démons ardents et autres créatures semblables, et te voilà, toi, catalyste, dormant comme un bébé dans les bras de sa mère.

Saryon sursauta, regarda autour de lui, effaré, clignant des yeux pour chasser le sommeil, et les fixant enfin sur la source de la voix – un jeune homme assis sur une souche et qui le contemplait avec la même admiration sincère qui s'entendait dans sa voix. De longs cheveux châtains bouclaient sur ses épaules, assortis à sa courte barbe et à sa fine moustache. Il était vêtu de façon à se fondre dans le paysage, d'une veste et d'un pantalon bruns, avec des bottes de cuir souple.

– Qui... qui es-tu ? balbutia Saryon, entreprenant, sans beaucoup de succès, de se lever.

Dans sa demi-torpeur, il pensa confusément que le Mage des Champs avait peut-être envoyé quelqu'un à son aide.

– Tu n'es pas du village ?

– Permets-moi de t'assister, dit le jeune homme, l'aidant à se mettre debout. Dis-moi, tu n'es plus très jeune, ni en âge de batifoler comme ça dans la forêt, non ?

Saryon arracha son bras à la sollicitude du jeune homme.

– Je le répète, qui es-tu ? demanda-t-il d'un ton sévère.

– Quel âge as-tu, si je peux me permettre ? s'enquit le jeune homme, le regardant, anxieux. La quarantaine ?

– J'exige...

– Début de la quarantaine, dit le jeune homme, l'observant avec attention. Exact ?

– Cela ne te regarde pas, dit Saryon, frissonnant dans sa robe mouillée. Ou bien réponds à ma question, ou bien je vais reprendre ma route, et toi la tienne...

Le jeune homme prit un air solennel.

– Ah, c'est bien là le hic. Je crains que ton âge ne me regarde, parce que, comprends-tu, ta route est aussi ma route. Je suis ton guide.

Saryon le fixa, trop stupéfait pour répondre. Puis il repensa aux paroles de Jacobias. *Il y a des gens qui ont posé des questions sur toi. Ils ont besoin d'un catalyste, alors ils vont sûrement s'intéresser à toi.*

– Je m'appelle Simkin, dit le jeune homme, lui tendant cordialement la main.

Défaillant de soulagement, Saryon la serra, grimaçant à ce mouvement et regrettant amèrement cette nuit passée sous l'arbre.

– Si tu te sens en état de voyager, reprit Simkin, nous devrions partir. Les centaures ont capturé deux hommes de Blachloch ici il y a un mois. Ils les ont mis en pièces à cinquante pas d'où nous sommes. Horrible spectacle, tu peux me croire.

Le catalyste pâlit.

– Des centaures ? répéta-t-il nerveusement. Mais nous ne sommes pas de l'autre côté de la rivière...

– Sur mon honneur, dit Simkin, le regardant avec étonnement, tu es un vrai bébé perdu dans les bois. Je te croyais incroyablement brave, et voilà que tu es juste incroyablement stupide. Tu as dormi sur un sentier de chasse des centaures ! Et maintenant, nous avons assez perdu de temps. Ils chassent aussi de jour, tu sais. Non, je suppose que tu ne sais pas, mais tu apprendras. Allons-y.

Il regarda Saryon, en attente.

– Pourquoi me regardes-tu comme ça ? demanda Saryon d'une voix tremblante, les mots *les ont mis en pièces* lui ayant glacé le sang. C'est toi le guide.

– Mais c'est toi le catalyste, dit Simkin avec candeur. Ouvre-nous un Couloir.

– Un Cou... Couloir ?

Saryon se frictionna le front, perplexe.

– Je ne peux pas ! Nous serions découverts ! Je... je suis désespéré... je suis un renégat, termina-t-il, repensant à son rôle.

– Allons donc, dit Simkin, une nuance de froideur dans la voix. Les paysans pourraient croire ça, mais je ne suis pas dupe. Et si tu crois que je vais voyager des *mois* dans ces terres maudites alors que tu peux nous amener à destination en quelques instants, tu te trompes lourdement.

– Mais les Vigiles...

– Ils savent quand ils doivent fermer les yeux, dit Simkin, lorgnant Saryon d'un air matois. Je suis certain que l'Evêque Vanya leur a donné leurs instructions.

Vanya ! Les soupçons, les doutes et les questions de Saryon – momentanément oubliés dans son malheur – lui revinrent tout d'un coup. Comment ce jeune homme pouvait-il savoir pour Vanya ? Sauf s'il était l'espion...

– Je... je ne sais pas de quoi tu parles, dit Saryon, s'efforçant de prendre l'air perplexe. Je suis un renégat. Un tribunal de catalystes m'a envoyé dans ce maudit village pour ma punition. Je n'ai jamais parlé à l'Evêque Vanya...

– Oh, nous perdons notre temps, l'interrompit Simkin, lissant ses boucles brunes et considérant le sentier d'un air boudeur. Tu as parlé à l'Evêque Vanya. *J'ai parlé* à l'Evêque Vanya...

– Tu as... parlé... à l'Evêque Vanya ? bredouilla Saryon, qui, sentant ses genoux se dérober sous lui, se raccrocha à une branche pour ne pas tomber.

– Regarde-toi, dit Simkin avec dédain. Faible comme un nourrisson. Et c'est là l'homme qu'on envoie tout seul dans le Nullepart ! cria-t-il, s'adressant à quelque être invisible. Evidemment que j'ai parlé à l'Evêque Vanya, ajouta-t-il, se retournant vers Saryon. Sa Rondeur a exposé ses plans devant moi assez clairement. « Simkin », m'a-t-il dit, « je te serais éternellement reconnaissant de m'assister en cette affaire. » « Evêque, vieux frère », ai-je répondu, « je suis à ton entière disposition. » Il m'aurait bien embrassé, mais il y a certaines choses que je ne supporte pas, et être embrassé par un chauve bedonnant en est une.

Saryon, stupéfait et confus, fixa le jeune homme, pris de vertige et ne comprenant qu'à moitié ce qu'il disait. C'est démentiel, telle fut la première idée cohérente qui lui vint. Ce... Simkin parlant avec Vanya ? Sa Rondeur ! Pourtant, Simkin savait...

– Alors, c'est sans doute toi l'espion ! lâcha Saryon tout à trac.

– Sans doute, n'est-ce pas ? dit Simkin, le regardant d'un air à la fois serein et mystérieux.

– Tu avoues pratiquement ! s'écria Saryon, lui saisissant le bras.

Courbatu, effrayé et épuisé, le catalyste était à bout.

– Pourquoi Vanya m'envoie-t-il dans le Nullepart ? Tu dois le savoir ! Tu pourrais lui amener Joram, si c'est ce qui l'intéresse ! Pourquoi m'a-t-il menti ? Pourquoi ces tromperies ?

– Allons, allons, mon vieux, calme-toi, dit Simkin d'un ton apaisant.

Reprenant soudain son sérieux, il saisit la main de Saryon et se rapprocha de lui.

– Si ce que tu dis est vrai, et que *je travaille* pour Vanya, et attention, je ne dis pas que c'est vrai...

– Non, bien sûr, marmonna Saryon.

– ... alors tu dois savoir que ma vie vaudrait moins que la misérable robe que tu portes si quelqu'un là-bas – il montra de la tête une direction dont Saryon supposa qu'elle était celle du camp de la congrégation – le découvrait. Non que je m'inquiète pour moi-même, ajouta-t-il à voix basse. Mais pour ma sœur.

– Ta sœur ? fit Saryon d'une voix mourante.

Simkin hocha la tête.

– Ils la retiennent prisonnière, dit-il à voix basse.

– La congrégation ? dit Saryon, de plus en plus désemparé.

– Les *Duuk-tsarith*, siffla Simkin. Si j'échoue...

Il porta les mains à son cou et leur imprima un mouvement de torsion.

– Couic ! dit-il, l'air sinistre.

– C'est affreux ! dit Saryon en un souffle.

– Je pourrais leur livrer Joram, soupira Simkin. Il a confiance en moi, le pauvre garçon. En fait, je suis son meilleur ami. Je pourrais leur dire tout ce qu'ils veulent savoir sur les négociations avec l'Empereur de Sharakan. Je pourrais les aider à démasquer ces Technologues pour les meurtriers et Sorciers noirs qu'ils sont. Mais ce n'est pas ce que nous recherchons, n'est-ce pas ?

Saryon trouva plus prudent de ne pas répondre, vu qu'il ne savait pas exactement ce qu'il recherchait. Il se contenta de fixer bêtement Simkin. Comment *savait*-il tout ça ? Vanya *devait* le lui avoir dit...

– C'est une partie délicate que nous jouons, mon ami, dit Simkin, serrant le bras de Saryon. Délicate et dangereuse. Et tu la joues avec moi, toi, le seul en qui je puisse avoir confiance. Je suis heureux, ajouta-t-il, étouffant un sanglot, heureux de ne plus être seul !

Jetant ses bras autour du catalyste, Simkin posa la tête sur son épaule et se mit à pleurer. Ahuri devant cette réaction inattendue, Saryon, immobile au milieu des bois, ne sut que lui tapoter gauchement le dos.

– Là, c'est fini, dit Simkin, se redressant et s'essuyant

le visage. Désolé d'avoir craqué ainsi. C'est ce maudit stress. Ça ira mieux maintenant que j'aurai quelqu'un à qui parler. Mais pour l'heure, il *faut* vraiment filer !

– Oui, marmonna Saryon, toujours en pleine confusion. Mais d'abord, dis-moi seulement pourquoi c'est *moi* qu'ils envoient...

– Ecoute ! dit Simkin d'une voix tendue, saisissant une fois de plus le bras de Saryon. Tu as entendu ?

Saryon se figea, tous les sens en alerte.

– Non, je...

– Voilà que ça recommence !

– Je n'ai pas entendu...

– Les centaures ! C'est indubitable ! dit Simkin, pâle mais maître de lui. Je suis né dans ces bois. J'entends un écureuil respirer à cinquante pas. Allons ! Ouvre le Couloir. Tiens, prends de ma force de Vie. Je sais où nous allons. Je visualiserai notre destination.

Saryon hésita, répugnant toujours à utiliser le Couloir alors qu'il savait très bien que les *Thon-Li*, Maîtres des Couloirs, devaient sûrement les surveiller. Il n'avait pas confiance en ce jeune homme ni en ses histoires extravagantes, bien qu'il ne pût expliquer les étonnantes connaissances de Simkin autrement qu'en supposant qu'il était l'espion. Quand même, avant d'ouvrir le Couloir...

Soudain, Saryon entendit effectivement quelque chose. Des martèlements, comme de sabots galopant sur le sentier. Il n'avait plus le choix. Saisissant le bras de Simkin, il lui prit de la force de Vie – sans remarquer dans son excitation qu'elle était d'une vigueur peu commune – et bredouilla les mots ouvrant le Couloir. Le vide béa devant eux, tache de néant noir au milieu du sentier. Simkin y sauta, traînant Saryon après lui.

Le vide s'étira, se condensa, se referma, laissant derrière eux les murmures et les bruissements de la forêt dans le paisible silence du matin.

– Où sommes-nous ? demanda Saryon, sortant précautionneusement du Couloir.

– Loin, très loin au cœur du Nullepart, dit doucement Simkin, gardant la main sur le bras de Saryon. Surveille tous tes pas, surveille toutes tes paroles, surveille toutes les ombres.

Le Couloir se referma derrière eux. Saryon le regarda nerveusement, s'attendant à en voir surgir les *Thon-Li* pour l'appréhender. Peut-être *espérait*-il que quelqu'un vienne l'appréhender, s'avoua-t-il pitoyablement. Mais personne ne parut.

Ils étaient tous deux arrivés à destination sans encombre – cette destination étant, pour autant que Saryon pouvait le voir, un marais. Autour d'eux, de grands arbres aux gros troncs noirs se dressaient dans une eau noire et boueuse. Le catalyste n'avait jamais vu des arbres pareils. Luisantes de vase, leurs branches s'entremêlaient au point qu'il était impossible de savoir où un arbre finissait et où un autre commençait. Ces arbres n'avaient pas de feuilles, seulement des tentacules tortillés sortant des branches et tombant dans l'eau comme de longues langues fines.

– Ce... ce n'est pas... la Congrégation ? demanda nerveusement Saryon, sentant ses pieds s'enfoncer dans le sol spongieux.

– Non, bien sûr que non ! murmura Simkin. Il ne conviendrait pas qu'on nous voie arriver au milieu de la Congrégation au sortir d'un Couloir, n'est-ce pas ? Les gens se poseraient des questions. Et crois-moi, ajouta-t-il, une nuance sinistre dans la voix, personne n'a envie que Blachloch lui pose des questions.

Blachloch ?

Saryon souleva son pied, et immédiatement un gaz nauséabond bouillonna à l'endroit d'où sortait ce pied. Pris d'un haut-le-cœur, le catalyste se couvrit le nez et la bouche de sa manche, regardant avec une fascination horrifiée d'horribles suintements recouvrir ses traces.

– Blachloch, chef de la Congrégation, dit Simkin, avec un sourire contraint. *Duuk-tsarith.*

– Un Vigile ?

– *Ancien* Vigile, dit Simkin, laconique. Il a décidé que ses talents – qui sont considérables – seraient d'un plus grand profit pour lui-même que pour son Empereur. Alors, il est parti.

Frissonnant dans l'air humide et froid de l'étrange forêt, Saryon resserra sa robe autour de lui, et fouilla les alentours du regard, se demandant s'il y avait des serpents.

– Tu en apprendras plus sur lui... beaucoup plus... bien assez tôt, dit sombrement Simkin. Rappelle-toi simplement ceci, mon ami, poursuivit-il, saisissant le bras du catalyste : Blachloch est un homme dangereux. Très dangereux. Maintenant, par ici. Suis-moi. Reste derrière moi et pose les pieds exactement où je poserai les miens.

– Il faut traverser ça ? dit Saryon d'une voix blanche.

– Ce ne sera pas long. Nous sommes près du village. Ce marais fait partie de ses défenses extérieures. Attention où tu marches.

Fixant l'eau noire gargouillant dans les empreintes que laissaient les pieds de Simkin, le catalyste obéit aux instructions du jeune homme. Se traînant derrière lui, le sang pulsant dans sa gorge et le cœur battant à se rompre, l'ancien catalyste reclus et protégé regarda son environnement dans un état de stupeur horrifiée. Quelque chose remua dans son esprit, des souvenirs d'histoires que lui racontait la Mage du Foyer en le couchant quand il était petit. Des histoires de créatures ensorcelées sorties du Pays noir des anciens – dragons, licornes, serpents de mer. C'est dans des endroits semblables qu'ils vivaient. Ils l'avaient terrifié à l'époque où il était couché dans son lit douillet. Combien plus terrifiants étaient-ils maintenant, alors qu'ils le regardaient peut-être en ce moment même.

Saryon ne s'était jamais considéré comme un imaginatif, enfermé qu'il était dans la cellule froide, logique et confortable des mathématiques. Mais il réalisait maintenant que son imagination avait dû se cacher sous le lit, parce qu'elle en surgissait maintenant, prête à le stupéfier et à le terroriser.

C'est ridicule, se dit-il avec fermeté, s'efforçant de conserver son calme, alors même qu'il était certain de voir la queue luisante et écailleuse d'un horrible monstre glisser dans les eaux bourbeuses du marais.

Tremblant de peur, d'humidité et de froid, il gardait les yeux rivés sur Simkin, qui marchait vivement devant lui, posant les pieds avec une totale assurance.

Regarde-le. C'est *ton* guide. Il sait où il va. Tu n'as qu'à le suivre...

Le catalyste ralentit, scrutant les alentours avec plus d'attention, les sens en alerte. Bien sûr ! Comment ne l'avait-il pas remarqué immédiatement ?

– Simkin ! siffla Saryon.

– Qu'y a-t-il, O Chauve tremblant ? dit le jeune homme en se retournant, l'air contrarié de s'arrêter.

– Simkin, cette forêt est sous l'empire d'un enchantement. J'en suis sûr. Je sens la magie. Elle est différente de toutes celles que je connais.

Et c'était vrai. La magie était si pénétrante que Saryon avait l'impression d'étouffer.

Simkin parut mal à l'aise.

– Je... je suppose que tu as raison, marmonna-t-il, regardant la brume s'élevant des eaux et s'enroulant autour des arbres. Je... crois avoir entendu dire que cette forêt est... euh... enchantée, comme tu dis.

– Qui a lancé le sortilège ? La Congrégation ?

– Non, reconnut Simkin. En général, ce n'est pas leur fort. De plus, comme nous n'avons pas de catalyste, ça aurait été assez difficile...

– Qui, alors ?

Saryon s'arrêta, le lorgnant d'un air soupçonneux.

– Je te conseille d'avancer, mon ami.

– Qui ? répéta Saryon avec colère.

Haussant les épaules en souriant, Simkin pointa le doigt sur les pieds du catalyste. Baissant les yeux, Saryon constata avec inquiétude que ses pieds s'enfonçaient dans la boue.

– Donne-moi la main, dit Simkin, le tirant vigoureusement.

Il fallut des efforts considérables pour libérer les pieds de Saryon, avec un bruit de succion, comme si la boue était furieuse d'avoir à lâcher sa proie.

Bien que terrorisé, le catalyste fut contraint de continuer à trébucher derrière Simkin, mais le puissant sortilège l'oppressait au point qu'il avait du mal à respirer. Il avait l'impression que l'enchantement suçait sa Vie, le drainait de ses forces.

– Il faut que je me repose, haleta Saryon, chancelant dans l'eau noire, sa robe trempée le lestant comme un boulet.

– Non, pas maintenant ! dit Simkin avec force.

Se retournant, il saisit la main de Saryon et le traîna derrière lui.

– Le sol redevient ferme un peu plus loin...

Tenu par Simkin d'une poigne ferme, Saryon continua à avancer péniblement, remarquant que le jeune homme n'avait aucun mal à marcher, et se déplaçait légèrement, presque sans laisser d'empreintes à la surface du marais.

– Après tout, *c'est* un mage, se dit amèrement Saryon, pataugeant derrière lui. Sans doute un magicien...

– Nous y voilà, dit Simkin avec entrain en s'arrêtant. Maintenant, tu peux te reposer un peu s'il le faut.

– Il le faut, dit Saryon, heureux de retrouver la terre ferme sous ses pieds.

Suivant Simkin jusqu'à un tertre rond s'élevant dans le marais, Saryon s'essuya le visage de sa manche, et, frissonnant, regarda autour de lui.

– C'est encore loin... commença-t-il, quand, le souffle soudain coupé, il cria d'une voix étranglée : Cours !

– Quoi ?

Simkin pivota sur lui-même, genoux fléchis, prêt à affronter un ennemi.

– Sors... parvint à articuler Saryon en un souffle, s'efforçant de bouger les pieds, mais se sentant irrésistiblement aspiré vers le bas par le sortilège.

– Sors de quoi ? dit Simkin, d'une voix qui semblait venir de très loin.

La brume s'élevait et tourbillonnait autour d'eux.

– Cercle... de champignons ! cria Saryon, tombant à quatre pattes tandis que le sol frémissait et tremblait sous ses pieds. Simkin... regarde !

En un dernier effort désespéré, le catalyste tenta de sortir du cercle magique en jetant son corps de côté. Mais, à cet instant précis, le sol se déroba sous lui et il tomba. Cherchant frénétiquement une prise pour se retenir, ses doigts s'accrochèrent aux champignons, mais l'enchantement irrésistible l'entraînait vers le bas...

La dernière chose qu'il entendit, ce fut la voix de Simkin, fantomatique dans la brume tourbillonnante.

– Je crois, mon ami, que tu as raison. Furieusement désolé...

– Simkin ? chuchota Saryon dans l'obscurité impénétrable.

– Ici, mon ami, répondit une voix joyeuse.

– Tu sais où nous sommes ?

– Oui, j'en ai peur. Essaye de garder ton calme, tu veux. J'ai la situation bien en main.

Garder son calme. Saryon ferma les yeux et prit une profonde inspiration pour ralentir les battements de son cœur qui sautait follement dans sa poitrine. Il avait la bouche sèche et l'inspiration douloureuse. Cependant, il était sur un sol ferme, ce qui était une consolation, même si, en tâtonnant dans le noir, il ne touchait rien. Il ne *sentait* rien non plus – enfin, rien de vivant. Car, assez curieusement, tout son corps pulsait et vibrait de magie – source de l'enchantement... comme Simkin le savait sans doute.

Quand il pensa pouvoir parler d'une voix relativement normale, avec à peine un soupçon de tremblement, il commença :

– J'exige de savoir...

A cet instant, il y eut comme une explosion de lumières et de sons. Des torches flambaient. Des étoiles voltigeaient autour de lui. Des étincelles de feu vert filaient devant ses yeux et dansaient dans sa tête. Des éclairs de phosphore blanc l'aveuglaient, tandis que des sonneries de trompettes l'assourdissaient. Titubant en arrière, Saryon se couvrit les yeux, et entendit des rires cristallins tinter et pétiller autour de lui, sur fond de rires plus graves qui résonnaient en écho.

Se frictionnant les paupières et clignant des yeux, s'efforçant de voir dans cette atmosphère éblouissante et fumeuse, à la fois claire et sombre, Saryon entendit une voix grave sortant des rires comme une rivière fraîche sort d'une vaste caverne.

– Simkin, mon cher joli garçon, tu es de retour. M'amènes-tu ce que je désire ?

– Eh bien, euh, pas exactement. C'est-à-dire... peut-être. Votre Majesté est si difficile...

– Pas si difficile. Je me serais contentée de toi.

– Allons donc, Majesté. Nous en avons déjà longtemps discuté, répondit Simkin, la gorge un peu serrée, du moins le sembla-t-il à Saryon qui s'efforçait toujours de voir dans le flamboiement des lumières. Vous savez que j'en serais... honoré, mais si je quittais la Congrégation, Blachloch partirait à ma recherche, et il me trouverait. Et du même coup, il vous trouverait aussi. C'est un puissant sorcier...

Saryon entendit un grognement d'impatience.

– Oui, dit vivement Simkin. Je sais que vous pourriez les manœuvrer, lui et ses hommes, mais ce ne serait pas beau. Ils ont le fer, comprenez-vous...

Sur quoi l'obscurité s'emplit de sifflements et de gémissements affreux, tandis que les lumières clignotaient et s'avivaient tour à tour, forçant Saryon à s'abriter les yeux de la main.

– Un jour, dit la voix grave, nous nous occuperons de cela. Mais pour le moment, il y a des besoins plus urgents.

Saryon entendit des froissements d'étoffe, comme si quelqu'un avait bougé, suivis d'un silence total. Les lumières éblouissantes s'éteignirent, les bruits horribles cessèrent, et le catalyste se retrouva dans l'obscurité. Mais c'était une obscurité vivante, pleine de respirations – respirations légères et vives, respirations lentes et profondes, et, les dominant toutes, une respiration douce, rauque et chuchotante.

Il ne savait pas quoi faire. Il n'osait ni parler ni appeler Simkin. Les respirations continuèrent autour de lui – se rapprochant, lui sembla-t-il – et la tension monta en lui au point qu'il se sentit capable de se mettre à courir dans le noir, au risque de se tuer sur les rocs...

La lumière revint, mais cette fois, c'était une agréable lumière jaune qui ne l'aveuglait pas et ne lui blessait pas la vue. Il pouvait voir, découvrit-il, quand ses yeux s'y furent habitués. Et, regardant autour de lui, il vit Simkin.

Le catalyste cligna des yeux d'étonnement. C'était le même jeune homme qui l'avait trouvé dans la forêt, les mêmes cheveux châtain bouclaient sur ses épaules, la même moustache brune ornait sa lèvre supérieure. Mais les vêtements marron avaient disparu, de même que les bottes. Maintenant, Simkin n'était vêtu que de luisantes feuilles vertes qui s'enroulaient autour de son corps comme du lierre. Face à Saryon, il le regardait d'un air malheureux – air qui changea instantanément quand une silhouette émergea de l'ombre derrière lui.

La silhouette entra dans un cercle de lumière scintillante, et Saryon oublia les jeunes hommes, oublia les Evêques, oublia les pièges enchantés. Il faillit même oublier de respirer, et c'est seulement quand il fut pris de vertige qu'il reprit une inspiration tremblante.

– Père Saryon, permets-moi de te présenter Sa Majesté Elspeth, Reine des Fées.

C'était la voix de Simkin, mais Saryon ne pouvait pas le regarder. Il ne pouvait regarder qu'une seule chose.

La femme flotta plus près.

La gorge de Saryon se serra, sa poitrine se contracta.

Des cheveux d'or ondulaient jusqu'au sol, l'enveloppant en marchant d'un halo de lumière. Des yeux d'argent brillaient, plus éclatants et plus froids que les étoiles. Elle ne marchait pas, pour autant qu'il pouvait le voir, et pourtant elle approchait de plus en plus, remplissant son champ visuel. Son corps nu – et Saryon n'avait jamais imaginé rien de plus doux, blanc et lisse – était tout enguirlandé de fleurs. Et ces fleurs, qui auraient dû pudiquement voiler sa nudité, avait l'effet exactement contraire. Les coupes de lilas et de roses soutenant ses seins blancs semblaient les offrir au catalyste hypnotisé. Des tiges de volubilis moulaient son ventre plat et caressaient ses jambes fuselées comme pour dire à Saryon : « Ne nous envies-tu pas ? Ecarte-nous ! Prends notre place ! »

L'enivrant de son parfum, elle approcha de plus en plus et s'arrêta enfin devant lui, ses petits pieds effleurant à peine le sol. Saryon ne pouvait ni bouger ni parler. Il ne pouvait que regarder les yeux d'argent, respirer le lilas, et trembler de la sentir si proche.

Penchant sa ravissante tête, elle le considéra avec attention et sérieux, les lèvres mutines contrastant avec la gravité du regard. Levant les mains, elle les posa sur les épaules de Saryon. Le mouvement de ses bras souleva ses seins hors de leurs coupes de lilas et de roses... Saryon ferma les yeux, déglutissant avec effort, se raidissant sous le doigt dont elle effleurait doucement ses épaules, sa poitrine, son dos.

– Quel âge a-t-il ? demanda soudain la voix grave et rauque.

Saryon ouvrit les yeux.

– La quarantaine, répondit joyeusement Simkin.

Elspeth fronça les sourcils, boudeuse. Saryon déglutit encore quand elle ramena les mains sur ses épaules.

– Ce n'est pas trop vieux pour les humains ?

– Oh non ! dit vivement Simkin. Pas vieux du tout ! Beaucoup considèrent que c'est l'âge idéal, la fleur de l'âge, en fait.

Saryon, enfin capable de détacher son regard de la femme ravissante qu'il avait devant lui, voulut demander à Simkin ce qui se passait – enfin, s'il parvenait à retrouver sa voix. Mais le jeune homme fronça si farouchement les sourcils, hocha si fermement la tête en regardant la Reine, que le catalyste se tut.

Le froncement de sourcils d'Elspeth s'accusa.

– Il est maigre. Il n'est pas vigoureux.

– C'est un érudit et un sage, répondit vivement Simkin. Il a consacré toute sa vie à l'étude.

– Vraiment ? dit Elspeth avec intérêt.

Et Saryon se retrouva de nouveau prisonnier du regard d'argent.

– Un sage. Cela me plaît. Nous pourrions beaucoup apprendre.

S'attardant un instant de plus, la tête penchée, gardant Saryon sous l'emprise de son regard enchanteur, Elspeth hocha lentement la tête.

– Très bien, murmura-t-elle.

Prenant la main de Saryon, elle s'éleva doucement dans les airs face à son peuple, puis flotta lentement jusqu'au sol pour s'arrêter près de lui. Les cheveux d'or enveloppèrent le catalyste, faisant vibrer son corps comme un doux poison. Levant la main sans résistance du catalyste, Elspeth s'écria :

– Peuple des Fées, inclinez-vous ! Préparez-vous à la célébration ! Rendez hommage à celui que nous avons choisi pour engendrer notre enfant !

Chapitre 5

LE BANQUET NUPTIAL

Saryon arpenta la petite caverne de long en large jusqu'au moment où, épuisé, incapable de faire un pas de plus, il s'affala dans un doux berceau de verdure, et, gémissant se prit la tête dans les mains.

– Courage, mon ami ! Tu es le marié. La cause du banquet, pas son plat de résistance.

Au son de cette voix enjouée, Saryon releva un visage hagard.

– Dans quoi m'as-tu entraîné ! Tu as...

– Du calme, mon ami, du calme, dit Simkin, entrant avec un éclat de rire.

D'un signe de tête parfaitement naturel, il indiqua qu'il était suivi, saisit Saryon par le poignet, et le mit sur pied d'une secousse.

– On a de la compagnie, murmura-t-il entre ses dents. On pourra discuter là-bas, ajouta-t-il, pilotant le catalyste vers le fond de la caverne.

Jetant un coup d'œil par-dessus son épaule, Saryon vit plusieurs fées papillonnant à l'entrée, qui le regardaient avec des sourires lascifs, pouffant avec force clins d'œil. A leur arrivée, le chaos s'installa dans la caverne, jusque-là sombre et silencieuse. Les fées sont des êtres très sensuels qui vivent dans l'instant. Leur seul objectif dans l'existence est de s'abandonner à toutes les sensations qui peuvent leur procurer un plaisir immédiat. La magie du monde coule en elle comme le vin, elles vivent dans une ivresse perpétuelle. Aucune règle, aucune morale ne gouvernent leurs actions ; aucune conscience ne les guide. Chacune et chacun fait ce qui lui plaît, sans considération pour les autres. Leur seul lien, la seule force qui maintient la cohésion de leur petite bande, c'est leur loyalisme inébranlable envers leur Reine. Quand l'esprit de la Reine est avec elles, il règne un semblant d'ordre. Mais quand il se retire...

Saryon les regarda, médusé. Là où se trouvait précédemment l'odorant berceau de verdure s'étalait maintenant un bassin, où nageaient cygnes et nénuphars. En l'espace d'un instant, les cygnes se métamorphosèrent en chevaux, pataugeant frénétiquement pour sortir de l'eau, et les nénuphars en perroquets poussant des cris rauques et battant des ailes à travers la caverne. Puis l'étang se transforma en calèche, tirée par des chevaux qui foncèrent droit sur le catalyste. Fermant les yeux et se protégeant la tête de ses bras, Saryon sentit l'haleine brûlante des étalons et entendit le tonnerre de leurs sabots, s'attendant à être écrasé d'une seconde à l'autre. Des rires éclatèrent autour de lui. Ouvrant les yeux, il vit que les chevaux s'étaient changés en agneaux qui gambadaient à ses pieds tandis qu'il hurlait de terreur. Le souffle coupé, Saryon tituba en arrière et tomba dans les bras de Simkin.

– Ne regarde pas, dit le jeune homme, le faisant pivoter de force.

Fermant les yeux, Saryon prit une profonde inspiration, qu'il regretta immédiatement. Toutes les odeurs imaginables lui emplirent les narines et descendirent dans ses poumons – parfums subtils, remugles répugnants de corps en décomposition, effluves de pain chaud.

– Qu'est-ce que je dois faire maintenant ? M'arrêter de respirer ? demanda-t-il à Simkin.

Mais le jeune homme l'ignora.

– C'est mieux, dit Simkin, lui tapotant la main avec sollicitude.

Se tournant vers les fées attroupées sur le seuil, il ajouta en guise d'explication :

– Il est un peu nerveux. C'est un homme de robe. Il

n'a jamais été avec une femme... si vous voyez ce que je veux dire...

A l'évidence, les fées voyaient parfaitement, à en juger d'après leurs remarques gaillardes.

Saryon sentit le sang lui monter à la tête ; il avait le vertige, brûlant de fièvre et transi à la fois. Arrachant sa main à Simkin, il tenta de se forcer à réfléchir clairement.

– Assieds-toi donc, mon ami, dit Simkin, le pilotant vers un coussin de mousse, qui se transforma en couche voluptueuse, puis en champignon géant avant même qu'ils n'en fussent à mi-chemin. Je vais tâcher d'inciter les invitées à infliger leurs attentions à des personnages plus méritants.

Saryon, suivant machinalement les instructions de Simkin, lorgna le champignon avec appréhension, et s'assit finalement par terre, pour se retrouver une fois de plus sur le berceau de verdure. Il réfléchit à tous les dangers qu'il pensait affronter dans le Nullepart – allant du massacre par les centaures jusqu'à la réduction en esclavage par les sortilèges d'un terrible dragon. Etre capturé par la Reine des Fées et destiné à... à... C'était une chose qu'il n'avait pas même envisagée.

– Et je ne *crois* même pas aux fées ! marmonna-t-il. Ou plutôt, je n'y croyais pas. C'étaient des contes de bonne femme.

« Le cercle de champignons ! C'est ainsi que les fées capturent les mortels ! » La voix de la vieille Mage du Foyer résonnait à ses oreilles comme les rires des fées. « Quiconque est assez fou pour entrer dans le cercle enchanté tombera dans leurs grottes, loin sous la surface du sol. Et là, le pauvre mortel, fût-il un puissant magicien, se trouvera ensorcelé par leurs sortilèges de sorte qu'il perdra toute sa magie et deviendra leur prisonnier, passant ses jours dans le luxe et ses nuits dans des actes dont on ne peut parler, jusqu'à ce que le plaisir lui fasse perdre la raison. »

Enfant, Saryon n'avait que des idées confuses sur ce que pouvaient être des « actes dont on ne pouvait parler ». Il se rappelait avoir pensé vaguement qu'on devait avoir coupé la langue aux victimes. Et l'histoire était suffisamment terrifiante pour le faire fuir, paniqué, à la vue du moindre champignon.

Mais j'ai oublié. J'ai perdu l'imagination de ce petit garçon. Me voilà, reposant sur un coussin d'herbes et de mousses odorantes, plus doux que la couche la plus molle de l'Empereur. Me voilà, le sang brûlant dans mes veines chaque fois que j'évoque l'image d'Elspeth, aspirant à commettre ces « actes dont on ne peut parler ».

Se tournant à moitié et regardant entre ses paupières mi-closes, le regard fasciné de Saryon se riva sur les fées, que Simkin n'avait pas réussi à écarter.

– Je sais que je ne rêve pas, murmura-t-il, parce que même en rêve, je n'ai pas assez d'imagination pour évoquer des êtres comme ceux-là.

Surgissant sur le seuil comme leurs champignons enchantés, les fées se métamorphosaient sous ses yeux comme leurs folles créations magiques. Certaines avaient quatre pieds de haut, avec des visages noirauds et malicieux ridés de rire, comme des enfants devenus vieux mais sans acquérir la sagesse. D'autres, minuscules, auraient tenu dans sa paume. Celles-là n'étaient guère plus que des bulles de lumière, toutes de couleurs différentes. Mais, en les observant plus attentivement, il crut distinguer de petits corps nus et ailés entourés d'un rayonnement magique. Et entre ces deux extrêmes, il y avait tous les spécimens de fées, certaines petites, d'autres trapues, certaines minces, d'autres rondes. Il y avait aussi des enfants – copies en miniature des adultes – et des animaux de toutes sortes qui circulaient librement, et dont beaucoup semblaient servir de montures ou de domestiques aux grandes fées.

Aucune d'entre elles n'était aussi grande, avec l'air aussi humain qu'Elspeth. Mais c'était normal, selon ses souvenirs d'enfant. De même que la reine des abeilles est la plus grosse et la plus choyée de la ruche, de même la Reine des Fées est grande, belle et voluptueuse. Et pour la même raison, pensa Saryon, le visage en feu – pour perpétuer l'espèce. Sans une Reine pour les guider, les fées irresponsables mourraient. La Reine doit donc s'accoupler avec un humain pour produire un enfant...

Saryon se prit la tête dans les mains, pour ne plus voir les sourires lascifs et les lumières papillonnantes.

Mais il ne put faire taire leurs voix.

Si différentes sont les diverses variétés de fées, et si variés le timbre et le registre de leur voix – allant du couinement de souris au coassement de crapaud – que Saryon, désorienté, ne savait même plus si elles parlaient la même langue. Il n'en comprenait pas un mot, mais il remarqua que Simkin, lui, les comprenait. Et non seulement il les comprenait, mais il pouvait aussi converser avec elles. C'est ce qu'il faisait en ce moment, provoquant des tempêtes de rires. Se contorsionnant d'embarras, Saryon imaginait facilement ce qu'il devait leur raconter.

Explique ça logiquement, Saryon, s'exhorta-t-il. Explique cela, catalyste, avec tous les livres de tes bibliothèques. Explique l'inexistence de ces êtres, et puis explique-toi pourquoi tu les regardes danser dans ton berceau de fleurs et de verdure. Explique pourquoi tu as envie de t'abandonner à leur douce prison, de céder à cette douce chair blanche...

Non ! Elles braillaient, jacassaient et pouffaient, et cela commençait à lui taper sur les nerfs. Il faut sortir de là ! réalisa Saryon, hagard, reprenant contact avec la réalité. Je suis en train de devenir fou, comme l'annonçaient les histoires de mon enfance. Sortir, mais comment ? Simkin est de mèche avec elles ! C'est lui qui m'a amené là ! Mais alors même que ces pensées lui traversaient l'esprit, une vision d'Elspeth se présentait à ses yeux – gorge pigeonnante, peau satinée, tiédeur, douceur, parfum... Saryon quitta précipitamment ses coussins de mousse, l'air si paniqué et si résolu à fuir que Simkin poussa les fées dehors sans cérémonie et claqua la porte de chêne.

– Fais-moi sortir d'ici ! s'écria Saryon d'une voix creuse.

– Allons, sois raisonnable, mon ami, dit Simkin, debout devant la porte.

Saryon ne répondit pas. Saisissant le jeune homme avec une force née du désespoir, il le projeta de côté.

– Désolé d'en venir là, mais il faut que tu te rendes à la raison, soupira Simkin.

Prononçant quelques mots dans le pépiement qui était la langue des fées, il regarda la porte de chêne se dissoudre et se reformer en une paroi rocheuse semblable aux autres parois de la caverne, juste comme le catalyste fonçait dessus tête baissée.

Gémissant de douleur, sentant sa raison lui échapper, le catalyste se laissa glisser jusqu'au sol.

– Ne prends pas la situation aussi à cœur, mon ami, dit Simkin, s'accroupissant près de lui et posant une main rassurante sur son épaule. Je vais nous sortir de cette épreuve. Il faut me donner un peu de temps, c'est tout.

Jetant un regard amer sur le jeune homme vêtu de feuillage, Saryon branla du chef sans répondre.

– Je vois, tu ne me fais pas confiance, dit Simkin d'une voix tremblotante. Après tout ce que j'ai fait pour toi... Après tout ce qu'on a été l'un pour l'autre...

Deux grosses larmes roulèrent dans sa barbe.

– Je te considérais comme un père... Mon pauvre père. Nous étions très proches, tu sais, dit-il d'une voix étranglée, jusqu'à ce que les Vigiles viennent l'arrêter.

Deux autres larmes coulèrent sur ses joues. Enfouissant son visage dans ses mains, Simkin traversa la pièce en titubant, et atterrit sur le berceau de feuillage dans un jaillissement de fleurs.

– Tu sais ce qu'ils feront à ma sœur si je ne te ramène pas avec moi ! sanglota-t-il. Oh, c'en est trop ! Vraiment trop !

Saryon le regarda, totalement désemparé. Finalement, le catalyste se releva et, s'approchant du jeune homme en pleurs, lui tapota gauchement l'épaule.

– Allons, dit-il avec embarras, je ne voulais pas te blesser. Je suis affolé, c'est tout.

Pas de réaction.

– Peux-tu me blâmer ? demanda Saryon avec émotion. D'abord, tu nous emmènes dans une forêt enchantée...

– C'était un accident, dit une voix étouffée sortant des fleurs.

– Puis le cercle de champignons...

– L'erreur est humaine.

– Et enfin, te voilà vêtu comme *elles* !

– Simple politesse...

– La Reine t'appelle par ton nom, tu parles leur langue. Tu plaisantes même avec elle, par l'Etern ! conclut Saryon, exaspéré, perdant enfin patience et commettant le péché impardonnable d'invoquer en vain le nom de l'Etern. Qu'est-ce que je dois penser, d'après toi ?

S'asseyant, Simkin fixa sur lui des yeux rougis par les larmes.

– Tu pourrais m'accorder le bénéfice du doute, dit-il en reniflant. Je peux tout expliquer. Seulement... enfin... nous n'avons guère le temps maintenant, ajouta-t-il vivement en essuyant ses larmes. Tu n'as pas un peigne ?

Considérant le crâne chauve de Saryon, il soupira.

– Question stupide. Il faudra que je m'en passe, je suppose, bien que j'aie une tête à faire peur.

Otant des brindilles dans ses cheveux et dans sa barbe, Simkin se mit à se peigner avec un rameau fourchu cueilli dans la verdure.

– Tu ferais bien de te préparer, toi aussi, déclara-t-il en regardant Saryon. Tu ne pourrais pas trouver quelque chose de mieux que cette affreuse robe ? J'ai une idée. Ouvre-moi un conduit, et je t'équipe en un clin d'œil. En feuilles... d'érable. Ce devrait être parfait. Pas ostentatoire le moins du monde. Avec un rameau de pin à l'endroit stratégique. Parfait. Les aiguilles de pin grattent un peu au début, mais tu t'habitueras. Allons ! Après tout, c'est toi qui te maries !

– Non ! s'écria Saryon, bondissant sur ses pieds et arpentant fiévreusement la pièce scellée.

– Bien sûr que non, dit Simkin avec un rire léger qui se brisa bientôt.

S'éclaircissant la gorge, il regarda avec espoir le catalyste livide.

– Je veux dire, ce ne serait pas impensable, non ? Elspeth est plutôt charmante, ne trouves-tu pas ? C'est une forte personnalité, sans parler de...

Saryon lui lança un regard mauvais.

– Oui, tu as raison. Impensable, dit fermement Simkin. C'est pourquoi j'ai un plan. Tout est prévu. Ma sœur... tu sais... ajouta-t-il à voix basse. Sa vie est en jeu. Je crois t'avoir dit qu'ils la retiennent captive...

– Qu'est-ce qu'on va faire ? demanda Saryon avec lassitude, interrompant Simkin au milieu de la tragédie.

– Tu attendras mon signal, dit Simkin, se levant et disposant les feuilles de son vêtement avec élégance. Ah, les voilà. Elles viennent pour escorter le marié jusqu'à sa rougissante fiancée.

– Qu'est-ce que ce sera, le signal ? chuchota Saryon tandis que la paroi commençait à se dissoudre.

Dehors, il vit des torches entourées de milliers de lumières clignotantes et dansantes, et il entendit des centaines de voix stridentes, graves, douces et fortes interprétant un air mystérieux et enchanteur. A l'autre bout de la vaste caverne dont les parois disparaissaient sous les fleurs, il distingua à peine la silhouette d'Elspeth, assise sur un trône fait d'un chêne vivant, ses cheveux d'or scintillant aux lumières.

Saryon déglutit avec effort.

– Le signal ? répéta-t-il d'une voix rauque.

– Tu le reconnaîtras, l'assura Simkin.

Prenant le catalyste par le bras, il le conduisit devant la Reine des Fées.

– Encore un peu de vin, mon amour ?

– Non, mer... merci, bredouilla Saryon, posant la main sur son verre.

Trop tard. D'un mot, Elspeth fit remplir sa coupe, qui déborda bientôt du doux liquide couleur de sang. Faisant la grimace, Saryon retira sa main qu'il essuya subrepticement à sa robe.

– Encore un gâteau au miel ?

– Non, je n'ai...

Plusieurs apparurent devant lui.

– Encore des fruits, de la viande, du pain ?

En quelques secondes, les mets s'amoncelèrent dans

son assiette, leurs arômes appétissants se mêlant aux autres odeurs – fumée des torches, fumet des viandes et, près de lui, le parfum d'Elspeth, lourd, musqué, plus enivrant que le vin.

– Tu n'as rien mangé ! lui dit-elle, se penchant si près qu'il sentit ses cheveux d'or lui effleurer la joue.

– Vraiment, je... je n'ai pas faim, dit Saryon d'une voix mourante.

– Je suppose que tu es nerveux, dit Elspeth, ses lèvres se retroussant en un doux sourire, ses yeux l'invitant à se rapprocher encore. Est-ce vrai que tu n'as jamais couché avec une femme ?

Saryon devint plus rouge que son vin, et lança un regard irrité à Simkin, assis près de lui.

– Il fallait bien que je leur dise *quelque chose*, mon ami, dit Simkin, la bouche en coin en vidant son gobelet. Elles n'arrivaient pas à comprendre pourquoi tu as fait tant d'histoires quand leur Reine a annoncé que tu engendrerais son enfant. Tous ces grands gestes et ces hurlements ! Tu as de la chance qu'elles t'aient juste enfermé dans cette caverne pour te calmer. Quand je leur ai eu expliqué...

– Ne t'occupe pas de cet imbécile ! Occupe-toi plutôt de moi, mon amour, dit Elspeth d'une voix douce, saisissant la robe de Saryon pour l'attirer à elle. Ses manières étaient folâtres, sa voix douce et sensuelle, mais ses paroles glacèrent Saryon.

– Je serai très gentille avec toi, mon bien-aimé, mais n'oublie pas que tu es *mien* ! J'exige ton attention totale. A tout moment, de jour comme de nuit, tu ne dois penser qu'à moi. Toutes tes paroles doivent m'être consacrées.

Lui prenant la main, elle la posa contre sa joue, douce comme un pétale de rose.

– Maintenant, mon bien-aimé, puisque tu ne veux pas manger et puisqu'il est trop tôt pour rejoindre la couche nuptiale...

– C'est... c'est quand ? demanda Saryon, rougissant.

– Au lever de la lune, dit Simkin, regardant le vin monter dans son verre d'un œil approbateur.

Elspeth lui lança un regard furieux, mais à cet instant,

des clameurs éclatèrent de l'autre côté de la Reine des Fées, la distrayant un moment. Profitant de l'occasion, Saryon saisit Simkin par l'épaule.

– Le lever de la lune ! C'est dans moins d'une heure !

– Oui, dit Simkin, contemplant son vin.

– Il faut sortir d'ici ! murmura nerveusement Saryon.

– Bientôt, chuchota Simkin.

Saryon n'osa pas continuer car la querelle, plaisanterie, ou autre, se calmait. S'efforçant de garder son sang-froid, tout en ayant l'impression qu'il allait se mettre à hurler ou bondir sur la table, Saryon décida qu'une gorgée de vin lui ferait du bien.

Portant sa coupe à ses lèvres en s'efforçant de ne pas trembler, Saryon promena autour de lui un regard de somnambule. Il avait déjà assisté à des divertissements à la cour. Il avait déjà assisté à ce qu'il considérait comme des ébats déchaînés à la cour – au carnaval, par exemple, ou chacun est censé jeter son bonnet par-dessus les moulins. Mais, regardant les folies débridées autour de lui, ses sens furent si confondus qu'il ne put les comprendre complètement, et ne les perçut que par taches de couleurs, explosions de bruits, éclairs de lumière.

Toutes les activités imaginables avaient lieu autour de lui, de la bataille rangée au milieu de la table à la fornication sans vergogne en public. Des ours dansaient dans les airs, des acrobates jonglaient avec des torches enflammées, des enfants chantaient des chansons gaillardes, éclaboussant de nourriture les murs, le sol et le plafond. Regardant ici, il était horrifié ; regardant là, il était embarrassé ; regardant ailleurs, il avait la nausée.

– Penses-tu à moi ? murmura une voix douce à son oreille.

Le catalyste sursauta.

– Bien sûr, répondit-il vivement, se tournant vers Elspeth qui sourit et, passant la main dans sa manche, lui caressa doucement le bras. Et, en la regardant, quelque chose le frappa. Au milieu du chaos qui l'entourait, elle était elle-même un havre de paix et de repos. Il se sentit attiré vers elle pour échapper à toutes ces folies.

– Et maintenant, dit-elle avec une moue mutine, tu

vas me dire pourquoi tu n'as jamais couché près d'une femme. Tu aimes ma caresse. Je le sens, ajouta-t-elle, sentant les muscles de Saryon se contracter involontairement.

– Ce... ce n'est pas... la coutume... de mon peuple, bredouilla Saryon, s'humectant les lèvres et dégageant son bras pour prendre sa coupe. Ces... accouplements... sont bons pour les animaux, mais pas pour les civilisés... hommes et... euh... femmes.

– On m'a déjà parlé de cette coutume, mais je n'y avais pas cru, dit Elspeth, ses yeux d'argent étonnés et rieurs.

Elle haussa les épaules, ses seins de lait couverts de muguet palpitant au rythme de sa respiration.

– Comment faites-vous donc pour avoir des enfants ?

– Quand l'Etern fit connaître Sa volonté à ce sujet, dit Saryon d'une voix mal assurée, il accorda les connaissances nécessaires à ce rite aux catalystes, et aux *Theldari*, les chamans versés en ces techniques. La création d'une vie, après tout, est un présent sacré, qui ne doit être approché que dans l'état d'esprit le plus... le plus révérenciel.

Oh, comme ces paroles sonnaient stupidement si près de son doux corps.

– Discours ma... ma... magnifique, bégaya Simkin, faisant de nouveau remplir son verre. Tu feras un père merveilleux. Comme le mien !

Ses nerfs le lâchant, il posa la tête sur le bras de Saryon et se mit à pleurer.

– Simkin ! siffla Saryon, conscient du regard étincelant d'Elspeth fixé sur eux. Arrête ! Redresse-toi !

Simkin se redressa, mais pour jeter un bras autour du cou du catalyste, l'entraînant dans son effondrement et lui cognant la tête contre la table.

– Que fais-tu ? demanda Saryon, essayant de se libérer et presque asphyxié par les vapeurs de vin s'échappant de la bouche de Simkin.

– Ch'est... le chignal, murmura bruyamment Simkin, lui jetant l'autre bras autour du cou et le regardant avec un sourire aviné. Ch'est l'bobent – il rota – de filer.

– Quoi ? fit Saryon, essayant de briser l'emprise de Simkin.

Mais chaque fois qu'il détachait une main du jeune homme, l'autre s'agrippait de nouveau à lui. Simkin était pendu à son cou, puis – tombant en avant – pendu à sa taille, puis – lui posant la tête sur la poitrine – à ses épaules.

– Filer, murmura Simkin, fronçant solennellement les sourcils. Maintenant.

– Comment ? marmonna Saryon, vaguement conscient des chants résonnant dans le fond de la salle. A sa consternation, il vit quelques rayons de lune filtrer jusqu'à la table par les fissures du plafond. Elspeth se levait, son beau visage aussi pâle et froid que la lumière qui l'éclairait.

– Dis-leur... dis-leur... que je chuis... balade, dit Simkin, avec un nouveau rot. Baladie horrible. La peste.

Simkin fit soudain une embardée, entraînant Saryon par terre. Les fées acclamèrent en riant. Elspeth criait quelque chose. Complètement emmêlé dans Simkin, sa robe et la chaise, Saryon gisait à plat dos par terre, Simkin sur lui, tandis que des pieds de toutes formes et dimensions dansaient et voletaient autour de lui.

Relevant la tête précédemment posée sur la poitrine de Saryon, Simkin le regarda, les yeux ronds, solennels et vitreux.

– Tu gomprends... dit-il, lui soufflant une haleine avinée au visage, les fées de s'endivrent jabais. C'est phy... physiquebent im-possiple. Elles croient que che chuis balade. Filer. Gompris ?

Saryon regarda le jeune homme avec espoir.

– Alors, tu fais seulement semblant d'être saoul ?

– Oh non ! dit solennellement Simkin. Che fais jabais les choses à boitié. Aide-boi à be bettre sur bes pieds... bes quatre pieds.

A cet instant, plusieurs fées de sexe mâle arrachèrent Simkin à Saryon. Plusieurs autres aidèrent le catalyste à se relever, lequel leur opposant toute la force passive qu'il pouvait, cherchait à gagner du temps, réfléchissant à ce qu'il pouvait dire et faire, et se demandant s'il ne pourrait pas partir tout seul.

Cependant, Simkin était maintenu à la verticale par les forces combinées de quatre fées mâles, dont deux lui tenaient les pieds, et deux, volant au-dessus de sa tête, l'agrippaient fermement par les cheveux. Devant les yeux vitreux, le sourire béat et les jambes flageolantes du jeune homme, Saryon fut soudain envahi par le calme du désespoir. Partir sans Simkin ? Impossible. Saryon ne savait absolument pas où il se trouvait, et, d'après le peu qu'il avait vu, il supposait que le Royaume des Fées était un vaste dédale de cavernes et de tunnels tortueux. Tout seul, il s'y perdrait. De plus, s'il parvenait à retourner à l'extérieur, sa vie ne vaudrait pas cher en ces lieux sauvages.

Rester ici... avec Elspeth... Il deviendrait fou. Mais quelle douce folie...

Saryon soupira et se tourna vers la Reine des Fées.

– Fais venir un Guérisseur, commanda-t-il de son ton le plus sévère.

– Quoi ?

Elle parut étonnée et, levant la main, fit taire instantanément le vacarme. La vaste caverne fut soudain plongée dans l'obscurité, à part la faible lueur émanant de ses cheveux d'or.

– Un Guérisseur ? Nous n'en avons pas.

– Pas de Guérisseur ? fit Saryon, choqué. Pas même un *Mannanish* ?

– Pour quoi faire ? répondit Elspeth avec dédain. Pourquoi crois-tu que nous évitons la contamination humai...

S'interrompant, elle étrécit les yeux et fixa sur Saryon un regard pénétrant.

– Jusqu'aujourd'hui, dit sombrement Saryon, montrant Simkin dont l'état se détériorait à vue d'œil.

Son visage avait viré au verdâtre sous sa barbe, ses yeux roulaient dans leurs orbites. Les fées qui soutenaient le chancelant jeune homme regardèrent leur Reine, alarmés.

– Tenez proposa Saryon, prenant fermement par la taille le corps flasque de Simkin. Je vais le ramener dans sa chambre...

– Je m'occupe de lui, dit Elspeth avec calme. Immédiatement !

Le cœur de Saryon lui sauta dans la gorge en la voyant s'apprêter à lancer un sort qui aurait sans doute expédié Simkin au fond de la rivière.

– Non, attends ! s'écria le catalyste, se cramponnant à Simkin, qui souriait toujours béatement, oscillant sur ses jambes en fredonnant une chansonnette. Non, il ne faut pas le renvoyer. Il faut d'abord savoir ce qu'il a ! Savoir si... si c'est contagieux, termina-t-il, pris d'une inspiration subite.

– C'est fatal, dit Simkin d'un ton funèbre, vomissant illico par terre.

Les fées qui le tenaient glapirent et jacassèrent de peur et de colère et, reculant, dégagèrent un grand cercle autour du catalyste et de son guide.

– Les humains sont-ils sujets à ces faiblesses ? demanda Elspeth, fronçant les sourcils.

– Oui, oh oui ! renchérit vivement Saryon, voyant un rayon d'espoir se glisser parmi les rayons de lune. Ça m'arrive tout le temps !

Elspeth le regarda en souriant.

– Alors il est heureux que le sang de notre enfant soit mêlé au mien. Avec le temps, peut-être pourrons-nous éliminer cette caractéristique humaine. Ramène-le donc dans sa chambre. Vous quatre, ajouta-t-elle à l'adresse des quatre plus grands mâles, accompagnez-les. Quand Simkin sera couché, amenez mon bien-aimé dans mon lit.

S'approchant de lui, elle effleura de ses lèvres la joue de Saryon. Ses formes douces et tièdes se pressèrent un instant contre lui, et un instant, il fut aussi faible que Simkin. Puis elle disparut, entourée du halo d'or de ses cheveux.

– Que les réjouissances continuent ! cria-t-elle, et l'obscurité s'anima.

Saryon se retourna au comble du désespoir et, moitié poussant, moitié traînant, entrepris de faire avancer Simkin dans le tunnel, suivi de quatre gardes dansants.

– Eh bien, tu as fait ce que tu as pu, chuchota Saryon en soupirant. Mais ça n'a pas marché.

– Non ? fit Simkin, regardant autour de lui avec étonnement. Ils nous ont rattrapés ? Pourtant, je ne me souviens pas d'avoir couru !

– Couru ! dit Saryon, perplexe. Qu'est-ce que ça veut dire, couru ? Je croyais qu'on essayait de les convaincre de nous libérer parce que tu étais malade ?

– Oui, ch'est une ponne idée ! dit Simkin, regardant Saryon, les yeux humides d'admiration. Echayons.

– J'ai essayé, dit Saryon d'une voix tendue, les muscles des bras et du dos crispés par l'effort, les mains piquées par les feuillages qui revêtaient Simkin.

Les odeurs de forêt, de vin et de vomi commençaient à lui donner mal au cœur

– Ça n'a pas marché.

– Oh, fit Simkin, très abattu.

Mais il retrouva immédiatement le moral.

– Che subbose... qu'on fa être... opligés de filer.

– Chut ! l'avertit Saryon, avec un regard en arrière sur les gardes. C'est stupide. Tu n'arrives pas à marcher, et encore moins à courir.

– Tu ouplies, dit Simkin d'un air hautain, que che suis un hapile bagicien. De la classe des *Albanara*. Ouvre un con... conduit pour moi, Catalyste et che... che barcherai sur les ailes de l'air.

– Tu connais vraiment le chemin de la sortie ? demanda Saryon, sceptique.

– Pien sûr.

– Comment te sens-tu ?

– Bien mieux... depuis que j'ai vomi.

– Très bien, marmonna nerveusement Saryon, jetant un coup d'œil sur les gardes qui ne leur prêtaient pas la moindre attention. Par où ?

Simkin regarda autour de lui, faisant pivoter sa tête comme une chouette.

– Par là, dit-il, montrant un sombre couloir désert partant sur leur droite.

Regardant en arrière, Saryon vit les quatre gardes à la traîne, jetant des regards d'envie sur les réjouissances dont ils s'éloignaient.

– Maintenant ! s'écria Simkin.

Saryon se mit à marmonner une prière à l'Etern. Se rappelant qu'il était livré à lui-même, il ouvrit un conduit pour absorber la magie environnante, faisant rapidement les calculs nécessaires pour donner de la Vie au jeune homme, mais pas au point de s'épuiser lui-même. Plein de la magie qu'il ne pouvait pas utiliser, il dirigea le conduit sur Simkin et la sentit couler de lui dans le jeune magicien.

Débordant d'énergie magique, Simkin s'envola avec la grâce d'un rustre pris de boisson.

Le voyant démarrer sans dommages, Saryon partit en courant, sa nervosité et sa peur, jusque-là réprimées, lui donnant des ailes dans sa course. Il entendit les gardes pousser des cris, mais il n'osa pas se retourner. Il avait assez de mal à rester debout sans ça. Ici et là, une torche crachotait au mur, mais le couloir était sombre, le sol jonché de pierres et de gravats. Il ne savait absolument pas où ils allaient. Des couloirs partaient dans toutes les directions, mais Simkin les dépassait sans s'arrêter, ses feuilles bruissant autour de lui comme celles d'un arbre par grand vent.

Derrière lui, les cris devinrent plus forts, se répercutant sur les parois de façon alarmante. Saryon crut distinguer la voix furieuse d'Elspeth dominant les autres dans l'aigu. Les torches s'éteignirent, les plongeant dans un noir si total que Saryon perdit instantanément tout sens de l'orientation, ne sachant plus s'il avançait, reculait ou tombait.

– Aïe ! Zut !

– Simkin ? s'écria Saryon, paniqué, n'osant faire un pas de plus dans le noir malgré les cris d'exultation des gardes qui se rapprochaient.

– Encore de la Vie, Catalyste ! lui cria Simkin.

Haletant, le cœur sautant dans sa poitrine, Saryon rouvrit un conduit. Immédiatement, le tunnel s'éclaira d'une faible lueur qui partait des mains de Simkin. Le jeune homme planait au-dessus de lui en se frictionnant le nez.

– Je suis entré dans un mur, dit-il, penaud.

Jetant un coup d'œil en arrière, Saryon vit des lumières avancer par bonds et par sauts, gagnant rapidement sur eux.

– En avant ! haleta-t-il en s'élançant, pour reculer aussitôt en poussant un cri.

Une énorme araignée noire, presque aussi large que le couloir, était suspendue dans une immense toile qui leur barrait la route. La vision soudaine d'une collision dans l'obscurité avec la toile, de pattes poilues sur sa peau, de venin paralysant pénétrant dans son sang, vida tellement Saryon de ses forces qu'il avait du mal à se tenir debout.

S'adossant à la paroi pour ne pas tomber, il fixa le monstre qui dardait sur eux des yeux rouges et féroces.

– C'est fini ! dit-il doucement. Il n'y a rien à faire !

– Sot... tise ! remarqua Simkin.

Volant au-dessus de Saryon, il l'attrapa par le bras et l'entraîna dans le tunnel, droit sur l'araignée.

– Tu es fou ? haleta Saryon.

– Viens ! insista Simkin.

Traînant après lui le catalyste terrifié, il bondit sur l'araignée.

Hystérique, Saryon chercha à se dégager, mais le jeune homme, maintenant plein d'énergie magique, était trop fort pour lui. Les yeux de l'araignée luisaient, plus grands que des soleils jumeaux, ses pattes poilues se tendirent vers eux, la toile s'enroula autour d'eux, le suffoquant...

Saryon ferma les yeux.

– Allons, mon ami, je ne peux pas te traîner éternellement, fit une voix contrariée.

Ouvrant les yeux, Saryon vit, à sa stupéfaction... rien. Le couloir sombre s'étendait devant eux, désert à part Simkin qui planait près de lui.

– Quoi ? L'araignée... dit Saryon, regardant autour de lui, hagard.

– Illusion, dit Simkin avec dédain. J'étais... raisonnablement certain... qu'elle n'était pas réelle. Elspeth est forte... mais pas à ce point. Créer une vraie araignée en un clin d'œil ? Hah !

Il ricana.

– Bien sûr, ajouta-t-il, dilatant les yeux car frappé d'une idée soudaine. Il y avait toujours la possibilité... d'une véritable araignée... postée pour garder le tunnel. Je n'y ai pas pensé une seconde. Par le sang de l'Etern, on serait tombés en plein dans la toile !

Devant l'air horrifié de Saryon, le jeune magicien haussa les épaules et le prit par le bras.

– Ça aurait pu être délicat pour nous, n'est-ce pas, mon ami ?

Trop épuisé pour répondre, Saryon prit une inspiration tremblante et tenta de chasser la terreur de son esprit. Les hurlements résonnant derrière lui l'y aidèrent considérablement.

– C'est encore loin ? parvint-il à demander, trébuchant de l'avant.

– Après... le tournant, dit Simkin, tendant le bras. Je crois...

Regardant le catalyste qui titubait par terre au-dessous de lui, le jeune homme demanda :

– Tu vas pouvoir y arriver ?

Ses jambes avaient perdu toute sensation depuis longtemps et lui paraissaient deux poids morts à traîner, mais Saryon hocha sombrement la tête. Regardant derrière lui une fois de plus, il vit des lumières dansantes, ou peut-être n'étaient-ce que des rémanences lumineuses sur sa rétine. Il ne savait pas, et, pour l'heure, il ne s'en souciait pas.

– Ils gagnent sur nous ! croassa-t-il, sa voix s'étranglant dans sa gorge quand un violent élancement lui déchira le flanc.

– Je vais les arrêter ! dit Simkin.

Pivotant en l'air, il leva la main. Des éclairs surgirent de ses doigts, explosèrent au plafond du tunnel, et aussitôt des blocs de rocher tombèrent dans un bruit de tonnerre accompagnés d'une odeur suffocante de souffre.

Aveuglé, assourdi, et en danger d'être assommé par le plafond qui s'effondrait, Saryon se traîna de l'avant, aidé par Simkin.

– Cela devrait les occuper un moment, marmonna le jeune homme avec satisfaction tandis qu'ils reprenaient leur course dans le couloir.

Le catalyste ne conserva aucun souvenir de ce qu'il fit après ça. Il courait, trébuchait et tombait, avec la vague impression que Simkin le relevait, et il se remettait à courir. Il se rappelait vaguement avoir supplié Simkin de le laisser là pour mourir, et mettre fin à la douleur qui lui déchirait le côté. Il entendit des cris derrière lui, puis les cris se turent et il voulut s'arrêter, mais Simkin ne le laissa pas faire, et les cris reprirent et enfin... la lumière du soleil.

La lumière du soleil. Seule chose capable de pénétrer la nuit de la peur et de la souffrance qui se refermait sur Saryon. Ils avaient réussi ! De l'air frais lui caressa le visage, lui redonnant des forces. Dans une explosion finale d'énergie, venue d'une partie inconnue de lui-même, le catalyste bondit vers l'ouverture qu'il voyait briller au bout du tunnel.

Que ferait-il, une fois dehors ? Les fées les suivraient-elles dans la forêt ? Allaient-elles les poursuivre, les pourchasser, les ramener dans leurs souterrains ? Saryon ne le savait pas et il s'en moquait. S'il pouvait juste sentir le soleil sur son visage, l'herbe sous ses pieds, voir les arbres étendre leurs branches au-dessus de lui – tout irait bien. Il en était sûr.

Plein d'un sentiment de victoire et d'exultation, Saryon atteignit le bout du tunnel, surgit dans la lumière... et faillit tomber du haut d'une falaise.

Rattrapant le catalyste, Simkin le traîna en arrière jusqu'à la paroi rocheuse. Saryon tomba à genoux, trop épuisé et hébété pour comprendre ce qui s'était passé. Quand son étourdissement se dissipa et qu'il put regarder autour de lui, il vit que Simkin et lui étaient perchés sur une étroite corniche de dix pieds de large, surplombant un à-pic de cent pieds ou plus, se terminant dans la gorge boisée d'un torrent.

Tous les muscles douloureux, son espoir anéanti aussi sûrement que s'il était tombé du haut de la falaise et s'était écrasé en bas, Saryon ne put que regarder Simkin, trop épuisé pour parler.

– C'est plutôt inattendu, avoua le jeune homme, se caressant la barbe en regardant au fond de la gorge. Je sais ! s'écria-t-il soudain. Bon sang ! J'aurais dû tourner à droite au lieu d'à gauche au second embranchement. Je fais toujours la même erreur !

Saryon ferma les yeux.

– Va, et sauve-toi, dit-il. Tu as assez de Vie pour flotter jusqu'en bas sur les courant atmosphériques.

– Et te laisser en arrière ? Non, non, mon ami, dit Simkin planant jusqu'au catalyste et atterrissant devant lui, oscillant légèrement sous les effets résiduels de son ébriété. Il n'est pas question de t'aban... donner. Je te considère... comme un père...

– Tu ne vas pas te remettre à pleurer ! dit sèchement Saryon.

– Non, désolé.

Il refoula ses sanglots et s'essuya le nez.

– Nous ne sommes pas encore perdus s'il te reste un peu de Vie, dit-il, lorgnant le catalyste avec espoir.

– Je ne sais pas, dit Saryon, branlant du chef, pas même certain d'avoir encore la force de respirer.

– C'est que j'ai un talent spécial, dit Simkin d'un ton persuasif. Je peux me métamorphoser en objets inanimés.

Saryon le regarda sans comprendre.

– C'est idiot, dit-il enfin. Je connais les calculs nécessaires. Il faudrait six catalystes aux mieux de leur forme pour te donner assez de Vie...

Il entendit alors des cris derrière lui, mêlés aux rires gaillards des gardes réalisant que leurs proies étaient prises au piège.

– Non, dit Simkin d'un ton pressant. Je t'ai dit que c'est un talent spécial. Je peux m'en servir avec mes seules forces généralement. Mais pour le moment, je suis un peu ramolli et affaibli par le vin. Alors, si tu pouvais m'aider...

– Je ne...

– Vite, mon ami ! s'écria Simkin, le prenant par la main et le mettant debout d'une secousse.

Trop épuisé pour discuter, et maintenant indifférent à tout, Saryon ouvrit le conduit et donna le reste de son énergie. La magie s'écoula de lui comme le sang d'une veine sectionnée, le laissant vide, à sec. Il n'avait plus rien à donner, n'ayant plus la force de tirer de l'énergie du monde qui l'entourait. Les cris devenaient de plus en pus forts. Ils seraient bientôt là. Je devrais peut-être sauter, pensa-t-il, contemplant le précipice d'un air rêveur.

Il s'imagina tombant de la falaise, le sol montant vers lui, son corps s'écrasant sur les rocs...

L'estomac noué, Saryon recula précipitamment... et se cogna en plein dans un arbre. Pivotant sur lui-même, il regarda l'arbre, stupéfait. Il n'était pas là tout à l'heure. La corniche était nue...

– Monte ! Vite ! dit l'arbre d'une voix étouffée.

Hébété d'étonnement, Saryon toucha l'écorce du tronc d'une main tremblante.

– Simkin ?

– Pas de temps à perdre ! Cache-toi dans mes branches ! Vite !

Trop fatigué pour réfléchir clairement, et même pour s'émerveiller de cet étrange événement, Saryon retroussa sa robe jusqu'à la taille et, attrapant une branche basse, se hissa dans l'arbre dressé juste au bord de la corniche.

– Plus haut ! Il faut monter plus haut !

Cramponné au tronc, Saryon parvint à ramper un peu plus loin, puis il s'arrêta, la joue pressée contre la branche.

– Je ne... peux pas... aller... plus loin, dit-il d'une voix brisée.

– Bon, ça va, dit l'arbre avec irritation. Tiens-toi tranquille. Dieu merci, tu es en vert.

– Ça ne les trompera pas, pensa Saryon, entendant les voix résonner dans la caverne. Ils n'auront qu'à lever les yeux ou voler jusque-là...

Une bourrasque de vent frappa l'arbre, et, au-dessous de Saryon, une branche cassa avec un craquement sec. Saisissant une autre branche et se hissant plus haut, le catalyste suivit des yeux la chute de la branche, et ses derniers espoirs s'envolèrent. Noire et sèche jusqu'au cœur, la branche était morte, comme il allait être mort sous peu. Nouvelle rafale, nouvelle branche tombant dans l'abîme. Sous lui, Saryon sentait le tronc frémir et trembler. Il y eut un craquement, un bruit de cassure, puis de déchirure. Finalement, dans une dernière convulsion terrifiante, l'arbre bascula dans le précipice.

Cramponné à l'écorce et au feuillage de Simkin, Saryon l'entendit murmurer en tombant.

– Frappe-moi à mort ! Je suis pourri !

Chapitre 6

LA CONGRÉGATION DE LA ROUE

– Ainsi, c'est là le catalyste.

– Oui, mon ami. Pas très impressionnant, n'est-ce pas ? Quand même, il doit avoir plus de valeur que je n'ai pu en discerner pendant notre petite randonnée. C'est lui qu'on a envoyé te chercher, Joram.

– Envoyé ? Et qui l'a envoyé ?

– L'Evêque Vanya.

– Oh, et le catalyste te l'a dit, Simkin ?

– Naturellement, Mosiah. Le pauvre vieux me fait toutes ses confidences. Il me considère comme le fils qu'il n'a jamais eu. Non que j'aie confiance en lui. Après tout, il *est* catalyste. Mais j'ai entendu la même chose de la bouche de l'Evêque Vanya – sur Joram, je veux dire. Pas sur le fait qu'il me considère comme un fils.

– Et l'Empereur nous envoie ses amitiés, je suppose.

– Je suis sûr que je ne vois pas pourquoi il vous les enverrait. Pas à vous, paysans. Allez, riez. Je n'ai qu'à attendre le jour qui verra ma justification. Ce Saryon est à ta poursuite, Joram-le-Taciturne.

– Il n'a pas l'air en forme. Qu'est-ce que tu lui as fait, Simkin ?

– Rien. Sur mon honneur. Est-ce ma faute, Mosiah, si nous vivons dans un monde dur et cruel ? Un monde dans lequel j'ose affirmer que notre catalyste ne s'aventurera pas seul de sitôt.

Saryon s'éveilla dans un éternuement.

Il avait la tête embrouillée, douloureuse, et la gorge à vif. Secoué d'une quinte de toux, le catalyste se recroquevilla dans sa robe, effrayé d'ouvrir les yeux. Il était dans un lit, mais où ? Dans mon lit, dans ma cellule de la Source, se dit-il. Quand j'ouvrirai les yeux, c'est ce que je verrai. Tout ça n'était qu'un mauvais rêve.

Enveloppé dans ses couvertures, il passa quelques minutes agréables à feindre d'y croire. Il alla jusqu'à visualiser tous ses vieux objets familiers, ses livres, les tapisseries rapportées de Merilon ; tout serait là, comme lui-même.

Puis il entendit quelqu'un remuer dans la pièce. Il ouvrit les yeux en soupirant.

Il était dans une petite chambre, telle qu'il n'en avait jamais vu auparavant. Le pâle soleil entrant par la vitre fêlée éclairait une scène que le catalyste aurait pu attribuer à l'Outre-Monde. Les murs n'étaient pas façonnés à partir de la pierre ou du bois, mais faits de rectangles parfaits empilés les uns sur les autres, d'une apparence totalement artificielle, et, à leur vue, il frissonna. En fait, tout avait l'air artificiel dans la pièce. Au centre, la table n'était pas amoureusement façonnée dans un unique billot de bois, mais était faite de plusieurs morceaux brutalement enfoncés les uns dans les autres. Plusieurs chaises, assemblées de la même façon, avaient l'air difformes et monstrueuses. Si Saryon avait vu entrer un être humain au corps formé de morceaux de cadavres, il n'aurait pas été plus atterré. Il entendait presque le bois hurler à l'agonie.

Mais le bruit se reproduisit. Saryon scruta les ombres de la petite chambre.

– Hello ? croassa-t-il.

Pas de réponse. Perplexe, il se rallongea. Il aurait juré qu'il avait entendu des voix. Mais c'était peut-être un rêve ? Il avait fait tant de rêves, ces derniers temps, des rêves terribles. Les fées, la plus belle femme du monde, l'arbre effrayant...

Sur un nouvel éternuement, il s'assit dans son lit, et chercha à tâtons quelque chose pour se moucher.

– Dis-moi, ô Père meurtri et courbatu, cela te suffira-t-il ?

Un carré de soie orange se matérialisa dans l'air et tomba doucement sur la couverture près de sa main. Le catalyste la retira vivement, comme s'il avait vu un serpent.

– Ce n'est que moi. En chair et en os, si l'on peut dire.

Tournant les yeux vers la voix, Saryon vit Simkin debout à la tête de son lit. Du moins supposa-t-il que c'était le jeune homme qui l'avait « sauvé » dans le Nullepart. Disparue la tenue marron de garde forestier, et disparus les feuillages des fées. Une veste de brocart d'un bleu étonnant, portée sur un gilet bleu clair, surmontait une blouse de soie d'un rouge plus vif que le pâle soleil. Les culottes vertes très moulantes étaient retenues aux genoux par des boucles serties de gemmes rouges, les jambes étaient gainées de bas de soie rouges, et des bouillonnés de dentelle verte sortaient de partout – des poignets, de l'encolure, du gilet. Les cheveux bruns étaient luisants et bien peignés, la barbe soignée.

– Tu admires mon ensemble ? demanda Simkin, se lissant les cheveux. J'appelle cette couleur *Bleu Cadavre*. « Quel nom épouvantable, Simkin », m'a dit la Comtesse Dupere. « Je le sais », ai-je répondu avec émotion. « Mais c'est la première idée qui m'est passée par la tête, et comme cela arrive rarement, j'ai préféré l'adopter pour ne pas décourager les idées à l'avenir. »

Simkin s'avançait nonchalamment tout en parlant. Arrivé près du lit, il souleva le mouchoir orange avec grâce et, d'un geste plein de panache, le tendit au catalyste ahuri.

– Oui, je sais. Les culottes. Tu n'as jamais rien vu de pareil, je suppose ? C'est la dernière toquade à la cour. Ça fait fureur. Je dois dire qu'elles me plaisent. Mais elles m'irritent les jambes, quand même...

Un nouvel éternuement et une quinte de toux de Saryon l'interrompirent. Il fit un geste, une chaise approcha, et il s'y assit, de façon à faire admirer ses bas.

– Tu te sens un peu vaseux ? Tu as attrapé un mauvais rhume. Sans doute quand nous sommes tombés dans la rivière.

– Où suis-je ? croassa Saryon. Qu'est-ce que cet endroit ?

– Tu nages positivement comme une grenouille. Et quant au lieu où tu es, c'est celui où tu voulais aller, bien sûr. J'étais ton guide, après tout. Tu es parmi les Technologues, ajouta-t-il, baissant la voix. Je t'ai amené dans leur Congrégation.

– Comment y suis-je arrivé ? Qu'est-ce qui s'est passé ? Quelle rivière ?

– Tu ne te rappelles pas ? dit Simkin, l'air blessé. Après que j'ai risqué ma vie pour toi, me transformant en arbre, sautant dans le précipice en te tenant dans mes branches – euh, dans mes bras – aussi tendrement qu'une mère tient son enfant.

– C'était réel ? dit Saryon, fixant sur lui des yeux larmoyants. Ce n'était pas un cauchemar ?

– Tu me fends le cœur ! dit Simkin, l'air ulcéré. Après tout ce que j'ai fait pour toi, tu ne te rappelles rien ! Pourtant, je te considère comme un père...

Frissonnant, Saryon remonta ses couvertures jusqu'au cou, ferma les yeux, et vida son esprit de Simkin et sa veste *Bleu Cadavre,* de la chambre consternante, des voix qu'il avait entendues ou rêvées. Le jeune homme continua à jacasser, mais Saryon ne l'écoutait plus, trop nauséeux pour s'en soucier. Il faillit s'endormir, mais il éprouva une affreuse sensation de chute, et, le souffle coupé, il sursauta et rouvrit les yeux. Puis il prit conscience d'un bruit lointain, un bruit rythmique qui semblait comme sous-jacent à tous ses démons nocturnes.

– Qu'est-ce que c'est que ça ? dit-il en toussant.

– Qu'est-ce qu'est quoi ?

– Ce... ce bruit... ce tintamarre...

– C'est la forge.

La forge. L'âme de Saryon se figea en lui. Vanya avait raison. Les Sorciers de la Congrégation avaient retrouvé l'art ancien, l'art banni – l'Art noir qui avait failli causer la destruction du monde. Qui étaient ces gens, qui avaient perdu leur âme dans la pratique du Neuvième Mystère ? Ce devaient être des monstres, des démons, et il était seul parmi eux. Seul, à part Simkin. Mais qui était Simkin ? Qu'est-ce qu'était Simkin ? Si Saryon n'avait pas rêvé l'arbre et les fées, alors peut-être les voix qu'il avait entendues était-elles réelles aussi, ce qui signifiait que Simkin l'avait trahi. *On l'a envoyé te chercher, Joram.* Pas la moindre affectation dans la voix qui avait prononcé ces paroles. *Est-ce ma faute si nous vivons dans un monde dur et cruel ? Un monde dans lequel j'ose dire que notre catalyste ne s'aventurera pas seul de sitôt.* Pas de dentelle verte, pas de soie orange, pas de sourire suave. Pas de *Bleu Cadavre.* Cette voix était tranchante comme le fer.

Joram sai qui je suis et pourquoi je suis là, réalisa Saryon en frissonnant. Il me tuera. Il a déjà tué. Mais peut-être qu'ils ne le laisseront pas faire. Ils ont besoin d'un catalyste, après tout. Du moins, c'est ce qu'a dit Vanya. Et pourtant, comment me résoudre à aider ces monstres, ces Sorciers malfaisants ? Cela ne servirait-il pas leur art abominable ? Vanya ne l'avait-il pas prévu ?

Saryon s'assit dans son lit, la respiration oppressée, les idées confuses dans le froid qui enserrait sa tête. Je n'en ferai rien ! résolut-il. La première fois que je serai seul avec ce Joram, j'ouvrirai un Couloir et je rentrerai avec lui. Il est peut-être Mort, mais à nous deux nous avons assez de Vie pour que la magie soit efficace. Je rentrerai, je me débarrasserai de lui, et je laisserai Vanya faire de lui ce qu'il voudra. Puis je quitterai la Source et leurs espions, leurs mensonges et leurs pieux enseignements creux. Peut-être que je retournerai dans la maison de mon père. Elle est vide, et propriété de l'Eglise. Je m'y enfermerai avec mes livres...

Saryon se rallongea, s'agitant fiévreusement. Il avait la vague impression que Simkin était sorti, volant à travers la pièce comme quelque oiseau tropical aux couleurs criardes, mais il était trop malade et désemparé pour y avoir prêté attention.

Le catalyste sombra dans un sommeil agité. La vision d'un sorcier se leva devant lui, sortant des flammes et de la fumée d'une forge – un homme au visage convulsé par une passion mauvaise, dont les yeux rouges brûlaient d'avoir contemplé le feu jour après jour, dont la peau était couverte de la vilaine suie de son art maudit. Sous les yeux de Saryon, pétrifié, le sorcier s'approcha, une baguette de fer rougeoyant à la main.

– Du calme, mon Père. N'aie pas peur.

S'asseyant sans avoir conscience de s'asseoir, Saryon s'efforça de rejeter ses couvertures pour s'enfuir. Le vif éclat d'une flamme l'éblouit dans la pénombre. Il ne pouvait pas voir... Il ne voulait pas voir...

– Mon Père !

Une main le secoua par l'épaule.

– Mon Père, réveille-toi. Tu as rêvé dans ta fièvre.

Frissonnant, Saryon revint à lui. Il avait encore rêvé. Mais était-ce bien sûr ? Clignant des yeux, il regarda la flamme. La voix qui parlait n'était pas celle de Simkin. Elle était plus âgée, plus grave. Le sorcier...Une fois ses yeux habitués à la lumière, Saryon vit que la baguette de fer rouge était une torche, tenue par un vieillard dont le visage ridé le regardait avec bienveillance. Le contact de sa main sur son épaule était doux. Avec un soupir tremblant, Saryon retomba sur ses oreillers. Ce n'était pas un sorcier. Seulement un serviteur, peut-être. Regardant autour de lui, il vit qu'il faisait noir. La nuit était-elle tombée, se demanda-t-il vaguement, ou les ténèbres de ce lieu maléfique avaient-elles fini par expulser la lumière ?

– Là, c'est mieux, mon Père. Le garçon a dit que tu te reposais. Rallonge-toi et détends-toi. Ma femme va venir avec la Guérisseuse...

– La Guérisseuse ?

Saryon regarda le vieillard, perplexe.

– Vous avez une Guérisseuse ?

– Seulement une druidesse de la classe des *Mannanish*. Mais elle connaît bien les plantes, ayant beaucoup de connaissances qui ont été perdues dans le monde extérieur. Ces connaissances sont inutiles aux druides, je suppose, puisqu'ils ont des catalystes comme toi pour les assister dans leur travail.

Allant à l'autre bout de la chambre, le vieillard alluma du feu dans le foyer avec la torche, puis l'éteignit dans un seau d'eau.

– Peut-être qu'on n'aura plus besoin de faire appel

aux dons de la nature maintenant que tu es parmi nous, mon Père, poursuivit le vieillard.

Prenant une badine de bois, il l'alluma en en plongeant une extrémité dans le feu, et la rapporta vers la table, sans cesser de parler de la Guérisseuse et de ses talents.

De son lit, Saryon suivait les mouvements du vieillard à la lueur du feu, avec une étrange impression d'euphorie, n'écoutant qu'à moitié ce qu'il disait. Même quand il vit le vieillard utiliser l'extrémité enflammée de la baguette pour allumer le bout de plusieurs gros bâtons dressés sur de grossiers supports, cette impression de détente et de détachement persista. Il remarqua avec étonnement que le feu ne s'éteignait pas immédiatement au bout des bâtons, et ne les consumait pas. Une petite flamme continua à brûler à l'extrémité de chacun, émettant d'une douce lumière.

– La *Mannanish* est une brave femme, très dévouée à ses patients. Son art en a sauvé plus d'un au village. Mais combien d'autres aurait-elle pu sauver si ses pouvoirs magiques avaient été renforcés ? Tu ne sauras jamais combien j'ai prié l'Etern de nous envoyer un catalyste, soupira le vieillard, retournant s'asseoir en souriant à Saryon.

– Prié l'Etern ?

Saryon resta un moment interloqué, puis la vérité pénétra son esprit engourdi.

– Ah, bien sûr, tu n'en fais pas partie.

– Partie de quoi, mon Père ? demanda le vieillard, son sourire s'accusant légèrement.

– Des Sorciers, dit Saryon, montrant l'extérieur du geste. De ces Technologues. Tu es leur esclave ?

Passant la main dans l'encolure de sa longue robe grise, le vieillard en ramena un étrange pendentif suspendu au bout d'une fine chaîne d'or. Le pendentif en bois était façonné en forme de cercle évidé, traversé de neuf piques.

– Mon Père, dit le vieillard avec simplicité, son visage ridé plein de fierté, je suis Andon, leur chef.

– Attention, mon Père. Voilà. Appuie-toi sur mon bras. C'est ta première sortie. Il ne faut pas trop te fatiguer.

Marchant lentement à côté du vieillard, la main sur le bras d'Andon, Saryon cligna des yeux dans le soleil matinal, inspirant avec délice l'air frais et parfumé de cette belle fin d'été.

– Tes aventures ont dû être terrifiantes, poursuivit Andon, sortant lentement du petit jardin et s'engageant dans la rue de terre battue qui traversait le village.

Remarquant les regards curieux des villageois, Andon les salua d'un signe de tête. Beaucoup regardaient le catalyste avec une impudente curiosité, mais personne ne leur parla. Toutefois, ils semblaient porter à Andon une vénération et un respect évidents, et personne ne les agressa.

Ainsi, ce sont les Sorciers noirs, pensa Saryon. Visages convulsés par les passions mauvaises ? Non. Visages de jeunes mères allaitant leurs bébés. Yeux rouges et flamboyants ? Non. Yeux fatigués, usés par le travail. Psalmodies aux puissances des ténèbres ? Non. Rires d'enfants jouant dans la rue. La seule différence qu'il voyait entre ces gens et ceux du village de Walren, ou même entre eux et ceux de Merilon, c'est qu'ils n'utilisaient pas la magie. Forcés de conserver la Vie vu qu'ils n'avaient pas de catalystes pour la renouveler, les Sorciers foulaient le sol, marchaient dans la boue chaussés de bottes souples.

Saryon porta son regard sur un groupe d'hommes occupés à façonner une habitation. Mais ce n'étaient pas des *Pro-alban*, extrayant amoureusement la pierre de la terre et la façonnant habilement de leurs sortilèges. Ces hommes se servaient de leurs mains, empilant les uns sur les autres des blocs rectangulaires de pierre artificielle. Ces pierres elles-mêmes étaient faites par la main des hommes, du moins selon le vieillard. De l'argile pressée dans des moules et séchée au soleil. S'arrêtant un moment, Saryon les regarda avec une sombre fascination placer ces pierres en rangées nettes et bien ordonnées, les collant avec une sorte de substance adhésive qu'ils étalaient entre elles. Mais ce n'était pas le seul usage de la Technologie. En fait, partout où il posait les yeux, il était confronté aux Arts noirs.

Aucun n'était plus en évidence que le symbole même de la Congrégation que le vieillard portait autour du cou – la roue. De petites roues faisaient avancer des chariots chargés dans la rue, une immense roue volait de la Vie à la rivière, s'en servant – disait Andon – pour faire tourner d'autres roues dans une bâtisse en brique. Ces roues faisaient frotter l'une contre l'autre deux grosses pierres qui réduisaient le blé en farine. Les marques des Sorciers étaient imprimées dans la campagne elle-même.

De l'autre côté de la rivière, le catalyste voyait des yeux sinistres de cavernes faites de la main de l'homme qui semblaient le foudroyer. C'est là qu'autrefois, lui dit Andon, les Technologues arrachaient à la terre la pierre contenant le fer, à l'aide d'une substance démoniaque qui faisait exploser la roche en morceaux. Technique actuellement perdue, dit Andon avec tristesse. Maintenant, les Sorciers devaient se contenter du minerai restant de ce lointain passé.

Et, dominant tous les autres bruits, les conversations, les rires, les cris, l'éternel tintamarre de la forge, qui résonnait dans tout le village comme une énorme cloche noire.

Perversion de la Vie, hurlait le catalyste en Saryon. *Ils détruisent la magie !* Mais la partie logique de son esprit répondait : *Survie*. Et peut-être est-ce cette même partie logique de lui-même qu'il surprit à taquiner des concepts mathématiques nouveaux et merveilleux utilisant cet art. Il avait déjà remarqué que l'habitation en brique où il vivait était plus chaude et confortable que les arbres morts évidés où habitaient les Mages des Champs. Peut-être y avait-il quelque chose à faire...

Choqué de surprendre en lui de telles pensées, Saryon ramena de force son attention sur le vieillard.

– Oui, tes aventures devaient être assez terrifiantes. Capturé par des géants, combattant contre les centaures, Simkin te sauvant la vie en se transformant en arbre. J'aimerais entendre ta version un jour, si ça ne te bouleverse pas trop d'en parler. On hésite toujours à croire Simkin, ajouta-t-il avec un sourire indulgent.

– Parle-moi de Simkin, dit Saryon, heureux de changer de conversation. D'où vient-il ? Que sais-tu de lui ?

– Ce que je sais de lui ? Rien, en fait. Oh, il raconte beaucoup de choses, mais il n'y a pas grand-chose de vrai, je suppose, comme ses histoires sur le Duc Untel et la Comtesse Machin.

Jetant un coup d'œil sur le catalyste, Andon ajouta avec douceur :

– Nous ne posons pas de questions à ceux qui viennent s'établir parmi nous, mon Père. Par exemple, on pourrait se demander ce que faisait un catalyste de la Source – que tu es à l'évidence, si tu veux bien pardonner cette remarque – à essayer de traverser la rivière pour entrer tout seul dans le Nullepart.

– Tu comprends, je... bredouilla Saryon, rougissant.

Le vieillard l'interrompit.

– Non, je ne te demande rien. Et tu n'as pas besoin de me dire quoi que ce soit. C'est notre coutume ici – coutume aussi ancienne que ce village.

Andon branla du chef en soupirant, le regard soudain vieux et las.

– Ce n'est peut-être pas une très bonne coutume, murmura-t-il, tournant les yeux vers une grande bâtisse construite à l'écart des autres sur une petite éminence. Plus haute que les autres, construite des mêmes pierres rectangulaires artificielles, la maison semblait la plus neuve du village.

– Si nous avions posé des questions, nous aurions peut-être évité bien des soucis et bien des peines.

– Je ne comprends pas.

Pendant sa convalescence, Saryon avait remarqué qu'une ombre semblait peser sur ceux qui venaient le voir – Andon, sa femme, la Guérisseuse. Ils étaient nerveux, parlaient parfois à voix basse, regardant autour d'eux avec méfiance, comme s'ils craignaient qu'on les entende. Au souvenir de certaines paroles de Simkin, il avait souvent eu envie de leur demander ce qui n'allait pas. Mais il se sentait encore étranger parmi eux, et mal à l'aise dans cet étrange environnement.

– Je t'ai dit que je suis le chef du village, dit Andon, si bas que Saryon dut se pencher pour l'entendre.

Il n'y avait pas grand monde dans la rue, mais Andon semblait ne pas vouloir prendre le risque d'être entendu des rares passants.

– Ce n'est pas tout à fait vrai. Je l'étais, il y a des années. Mais maintenant, un autre nous gouverne.

Il regarda Saryon du coin de l'œil.

– Tu le rencontreras bientôt. Il a posé des questions sur toi.

– Blachloch, dit Saryon sans réfléchir.

Le vieillard s'arrêta et le regarda, stupéfait.

– Comment sais-tu...

– Simkin m'a dit... m'a parlé de lui.

Andon hocha la tête, son visage s'assombrit.

– Simkin. Oui. Alors, voilà quelqu'un – Blachloch, je veux dire – qui pourrait t'en dire plus sur le jeune homme. Simkin passe beaucoup de temps avec le sorcier. Non qu'il y ait beaucoup de chances que Blachloch réponde à toutes tes questions. C'est un vrai *Duuk-tsarith*, celui-là. Je me suis souvent demandé ce qu'il avait fait pour être exclu de cet Ordre abominable.

Il frissonna.

– Mais, dit Saryon, regardant les nombreuses maisons et boutiques bordant la rue, vous êtes nombreux et il est tout seul. Pourquoi ...

– Pourquoi nous ne le combattons pas ?

Le vieillard secoua la tête avec tristesse.

– As-tu jamais été appréhendé par les Vigiles ? As-tu jamais senti sur toi le contact de leurs mains qui drainent ta vie comme une araignée draine le sang de sa proie ? Inutile de répondre, mon Père. Si ça t'est arrivé, tu comprends. Et en ce qui nous concerne ? Oui, nous sommes nombreux, mais nous ne sommes rien. Cela, tu ne le comprends pas maintenant, mais tu le comprendras avec le temps.

Le vieillard changea brusquement de conversation.

– Mais si tu t'intéresses toujours à Simkin, tu pourras parler de lui avec les deux jeunes gens qui partagent sa maison.

Voyant qu'Andon voulait détourner la conversation de l'ancien Vigile, Saryon n'en parla plus et revint, non sans plaisir, à Simkin, disant que ça l'intéresserait de rencontrer ses deux amis.

– Ils s'appellent Joram et Mosiah, dit Andon. Tu as peut-être entendu parler de Mosiah par son père puisque tu viens de Walren...

Regardant le catalyste, il s'interrompit, soudain soucieux.

– Comme tu es pâle, mon Père. J'ai peur que cette promenade te fatigue un peu. Aimerais-tu t'asseoir ? Nous sommes près du parc.

– Oui, dit Saryon, pas fatigué le moins du monde.

Ainsi, Simkin avait dit vrai en déclarant que Joram était son ami. Et ces voix qu'il avait entendues de sa chambre quand il était malade. Joram... Mosiah... Simkin...

– Ils travaillent en ce moment – enfin, Joram et Mosiah. Pour Simkin, personne ne l'a jamais vu lever le petit doigt, dit Andon, aidant Saryon à s'asseoir sur un banc dans l'ombre fraîche d'un grand chêne. Te sens-tu mieux, mon Père ? Je peux envoyer chercher la Guérisseuse...

– Non, merci, murmura Saryon. Tu as raison. J'ai entendu parler de Mosiah. De Joram aussi, bien sûr, ajouta-t-il à voix basse.

– C'est un jeune homme pas ordinaire, dit Andon. Et puisque tu viens de Walren, je suppose que tu as entendu parler du meurtre du surveillant ?

Saryon hocha la tête, effrayé de parler, effrayé d'en dire trop.

Le vieillard soupira.

– Nous le savions aussi, bien sûr. Les nouvelles voyagent vite. Certains parmi nous l'ont considéré comme un héros. D'autres ont pensé qu'il pourrait être un outil utile.

Andon jeta un regard noir sur la grande maison en haut de la colline.

– C'est d'ailleurs pour ça qu'on l'a amené ici.

– Et toi ? demanda Saryon, qui avait acquis un profond respect pour cet homme doux et sage. Que penses-tu de Joram ?

– Je le crains, avoua Andon en souriant. Cela peut te paraître étrange, mon Père de la part d'un praticien des Arts noirs. Oui, poursuivit-il, tapotant la main de Saryon, je sais ce que tu penses. Je vois l'horreur et la révulsion sur ton visage.

– C'est... c'est juste difficile à accepter pour moi... bredouilla Saryon en rougissant..

– Je comprends. Tu n'es pas le seul. Beaucoup de ceux qui viennent à nous pensent comme toi. Mosiah, par exemple, trouve toujours difficile de vivre parmi nous et d'accepter notre mode de vie, je crois.

– Mais Joram, dit Saryon avec hésitation, craignant que son intérêt n'éveille les soupçons. As-tu raison ? Doit-on le craindre ?

Le catalyste, glacé jusqu'au sang, attendit anxieusement la réponse. Mais quand elle vint, ce n'était pas ce qu'il attendait.

– Je ne sais pas, dit doucement Andon. Il vit parmi nous depuis un an, et j'en sais moins sur lui que sur toi que je connais seulement depuis quelques jours. Le craindre... Oui, je le crains, mais pas pour la raison que tu crois. Et je ne suis pas le seul.

Le regard d'Andon se porta une fois de plus sur la grande maison de la colline.

– Un Vigile ? Effrayé d'un gamin de dix-sept ans ? dit Saryon, sceptique.

– Oh, il ne l'avouera jamais, peut-être même pas à lui-même. Mais il le craint. Et s'il ne le craint, pas, il le devrait.

– Pourquoi ? demanda Saryon. Ce jeune homme est-il si redoutable ? A-t-il une nature violente ?

– Non. Il y avait des circonstances atténuantes à ce meurtre, tu sais. Joram venait de voir tuer sa mère. Il n'a pas une nature sauvage ni violente. Au contraire, il est *trop* maître de lui. Dur et froid comme la pierre. Et seul... tellement seul.

– Alors...

– Je crois... dit Andon fronçant les sourcils, s'efforçant de formuler sa pensée en paroles. C'est parce que... T'est-il déjà arrivé, dans une foule, de remarquer immédiatement une personne ? Pas par quelque chose qu'elle aurait dit ou fait. Simplement par sa présence. Joram est comme ça. Il a peut-être été marqué par l'Etern parce qu'il a pris une vie. Il y a en lui une intensité terrible, l'impression d'être marqué par le destin.

Le vieillard haussa les épaules, le visage grave.

– Je ne peux pas l'expliquer, mais tu pourras juger par toi-même. Tu le connaîtras bientôt, si tu veux. C'est là que nous allons. Joram, tu vois, travaille à la forge.

Chapitre 7

LA FORGE

Selon le catéchisme : « Avoir commerce avec les Arts noirs, c'est avoir commerce avec la Mort. »

Selon le catéchisme : « L'Ame de ceux qui ont commerce avec la Mort sera précipitée dans une fosse de feu où elle souffrira les douleurs de l'agonie jusqu'à la fin des temps. »

Ainsi travaillent-ils à leur propre perte, pensa Saryon, dans la pénombre rougeoyante de la forge éclairée par les flammes. Andon l'avait précédé dans la caverne, disant quelques mots aux forgerons en montrant le catalyste derrière lui. Puis, s'apercevant que Saryon ne le suivait pas, il se retourna. Saryon vit remuer ses lèvres, sans rien entendre à cause du bruit de la forge.

– Entre, entre, disait Andon, l'encourageant du geste.

Jaune et orange, la chaleur du feu martelait le visage du vieillard, le cœur rouge de la forge lui brûlait les yeux, la roue de son pendentif flamboyait sur sa poitrine. Saisi d'horreur, voyant le sorcier de ses rêves fiévreux se dresser devant lui, Saryon recula jusqu'à l'entrée béante. Andon aurait pu être le Déchu se relevant de l'Enfer pour l'entraîner dans le brasier.

La peur du catalyste sembla plonger Andon dans la perplexité, qui fit bientôt place à la compréhension.

– Je suis désolé, mon Père, lut Saryon sur ses lèvres. J'aurais dû prévoir que cela t'affecterait. Rentrons à la maison, ajouta Andon en le rejoignant.

Mais Saryon était rivé au sol. Hypnotisé, il contemplait

la scène. La forge occupait une caverne à flanc de montagne. Une cheminée naturelle évacuait les fumées délétères et la chaleur d'une quantité de braises rougeoyant au centre d'une large corniche ronde. Accroupi devant elle, un monstre catarrheux, sorte de gros sac poussif, crachait de l'air sur les charbons qu'il animait d'une vie infernale.

– Qu'est-ce... qu'est-ce qu'ils font ? demanda Saryon, partagé entre le désir de partir et la terrible fascination qu'il éprouvait.

– Ils chauffent le minerai jusqu'à ce qu'il prenne la consistance d'une masse molle contenant aussi du charbon et les scories du minerai, hurla Andon par-dessus les coups de marteau, les sifflements du feu et les halètements du soufflet.

Sous les yeux de Saryon, un jeune forgeron s'approcha de la corniche et, à l'aide d'une hideuse rallonge métallique de son bras, sortit du feu un bloc de fer chauffé au rouge. Le posant sur une autre corniche – en fer aussi celle-là, et non en pierre comme l'autre –, il prit un outil et se mit à taper dessus.

– Le voilà, dit Andon. C'est Joram.

– Qu'est-ce qu'il fait ?

Saryon sentit ses lèvres remuer, mais il n'entendit pas lui-même ce qu'il disait.

– Il martèle le fer pour lui donner la forme qu'il désire, expliqua Andon. Il pourrait aussi couler le fer dans un moule, le laisser refroidir, puis le façonner.

Détruisant la Vie dans la pierre. Formant le fer avec un outil. Pervertissant les qualités données par Dieu. Ayant commerce avec la Mort. Ces pensées martelaient la tête de Saryon à chaque coup de marteau.

Il se détournait pour sortir quand le jeune homme travaillant dans la pénombre de la forge releva la tête et le regarda.

Il est écrit que l'Etern connaît le cœur des hommes mais ne le gouverne pas. Ainsi, l'homme est libre de choisir sa destinée, mais ainsi l'Etern peut-il aussi prévoir comment un homme agira pour accomplir sa destinée. En réalisant l'union de leur esprit avec l'esprit de l'Etern, les Devins sont capables de prédire l'avenir. On dit aussi que deux âmes destinées à se connaître, pour le meilleur ou pour le pire, le savent à l'instant même où elles se rencontrent.

En cet instant, deux âmes se rencontrèrent. Deux âmes se reconnurent.

Au milieu des coups assourdissants martelant le fer rouge, le regard sombre de Joram porta un coup violent à Saryon. Ebranlé jusqu'au fond de son être, le catalyste se détourna de la forge et de ses ombres rougeoyantes.

Andon s'agitait près de lui.

– Tu n'es pas bien, mon Père. Je suis désolé. J'aurais dû réaliser comme tu serais choqué...

Mais la voix du vieillard se perdit dans le fracas du marteau et dans le regard fixe et intense de ces yeux noirs. Car Saryon connaissait ces yeux, connaissait ce visage.

Trébuchant dans les rues du village, avec la vague impression qu'Andon l'accompagnait, mais incapable de le voir ou de l'entendre, Saryon ne voyait que ces yeux clairs et froids que même la chaleur du fer rouge ne parvenait pas à réchauffer. Il voyait les épais sourcils noirs barrer d'une ligne amère le front couvert de sueur. Il voyait la bouche sévère, les pommettes saillantes, les cheveux noirs et luisants où jouaient des reflets de feu.

Je connais ce visage ! se dit-il. Mais comment ? Pas sous cet aspect. La souffrance le frappa, non l'amertume. Une souffrance qui ne quittait jamais ce visage, même dans la gaieté. Peut-être avait-il vu ce visage à la Source, dix-sept ans plus tôt. Peut-être avait-il vu le père maudit du garçon. De vagues souvenirs du procès du catalyste renégat lui revinrent. Le scandale avait été le sujet de tous les commérages pendant des semaines, mais il était trop absorbé par ses propres tourments pour s'intéresser à ceux d'un autre. Peut-être l'avait-il remarqué inconsciemment sans s'en apercevoir. Ce devait être l'explication. Il n'y en avait pas d'autre, et pourtant, pourtant...

Des visions de ce visage se présentèrent à son esprit. Il le vit souriant, riant, et pourtant toujours assombri, toujours hanté par l'ombre de la douleur...

Il le reconnaissait ! Il le connaissait ! Il pouvait presque lui donner un nom...

Mais le nom lui échappa avant qu'il pût le saisir, comme la fumée emportée par le vent.

Chapitre 8

LE SORCIER

Posant précautionneusement les pieds dans la boue du village des Technologues, Simkin ressemblait à un oiseau au plumage éclatant déambulant dans une désolante jungle de brique. Dans la rue, beaucoup le regardaient avec une sorte d'émerveillement méfiant, comme ils auraient regardé un oiseau rare surgissant parmi eux. Plusieurs branlaient du chef en fronçant les sourcils, marmonnant des remarques peu flatteuses, tandis que, par-ci, par-là, certains saluaient joyeusement le jeune élégant, qui retroussait soigneusement sa cape pour la préserver de la boue. Simkin répondait de la même façon aux imprécations et aux salutations – d'un geste nonchalant de sa main couverte de dentelle, ou en soulevant le chapeau rose emplumé, qu'à la réflexion il avait ajouté pour mettre la touche finale à sa tenue.

Mais les enfants étaient ravis de le revoir. Pour eux, c'était une distraction bienvenue, une proie facile. Dansant autour de lui, ils s'efforçaient de toucher ses étranges vêtements, se moquaient de ses jambes gainées de soie, ou s'encourageaient à lui lancer de la boue. Le plus hardi – un solide garçon de onze ans à la réputation de petit dur – fut poussé en avant pour lui lancer un projectile entre les omoplates. Approchant à pas de loup derrière le jeune homme, l'enfant levait le bras quand Simkin se retourna. Il ne dit rien, se contenta de le regarder. Le garçon, pris de peur, recula précipitamment, et se vengea de sa déconvenue en cognant aussitôt sur un plus petit que lui.

Avec un reniflement dédaigneux, Simkin s'enroula dans sa cape pour se protéger, et repartait quand un groupe de femmes l'aborda. Pauvrement vêtues, sans instruction, les mains rendues rouges et calleuses par les durs travaux, elles étaient néanmoins les dames les plus distinguées du village, l'une étant l'épouse du forgeron, l'autre l'épouse du contremaître de la mine, et la troisième l'épouse du fabricant de bougies. Se pressant autour de Simkin, elles lui demandèrent, impatientes et quelque peu pathétiques, des nouvelles de la cour qu'elles n'avaient jamais vue, sauf par les yeux du jeune homme. Une cour aussi éloignée d'elles que la lune l'est du soleil.

A leur ravissement, Simkin accéda à leurs prières.

– L'Impératrice m'a dit : « Comment appelles-tu cette nuance de vert, Simkin, mon trésor ? » A quoi j'ai répondu : « Je ne l'*appelle* pas, Majesté. Elle *vient* simplement à moi quand je la siffle. » Ha, ha ! Comment ? Morbleu, qu'as-tu dit, ma chère ? Je n'entends rien avec ce tapage infernal ! dit-il, avec un regard noir du côté de la forge. Sa Santé ? De l'Impératrice ? Navrante, tout simplement navrante. Mais elle *insiste* pour tenir sa cour tous les soirs. Non, je ne mens pas. Ce serait un manque de goût épouvantable. « Vous ne pensez quand même pas que ce soit *contagieux* ? », ai-je demandé au vieux Duc de Mardoc. Le pauvre. Je n'avais pas l'intention de le bouleverser. Il a attrapé son catalyste et a disparu en un clin d'œil. Je n'aurais jamais cru que ce vieillard en ait la force. Qu'avez-vous dit ? Oui, c'est la *dernière* mode. Cela m'irrite les jambes, quand même... Et maintenant, je me vois obligé de vous quitter. Je suis chargé de mission par notre Noble Chef. Avez-vous vu le catalyste ?

Oui, ces dames l'avaient vu. Lui et Andon avaient fait une visite à la forge. Mais ils étaient rentrés tous les deux chez Andon, le catalyste ayant été pris d'un malaise.

– Je n'en doute pas, marmonna Simkin dans sa barbe.

Otant son chapeau et s'inclinant profondément devant les dames, il passa son chemin et arriva enfin devant une maison parmi les plus grandes et les plus anciennes du village. Il frappa, puis attendit patiemment, tournant son chapeau dans ses mains en sifflotant un air de danse.

– Bienvenue, Simkin, entre donc, dit cordialement une vieille femme en lui ouvrant.

– Merci, Marta, dit Simkin, s'arrêtant pour embrasser sa joue ridée en passant. L'Impératrice t'envoie ses amitiés et te remercie de t'être enquise de sa santé.

– Allons, avance ! gronda Marta, agitant la main pour dissiper la forte odeur de gardénia émanant du jeune homme. L'Impératrice, vraiment ! Tu es soit un menteur soit un imbécile, jeune homme.

– Ah, Marta, dit Simkin, se penchant vers elle d'un air confidentiel. L'Empereur en personne m'a posé cette même question. « Simkin, » m'a-t-il dit, « es-tu un menteur ou un imbécile ? »

– Et qu'est-ce qu'il a répondu ? demanda Marta, affectant un ton sévère tout en réprimant un sourire.

– J'ai dit : « Si j'affirme n'être ni l'un ni l'autre, Majesté, alors je suis l'un. Si j'affirme que je suis l'un, alors je suis l'autre. » Jusque-là, tu me suis, Marta ?

– Et si tu dis que tu es les deux ? dit Marta, penchant la tête et croisant ses mains sous son tablier.

– C'est précisément ce que m'a dit Sa Majesté. Ma réponse ? « Alors, je suis l'un ou l'autre, n'est-ce pas ? » Simkin s'inclina.

– Réfléchis-y, Marta. Cela a occupé Sa Majesté pendant au moins une heure.

– Ainsi, tu es encore allé à la cour, Simkin ?

– Laquelle ? demanda Andon, s'approchant pour accueillir le jeune homme.

– Merilon. Zith-el. Peu importe, répondit Simkin en bâillant. Permets-moi de t'assurer, mon ami, qu'elles se ressemblent toutes. Surtout à cette époque de l'année. Il préparent les Fêtes des Moissons et tout ça. Très ennuyeux. Sur mon honneur, j'aimerais mieux rester à bavarder ici. Surtout, ajouta-t-il, reniflant avec gourmandise, que le dîner émet des effluves positivement divins, comme disait le centaure du catalyste qu'il faisait mijoter, mais... Où en étais-je ? Ah oui, le catalyste... C'est précisément la raison de ma visite. Est-il là ?

– Il se repose, dit gravement Andon.

– Ce n'est pas une rechute, j'espère ? demanda nonchalamment Simkin, embrassant la pièce du regard et arrêtant les yeux sur la silhouette allongée sur un lit dans un coin.

– Non. Nous avons fait ce matin une promenade un peu longue pour ses forces, j'en ai peur.

– Dommage. Ce vieux Blachloch voudrait le voir, dit Simkin, très calme, tournant son chapeau entre ses mains.

Andon s'assombrit.

– Si ça pouvait attendre...

– Je crains que non, dit Simkin avec un nouveau bâillement. Urgent, etc. Tu connais Blachloch.

S'approchant de son mari, l'air soucieux, Marta posa la main sur son bras.

– Ne t'inquiète pas, dit Andon, tapotant cette main. Oui, je le connais. Quand même, je...

La silhouette allongée sur le lit se redressa.

– Ne te fais pas de souci, Andon, dit Saryon en se levant. Je me sens beaucoup mieux. C'est sans doute la fumée ou les vapeurs qui m'ont donné le vertige...

– Père ! Tu n'imagines pas comme c'est merveilleux de te revoir debout ! s'écria Simkin, bondissant vers lui et serrant dans ses bras le catalyste ahuri. J'étais si inquiet ! Si furieusement inquiet...

– Allons, allons, dit Saryon, rougissant d'embarras et cherchant à écarter le jeune homme qui pleurait sur son épaule.

– Ça va mieux, dit bravement Simkin en se redressant. Désolé. Je me suis oublié. Eh bien... poursuivit-il, se frottant les mains en souriant. Prêt ? Si tu es fatigué, nous pouvons prendre une carriole...

– Une quoi ?

– Une carriole, répéta Simkin d'un ton patient. Tu sais. Ça se déplace sur le sol. Tiré par un cheval. Sur des roues...

– Euh, non. Je préfère marcher, dit vivement Saryon.

– Comme tu voudras, dit Simkin, haussant les épaules. Eh bien, allons-y.

Pilotant le catalyste devant lui, le jeune homme le poussa pratiquement dehors.

– Au revoir, Marta, Andon. J'espère que nous reviendrons à temps pour le dîner. Sinon, ne nous attendez pas.

Avant d'avoir réalisé ce qui lui arrivait, Saryon se retrouva dans la rue, se frottant les yeux encore embués de sommeil. Il avait dormi presque tout l'après-midi, réalisa-t-il, voyant le soleil décliner derrière les arbres bordant la rivière. Mais il ne se sentait pas mieux, et regretta de s'être endormi. Maintenant, il avait mal à la tête et ne parvenait pas à réfléchir clairement.

Et pour aller voir Blachloch, en plus – l'homme qui semblait terroriser tout le monde, depuis Andon jusqu'à l'insouciant Simkin. Je me demande ce que Joram pense de lui ? se dit Saryon. Puis il secoua la tête avec colère. Quelle idée stupide. Comme si ça avait de l'importance. Heureusement, la marche va me réveiller, pensa-t-il, se mettant au pas de Simkin qui l'entraînait.

– Que peux-tu me dire sur ce Blachloch ? demanda Saryon à voix basse, avançant dans les ombres projetées par les maisons en ce début de crépuscule.

– Rien que je ne t'aie déjà dit. Rien que tu n'apprennes bientôt, répondit nonchalamment Simkin.

– Il paraît que tu passes beaucoup de temps avec lui, dit Saryon, attachant sur lui un regard pénétrant.

Mais le jeune homme lui rendit son regard, avec un sourire placide et sardonique.

– On dira bientôt la même chose de toi, remarqua-t-il.

Frissonnant, Saryon resserra sa robe autour de lui. La pensée de ce que ce sorcier, ce Vigile devenu hors-la-loi, pouvait exiger de lui l'inquiétait. Pourquoi n'y avait-il jamais pensé jusque-là ?

Parce que je ne pensais pas vivre assez longtemps pour arriver jusqu'ici, se répondit Saryon avec amertume. Maintenant, je suis là, sans aucune idée de ce que je dois faire ! Peut-être, se dit-il avec espoir, qu'on ne me demandera que de donner assez de Vie à ces gens pour qu'ils puissent faire leur travail. Il repensa à ses nouveaux calculs. Ils ne pourraient sans doute rien exiger de plus...

– Dis-moi, reprit Saryon, soulagé de changer de conversation et d'oublier un problème en s'occupant d'un autre. Comment procèdes-tu avec ta magie ?

– Oh, je vois que tu admires mon chapeau ? dit Simkin, l'air ravi en tripotant la plume. En fait, le plus difficile n'est pas de conjurer l'objet mais d'obtenir la juste nuance de rose. Un peu trop vif, et ça me fait paraître les yeux gonflés – c'est du moins ce que m'a dit la Duchesse de Fenwick, et j'incline à penser qu'elle a raison...

– Je ne parle pas de ton chapeau, dit Saryon avec irritation. Je parle de... de l'arbre. Te métamorphoser en arbre ! C'est tout à fait impossible, mathématiquement parlant. J'ai repassé cent fois les formules...

– Oh, je ne connais rien aux mathématiques, dit Simkin, haussant les épaules. Je sais seulement que ça marche. Et que je m'en sers depuis ma plus tendre enfance. Mosiah dit que je dois être un peu comme les lézards qui changent de couleur pour se fondre dans les rochers, et tout ça. Je peux te raconter comment ça m'est venu, si tu veux. C'est encore loin, nous avons le temps.

Il porta le regard sur la grande maison, qui, détachée en noir sur le rouge du soleil couchant, projetait son ombre sur tout le village.

– Tout bébé, j'ai été abandonné à Merilon, dit-il à voix basse. Sous un portail. Tout seul. Je n'ai jamais connu mes parents. Sans doute que je n'étais pas censé exister, si tu vois ce que je veux dire.

Il haussa les épaules avec un rire forcé.

– J'ai été recueilli par une vieille femme. Pas par charité, je t'assure. A cinq ans, je travaillais déjà, fouillant dans les ordures pour récupérer des choses utilisables qu'elle pourrait vendre. Elle me battait régulièrement en prime, et j'ai fini par m'enfuir. J'ai grandi dans les rues de la Ville Basse, celle qu'on *ne voit pas* des Flèches de Cristal. Sais-tu ce que font les *Duuk-tsarith* des enfants abandonnés ?

Saryon le regarda, stupéfait.

– Les enfants abandonnés ? Mais...

– Moi non plus, reprit Simkin, avec le même rire contraint. Ils... disparaissent. C'est tout. Je l'ai constaté. Pour des amis à moi. Evanouis. Je ne les ai plus jamais revus. Un jour, les Vigiles se sont soudain matérialisés devant moi dans la rue. Je ne pouvais pas m'enfuir. J'entends encore... – son regard devint vitreux – le froufrou de leurs robes noires, si près, si près... J'étais terrifié. Tu n'imagines pas... Ma seule pensée, c'était qu'ils ne devaient pas me voir, alors je me suis concentré dessus de toutes mes forces.

Il sourit soudain.

– Et tu sais quoi ? Ils *ne m'ont pas vu*. Les *Duuktsarith* sont passés juste à côté de moi... comme ils seraient passés près de n'importe quel autre seau dans la rue.

Saryon se gratta la tête.

– Tu veux dire que, par pure terreur, tu as été capable de...

– D'effectuer une métamorphose remarquable ? Oui, dit Simkin avec modestie. Plus tard, j'ai appris à contrôler ce don. Et c'est ainsi que j'ai survécu bien des années.

Saryon garda un moment le silence, puis il dit sombrement :

– Et ta sœur ?

– Ma sœur ? dit Simkin, le regardant avec stupéfaction.

– La sœur que la Congrégation retient prisonnière, tu te rappelles ? Et ton père ? Celui que les Vigiles ont emmené. Celui que je te rappelle...

– Alors, mon ami, tu dois être tombé sur la tête quand on a sauté de la falaise, dit Simkin, le regardant d'un air soucieux. De quoi parles-tu ?

– On n'a pas sauté, dit Saryon, serrant les dents. On est tombés, parce que *tu* étais pourri...

– Pourri !

Simkin s'arrêta pile, l'air accablé.

– Je suis blessé, profondément blessé. Tiens, prends ma dague – une dague se matérialisa dans sa main – et plonge-la-moi dans le cœur !

Ouvrant brusquement sa veste de brocart, écartant

d'un geste sa chemise verte, il dénuda son torse dans un élan dramatique.

– Je ne peux pas vivre plus longtemps avec cette marque de déshonneur !

– Oh, arrête ! dit Saryon, voyant que tout le monde les regardait.

– Pas avant que tu ne te sois excusé ! dit Simkin d'un ton théâtral.

– Bon, je te présente mes excuses ! marmonna Saryon, tellement troublé qu'il n'arrivait même pas à formuler des questions.

– Je les accepte, dit Simkin avec grâce.

Et la dague disparut, remplacée par un carré de soie orange.

Dans les yeux de Joram, Saryon avait vu une âme – sombre, tourmentée, consumée de colère – mais une âme quand même, animée par ses passions. Regardant les yeux du sorcier, Saryon ne vit rien. Ternes, opaques, les yeux le regardèrent fixement pendant quelques instants, puis, d'un imperceptible battement de paupières, Blachloch l'invita à s'asseoir.

Saryon obéit, sa volonté anéantie par ces yeux aussi sûrement que par un sortilège.

Les *Duuk-tsarith*. Ils formaient une classe privilégiée. Leurs robes noires assuraient l'ordre et la sécurité au Thimhallan. Cela revenait très cher, mais, au souvenir de l'ancien temps, les gens acceptaient de payer.

Bien que très différents d'eux, ils présentent de nombreuses ressemblances avec la caste opposée, celle des catalystes. Aussi puissants en magie que les catalystes sont faibles, les enfants nés dans le Mystère du Feu sont des raretés dans le monde. Eux aussi sont enlevés à leur famille dès leur plus tendre enfance, et placés dans une école dont le lieu même est gardé secret. C'est là que sont développés et canalisés les puissants pouvoirs magiques des jeunes Sorciers et Sorcières. C'est là que leur est inculquée la stricte discipline qui gouvernera leur vie. La formation est dure et exigeante, car il est capital de contrôler ce pouvoir. C'est lui qui avait provoqué des problèmes, autrefois, dans le Monde noir, selon la légende. Non contents de dissimuler à tous leur art magique, Sorciers et Sorcières s'étaient répandus partout, revendiquant les terres, attirant sur eux le courroux des populations. Les persécutions avaient suivi, qui finirent par en forcer beaucoup à fuir la Terre et à chercher un nouveau foyer parmi les étoiles.

La plupart des natifs du Mystère du Feu deviennent des *Duuk-tsarith* – les Vigiles, gardiens de la loi du Thimhallan. Quelques-uns, les plus puissants, deviennent les *DKarn-Duuk*, les Maîtres de Guerre. Et il y a aussi, bien sûr, ceux qui échouent. On ne parle pas d'eux. Ils ne rentrent pas dans leur famille. Ils s'évanouissent, tout simplement. On croit généralement qu'on les envoie dans l'Outre-Monde.

Quelle est leur récompense pour cette vie sombre et austère ? Une puissance illimitée. La conviction que les Empereurs eux-mêmes, bien qu'ils fassent de leur mieux pour le cacher, regardent avec crainte ces silhouettes noires qui hantent silencieusement le Palais royal. Car les *Duuk-tsarith* possèdent un sortilège qui est à eux, et à eux seuls. Comme le catalyste a le pouvoir de donner la Vie, le *Duuk-tsarith* a le pouvoir de prendre la Vie. Rarement vus, rarement entendus, les *Duuk-tsarith* arpentent les rues, les salons ou les champs, revêtus d'invisibilité, armés de la Magie néantisante qui peut drainer la vie de n'importe quel mage ou magicien, le laissant aussi faible et impuissant qu'un nourrisson.

Blachloch faisait partie des échecs. Non content de posséder la puissance, il avait, disait-on, recherché des récompenses plus matérielles et plus précieuses. Personne ne savait comment il était parvenu à s'enfuir. Ce n'était pas chose facile, et témoignait de son courage et de son sang-froid extraordinaires, car les *Duuk-tsarith* vivent ensemble, isolés dans leurs petites communautés, exerçant les uns sur les autres une surveillance aussi stricte que sur le peuple.

Saryon repensa à tout cela, assis, nerveux et transi, en face du sorcier vêtu de noir. Blachloch travaillait à leur arrivée, et ne s'était arrêté qu'à l'entrée de Simkin et Saryon, introduits par un écuyer.

Enveloppé du silence habituel à sa caste, Blachloch fixa Saryon, apprenant plus sur lui par sa façon de se tenir, par les rides de son visage, par la position de ses bras et de ses mains qu'il n'en aurait appris en une heure d'interrogatoire.

Bien que s'efforçant de rester calme et détaché, Saryon était au supplice sous ce regard scrutateur. La gorge sèche et les mains moites, il repensa aux souvenirs terrifiants de sa brève rencontre avec les Vigiles de la Source au moment de son crime. Leur efficacité vient en partie de leur capacité à intimider par leur seule présence. Les robes noires, les mains croisées, le silence forcé, le visage inexpressif – tout cela fait partie de l'enseignement. Enseignement destiné à engendrer une émotion – la peur.

– Ton nom, mon Père.

C'étaient les premiers mots que prononçait Blachloch, non tant question que vérification.

– Saryon, répondit le catalyste, après plusieurs essais infructueux.

Les mains du sorcier reposaient sur le bureau, les doigts entrelacés. Un silence aussi lourd et sombre que sa robe noire pesait sur la pièce. Blachloch fixait le catalyste, impassible.

De plus en plus nerveux, sentant ces yeux pénétrants plonger jusqu'au tréfonds de son âme, Saryon ne fut pas réconforté par le fait que même l'insouciant Simkin était subjugué, les couleurs criardes de sa tenue pâlissant dans l'ombre noire du sorcier.

– Mon Père, dit enfin Blachloch, c'est la coutume de ce village de ne poser à un homme aucune question sur son passé. Je permets à cette coutume de perdurer, généralement parce que le passé d'un homme m'importe peu. Mais il y a quelque chose qui me déplaît dans ton visage, Catalyste. Dans les rides de tes yeux, je vois un érudit, non un renégat. Dans tes coups de soleil, je vois un homme habitué à passer de longues heures dans les bibliothèques, non dans les champs. Dans le pli de ta bouche, l'avachissement de tes épaules, l'expression de tes yeux, je vois la faiblesse. Pourtant, me dit-on, tu t'es révolté contre ton Ordre et tu t'es enfui dans la région la plus dangereuse et mortelle de ce monde – le Nullepart. C'est pourquoi je veux entendre ton histoire, Père Saryon.

Saryon lança un coup d'œil à Simkin, qui tripotait son carré de soie orange, affectant plaisamment de le nouer à la plume de son chapeau posé sur ses genoux. Le jeune homme ne le regarda pas, apparemment indifférent à la conversation. N'ayant aucune aide à attendre de ce côté, il n'avait plus qu'à jouer cette amère partie jusqu'à son amère conclusion.

– Tu as raison, *Duuk-tsarith*...

Blachloch n'eut l'air nullement gêné par l'attribution de ce titre auquel il n'avait pas droit. Saryon l'avait adopté, ayant entendu l'un des écuyers s'en servir.

– ... je suis un érudit. Mon domaine de recherches est la mathématique. Il y a dix-sept ans, poursuivit Saryon tout bas, d'une voix dont la fermeté le surprit lui-même, j'ai commis un crime provoqué par ma soif de connaissance. J'ai été surpris en train de lire des livres interdits...

– Quels livres interdits ? l'interrompit Blachloch.

En sa qualité de *Duuk-tsarith*, il devait, bien sûr, être familier de la plupart des textes défendus.

– Ceux traitant du Neuvième Mystère, dit Saryon.

Les paupières de Blachloch frémirent, mais il n'eut pas d'autre réaction. Faisant une pause pour voir si le sorcier avait d'autres questions, Saryon sentit, plus qu'il ne vit, que Simkin écoutait attentivement, avec un intérêt inusité. Le catalyste prit une profonde inspiration.

– J'ai été découvert. A cause de ma jeunesse, mais surtout, je crois, parce que ma mère était cousine de l'Impératrice, mon crime a été étouffé. On m'a envoyé à Merilon, dans l'espoir que je perdrais tout intérêt pour les Arts noirs.

– Jusque-là, je sais que c'est vrai, Catalyste, dit Blachloch, ses mains toujours immobiles sur son bureau, les doigts entrelacés. Continue.

Saryon pâlit, l'estomac noué. Il avait supposé, correctement, que Blachloch saurait déjà certaines choses sur lui. Sans aucun doute, il avait conservé des contacts parmi les Vigiles, et ces renseignements n'étaient pas difficiles à obtenir. Et puis, bien sûr, il y avait Simkin. Qui pouvait savoir quel jeu il jouait ?

– Mais je... je me suis aperçu que je ne pouvais pas m'empêcher... je... je suis fasciné par les Arts noirs. A la cour, je ne faisais pas honneur à mon Ordre. Il fut assez simple de me faire transférer à la Source où j'espérais continuer mes recherches – en secret, bien sûr. Pourtant, cela ne devait pas être. Ma mère est morte récemment. Je ne m'étais pas fait d'amis ni de protecteurs à la cour. Je fus donc considéré comme une menace, et envoyé au village de Walren.

– Vie misérable que celle de Catalyste des Champs, mais vie sans danger, remarqua Blachloch. Et vie certainement préférable à la vie dans le Nullepart.

D'un mouvement lent et délibéré, les deux index de Blachloch se déplièrent, premier mouvement qu'il faisait depuis leur entrée. Saryon et Simkin ne purent s'empêcher de regarder, fascinés, les deux index se rejoindre, dague de chair et de sang pointée sur Saryon.

– Pourquoi es-tu parti ?

– J'ai entendu parler de la Congrégation, répondit Saryon, toujours du même ton ferme. Je m'étiolais dans ce village. Ma cervelle tournait en eau. Je suis venu ici pour étudier et apprendre... les Arts noirs.

Blachloch n'eut pas un geste, pas un mot. Ses index restèrent pointés sur Saryon, et s'ils avaient été une dague posée sur sa gorge il n'aurait pas ressenti plus de peur et de souffrance.

– Très bien, dit soudain Blachloch, le son de sa voix faisant sursauter le catalyste pratiquement hypnotisé. Tu étudieras. Mais il faudra apprendre à ne pas t'évanouir à la vue de la forge.

Saryon s'empourpra. Baissant la tête sous le regard de ces yeux ternes, espérant que cette réaction serait mise sur le compte de sa gêne, non de sa culpabilité. Ce n'était pas la vue de la forge qui l'avait bouleversé – mais la vue de Joram.

– On te donnera une maison dans le village et une part de nourriture. Mais, comme tout le monde ici, il faudra travailler en échange...

– Je serai plus qu'heureux de me mettre au service des villageois, dit Saryon. La Guérisseuse m'a dit que la mortalité est grande parmi les enfants. J'espère...

– Nous partirons dans la semaine, reprit Blachloch, ignorant totalement les paroles du catalyste. Afin d'amasser des provisions pour l'hiver. Le travail à la mine et la forge occupent tant de main-d'œuvre que, comme tu l'imagines, nous n'avons guère de bras à consacrer à l'agriculture. C'est pourquoi les villages des Mages des Champs nous fournissent ce qu'il nous faut.

– Je t'accompagnerai, si tu le désires, dit Saryon, perplexe, mais je crois que je serais plus utile ici...

– Non, mon Père, tu seras plus utile pour *moi,* dit Blachloch, impassible. Les villages ne savent pas qu'ils vont nous alimenter pendant le long hiver, comprends-tu ? Dans le passé, nous étions obligés de faire des raids, de voler la nourriture de nuit. Travail avilissant avec bien peu de résultats. Mais – il haussa les épaules et amena ses index au contact de ses lèvres – nous n'avions pas la magie. Maintenant, nous t'avons. Nous avons la Vie. Et, plus important encore, nous avons la Mort. Nous passerons un bon hiver, n'est-ce pas, Simkin ?

Si cette brusque question était destinée à surprendre le jeune homme, elle échoua totalement. Apparemment très concentré, il s'efforçait de dénouer le carré de soie orange attaché à la plume de son chapeau, et finit par constater que le nœud était trop serré. Après avoir tiré dessus avec irritation, il fit disparaître chapeau et carré de soie.

– Vraiment, je me moque du genre d'hiver que tu auras, Blachloch, vu que j'en passerai la plus grande partie à la cour. Pourtant, voler les indigènes me fait un peu l'effet d'une mauvaise farce...

– Je... je ne peux pas t'aider à faire ça ! balbutia Saryon. Voler... Ces gens ont déjà à peine de quoi survivre...

– Le châtiment de la fuite, Catalyste, est la Pétrifixion. En as-tu déjà vu une ? Moi, si.

Les index quittèrent les lèvres et se pointèrent de nouveau sur Saryon.

– Je vois travailler ton esprit, Catalyste. Oui, comme tu l'as deviné, j'ai des contacts dans *mon* Ordre. Leur dire où te trouver serait la simplicité même. Je gagnerais même de l'argent. Pas autant qu'en me servant de toi, mais assez pour considérer l'idée. Je te conseille de passer les jours qui viennent à apprendre à monter à cheval.

Les mains se déplièrent et s'écartèrent, l'une saisissant le bras de Saryon.

– Dommage que tu sois seul, remarqua Blachloch, immobilisant Saryon sous son regard hypnotique. Si nous avions d'autres catalystes, nous pourrions muter certains hommes et leur donner des ailes, ce qui permettrait des attaques aériennes. J'ai étudié l'art des *DKarn-Duuk* pendant un temps, poursuivit-il, resserrant douloureusement sa prise. On pensait que je pourrais devenir Maître de Guerre. Mais j'ai été jugé trop... instable... Pourtant, si tout se passe bien dans le Royaume du Nord, qui sait ? Je peux encore devenir Maître de Guerre. Et maintenant, Catalyste, avant de partir, donne-moi de la Vie.

Le regardant avec horreur, Saryon fut si secoué que, sur le moment, il ne put se rappeler la prière rituelle. Blachloch resserra encore sa main, ses doigts de fer s'enfonçant dans les chairs de Saryon.

– Donne-moi de la Vie, dit-il doucement.

Baissant la tête, Saryon s'exécuta. Ouvrant son être à la magie, il l'accumula en lui et en laissa une partie couler dans le sorcier.

– Encore, dit Blachloch.

– Je ne peux pas... je suis faible...

Sa main se resserra encore, fortifiée par la magie. La douleur fulgura dans le bras de Saryon comme des piqûres d'aiguilles. Haletant, il laissa la magie surgir en lui, saturant de Vie le sorcier. Puis il retomba sur sa chaise, vidé de ses forces.

Le visage impassible, Blachloch le lâcha.

– Tu peux te retirer.

Blachloch n'eut pas un mot, pas un geste, mais la porte

s'ouvrit d'elle-même, et un écuyer entra. Se levant sur des jambes chancelantes, Saryon se retourna comme un somnambule et marcha vers la porte d'une démarche incertaine. Simkin se leva aussi en bâillant, mais se rassit à un imperceptible frémissement de paupières de Blachloch.

– Si tu ne sais pas le chemin pour rentrer, ô Père chauve, cria Simkin d'une voix languissante. Attends-moi. Je n'en ai pas pour longtemps.

Saryon ne l'entendit pas. Le sang battait trop bruyamment dans ses oreilles, et il pouvait à peine marcher.

Regardant par la fenêtre dans la nuit qui tombait, Simkin vit le catalyste trébucher, puis s'appuyer contre un arbre avec lassitude.

– Je devrais vraiment aller aider ce pauvre diable, dit Simkin. Tu as été très brutal avec lui.

– Il ment.

– Morbleu, mon cher Blachloch, si l'on vous écoutait, vous autres *Duuk-tsarith*, il n'y aurait personne sur cette planète, à partir de l'âge de six semaines et au-dessus, qui dise jamais un mot de vrai.

– Tu connais la véritable raison de sa présence ici.

– Je te l'ai déjà dite, ô Maître impitoyable. C'est l'Evêque Vanya qui l'envoie.

Le sorcier fixa le jeune homme. Simkin pâlit.

– C'est la vérité. Il est après Joram, murmura-t-il.

Blachloch haussa un sourcil.

– Joram ? répéta-t-il.

Simkin haussa les épaules.

– Le jeune homme qu'ils ont ramené au camp à moitié mort. Le brun aux cheveux longs... Le garçon qui a tué le surveillant. Il travaille à la forge...

– Je le connais, dit Blachloch avec une pointe d'irritation.

Il continua à fixer intensément le jeune homme qui regardait Saryon par la fenêtre.

– Regarde-*moi*, Simkin, dit doucement le sorcier.

– Enfin, si tu insistes, quoique je te trouve extrêmement ennuyeux, répondit Simkin, s'efforçant d'étouffer un bâillement.

Se renversant dans son fauteuil, une jambe gainée de soie négligemment jetée sur l'accoudoir, il regarda obligeamment Blachloch.

– Dis-moi, tu te rinces les cheveux au jus de citron ? Si oui, ils commencent à s'assombrir à la racine...

Soudain, Simkin se raidit, sa voix enjouée se durcit.

– Arrête, Blachloch. Je sais... où tu veux en venir... dit-il d'un ton endormi. Ce n'est pas... la première fois...

Secouant la tête, Simkin chercha à se libérer, mais les yeux bleus du Vigile le figeaient sous leur regard immobile. Lentement, les paupières du jeune homme frémirent, tombèrent, se rouvrirent toutes grandes, puis clignèrent, retombèrent, se fermèrent.

Murmurant des paroles magiques, d'anciennes paroles de pouvoir et d'enchantement, Blachloch se leva lentement, silencieusement, et, contournant son bureau, vint se placer près de Simkin. Psalmodiant plusieurs fois ces paroles en une sorte de litanie apaisante, il posa les mains sur les cheveux luisants de Simkin. Le sorcier ferma les yeux et, rejetant la tête en arrière, concentra tous ses pouvoirs sur le jeune homme.

– Laisse-moi voir dans ton esprit. La vérité, Simkin. Dis-moi tout ce que tu sais.

Simkin se mit à murmurer quelque chose.

Souriant, Blachloch se pencha pour l'entendre.

– Je la nomme... *Rose Raisin...* Attention aux épines... Je ne crois pas... qu'elles soient empoisonnées...

Chapitre 9

L'EXPÉRIENCE

La nuit se répandait sur le village, comme les eaux noires de la rivière, submergeant dans son courant toutes les peurs et tous les chagrins. Elle montait autour des maisons de brique, de plus en plus sombre, car c'était une nuit nuageuse et sans lune. Bientôt, toutes les lumières du village s'éteignirent dans l'obscurité croissante, chacun s'immergeant dans le sommeil, sombrant dans les profondeurs troubles du rêve.

Mais quand le flux de la nuit cessa de monter, quand les eaux silencieuses du sommeil atteignirent leur plus grande profondeur, la lumière de la forge continua à rougeoyer, emportant dans sa brûlure le sommeil et les rêves d'au moins une personne.

La lueur des flammes luisait sur les longs cheveux noirs et bouclés, vacillait dans les yeux bruns, jouait sur un visage qui n'était plus maussade ni coléreux, mais concentré et impatient. Au feu de la forge, Joram chauffait dans un creuset du minerai de fer qu'il avait pilé aussi fin que possible. Un moule à dague était près de lui, mais il n'y versa pas le fer en fusion. Il prit dans le feu un autre creuset, contenant celui-là un liquide semblable au fer en apparence, à part son étrange couleur blanc-pourpre.

Joram considéra pensivement le second creuset, ses épais sourcils noirs contractés de frustration.

– Si seulement je savais ce qu'ils veulent dire, murmura-t-il. Si seulement je comprenais !

Fermant les yeux, il rappela à son esprit les pages de

l'antique texte. Il en voyait les lettres, avec leurs boucles et leurs barres, avec toutes les habitudes de plume de la main qui les avait formées, tant il avait souvent étudié et médité ces pages. Mais cela ne lui servit à rien. De nouveau se présentèrent à ses yeux ces étranges symboles qui auraient pu être une langue étrangère tant il les comprenait peu.

Finalement, haussant les épaules et secouant la tête, Joram versa le contenu du second creuset dans le premier, regardant le liquide brûlant se mêler au fer en fusion. Il continua à verser jusqu'à doubler le volume initial, puis il s'arrêta. Regardant la mixture, il haussa de nouveau les épaules et ajouta un peu plus de liquide, sans raison particulière, sauf que ça lui semblait mieux. Mettant soigneusement de côté le second creuset, Joram remua le mélange en fusion, l'examinant d'un œil critique. Il ne vit rien sortant de l'ordinaire. Etait-ce bon ou mauvais ? Il ne savait pas, et, avec un nouveau haussement d'épaules, il versa l'alliage dans le moule.

Il refroidirait vite, disait le texte, en quelques minutes – rien, comparé aux quelques heures qu'il fallait pour refroidir le fer. Pourtant, c'était encore trop lent pour Joram. Les doigts le démangeaient de casser le moule et de voir l'objet qu'il venait de créer. Pour patienter, il prit le second creuset et le remit dans sa cachette, parmi le tas d'outils cassés, scories et autres rebuts de la forge. Cela fait, il traversa la caverne et regarda dehors par les fissures de la grossière porte de bois. Le village était silencieux, submergé par le sommeil. Hochant la tête avec satisfaction, il retourna à la forge. Ce devait être prêt, maintenant. Les mains tremblantes d'impatience, il ôta les morceaux de bois qui maintenaient le moule, puis cassa le moule lui-même.

L'objet qu'il en sorti n'avait qu'une vague ressemblance avec l'arme qu'il deviendrait. Le prenant avec des pincettes, il le plongea dans le feu de la forge, le chauffant au rouge selon les instructions du texte. Puis, posant la dague sur l'enclume, il prit un marteau et, à coups précis, le mit en forme. Il se hâtait, pas trop minutieux dans le façonnage de l'arme : il s'agissait seulement d'une expérience. Ce qui se passerait après serait critique, et il était impatient d'y arriver. Enfin, jugeant que la dague convenait à l'usage auquel elle était destinée, il la souleva de nouveau avec les pincettes et, prenant une profonde inspiration, il plongea le fer rouge dans un seau d'eau.

Un nuage de vapeur s'en éleva, l'aveuglant temporairement. Mais, avec le sifflement du fer rouge brusquement refroidi, lui parvint un autre son. Un claquement sec. Les épais sourcils de Joram se rejoignirent au milieu du front. Dissipant la vapeur d'une main impatiente, il sortit l'arme de l'eau – sous forme de misérable moignon. Le lançant sur la pile de débris avec un juron amer, il allait jeter le reste de l'alliage quand un picotement à la nuque le fit se retourner.

– Tu travailles bien tard, Joram, dit Blachloch.

Son visage était visible dans la lumière du feu, de même que ses mains, croisées devant lui à la manière des Vigiles, mais tout le reste de sa personne se fondait dans la nuit, le noir de sa robe absorbant la clarté du feu, et même sa chaleur.

– C'était ma punition, dit Joram avec calme, ayant prévu une intrusion. J'ai mal fait mon travail aujourd'hui, et le maître m'a ordonné de rester jusqu'à ce que la dague soit terminée.

– Alors, tu risques de passer la nuit ici, dit Blachloch, son regard glacé s'arrêtant sur le tas de débris.

Joram s'empourpra, ses traits se coulant dans leur moule habituel d'amertume et de colère, comme le fer en fusion s'était coulé dans le moule de la dague.

– Ce sera vrai, si l'on m'empêche de continuer à travailler, dit-il, maussade, s'approchant du soufflet.

Tournant délibérément le dos au sorcier, il faillit l'écarter d'un coup d'épaule – mais pas tout à fait.

Un fin sillon se creusa sur le front de Blachloch, ses lèvres se pincèrent, mais c'est sans aucune nuance de contrariété ou d'irritation qu'il parla.

– Tu prétends être de noble naissance, dit-on.

Haletant sous l'effort, Joram ne se donna même pas la peine de répondre. Sans paraître surpris ni déconcerté, Blachloch se déplaça et se mit face à lui.

– Tu sais lire.

Joram s'arrêta un instant, mais reprit presque immédiatement son travail, les muscles de son dos et de ses épaules roulant sous la peau tandis qu'il actionnait l'engin qui envoyait de l'air sur les braises de la forge.

– Il paraît que tu as lu des livres.

Joram aurait aussi bien pu être sourd. Ses bras continuèrent à pomper rythmiquement, le visage voilé de ses cheveux qui bouclaient devant son visage.

– Un peu de savoir au milieu de beaucoup d'ignorance est comme une dague dans les mains d'un enfant, Joram. Cela peut faire très mal. J'aurais cru que tu avais compris la leçon après le meurtre du surveillant.

Regardant Blachloch à travers le voile de ses cheveux, Joram sourit, d'un sourire seulement visible dans ses yeux.

– J'aurais cru qu'il y avait là une leçon que tu pouvais apprendre, répondit-il.

– Tu vois ? Tu me menaces.

A son ton, Blachloch aurait pu parler de la pluie et du beau temps.

– L'enfant brandit la dague. Tu te blesseras à sa lame tranchante, Joram, murmura le sorcier. C'est certain. Ou toi, ou un autre. Ton ami... comment s'appelle-t-il, déjà ?... Mosiah ? Sait-il lire ?

Joram s'assombrit, le mouvement rythmique de ses bras ralentit.

– Non, répondit-il. Laisse-le en dehors de tout ça.

– C'est bien ce que je pensais, dit Blachloch d'un ton mielleux. Toi et moi, nous sommes les deux seuls au village qui sachions lire. Ce qui fait un de trop, mais je ne peux rien y faire – à moins de te crever les yeux.

Pour la première fois, le sorcier remua les mains, les décroisant et en levant une jusqu'à la fine moustache blonde ornant sa lèvre supérieure. Joram avait cessé de travailler. Les mains sur les manches du soufflet, il regardait fixement le feu.

Blachloch s'approcha.

– Cela m'ennuierait de détruire les livres.

Joram sortit de sa contemplation.

– Le vieillard ne te dirait jamais où ils sont.

– Il me le dira, dit Blachloch avec un sourire. En son temps. En son temps, il cherchera des choses à me dire. Je ne l'ai pas harcelé jusqu'à présent, parce qu'il me semblait inutile de bouleverser ces gens en recourant à la violence. Il serait dommage que j'aie à modifier cette politique, surtout maintenant que je possède la magie.

Joram s'empourpra, le visage brûlant à la lueur des braises.

– Ce ne sera pas nécessaire, marmonna-t-il.

– Parfait, dit Blachloch, recroisant les mains. Nous autres *Duuk-tsarith* savons quelque chose de ces livres. Et ils contiennent certaines connaissances dont le monde n'a pas à regretter la perte.

Le sorcier attacha un regard pénétrant sur Joram, qui, immobile, continua à contempler le feu.

– Tu me rappelles ce que j'étais à ton âge, jeune homme, dit Blachloch. Et cela me rend nerveux. Moi aussi, je haïssais l'autorité. Moi aussi, je me croyais audessus d'elle, bien que je *ne sois pas* de noble naissance, remarqua-t-il avec une nuance sarcastique. Pour me débarrasser de ceux dont je trouvais qu'ils m'opprimaient, moi aussi j'ai tué, sans regret et sans remords. Cette impression de puissance t'a plu, n'est-ce pas ? Et maintenant, tu en veux davantage. Oui, je le vois, je sens ce désir brûler en toi. Depuis ton arrivée, je t'ai observé, et je t'ai vu apprendre à manipuler les gens, à te servir d'eux pour qu'ils fassent ce que tu désires. C'est ainsi que tu as convaincu le vieillard de te montrer les livres, non ?

Joram ne répondit pas, garda les yeux fixés sur le feu. Mais il referma le poing gauche.

Blachloch eut un sombre sourire dans la pénombre de la forge.

– Je vois de grandes choses dans ton avenir. Avec le temps, tu apprendras à maîtriser ce désir qui te consume. Mais tu es encore un enfant, aussi jeune que moi lorsque j'ai commis mon premier acte impétueux – l'acte qui m'a amené ici. Mais il y a une différence entre nous, Joram. L'homme que j'aspirais à remplacer n'avait pas conscience de mon ambition. Il m'a tourné le dos.

Décroisant les mains, le sorcier en posa une sur l'épaule de Joram. Même dans la chaleur de la forge, Joram frissonna à ce contact glacé.

– Moi, j'en ai conscience, Joram, et je ne te tournerai pas le dos.

– Pourquoi ne pas me tuer et en finir tout de suite ? ricana Joram.

– Pourquoi, en effet ? répéta Blachloch. Tu ne me sers pas à grand-chose pour le moment, bien que tu puisses m'être utile quand tu auras vieilli. Et vieillir dépendra de toi et de ceux qui s'intéressent à ta personne.

– Qu'est-ce que ça veut dire « ceux qui s'intéressent à ta personne » ? dit Joram, dardant les yeux sur lui.

– Le catalyste.

Joram haussa les épaules.

– Il est ici pour toi. Pourquoi ?

– Parce que je suis un meurtrier...

– Non, dit doucement Blachloch. Ce sont les Vigiles qui pourchassent les meurtriers, pas les catalystes. Pourquoi ? Pourquoi est-il là ?

– Aucune idée, répondit Joram avec impatience. Demande-le-lui... ou demande-le à Simkin.

Blachloch scruta son visage. Le sorcier prononça des paroles magiques. Il vit les yeux noirs se brouiller, les paupières tomber. Levant la main, il lui haussa un sourcil.

– Tu dis la vérité. Tu *ne sais rien*, jeune homme. Qui plus est, tu ne crois pas Simkin. Je ne suis pas certain de le croire non plus, et pourtant... Comment prendre ce risque ? Quel jeu joue Simkin ?

Irrité, le sorcier laissa retomber sa main.

Avec l'impression de se réveiller d'un sommeil agité, Joram cligna des yeux et regarda vivement autour de lui. Il était seul.

Chapitre 10

L'ESPION

– L'Evêque Vanya s'est retiré pour la soirée dans ses appartements privés.

Tel était le message que le diacre agissant en qualité de secrétaire transmettait à tous ceux qui demandaient à voir Sa Sainteté.

Ils n'étaient pas nombreux, tous ceux qui vivaient à la Source, et la majorité de ceux qui n'y vivaient pas, connaissant les habitudes de l'Evêque. Il se retirait dans ses appartements pour dîner seul, ou en compagnie des rares élus qu'il invitait. Quand il était chez lui, il ne devait être dérangé sous aucun prétexte, excepté pour l'assassinat de l'un des Empereurs. De cause naturelle, la mort d'un Empereur pouvait attendre jusqu'au matin. Des *Duuk-tsarith* montaient la garde devant la porte, avec pour seule mission de s'assurer que Sa Sainteté n'était pas dérangée.

Il y avait plusieurs raisons à cette intimité si bien gardée, raisons à la fois publiques et privées. Publiquement, tout le Thimhallan savait que l'Evêque, étant gourmet, n'aimait pas que son repas soit troublé. Ses invités étaient soigneusement sélectionnés pour entretenir une conversation agréable et non conflictuelle, considérée comme favorable à la digestion.

Publiquement, on savait que l'Evêque Vanya travaillait très dur dans la journée, se consacrant entièrement aux affaires de l'Eglise (et de l'Etat). Levé avant le soleil, il quittait rarement son bureau avant la nuit. Après des activités aussi exigeantes, ces soirées de repos et de détente étaient indispensables à sa santé.

Publiquement, on savait que l'Evêque consacrait ces heures de tranquillité à méditer et à s'entretenir avec l'Etern.

Telles étaient les raisons publiques. La véritable raison, naturellement, était privée, et connue du seul Evêque. Vanya consacrait ces heures de solitude à la discussion – mais pas avec l'Etern. Ses interlocuteurs étaient d'une nature moins mystique...

En cette soirée d'automne, il avait eu des invités au dîner, mais ils s'étaient retirés de bonne heure, l'Evêque ayant fait allusion à sa grande fatigue. Pourtant, après le départ de ses hôtes, Vanya ne regagna pas sa chambre, comme on aurait pu s'y attendre. Au contraire, passant à l'action avec une promptitude et une vitesse qui s'accordaient mal avec sa prétendue fatigue, il annula le sort scellant sa chapelle privée, et en ouvrit la porte.

Construite selon d'anciennes méthodes et traditions, la chapelle était belle et silencieuse. Sa pénombre était éclairée par d'antiques vitraux réalisés des siècles plus tôt par des artisans spécialisés dans le façonnement du verre. Des bancs en bois de rose s'alignaient devant un autel de cristal, également vieux de plusieurs siècles, et décoré des symboles des Neuf Mystères.

C'est là que Vanya récitait le Rituel de l'Aube et les Prières du Soir, et qu'il sollicitait la direction et les conseils de l'Etern – chose assez rare, sinon inconnue, l'Evêque étant d'avis que c'était l'Etern qui avait besoin des conseils de son ministre, et non le contraire.

Vanya entra dans la chapelle, éclairée par le rayonnement perpétuel émanant de l'autel, aussi pâle et reposant que le clair de lune, et qui conférait à la pièce une atmosphère de tranquillité paisible.

Pourtant, l'Evêque n'éprouvait ni paix ni tranquillité en pénétrant dans la chapelle. Sans un regard pour l'autel, il traversa vivement la pièce et s'arrêta devant l'un des panneaux de bois sculpté couvrant les murs.

Posant la main sur ce panneau, il murmura des paroles secrètes, et le bois fondit sous sa main. Devant lui s'ouvrit un vaste néant, vide et sombre – un Couloir. Mais ce n'était pas un Couloir ordinaire ; il ne faisait pas partie de ce vaste réseau de tunnels tridimensionnels créés autrefois par les Devins, et qui sillonnaient le Thimhallan en tous sens. Un seul homme connaissait son existence – l'Evêque du Royaume – et il ne conduisait qu'en un seul lieu.

C'est en se lieu que se rendit Vanya, en l'espace d'un battement de cœur. Sortant du Couloir, l'Evêque se trouva dans une sorte de poche faite du même matériau que les couloirs, et n'existant que dans le vortex gauchi de l'espace-temps. Chaque fois que Vanya entrait ici, il lui semblait entrer dans quelque partie noire et profonde de son propre esprit.

Il ne pouvait rien voir en ce lieu, de même qu'il ne pouvait pas toucher les parois ni sentir le sol sous ses pieds, bien qu'ayant la sensation de marcher dessus. Il avait l'impression que cette poche de l'espace-temps était ronde. Il y avait un siège au centre, sur lequel il pouvait s'asseoir si la séance se prolongeait. Mais ce siège n'existait peut-être que dans sa tête, car il avait ou non des accoudoirs selon son désir. Il était parfois dur, parfois rembourré, et quand il était irrité, pressé par le temps, ou qu'il avait envie de marcher en parlant, il n'y avait pas de siège du tout.

Ce soir, le siège était là et, ce soir, il était rembourré et confortable. Vanya s'assit et se détendit. L'affaire qui allait suivre n'exigeait pas de subtiles pressions, menaces ou coercitions. Ce n'était pas une négociation délicate. C'était une réunion d'information, de clarification, destinée à l'assurer que tout se déroulait conformément au plan. Se renversant sur son siège, Vanya se donna un moment pour absorber et activer la magie de la pièce qui permettait à cette communication de fonctionner, puis il parla.

– Mon ami, un mot avec toi.

La magie pulsa autour de lui, il la sentit murmurer à son oreille, caresser sa main.

– Je suis à votre service.

C'était l'obscurité qui parlait à Vanya, par l'intermédiaire de lèvres distantes de centaines de miles. Grâce à la magie de la pièce, Vanya entendit ces paroles comme si son propre esprit les avait formées, et non nécessairement comme les avait formulées la personne à l'autre bout de sa pensée consciente. Cette pièce avait reçu le nom de Chambre de Discrétion, car deux personnes pouvaient y converser sans qu'aucune ne connût l'identité de l'autre, à moins qu'il ne la révélât, ni l'un ni l'autre n'ayant la possibilité de se reconnaître par la vue ou par l'ouïe. Dans l'ancien temps, disait la légende, on avait construit plusieurs de ces chambres – par exemple, chaque Maison royale en avait une, de même que les diverses Guildes. Toutefois, après la Seconde Rectification, les catalystes avaient vivement pris des mesures pour faire sceller les autres poches des couloirs, sous prétexte que, dans un monde en paix, personne ne devait avoir de secrets pour les autres.

Tous les intéressés supposèrent que, lorsque les catalystes avaient scellé les autres Chambres de Discrétion, ils avaient aussi scellé la leur à la Source. Ce qui prouve une fois de plus la vérité du vieil adage selon lequel les suppositions sont des mensonges crus par les aveugles.

– Es-tu seul ? demanda l'esprit de Vanya à son acolyte invisible.

– Pour le moment. Mais je suis occupé. Nous partirons dans la semaine.

– Je le sais. Le catalyste est-il arrivé ?

– Oui.

– Sans encombres ?

– Si on veut. Il va mieux maintenant, si c'est ce que vous voulez dire. Au moins, il n'a aucun désir de s'aventurer seul dans le Nullepart.

– Parfait. Jouera-t-il bien son rôle ?

– Je ne prévois pas de problème. Il *semble*, ainsi que vous l'avez décrit, naïf et faible, facilement intimidé, mais...

– Bah ! C'est un tas de gelée tremblotante. Il causera peut-être un problème une fois, mais il sera durement rappelé à l'ordre, je suppose. Lorsqu'il aura compris sa leçon, je ne pense pas qu'il recommencera.

– Je l'espère.

Dans l'esprit de Vanya, la voix sembla sceptique, ce qui lui fit froncer les sourcils.

– Où en sont les Technologues dans le forgeage des armes ? reprit Vanya.

– Avec l'aide du catalyste, la production devrait s'accélérer.

– Est-ce que nos affaires progressent au Sharakan ? Y as-tu contacté Sa Majesté ?

– Là-dessus, vous en savez sans doute plus que moi, Votre Sainteté. Je dois avancer prudemment, bien sûr. Je ne peux pas me permettre de révéler mon jeu. C'est une partie dangereuse que je joue. Sa Majesté a été discrètement informée de notre acquisition d'un catalyste et de la façon dont cela nous affectera. Je ne peux pas faire davantage.

– C'est suffisant. Sa Majesté doit avoir confiance en toi. Son comportement est de plus en plus belliqueux. Naturellement, nous nous efforçons de calmer cette tempête, dit Vanya, faisant le geste d'apaiser les eaux. Et, le moment venu, nous aurons du mal à reconnaître notre échec. Ici, la situation évolue vite. Le Frère de l'Impératrice se rend insupportable, mais il est facile à manipuler. S'il y a la guerre, nous serons prêts. Autre chose ?

– Oui. A propos de Joram. Qu'est-ce que ce catalyste a l'intention d'en faire ?

– Que t'importe ? Ce garçon n'est qu'un prétexte, rien de plus. Veille seulement à ce qu'il reste en vie.

– Quelles sont les instructions du catalyste ? Que va-t-il faire ?

– Faire ? Je doute qu'il ait le courage de faire quoi que ce soit. Je lui ai recommandé la prudence. Il doit me faire un rapport dans un mois environ. Je lui demanderai de procéder lentement. Mais fais tes préparatifs. Quand je te donnerai le signal, il faudra agir vite. Tu as tes instructions. Ai-je besoin de te les rappeler ?

Le froncement de sourcils de Vanya s'accusa.

– Je sens en toi de l'insatisfaction, mon ami. Je ne suis

pas habitué à ces questions. Que se passe-t-il ? Ton déguisement a-t-il été percé à jour ?

– Bien sûr que non, Evêque, dit la voix, soudain très froide. Nous connaissons tous deux mes talents. C'est pourquoi vous m'avez choisi. Mais il y a des développements inattendus. Quelqu'un s'intéresse plus que je ne voudrais à cette affaire.

– Qui ? demanda Vanya.

– Je crois que vous le savez, répondit la voix d'un ton suave. Je crois même que vous m'avez distribué des cartes biseautées.

– Comment oses-tu...

– J'ose à cause de ce que je suis. Et maintenant, je dois vous quitter. Quelqu'un arrive. N'oubliez pas, Votre Sainteté, que j'ai le Roy parmi mes cartes.

Le lien magique se rompit entre eux, et Vanya resta immobile dans le noir, les yeux fixes, les lèvres boudeuses, les doigts courant sur les accoudoirs comme des pattes d'araignée.

– Le Roy ? Oui, mon ami. Mais j'ai l'épée.

LIVRE III

LE SCIANC

Nous sommes nombreux, mais nous ne sommes pas un.

Si les Technologues s'étaient levés tous ensemble et s'étaient révoltés, le Vigile et ses écuyers seraient tombés. Sans catalyste pour lui donner de la Vie, les pouvoirs du sorcier étaient limités. Ses écuyers, peu nombreux, n'auraient pas tenu longtemps contre les centaines de villageois. Mais ces villageois ne se soulevèrent pas. En fait, la plupart des Sorciers étaient en accord total avec Blachloch pour s'allier au peuple du Sharakan et déclarer la guerre. Le temps était venu pour les Sorciers de ramener dans le monde le pouvoir du Neuvième Mystère, et de reprendre leur place légitime parmi les habitants du Thimhallan. Et s'ils devaient ramener avec eux la mort et la destruction dans le monde, cela ne serait-il pas compensé par les merveilles qu'ils introduiraient, les merveilles qui amélioreraient la vie ?

Parmi les Technologues, il y en avait d'assez sages pour comprendre que, par ce genre de rêve, les Sorciers répétaient simplement les erreurs tragiques du passé. Mais ils étaient une minorité. C'était très bien pour Andon, qui était un vieillard, de parler de patience et de paix. Les jeunes en avaient assez de languir dans le désert, de mener des vies de travail et de misère, alors que toutes les richesses du monde auraient pu être à eux, *auraient dû* être à eux.

Aussi suivaient-ils Blachloch sans réserve, abandonnant leurs fermes, travaillant opiniâtrement à la mine et à la forge pour fabriquer les armes dont dépendait leur avenir.

Cet avenir en vint à s'incarner dans le monument dressé au centre du village – la Grande Roue. Plus ancienne que le village lui-même, la Roue avait été sauvée de la destruction des Temples des Sorciers par les Technologues persécutés à la suite des Guerres du Fer. Ils l'avaient emportée avec eux quand, pour sauver leur vie, ils s'étaient enfuis dans le Nullepart, et maintenant elle était suspendue dans une arche de roche noire. L'immense Roue à neuf rayons était devenue le centre d'un rituel connu sous le nom de Scianc.

Qui connaît l'origine de ce rituel ? Ses racines plongent très loin dans la boue et le sang du passé. Voilà très longtemps, quand les Sorciers virent peu à peu les connaissances qu'ils avaient eu tant de mal à acquérir sombrer dans les ténèbres de leur misère, peut-être utilisèrent-ils cette méthode pour essayer de transmettre ce qu'ils avaient appris aux générations suivantes. Malheureusement, les générations suivantes ne se rappelèrent que les mots, leur sens et leur sagesse avaient disparu comme la flamme d'une bougie consumée.

Le septième soir de chaque semaine, toute la population du village se rassemble autour de la Roue, pour chanter un hymne que chacun apprend dans son enfance. Au son d'instruments de fer, de bois torturé et de peaux de bêtes tendues, le chant commence par rendre hommage aux trois forces majeures de la vie des Sorciers – le Feu, le Vent et l'Eau. Les voix montant graduellement dans l'aigu, à mesure que la musique des instruments devient plus frénétique, les gens chantent les constructions, les édifices et les merveilles que personne ne se rappelle ni ne comprend plus.

La veille du départ de Blachloch et des hommes du village pour le raid sur les communautés agricoles, le Scianc fut particulièrement déchaîné, l'ancien *Duuk-tsarith* l'utilisant comme les *DKarn-Duuk* se servent de la danse de guerre – pour échauffer le sang jusqu'à ce qu'il brûle et anéantisse toute conscience et toute compassion. Tournant, tournant et tournant sans cesse autour de la Grande Roue, ils dansaient, s'escrimant sur les instruments à cordes et à percussion, qui ajoutaient leurs voix inhumaines au tintamarre. Les torches éclairaient la nuit et, à leur lumière, la Roue – forgée dans un métal luisant et inconnu dont le procédé de fabrication s'était perdu – brillait comme quelque soleil maléfique. De temps en temps, un danseur sautait sur le piédestal noir du monument et, saisissant un marteau de forgeron, en frappait le centre de la Roue à neuf rayons, et sa voix de fer, qui semblait sortir des entrailles de la terre, se joignait au chant.

La plupart des Sorciers, hommes, femmes, enfants, participaient au Scianc, chantant les mots que personne ne comprenait, dansant à la lueur des torches ou observant avec des émotions contradictoires.

Andon regardait le spectacle avec chagrin, entendant dans les paroles du chant les voix des anciens criant à leurs enfants de ne pas oublier le passé.

Saryon le regardait avec horreur, une horreur si profonde que ce fut miracle qu'il ne devînt pas fou. Les flammes des torches, la musique grinçante, les formes bondissantes d'hommes et de femmes ivres de sang – tout semblait sorti tout droit des visions de l'Enfer qu'on lui avait si soigneusement décrites dans son enfance. Trop écœuré, il ne prêtait aucune attention aux paroles du chant. Ici régnait la Mort, et il vivait au milieu d'elle.

Blachloch regardait avec satisfaction, sa silhouette noire largement à l'écart des danseurs, calme, observateur, ignoré. Il entendait les paroles du chant, mais il les avait souvent entendues et elles n'avaient plus d'importance.

Joram regardait avec frustration. Il entendait les paroles. Qui plus est, il les écoutait et il les comprenait – en partie. Lui seul avait lu les livres cachés. Lui seul, de tous les assistants, voyait le savoir que ces anciens Sorciers avaient espéré transmettre à leurs enfants. Il le voyait, mais il ne le comprenait pas. Le savoir restait enfermé dans ces mots, enfermé dans les livres. Et il n'en trouvait pas la clé – la clé qui consistait en étranges symboles impénétrables.

Simkin regardait avec ennui.

Au lever de la lune, le Scianc se termina. Debout dans un cercle de flammes composé de torches enflammées, Blachloch prit le marteau et frappa la Roue neuf fois. Les assistants répondirent par neuf hurlements sauvages, puis le cercle de feu se rompit, et les Sorciers rentrèrent chez eux, parlant des grands exploits qu'ils accompliraient quand, de nouveau, le Neuvième Mystère gouvernerait le monde.

L'arche de roche noire resta seule, projetant des ombres mystérieuses à la clarté de la lune, dont la pâle lumière n'était qu'un reflet fantomatique de la brillante lumière des torches. Dans la nuit éclairée de clair de lune, le village s'endormit, enveloppé dans un silence où seul s'entendait le craquement des feuilles mortes, poussées par le vent froid, glissant et tourbillonnant dans les rues désertes.

Chapitre 1

CHOISIS TROIS CARTES...

Par un beau jour d'automne ensoleillé, la plupart des hommes et jeunes gens du village des Sorciers se mirent en route, pour aller prendre, ainsi qu'ils le disaient, ce que leur devait le monde. Andon les regardait, avec des yeux qui contenaient toute la tristesse des siècles. Il avait fait tout ce qu'il avait pu pour les dissuader, mais il avait échoué. Il fallait qu'ils apprennent eux mêmes leur leçon, supposait-il. Il espérait seulement que la leçon ne serait pas trop amère. Ni trop chère.

Les premiers jours du voyage furent ensoleillés – chauds et agréables pendant le jour, frais et revigorants pendant la nuit, avec des signes avant-coureurs de l'hiver approchant. La bande de Blachloch était gaie et enjouée. Les jeunes gens, surtout, appréciaient cet intermède dans le dur travail de la forge ou de la meule à grains, de la mine ou du briquetage. Conduits par l'exubérant Simkin, qui avait de nouveau revêtu sa tenue de forestier pour la circonstance, (« J'appelle cette couleur *Boue et Fumier* »), les jeunes gens riaient, plaisantaient, et se taquinaient sur les difficultés qu'ils avaient à monter les chevaux à longs poils à demi sauvages élevés au village. Le soir, faisant cercle autour d'un grand feu, ils échangeaient des histoires ou jouaient à des jeux de hasard avec les adultes, pariant leurs rations et les perdant si régulièrement qu'ils étaient en danger de ne plus manger jusqu'au printemps.

Même le taciturne Joram semblait apprécier le changement, étonnant Mosiah par sa complaisance à parler, même s'il ne plaisantait pas et ne chahutait pas avec les autres. Mais, se dit Mosiah, cela venait sans doute de ce que Joram sortait d'une de ses crises de mélancolie.

Toutefois, la chevauchée perdit tout attrait dès la deuxième semaine. Une pluie froide tombait des feuillages jaunissants, pénétrant les capes et leur coulant dans le dos. La chute des gouttes faisait un accompagnement monotone au pas lourd des chevaux. La pluie s'installa, tombant sans discontinuer pendant des jours. Ils ne faisaient plus de feu, sur l'ordre de Blachloch. Ils étaient maintenant sur le territoire des centaures, et la garde était doublée, de sorte que beaucoup devaient se contenter d'une demi-nuit de sommeil. Tous étaient mécontents et misérables. Mais il y avait une personne à l'évidence tellement plus misérable que les autres que Mosiah ne put faire autrement que la remarquer.

Joram la remarqua aussi, apparemment. De temps en temps, Mosiah voyait passer une ombre satisfaite dans ses yeux noirs, et il souriait presque. Suivant le regard de Joram, Mosiah le vit observer le catalyste qui chevauchait devant eux, ballottant gauchement sur sa selle, baissant sa tête chauve, les épaules avachies. A cheval, le catalyste était pitoyable. Les premiers jours, il était raide de peur. Maintenant, il n'était plus que raide, tous ses muscles endoloris. Le simple fait d'être assis sur sa selle était un supplice.

– Je le plains, le pauvre homme, dit Mosiah, la deuxième semaine de leur voyage vers le nord.

Trempés et transis, lui, Joram et Simkin chevauchaient côte à côte sur une portion de sentier assez large pour y passer à six de front. Les géants avaient tracé ce chemin, disait Blachloch, leur conseillant d'ouvrir l'œil.

– Quel pauvre homme ? demanda Joram, tout en écoutant Simkin raconter que le Duc de Westshire avait engagé toute la Guilde des Forme-Pierre, plus six catalystes, pour transformer son palais de Merilon, et changer le cristal en marbre rose veiné de vert d'eau.

– La cour ne parle que de ça. C'est une chose qu'on n'a jamais faite. Du marbre, vous imaginez ! L'aspect final est plutôt... pesant... disait Simkin.

– Le catalyste. Comment s'appelle-t-il, déjà ? Je le plains, dit Mosiah.

– Saryon ? dit Simkin, l'air un peu dérouté. Pardonne-moi, mon ami, mais je ne vois pas le rapport avec le marbre rose.

– Il n'y en a pas, dit Mosiah. Je regardais seulement l'expression de Joram. Il a l'air content du malheur du pauvre homme.

– C'est un catalyste, répliqua Joram d'un ton bref. Et tu te trompes. Il ne m'intéresse pas assez pour que je pense à lui en bien ou en mal.

– Hum, fit Mosiah, voyant les yeux noirs de Joram s'assombrir encore en se posant sur le dos vêtu de vert.

– Vous savez qu'il est de votre village, remarqua Simkin, se penchant confidentiellement, mais d'une voix qui dut être entendue de toute la colonne.

– Pas si fort ! Il va nous entendre. Qu'est-ce que tu veux dire, il est de notre village ? demanda Mosiah, étonné. Pourquoi ne l'as-tu pas dit plutôt ? Peut-être qu'il connaît mon père !

– Je suis certain d'en avoir parlé, dit Simkin d'un air ulcéré, quand je t'ai dit qu'il venait pour Joram...

– Chut ! siffla Mosiah. C'est idiot !

Se mordant les lèvres, le jeune homme regarda pensivement le catalyste.

– Je me demande comment vont mes parents ? Il y a si longtemps...

– Eh bien, vas-y ! Parle-lui ! dit sèchement Joram, ses sourcils froncés barrant son visage d'une ligne noire.

– Oui, va bavarder avec ce pauvre vieux, dit languissamment Simkin. Ce n'est pas le mauvais bougre, pour un catalyste. Et je n'ai pas plus de raisons que toi de le porter dans mon cœur, ô Sombre et Taciturne Ami.. Je t'ai bien dit qu'ils ont volé mon petit frère, non ? Le petit Nat. Pauvre chou. Il avait échoué aux Epreuves. On l'a caché jusqu'à l'âge de cinq ans. Mais ils ont découvert son existence – un voisin a cafté. Il avait une dent contre ma mère. J'étais le préféré de Nat, tu sais. Quand ils sont venus l'emmener, il se cramponnait à moi.

Deux grosses larmes roulèrent jusque dans sa barbe. Mosiah eut un soupir exaspéré.

– C'est bon ! dit Simkin en reniflant. Moque-toi de mon chagrin ! Raille ma douleur ! Si vous voulez bien m'excuser, marmonna-t-il, ses larmes se mêlant à la pluie. Je vais cacher mon affliction. Continuez, vous deux. Non, inutile de me consoler. Pas question...

Continuant à grommeler des incohérences, il fit pivoter son cheval et galopa vers l'arrière de la colonne.

– Me moquer de son chagrin ! Combien a-t-il de frères qui ont connu une fin effroyable ?

Avec un grognement écœuré, Mosiah jeta un coup d'œil vers Simkin qui essuyait ses larmes tout en criant une remarque insultante à l'un des écuyers de Blachloch.

– Sans parler de diverses sœurs prisonnières de nobles, enlevées par les centaures, et sans compter celle qui s'est enfuie de la famille parce qu'elle était amoureuse d'un géant. Et il y a aussi la tante qui s'est noyée dans une fontaine publique parce qu'elle se prenait pour un cygne, et sa mère, morte cinq fois de cinq maladies rares différentes, et une fois parce que les *Duuk-tsarith* avaient arrêté son père pour avoir offensé l'Empereur par des tours de magie douteux à ses dépens. Et tout cela venant d'un orphelin découvert dans une corbeille de pétales de roses flottant dans les égouts de Merilon. Il ment comme il respire ! Je ne comprends pas comment tu peux le supporter !

– Parce que c'est un menteur amusant, répondit Joram en haussant les épaules. Et cela le rend différent.

– Différent ?

– De nous tous, dit Joram, regardant Mosiah de sous ses épais sourcils. Pourquoi ne vas-tu pas parler avec ton catalyste ? ajouta-t-il avec froideur, voyant Mosiah s'empourprer de colère. Si ce qu'on dit est vrai, la punition qu'il risque est pire que d'avoir les fesses meurtries par la selle.

Talonnant son cheval, Joram galopa de l'avant, dépassant le catalyste sans un regard, son cheval faisant gicler la boue sous ses sabots. Mosiah vit le catalyste relever la tête et suivre du regard le jeune homme dont les longs cheveux noirs s'étaient dénoués et luisaient sous la pluie comme un plumage d'oiseau sauvage.

– Pourquoi est-ce que je te supporte, *toi* ? murmura Mosiah, suivant des yeux son ami. Par pitié ? Tu me haïrais. Mais c'est ça, en un sens. Je comprends que tu refuses de faire confiance à personne. Tu n'as pas seulement des cicatrices sur le torse. Mais un jour, mon ami, ces cicatrices ne seront rien comparées à celle de la blessure que tu recevras en découvrant que tu t'es trompé !

Branlant du chef, Mosiah talonna son cheval pour rejoindre le catalyste.

– Pardonne-moi, mon Père, dit-il d'une voix hésitante, mais... est-ce que ça t'ennuierait que je te tienne compagnie ?

Saryon leva craintivement les yeux, le visage crispé et tendu. Puis, ne voyant que Mosiah, il se détendit.

– Non, ça me ferait plaisir, en fait.

– Tu n'étais pas en train de prier, ou méditer, mon Père ? demanda Mosiah, embarrassé. Je peux partir si tu...

– Non, je ne priais pas, dit Saryon avec un pauvre sourire. Je n'ai guère prié ces derniers temps, ajouta-t-il à voix basse, regardant l'environnement sauvage avec un frisson. J'ai l'habitude de trouver l'Etern dans les couloirs de la Source. Pas ici. Je ne crois pas qu'Il vive ici.

Mosiah ne comprit pas, mais voyant une ouverture, il remarqua :

– Mon père dit parfois la même chose. Il dit que l'Etern dîne avec les riches et jette les restes aux pauvres. Qu'Il ne s'intéresse pas à nous, et que nous ne devons compter que sur notre honneur et notre intégrité dans la vie. Qu'après la mort, ce sera la seule chose que nous laisserons derrière nous.

– Jacobias est un homme sage, dit Saryon regardant Mosiah avec intensité. Je le connais. Tu es Mosiah, non ?

– Oui, dit le jeune homme en rougissant. Je sais que tu le connais. C'est pourquoi je suis venu... Enfin, je ne le savais pas jusque-là, sinon je t'aurais parlé plus tôt... je veux dire, Simkin vient juste de me prévenir...

– Je comprends, dit Saryon, hochant gravement la tête. C'est moi qui aurais dû venir te voir. J'ai des messages de tes parents, mais... j'ai été malade.

Au tour du catalyste de rougir d'embarras. Grimaçant de douleur, il remua sur sa selle, suivant des yeux Joram qui disparaissait dans les arbres.

– Mes parents... l'encouragea Mosiah après quelques instants de silence.

– Oui, excuse-moi, dit Saryon, sortant de sa contemplation. Ils vont bien et ils t'envoient leur affection. Tu leur manques beaucoup, dit le catalyste, voyant l'air nostalgique du jeune homme. Ta mère m'a donné un baiser pour toi, mais je suppose que te le transmettre oralement suffira...

– Oui, bien sûr. Merci, mon Père, murmura Mosiah en rougissant. Ont-il... dit autre chose ? Mon père...

Regardant le jeune homme, le visage de Saryon se fit grave, et il ne répondit pas tout de suite.

Mosiah vit ce regard et comprit.

– Bon, c'est ça, dit-il amèrement. Je suis bon pour un sermon.

– Pas un sermon, répondit Saryon en souriant. Il a seulement entendu des choses qui ne lui plaisent pas sur ces gens. Il espère que ces rumeurs sont fausses, mais si elles étaient vraies, il te demande de te rappeler ce qu'on t'a enseigné à croire, et que lui et ta mère t'aiment et qu'ils pensent toujours à toi.

Regardant le jeune homme, Saryon vit une rougeur colorer les joues lisses, où ne poussait encore qu'un fin duvet. Mais la honte – si honte il y avait – disparut presque immédiatement, remplacée par la colère.

– Ce qu'il a entendu dire est faux.

– Et ce raid ?

– Ces hommes sont de braves gens, dit Mosiah, foudroyant Saryon avec défi. Tout ce qu'ils veulent, c'est avoir les mêmes chances que tout le monde. D'accord, ajouta-t-il vivement avant que Saryon ait pu répondre, ils font certaines choses qui ne me plaisent pas, que je ne trouve pas bien. Mais nous avons le droit de survivre.

– En faisant ça ? En volant les autres ? Andon m'a dit...

– Andon est vieux, dit Mosiah avec un geste d'impatience.

– Il m’a dit qu’avant l’arrivée de Blachloch, les Technologues étaient capables de se nourrir eux-mêmes, reprit Saryon. Ils cultivaient la terre avec des outils au lieu de la magie.

– Maintenant, nous n’avons pas le temps. Nous travaillons trop dur. Et il faudra bien manger cet hiver ! rétorqua Mosiah avec colère.

– Comme les gens que vous allez voler.

– On ne leur prend pas grand-chose. Joram l’a dit. On leur laissera largement...

– Pas cette année. Cette année, je suis là, moi, le catalyste. Cette année, Blachloch m’utilisera pour accroître ses pouvoirs. As-tu déjà vu la magie qu’un sorcier peut conjurer ?

– Alors, pourquoi es-tu là ? demanda brusquement Mosiah, se tournant vers lui, le visage sinistre. Pourquoi es-tu venu dans le Nullepart avec des idées si vertueuses ?

– Tu le sais, répondit le catalyste à voix basse. J’ai entendu Simkin te le dire.

Mosiah secoua la tête.

– Simkin ne peut pas te dire l’heure qu’il est sans mentir, dit-il avec mépris. Si tu veux parler de cette idiotie selon quoi tu serais venu pour Joram...

– Ce n’est pas une idiotie.

Mosiah battit des paupières, troublé. Le visage de Saryon, bien que pâle et hagard de fatigue, était calme.

– Quoi ? répéta-t-il, pas certain d’avoir bien entendu.

– Ce n’est pas une idiotie, dit le catalyste. On m’a envoyé chercher Joram pour le présenter à la justice.

– Mais... pourquoi ? Pourquoi me dis-tu cela ? demanda Mosiah, dérouté. Tu veux quelque chose de moi, c’est ça ? Tu veux que je t’aide ? Mais je ne t’aiderai pas ! Joram est mon...

– Non, bien sûr que non, l’interrompit Saryon, secouant la tête avec tristesse. Je ne veux rien de toi. Ce que je dois faire à propos de Joram, je le ferai seul.

Il soupira, se frottant les yeux avec lassitude.

– Je te l’ai dit parce que j’ai promis à ton père de te parler si je te voyais collaborer avec ces...

Il agita la main.

Ils continuèrent à chevaucher en silence sous la pluie. Derrière eux, par-dessus le tintement des harnais et le pas lourd des chevaux, Mosiah entendit le rire exubérant de Simkin.

– Tu aurais pu me faire ton sermon sans me dire la vérité sur toi-même, mon Père. Je ne croyais pas Simkin, de toute façon. Personne ne le croit, murmura Mosiah, sa main tordant les rênes, ses yeux fixés sur la crinière du cheval. Je ne sais pas ce que tu veux dire en parlant de présenter Joram à la justice. Je ne vois pas comment tu le pourrais, ajouta-t-il, regardant le catalyste avec dédain. J'avertirai Joram, bien sûr. Mais je ne comprends toujours pas pourquoi tu m'as dit ça. Tu as bien dû réaliser qu'après, nous serions ennemis, toi et moi.

– Oui, et j'en suis désolé, dit Saryon, se recroquevillant dans sa cape trempée. Mais j'avais peur que tu ne me prennes pas au sérieux sans ça. Mon « sermon », comme tu dis, ne t'aurait pas fait beaucoup d'effet si j'avais parlé en mon nom. Maintenant, j'espère au moins que tu réfléchiras à ce que je t'ai dit.

Mosiah ne répondit pas et continua à fixer la crinière. Son visage se durcit, ses mains se raffermirent sur les rênes.

– Maintenant, tu peux avoir bonne conscience, dit-il, levant la tête. Tu as fait ton devoir envers mon père. Mais puisqu'on parle de conscience, je ne te vois pas hésiter à obéir à Blachloch quand il te dit de lui donner de la Vie. A moins que tu n'aies l'intention de désobéir, ricana Mosiah, repensant au châtiment auquel Joram avait fait allusion.

S'attendant à ce que cette mauviette de catalyste se mette à trembler et à bredouiller, Mosiah fut stupéfait de le voir soutenir son regard avec une dignité tranquille.

– C'est ma honte, répondit Saryon d'une voix égale. Et je dois l'assumer comme tu dois assumer la tienne.

– Je n'ai pas besoin d'assumer... commença Mosiah avec colère, mais il fut interrompu par la voix chantante de Simkin, dominant le bruit de la pluie et de la chevauchée.

– Mosiah, Mosiah ! Où es-tu ?

Mosiah se retourna avec irritation en agitant la main.

– J'arrive, cria-t-il, avant de se retourner vers le catalyste. Il y a encore une chose que je ne comprends pas, mon Père. Pourquoi as-tu parlé de Joram à Simkin ? Tu avais aussi un sermon à lui faire ?

– Je ne lui en ai pas parlé, dit Saryon.

Talonnant gauchement son cheval de ses grands pieds, le catalyste épuisé fit avancer sa bête.

– Ils t'appellent, va les rejoindre. Au revoir, Mosiah. J'espère que nous parlerons encore.

– Tu ne lui as rien dit ? Alors comment...

Mais Saryon secoua la tête. Rabattant son capuchon sur ses yeux, il continua de l'avant, laissant Mosiah le suivre des yeux, dérouté.

– Tu es trop crédule.

– Tu n'étais pas là, marmonna Mosiah. Tu n'as pas vu sa tête. Il dit la vérité. Oh, je sais ce que tu penses là-dessus, ajouta-t-il, voyant une lueur de sourire dans les yeux de Joram, mais tu dois bien reconnaître que Simkin nous a dit que le catalyste venait pour toi. Et si le catalyste affirme qu'il n'a rien dit à Simkin, alors comment...

– Quelle importance, dit Joram avec irritation, fixant maussadement le petit feu qu'ils avaient allumé pour sécher leurs vêtements.

Le groupe s'abritait pour la nuit dans une immense caverne découverte à flanc de colline près de la rivière. Comme il est rare de trouver une grotte inoccupée dans le Nullepart, Blachloch y était entré avec précaution, son catalyste à son côté. Mais les recherches l'ayant révélée vide, le sorcier avait décidé qu'ils pouvaient y passer la nuit. Le seul inconvénient, c'était une odeur atroce émanant d'un tas d'ordures dans un coin. Ordures que personne n'avait envie d'aller examiner de près. Ils les avaient brûlées, mais l'odeur persistait. Blachloch avait dit que la caverne avait sans doute été occupée par des trolls.

– Bien sûr que ce que dit le catalyste n'a pas d'importance, dit amèrement Mosiah, faisant mine de se lever. Rien n'a jamais d'importance pour toi...

Joram saisit la main de son ami.

– Je m'excuse, dit-il d'une voix tendue, les mots sortant avec difficulté. Je te remercie... de l'avertissement.

Un demi-sourire tordit ses lèvres.

– Je ne considère pas un catalyste sur le retour comme une menace, mais je serai sur mes gardes. Quant à Simkin, demande-lui comment il a su, termina-t-il en haussant les épaules.

– Mais on ne peut pas croire ce bouffon ! dit Mosiah, exaspéré, en se rasseyant.

– Bouffon ! Ai-je entendu quelqu'un prononcer mon nom en vain ? dit une voix suave sortant de l'ombre.

Ecœuré, Mosiah grimaça et se voila la face comme la silhouette voyante entrait dans la lumière du feu.

– Quoi, cher ami, ça ne te plaît pas ? s'enquit Simkin, levant les bras pour faire admirer ses nouveaux atours. J'en avais assez de ce sinistre costume de forestier, alors j'ai décidé qu'un changement s'imposait, comme a dit la Duchesse de Longeville quand elle a épousé son quatrième mari. Ou était-ce le cinquième ? Peu importe. Il sera mort comme les autres avant longtemps. Ne prenez *jamais* le thé avec la Duchesse de Longeville. Ou, si vous acceptez, assurez-vous qu'elle ne vous sert pas avec la même théière que son mari. Comment trouves-tu cette nuance de rouge ? Je l'appelle *Vermillon fracassé.* Qu'est-ce que tu as, Mosiah ? Aujourd'hui, tu as l'air encore de plus mauvaise humeur que notre ami le Taciturne.

– Rien, marmonna Mosiah, se soulevant pour jeter un coup d'œil dans une marmite de fer en équilibre instable sur un lit de braises.

– On dirait que ça attache au fond, dit Simkin, reniflant la marmite. Dis-moi, pourquoi ne demandes-tu pas un peu de Vie à notre bon vieux catalyste. Sers-toi de sa magie, comme tout le monde depuis qu'il est là. Suis-je invité à dîner ?

– Non.

Prenant une baguette, et ignorant la suggestion à propos du catalyste, Mosiah se mit à remuer le ragoût.

– Ah, merci, dit Simkin en s'asseyant. Qu'est-ce qui nous met de si mauvaise humeur aujourd'hui ? Ah, j'y suis. Tu as chevauché avec le Père Crâne chauve. Avait-il quelque chose d'intéressant à dire ?

– Chut, fit Mosiah, montrant Saryon, assis seul à l'écart, s'efforçant sans beaucoup de succès d'allumer un feu. Pourquoi demander ? Tu en sais sans doute plus que lui et moi sur ce dont nous avons discuté.

– C'est probable, dit gaiement Simkin. Regarde-moi ce pauvre diable ; il est transi. Les vieux comme ça ne devraient pas se balader dans ces régions sauvages. Je vais l'inviter à partager notre ragoût.

Le jeune homme regarda ses amis.

– D'accord ? Oui, je vais l'inviter. Ne fais pas cette tête-là, Joram. Il faudrait quand même que tu le connaisses. Après tout, il est là pour t'appréhender. Oh, Catalyste !

La voix de Simkin résonna dans la caverne. Saryon sursauta et se retourna, comme presque tous les assistants.

– Arrête, imbécile ! dit Mosiah, tirant Simkin par la manche.

Mais Simkin répéta son appel en agitant la main, sa robe rouge flamboyant à la lumière du feu.

– Par ici, Catalyste. Regarde, nous avons un bon ragoût d'écureuil....

Beaucoup les regardaient, ricanant et faisant des commentaires à voix basse. Même Blachloch leva les yeux de la partie de cartes qu'il faisait avec plusieurs de ses hommes, attachant sur le groupe son regard froid et impénétrable. Lentement Saryon se leva, cramoisi, et se dirigea vers eux, espérant manifestement faire taire Simkin.

– Zut ! grogna Mosiah, se penchant vers Joram. Allons-nous-en, ça me coupe l'appétit...

– Non, attends, je veux le connaître, murmura Joram, ses yeux noirs fixés sur le catalyste.

– Permets-moi de t'escorter, mon Père, dit Simkin, se levant d'un bond et courant vers le catalyste.

S'inclinant avec grâce, il le prit par la main et le

conduisit jusqu'au feu, exécutant un quadrille dans l'intervalle. Danserons-nous, mon Père ? Un, deux, trois, hop. Un, deux, trois, hop...

Rire général. Tous les regardaient maintenant, heureux de la diversion. A l'exception de Blachloch, qui retourna à ses cartes.

– Tu ne danses pas, mon Père ? Non, c'est sans doute mal vu, n'est-ce pas ?

Saryon s'efforçait, sans résultat, de se débarrasser de Simkin, qui s'amusait trop pour se laisser faire.

– Sa Rondeur l'interdit, sans aucun doute par jalousie. Je veux dire, avec lui « un, deux, trois, hop » deviendrait sans doute « un, deux, trois, boum, boum, boum ».

Gonflant ses joues et sortant le ventre, Simkin fit une assez bonne imitation de l'Evêque, qui provoqua des hurlements de rire et des applaudissements.

– Merci, merci, dit-il, saluant, la main sur le cœur.

Puis, agitant avec panache son carré de soie orange, il conduisit le catalyste cramoisi près du feu.

– Et voilà, mon Père, dit-il, s'affairant autour de lui et tirant un rondin pourri. Attends ! Ne t'assieds pas encore ! Je parie que tu souffres d'hémorroïdes. C'est la malédiction de l'âge mûr. Mon grand-père en est mort, tu sais, poursuivit-il d'un ton lugubre, tapotant le rondin et le transformant en coussin de velours. Oui, le pauvre gentilhomme a passé neuf ans sans s'asseoir. Puis il s'y est risqué une fois et *boum*, il a chaviré. Le sang a afflué à son...

– S'il te plaît, assieds-toi, mon Père, l'interrompit vivement Mosiah. Je... Je crois que tu ne connais pas encore Joram. Joram, je te présente Pè... Père...

Mosiah bredouilla et se tut devant Joram qui fixait le catalyste sans parler.

S'asseyant gauchement sur le coussin, Saryon chercha quelques mots de bienvenue polis, mais le regard glacial et dédaigneux de Joram aspira l'air de ses poumons et les paroles de son esprit. Seul Simkin était à son aise. S'asseyant sur une pierre, il posa ses coudes sur ses genoux, son menton dans ses mains, et les regarda tous les trois avec un sourire malicieux.

– Je parie que l'écureuil est cuit maintenant, dit-il, avec une bourrade enjouée au catalyste. Tu ne penses pas, mon Père ?

Rouge au point d'en paraître fiévreux, Saryon semblait regretter que le sol ne s'ouvre pas pour l'engloutir. Lançant un regard mauvais à Simkin, Mosiah s'approcha vivement de la marmite. Il s'apprêtait à la soulever par son anse quand Joram lui saisit le bras.

– Attention, c'est chaud !

Une baguette se matérialisa dans la main de Joram, et, la glissant dans l'anse, il souleva la marmite.

– La chaleur du feu chauffe non seulement le pot mais aussi son anse.

– Toi et ta maudite technologie ! grommela Mosiah en se rasseyant.

– Je me ferais un plaisir d'ouvrir un conduit et de te donner de la Vie, commença Saryon, quand son regard rencontra celui de Joram.

– Cela ne servirait pas à grand-chose, mon Père, répondit Joram, le visage barré de la ligne noire de ses sourcils. Je suis Mort. Mais tu ne le savais peut-être pas ?

– Je le savais, répondit Saryon d'une voix égale.

Sa rougeur avait disparu, laissant son visage pâle et composé. Maintenant, personne ne les regardait. Leurs compagnons, comprenant que le spectacle était terminé, étaient retournés à leurs affaires.

– Je ne te mentirai pas. On m'a envoyé t'appréhender pour te présenter à la justice. Tu es un meurtrier...

– Et un Mort vivant, dit Joram, amer, posant la marmite par terre avec un bruit mat.

– Hé, attention, s'écria Simkin, se penchant vivement pour sauver le pot.

Prenant la louche, il se mit à répartir la mixture grisâtre et grumeleuse dans de grossières écuelles en bois.

– Pardonne-moi de me servir de ces ustensiles, mon Père, mais..

– Tu es Mort ? demanda Saryon, regardant fixement Joram. Je t'ai vu utiliser la magie. Cette baguette sortie du néant, par exemple...

A l'étonnement de Saryon, les yeux noirs de Joram

lancèrent des éclairs. Pas des éclairs de colère, mais de peur. Perplexe, oubliant ce qu'il allait dire, le catalyste le considéra, médusé. L'expression disparut aussitôt, remplacée par l'habituelle face de pierre. Mais Saryon l'avait vue, il en était certain.

Prenant son écuelle de la main de Simkin, Joram s'assit par terre et se mit à manger, se servant d'un outil pour porter sa nourriture à sa bouche, sans lever les yeux. Mosiah fit de même, manipulant gauchement l'ustensile. Simkin présenta une écuelle et une cuillère au catalyste. Mais Saryon ne mangea pas, il continuait à regarder Joram.

– J'ai réfléchi, dit-il au taciturne jeune homme. Comme il n'existe pas d'archives sur tes Epreuves, il est possible que Père Tolban, dans l'excitation du moment, se soit trompé. Reviens volontairement avec moi, et ton cas sera réexaminé. Le meurtre a des circonstances atténuantes, paraît-il. Ta mère...

– Ne parle pas de ma mère. Parlons plutôt de mon père. Le connaissais-tu, Catalyste ? demanda Joram avec froideur. Etais-tu là, regardais-tu quand ils l'ont transformé en pierre ?

Saryon, qui avait pris son écuelle, la reposa à ces mots d'une main tremblante.

– Dis-moi, Mosiah, dit Simkin, mastiquant vigoureusement, cet écureuil ne serait-il pas tombé ici d'épuisement pour mourir de vieillesse dans tes bras ? Si oui, tu aurais dû l'enterrer décemment. Voilà dix minutes que je mâche ce morceau...

– Non, non, je n'étais pas là pendant la Pétrifixion de ton père, répondit Saryon à voix basse, les yeux fixés sur le sol. J'étais novice à l'époque. Seuls les plus hauts dignitaires de mon Ordre...

– Etaient admis au spectacle ? ricana Joram.

– De l'eau ! De l'eau !

Simkin fit un geste, et une outre, suspendue au fond de la caverne, flotta vers eux.

– Il me faut quelque chose pour faire passer cette vieille carne.

Il but une longue rasade, s'essuya les lèvres de son

carré de soie orange, puis bâilla à se décrocher la mâchoire.

– Dites-moi, cette conversation est furieusement ennuyeuse. Jouons plutôt au tarok.

Levant la main, il s'y matérialisa un paquet de cartes dorées sur tranche.

– D'où sors-tu ces cartes ? demanda Mosiah, heureux de la diversion. Ce ne sont pas celles de Blachloch, au moins ?

– Bien sûr que non, dit Simkin, l'air ulcéré. Il joue dans le coin, tu n'avais pas remarqué ? Quant à celles-ci, dit-il, étalant le paquet d'une main experte, je les ai rapportées de la cour. C'est le dernier cri. Les artisans ont magnifiquement travaillé. Elles représentent tous les membres de la Maison royale de Merilon. Elles font fureur. L'Impératrice y est très flattée, naturellement. De nos jours, elle n'est plus si belle, surtout de près. Mais les artisans n'avaient pas le choix en la matière, je suppose. Remarquez l'azur ravissant du ciel dans la carte du Soleil. C'est du lapis-lazuli broyé. Si, si, je vous assure. Et regardez les Roys. Le Roy de chaque couleur représente l'Empereur d'un des Royaumes. Le Roy d'Epée – l'Empereur de Merilon. Le Roy de Bâton, celui de Zith-el. Le Roy de Coupe est l'amant fameux, l'Empereur de Balzab. La ressemblance est parfaite. Et le Roy de Deniers est le cupide Empereur de Sharakan...

– Alors, nous jouons, oui ou non ? l'interrompit vivement Mosiah, le voyant passer aux Reynes. Et toi, mon Père ? A moins que le jeu de tarok ne te soit interdit.

– Trois joueurs seulement, dit Simkin, battant les cartes. Le catalyste devra attendre son tour.

– Merci, dit Saryon.

Resserrant sa robe autour de lui, il fit mine de se lever, laissant par terre son écuelle intacte.

– On nous permet de jouer, mais je ne veux pas gêner votre partie. Peut-être un autre jour...

– Vas-y, Catalyste. Je n'ai pas envie de jouer. Prends ma place.

Repoussant son écuelle, Joram se leva, sombre et maussade, une lueur bizarre dans les yeux.

– Non, Joram ! dit Mosiah tout bas, avec une nuance d'anxiété, en lui saisissant le bras.

– Ecoute, dit Simkin, coupant les cartes et rassemblant prestement le paquet, nous ne jouerons pas sans Joram. Je vais plutôt vous dire l'avenir. Rassieds-toi, Catalyste. Je crois que tu trouveras ça intéressant. Toi d'abord, Joram.

Autrefois, les Devins utilisaient les tarots pour lire l'avenir. Apportées du Monde noir, les cartes étaient, à l'origine, considérées comme des objets sacrés. Seuls les Devins savaient comment traduire leurs images complexes, disait-on. Mais les Devins n'étaient plus, ayant tous péri dans les Guerres du Fer. Les cartes existaient toujours, sauvées par leur beauté, et un jour, quelqu'un s'était souvenu qu'on s'en servait autrefois dans un ancien jeu appelé « tarok ». Le jeu avait eu du succès, surtout parmi les membres des maisons nobles. L'art de la prédiction n'était pas mort non plus, mais avait dégénéré (avec l'encouragement des catalystes) en un inoffensif passe-temps pour les réceptions.

– Allons, Joram, je m'y connais, tu sais, dit Simkin d'un ton persuasif, tirant le jeune homme par la manche jusqu'à ce qu'il se rasseye.

Même Saryon hésita, regardant les cartes avec la fascination que chacun ressent en essayant de soulever le voile qui cache le futur.

– L'Impératrice raffole de moi. Maintenant, Joram, de la main gauche – la plus proche du cœur – choisis trois cartes. Passé, présent et futur.

Simkin retourna la première carte. Monté sur un cheval blanc, un personnage vêtu de noir les regarda avec le sourire ricanant d'un crâne.

– La Mort, dit doucement Simkin.

Malgré lui, Saryon ne put s'empêcher de frissonner. Il regarda subrepticement le jeune homme, mais Joram fixait les cartes, avec, aux lèvres, un demi-sourire qui pouvait passer pour un ricanement.

La deuxième carte représentait un homme en vêtements royaux, assis sur un trône.

– Le Roy d'Epée. Oh, oh, dit Simkin en riant. Peut-être es-tu destiné à arracher le pouvoir à Blachloch, Joram. Empereur des Sorciers !

– Chut ! Ne plaisante pas là-dessus, dit Mosiah, regardant nerveusement le coin de la caverne où Blachloch jouait sa propre partie avec ses hommes.

– Je ne plaisante pas, dit Simkin d'un ton ulcéré. Je m'y connais pour tirer les cartes. Le Duc d'Osborne dit toujours...

– Retourne la troisième carte, grommela Joram. Qu'on aille se coucher.

Simkin, docile, retourna la carte. A sa vue, Joram cligna les yeux, amusé.

– Deux cartes exactement pareilles ! J'aurais dû savoir que tu avais un paquet truqué, dit Mosiah, écœuré.

Saryon remarqua quand même le ton soulagé, et vit que l'air hagard de Joram se dissipait.

– La bonne aventure ! Retourne le Fou pour toi, Simkin, et je te croirai. Viens, Joram. Bonne nuit, mon Père.

Ils s'éloignèrent en direction de leurs sacs de couchage.

– Bonne nuit, dit distraitement Saryon, toute son attention concentrée sur Simkin qui regardait les cartes avec stupéfaction.

– C'est impossible, dit Simkin, fronçant les sourcils. La dernière fois que j'ai regardé ce paquet, je suis certain qu'il était parfaitement normal. Je me rappelle très bien. J'ai dit au Marquis de Lucien qu'il allait rencontrer un étranger grand et noir. Et ça n'a pas manqué. Un *Duuktsarith* est venu l'arrêter le lendemain. Mmm. Très bizarre. Enfin !

Haussant les épaules, il déploya sur les cartes son carré de soie orange, lui donna une petite tape et les cartes disparurent.

– Dis-moi, vas-tu manger ton ragoût, Père chauve ?

– Quoi ? Oh... non, dit Saryon, secouant la tête. Mange-le.

– Je n'aime pas le gaspillage, tout en regrettant que Mosiah n'ait pas davantage de respect pour les vieux, dit Simkin, prenant l'écuelle et portant une cuillerée d'écureuil à sa bouche.

Se renversant sur le coussin de velours, il se mit à mastiquer avec résignation.

Saryon ne répondit pas. Il s'éloigna, et s'arrêta dans un coin relativement sombre. Resserrant sa robe autour de lui et s'enveloppant dans sa couverture, il s'allongea sur la pierre froide et s'efforça de trouver une position confortable. Mais il ne parvint pas à s'endormir. Le catalyste revoyait toujours les cartes étalées sur le sol de la caverne.

La troisième carte avait été, de nouveau, la Mort. Mais cette fois, la figure ricanante était renversée.

Chapitre 2

DONNE-MOI DE LA VIE

La pluie et le voyage continuèrent, comme le supplice de Saryon. Mais maintenant, le supplice était assorti d'une peur croissante à mesure qu'ils approchaient de leur but – le village de Dunam, au nord de la frontière du Nullepart, à environ cent miles de la mer. Au moins une fois par jour, Blachloch demandait de la Vie au catalyste, jamais beaucoup, juste assez pour se défendre ou pour donner à ses hommes la capacité de s'élever jusqu'au faîte des arbres ou sur les ailes du vent pour reconnaître le terrain devant eux.

Mais, malgré leur importance modeste, Saryon reconnaissait ces exigences pour ce qu'elles étaient – un conditionnement, le conditionnement de l'esclave à obéir à la voix de son maître. Chaque ordre était un peu plus difficile à exécuter que le précédent, chacun exigeait un peu plus d'énergie de la part du catalyste, chacun le dépouillait un peu plus de ses forces. Et toujours, les yeux froids et inexpressifs du sorcier le regardaient de l'ombre de son capuchon noir, guettant le moindre signe de faiblesse, d'hésitation, de résistance.

Qu'aurait fait Blachloch si son esclave s'était révolté ? Saryon ne le savait pas. Pas une fois durant le mois que dura la traversé du Nullepart, le catalyste ne vit Blachloch maltraiter, menacer, ni même parler durement à quiconque. Le *Duuk-tsarith* n'avait pas besoin de recourir à ces mesures. Sa seule présence commandait le respect, ses yeux inspiraient un vague sentiment de terreur.

Participer à l'une de ses parties de tarok quotidiennes – sa seule faiblesse, à laquelle il se livrait avec passion – demandait, un moral d'acier ou de larges doses d'alcool. Certains ne supportaient pas de passer des heures sous le regard de ces yeux bleus et inexpressifs. Saryon vit certains hommes se glisser dans l'ombre quand, le soir venu, Blachloch sortait ses cartes.

Le supplice et les remords de Saryon empirèrent. Jour après jour, le catalyste chevauchait sous la pluie, baissant la tête à toucher l'encolure de son cheval. Rien ne venait alléger la corvée du voyage. Les bandits relevèrent des traces de centaures, mais ils ne furent pas attaqués. Les centaures préfèrent s'en prendre à un ou deux humains isolés, et regardent à deux fois avant d'assaillir un groupe nombreux et bien armé. Une fois, Saryon aperçut un géant qui les regardait depuis le sommet d'un arbre, l'énorme tête hirsute jurant avec les yeux enfantins et le sourire ravi à la contemplation de cette petite procession sur son territoire. Mais avant que le catalyste ait pu parler et donner l'alarme, la tête avait disparu. Saryon aurait douté de ses sens, mais il sentit le sol trembler sous les pas des pieds gigantesques. Plus tard, il se félicita de n'avoir rien dit quand il entendit les hommes de Blachloch raconter comme ils s'étaient amusés en capturant une de ces immenses créatures douces et faibles d'esprit.

Les seules gorgées de plaisir de la coupe amère de Saryon, c'étaient les quelques instants qu'il passait tous les jours avec Mosiah. Le jeune homme avait pris l'habitude de venir chevaucher près de Saryon plusieurs fois par jour pour de courtes périodes, généralement seul, de temps en temps (quand il n'avait pas pu se débarrasser de lui) avec Simkin. Joram, naturellement, ne se joignait jamais à eux, mais Saryon remarqua qu'il chevauchait toujours derrière eux, à portée de voix. Pourtant, quand le catalyste voulut en parler à Mosiah, celui-ci secoua vivement la tête avec un regard en arrière en murmurant :

– Ne fais pas attention à lui.

Ils formaient tous les deux un couple improbable – le prêtre, grand, vieillissant et voûté, et le beau jeune homme blond. Ils parlaient de toutes sortes de choses, prenant presque toujours pour point de départ les petits faits du village de Mosiah, que le jeune homme nostalgique ne se lassait jamais de discuter. Après quoi, la conversation dérivait dans toutes les directions, Saryon se surprenant toujours à parler de ses études, de la vie à la cour et de la cité de Merilon. C'est en ces moments, surtout quand il discourait sur Merilon ou sur les mathématiques (son sujet préféré), qu'il voyait du coin de l'œil Joram s'approcher discrètement.

– Dis-moi, mon Père – la voix de Mosiah sonnait clair, dominant le pas lourd des chevaux et le bruit des gouttes sur les feuillages sous lesquels ils avançaient –, quand Simkin parle de la cour de Merilon... tu sais, quand il mentionne les Ducs, les Duchesses, les Comtes et tout ça, est-ce que... est-ce qu'il les invente ? Ou est-ce qu'ils existent vraiment ?

– Il ment, grommela Joram derrière eux, son étrange sourire intérieur éclairant ses yeux. Bien sûr qu'il ment. Tu essayes toujours de prendre l'astucieux Simkin en flagrant délit, Mosiah ? Laisse tomber. De meilleurs que toi ont renoncé.

– Je ne sais pas vraiment, entendit-il répondre le catalyste d'un ton perplexe. Tu comprends, je n'ai pas beaucoup fréquenté la cour... et je ne me rappelle jamais les noms. Certains de ceux qu'il mentionne me semblent familiers, mais je n'arrive pas à les revoir mentalement. Pourtant, il est tout à fait possible...

– Tu vois ? dit Joram dans le dos de Mosiah.

Il faisait souvent de ces commentaires pendant la conversation, mais il les faisait pour lui-même, et ils restaient ignorés des intéressés. Car Joram ne les rejoignait jamais, et si l'un ou l'autre jetait un coup d'œil en arrière, il feignait toujours de regarder le paysage à l'exclusion de toute autre chose.

Mais il écoutait. Il écoutait attentivement et avec un intense intérêt. Un changement était survenu en Joram depuis qu'il vivait chez les Sorciers de la Technologie.

Epuisé et malade à son arrivée, il lui avait été facile de reprendre ses vieilles habitudes d'isolement, laissant les gens tranquilles et demandant qu'on le laisse dans son coin. Mais après de longues semaines, il découvrit qu'à être toujours seul il se sentait très... seul. Pire encore, il réalisa que si la solitude qu'il s'imposait continuait, il deviendrait bientôt aussi fou que la pauvre Anja.

Heureusement, c'est à ce moment que Simkin était rentré d'un de ses fréquents et mystérieux voyages. Agissant, disaient certains, à la suggestion de Blachloch, Simkin était apparu à la porte de Joram, s'était présenté, et était entré avant que le taciturne jeune homme n'ait eu le temps de prononcer un mot. Joram, intrigué et amusé par la conversation de son jeune aîné, lui avait permis de rester. En échange, Simkin avait présenté Joram au monde.

– Tu as un don, mon ami, lui dit un soir Simkin d'un ton moqueur. Ne fronce pas les sourcils comme ça, sinon, ton visage va se figer dans ces lignes, et tu passeras ta vie à faire peur aux chiens et aux petits enfants. Maintenant, à propos de ce don, je parle sérieusement. Je l'ai vu à la cour. Ta mère était *Albanara*, exact ? Elles naissent avec ces capacités de charisme, de charme, appelle ça comme tu veux. Pour le moment, bien sûr, tu as tout le charme d'un tas de cailloux, mais reste avec moi et tu apprendras. Pour quoi faire ? diras-tu. Pour la meilleure raison du monde. Parce que, mon ami, tu pourras faire faire aux gens tout ce que tu voudras...

S'aventurant dans son petit monde, Joram découvrit avec surprise et plaisir que Simkin avait raison. C'était peut-être son « sang noble », les capacités héréditaires des *Albanara* qui coulaient dans ses veines, peut-être rien de plus que le fait d'être instruit. Quelle que fût la raison, Joram se découvrit la capacité de manipuler les gens, de se servir d'eux, tout en les tenant à distance.

La seule personne sur laquelle cette tactique échoua, ce fut Mosiah. Bien que très content de voir son ami d'enfance arriver au camp, Joram s'offensait de ses tentatives perpétuelles pour briser la carapace de pierre si soigneusement construite de son être. Simkin amusait

Joram. Mosiah demandait quelque chose en échange de son amitié.

Recule, pensait souvent Joram, exaspéré. *Recule, et laisse-moi respirer* !

Malgré ça, Joram était plus heureux parmi ces gens qu'il n'avait jamais cru possible de l'être. Il devait toujours prétendre posséder un certain don de magie, mais il y parvenait facilement avec ses tours de prestidigitation. Il y en avait d'autres, dans le camp, qui avaient échoué aux Epreuves, et il n'avait plus l'impression d'être un proscrit ou un monstre.

Grâce aux durs travaux physiques, il était devenu musclé et vigoureux. L'amertume et la colère qui le défiguraient s'étaient adoucies, mais la ligne noire de ses sourcils et le regard taciturne de ses yeux noirs en mettaient plus d'un mal à l'aise. Ses magnifiques cheveux noirs et luisants étaient en général hirsutes et emmêlés, car il n'y avait plus d'Anja pour les peigner tous les soirs. Mais il refusait de les couper, les portant en une longue tresse qui lui descendait presque jusqu'à la taille.

Il aimait son travail à la forge. Façonner le minerai informe en outils et en armes utiles lui donnait la satisfaction que, supposait-il, les autres ressentaient en conjurant la magie. En fait, Joram se passionnait pour la Technologie. Il passait des heures à écouter Andon lui raconter les légendes des époques passées, où les Sorciers du Neuvième Mystère gouvernaient le monde avec leurs merveilleux engins et machines. Par des moyens mystérieux, il avait découvert où étaient cachés les textes écrits après les Guerres du Fer par ceux qui avaient fui la persécution. Intrigué par les merveilles décrites, Joram fulminait à la pensée de tout ce qui avait été perdu.

– Nous pourrions de nouveau gouverner le monde si nous avions ces machines ! dit-il à Mosiah plus d'une fois, ses pensées se tournant toujours de ce côté dans l'état fiévreux et loquace qui suivait toujours ses accès de noire mélancolie. Une poudre, fine comme le sable, qui peut abattre les murs ; des engins projetant des boules de feu...

– La Mort ! s'écriait Mosiah, atterré. Voilà de quoi tu parles, Joram. Des engins de Mort. C'est pour ça que les Technologues ont été proscrits.

– Proscrits par qui ? Par les catalystes ? Parce qu'ils nous craignaient ! rétorquait Joram. Quant à la Mort, les gens meurent aussi par les mains des Maîtres de Guerre, les *DKarn-Duuk*, ou pire, ils sont mutés, métamorphosés au point qu'on ne les reconnaît pas. Réfléchis seulement, Mosiah, à ce que nous pourrions faire si nous combinions la magie et la Technologie...

– Blachloch y pense, marmonnait Mosiah. C'est ça ton souverain, Joram ? Un sorcier renégat ?

– Peut-être... murmura Joram, avec cet étrange demi-sourire dans les yeux. Peut-être pas...

Joram avait fait une découverte dans l'un des anciens livres. C'est cette découverte qui l'avait poussé à travailler de nuit à la forge, avec des résultats si frustrants. Il lui manquait la clé pour tout comprendre. Mais maintenant, il pensait l'avoir trouvée en un endroit improbable – le catalyste. Enfin, il croyait savoir ce qu'étaient les étranges symboles du texte. C'étaient des nombres. La clé, c'étaient les mathématiques.

Mais maintenant, Joram était déchiré. Il haïssait le catalyste. Saryon lui rappelait d'amers souvenirs – les histoires d'Anja, la statue de pierre, le fait qu'il était Mort, le fait qu'il avait tué. Sa vie paisible en était bouleversée. De vieux cauchemars revinrent le tourmenter, ses accès de mélancolie menacèrent une fois de plus de le faire sombrer dans la folie. Quand le catalyste était arrivé, il avait eu envie, plusieurs fois, de le supprimer comme il en avait déjà supprimé un autre. Il se surprenait souvent à soupeser une grosse pierre dans sa main, se rappelant comme ça avait été facile. Maintenant, il se rappelait clairement ce qu'il avait ressenti en lançant la pierre, le bruit qu'elle avait fait en frappant l'homme à la tête.

Mais il ne tua pas le catalyste. Pour la raison, se dit-il, qu'il savait les mathématiques. Le catalyste lui donnerait de la Vie, *à lui* – mais une Vie d'une autre sorte. Il faudra attendre, et voir quel genre d'homme c'est, se dit Joram. Est-il faible et ignorant comme le Père Tolban ou lui est-il supérieur ? Une chose parlait en faveur du catalyste – il avait été étonnamment honnête avec lui. Non que

Joram lui fît confiance. Le jeune homme faillit éclater de rire à cette absurdité. Non, il ne faisait pas confiance au catalyste, mais il le respectait à contrecœur.

Le véritable test viendrait bientôt. Joram attendait de voir, avec pratiquement tous les autres du groupe, comment Saryon réagirait quand Blachloch lui ordonnerait de l'aider à dévaliser les villageois.

– Tu crois que c'est bien ce qu'on fait ? lui demanda Mosiah, un soir qu'ils étaient couchés sous un arbre, sur un tas de feuilles mortes et mouillées.

Même enveloppés dans leur couverture, il leur était impossible de se réchauffer.

– Que quoi est bien ? marmonna Joram, s'efforçant sans succès de trouver une position confortable.

– De voler de la nourriture... à ces gens.

– Ainsi, tu as encore parlé à ce vieux bigot vertueux ? ricana Joram.

– Non, ce n'est pas ça, répondit Mosiah.

Se soulevant sur un coude, il se tourna vers son ami qui n'était qu'une tache floue dans la nuit sans lune et sans étoiles.

– J'y ai pensé tout seul. Ces gens sont comme nous, Joram. Comme ma mère et mon père. Comme ta mère.

Il ignora les furieux craquements de feuilles.

– Tu te rappelles comme les hivers étaient durs ? Et si les bandits nous avaient volé nos provisions ?

– On n'aurait pas eu de chance, exactement comme eux, répondit Joram avec froideur. C'est eux ou nous. Il faut bien qu'on mange.

– On pourrait faire du troc...

– Avec quoi ? Des pointes de flèches ? Des dagues ? Des fers de lances ? Avec les outils du Neuvième Mystère ? Crois-tu que ces fermiers feraient du troc avec des Sorciers qui ont vendu leurs âmes aux Puissances des Ténèbres ? Ha ! Ils aimeraient mieux mourir que nous nourrir.

La conversation en resta là, Joram se retournant et refusant de continuer, Mosiah entendant ses dernières paroles troublantes résonner dans son esprit.

Ils aimeraient mieux mourir...

Chapitre 3

LE RAID

Un vent fort et glacé venant de l'océan balaya les nuages vers le sud et l'intérieur du Nullepart. La pluie cessa et le soleil reparut, sa maigre chaleur ne parvenant pas à combattre le froid du vent soufflant sur des vêtements trempés. Le moral des hommes ne s'améliora pas. La pluie ayant cessé, Blachloch accéléra l'allure, les forçant parfois à continuer de nuit quand il y avait de la lune. Les épaisses forêts de chênes et de noyers du Nullepart firent place aux sapins. Les cavaliers devinrent plus prudents, car ils approchaient de la frontière des terres civilisées. S'arrêtant enfin sur la berge de la rivière, ils dressèrent le camp et passèrent trois jours à couper des arbres et à en assembler les troncs en grossiers radeaux.

Le catalyste travaillait sans relâche à donner de la Vie aux hommes pour leur permettre de terminer rapidement le travail. Il faisait ce qu'on lui disait, même s'il observait la construction des radeaux avec un accablement croissant. Mentalement, il les voyait déjà chargés de butin, prêts à remonter la rivière pour retourner au village.

Enfin, la construction prit fin, et la nuit suivante fut sans lune. Le vent se fit plus violent, secouant les hommes quand ils se mirent en selle. Partant au galop, leurs capes noires gonflées par les bourrasques comme les voiles d'une armada fantomatique, les bandits fondirent sur le village de Dunam, bien décidés à attaquer le soir, quand les Mages des Champs, usés par les durs travaux de la journée, se préparent au repos.

Aux abords du village, Blachloch serra la bride à son cheval et ordonna une halte. Devant eux se déployait une étendue découverte de champs fraîchement moissonnés, encore en jachère, au bout desquels étaient empilés les disques utilisés par les Ariels pour le transport des récoltes dans les greniers des propriétaires. A leur vue, les hommes sourirent jusqu'aux oreilles. Ils arrivaient à temps.

Le vent glacé soufflant de l'océan apportait avec lui, même à cette distance, un faible goût de sel. Debout dans le vent mordant, les chevaux secouèrent la tête, faisant tinter leur harnais, tintements qui firent piaffer les plus nerveux. Leurs cavaliers, pas plus à l'aise que leurs montures, emmitouflés jusqu'aux yeux dans leurs capes encore humides du voyage, attendaient en ligne les ordres qui les feraient passer à l'action.

A l'écart des autres, seul, voûté dans sa cape verte, Saryon frissonnait de froid et de peur, le credo de son éducation résonnant à ses oreilles, tandis que son ironie lui nouait les entrailles.

Obedire est vivere. Vivere est obedire.

– Catalyste, à mon côté.

Ces mots pénétrèrent l'esprit de Saryon plutôt que ses oreilles. Saisissant les rênes d'une main tremblante, le catalyste avança.

Où était l'Etern ? Où était son Dieu en cette situation désespérée ? A la Source, sans doute, assistant aux Prières du Soir. Certainement qu'Il n'était pas dans cette nuit sauvage et venteuse, chevauchant avec des bandits.

« Vivre, c'est obéir »...

Chevauchant de l'avant, Saryon eut vaguement conscience d'un visage tourné vers lui pour le regarder. Son capuchon rabattu, le jeune homme était à peine visible à la lueur des étoiles. Mais le catalyste reconnut Mosiah, l'air troublé, affolé. Près de lui, la sombre silhouette était sans aucun doute Joram. Saryon aperçut les yeux brillants du jeune homme sous un fouillis de cheveux, et qui le regardaient d'un air de froide spéculation.

Un rire étouffé s'éleva derrière eux, en même temps que fulgurait une brillante tache de couleur – Simkin.

Agissant apparemment de sa propre volonté, le cheval de Saryon dépassa les jeunes gens, dépassa les rangées de Sorciers menaçants montés sur leurs chevaux nerveux, pour gagner l'avant des troupes. Là attendait Blachloch sur son étalon – un puisant destrier.

Le moment était venu. Se retournant à moitié sur sa selle, le sorcier regarda Saryon. Blachloch ne dit rien, son visage resta impassible, inexpressif, mais Saryon sentit sa vie s'écouler de lui aussi sûrement que si le sorcier lui avait tranché la gorge. Saryon baissa la tête, sur quoi Blachloch sourit pour la première fois.

– Je suis heureux que nous nous comprenions, mon Père. Tu as été instruit dans les arts de la guerre ?

– Il y a très longtemps de ça, dit Saryon à voix basse.

– Oui, j'imagine. Ne t'inquiète pas. Ce ne sera pas long, je crois.

Se retournant, Blachloch dit quelques mots à l'un de ses gardes, sans doute ses dernières instructions. Saryon n'écouta pas, n'entendit pas à cause du vent et du sang battant à ses oreilles.

Le sorcier s'avança ; un geste amena le catalyste à son côté.

– La chose importante à te rappeler, Catalyste, c'est de rester à ma gauche et un peu en arrière. Ainsi, je pourrai te protéger si besoin est. Mais je veux toujours te voir du coin de l'œil, alors, arrange-toi pour rester dans mon champ visuel. Et, mon Père – de nouveau, Blachloch sourit, d'un sourire qui fit frissonner le catalyste –, je sais que tu as la capacité de prendre la Vie aussi bien que de la donner. Manœuvre dangereuse, mais non sans précédents chez les catalystes désirant se venger de leur magicien. Garde-toi d'essayer cette manœuvre sur moi.

La voix n'était pas menaçante, seulement inexpressive comme d'habitude. Mais la dernière lueur d'espoir du catalyste s'éteignit. Non qu'elle ait jamais brillé d'un vif éclat. Drainer la Vie de Blachloch aurait laissé Saryon à la merci des Sorciers, car une telle action épuise aussi le catalyste. Et, comme Blachloch l'avait dit, c'était extrêmement dangereux. Un puissant magicien pouvait couper le conduit, puis se retourner sur son assaillant. Quand même, c'était une occasion à saisir, mais maintenant, elle s'était envolée.

L'Evêquey avait-il pensé ? Savait-il que Saryon serait contraint de participer à ces crimes ? Vanya n'envisageait sûrement pas que les choses iraient si loin ! Même s'il lui avait menti, il devait avoir une raison, un but...

– Salut, étrangers dans la nuit ! lança une voix.

Saryon sursauta si violemment qu'il faillit tomber de sa selle. Blachloch arrêta son cheval, et le catalyste l'imita précipitamment, se positionnant, comme Blachloch le lui avait ordonné, à sa gauche et un peu en arrière.

Regardant autour de lui, le catalyste réalisa que, pendant qu'il ruminait ses sombres pensées, ils étaient entrés dans le village. Des lumières brillaient aux fenêtres de maisons façonnées dans la pierre où vivaient les Mages des Champs. C'était un grand village, nota Saryon, bien plus grand que Walren. L'espoir se raviva. Avec sa trentaine d'hommes, sans doute que Blachloch n'allait pas attaquer une communauté comprenant au moins une centaine de mages.

Une porte était ouverte, et un homme se dressait sur le seuil, silhouetté dans la lumière du feu qui brûlait doucement derrière lui. Grand et musclé, c'était sans doute le surveillant, et celui qui avait lancé la salutation.

– Catalyste, cria-t-il, nous avons des visiteurs.

La porte de la maison voisine s'ouvrit, et un autre homme en sortit – un catalyste, comme l'attestait sa robe verte. Jeune, il n'avait probablement pas dépassé le rang de diacre. Ce devait être son premier poste.

Le surveillant scruta la nuit, s'efforçant de voir qui arrivait à cette heure tardive. Il était prudent, méfiant. Blachloch n'avait pas dit un mot, ni répondu à la salutation selon l'usage.

Nous devons n'être que des taches plus noires sur le noir de la nuit, se dit Saryon. Puis il sentit une main glacée lui toucher le poignet, et il pâlit, l'estomac noué.

– Donne-moi de la Vie, Catalyste.

Ces mots ne furent pas prononcés, mais résonnèrent directement dans la tête de Saryon. Fermant les yeux, il vida son esprit, évacuant les lumières des maisons, le visage perplexe et soupçonneux du surveillant, le visage tendu du jeune catalyste. Je pourrais mentir, pensa-t-il avec désespoir. Je pourrais dire que je suis trop faible, trop effrayé pour conjurer la magie...

La main glacée resserra douloureusement sa prise. Frissonnant, sentant la magie monter en lui du sol, de la nuit, du vent et traverser tout son être, Saryon ouvrit le conduit. La magie coula de lui en Blachloch.

– J'ai dit : « Salut, étrangers », dit le surveillant, bourru maintenant. Etes-vous perdus ? D'où venez-vous et où allez-vous ?

– Nous venons du Nullepart, répondit Blachloch, et ce village est notre destination.

– Le Nullepart ?

Le surveillant croisa les bras sur sa poitrine.

– Dans ce cas, vous pouvez faire demi-tour et retourner dans ce territoire maudit de l'Etern. Nous ne voulons pas de vos pareils ici. Allez-vous-en. Catalyste...

Mais le jeune catalyste avait l'esprit vif, et il ouvrit un conduit avant que le surveillant ne le lui demande.

Entre-temps, le bruit de la conversation avait réveillé des voisins. Certains regardèrent par la fenêtre, plusieurs parurent sur leur seuil, quelques-uns s'avancèrent sur la route.

Calmement assis sur son étalon, Blachloch devait attendre un public, car il sourit, apparemment satisfait.

– J'ai dit, allez-vous-en ! commença le surveillant, faisant un pas en avant.

Blachloch lâcha le bras de Saryon, fermant si vite le conduit que le catalyste eut le souffle coupé par la magie qui refluait en lui.

Pointant la main sur le surveillant, Blachloch murmura un mot. Le corps du surveillant s'entoura d'un halo surnaturel, émettant une faible luminescence verdâtre – le mage était du Mystère de la Terre. Le halo devint plus brillant, plus intense, et, à sa lumière, Saryon vit le visage de l'homme se convulser d'étonnement, puis de peur quand il réalisa ce qui lui arrivait. La lumière était sa propre magie, sa propre Vie. Quand elle s'éteignit, l'homme s'effondra sur le sol.

La gorge de Saryon se serra; il ne pouvait plus respirer. Toute sa vie, il avait entendu parler du terrible pouvoir de la Magie néantisante, mais il ne l'avait jamais vue en action. Le surveillant n'était pas mort, mais il aurait aussi bien pu l'être. Il gisait devant sa porte, plus faible qu'un nouveau-né. Jusqu'à ce que le sortilège soit inversé, ou qu'il ait appris à son corps à vivre sans la magie, il serait paralysé, tout juste capable de regarder autour de lui plein d'une fureur impuissante, les membres agités de faibles soubresauts.

Plusieurs mages couraient vers leur surveillant en donnant l'alarme. S'agenouillant près de lui, le jeune diacre leva la tête pour regarder Blachloch. Saryon vit ses yeux se dilater de frayeur, ses lèvres s'ouvrir pour supplier, protester, prier...

De nouveau, Blachloch leva la main, parla. Cette fois, il n'y eut pas de lumière, pas de son. Le sortilège fut rapide et efficace. L'air comprimé frappa le jeune catalyste comme une vague de l'océan montant autour de lui, et le fracassa sur le mur de pierre du surveillant.

Les cris d'alarme se transformèrent en hurlements d'indignation et de colère. Horrifié, Saryon chancela sur sa selle, les lumières du village tournoyèrent autour de lui, les ombres bondirent et dansèrent devant ses yeux éplorés. Il vit la main de Blachloch se lever, la vit émettre une flamme et entendit, en réaction, le lourd galop des chevaux. Les bandits passaient à l'attaque. Il eut la vague impression que certains Mages des Champs s'apprêtaient à combattre Blachloch avec leur propre magie, même affaiblie par une dure journée de travail, quand Blachloch pointa la main devant lui.

Une maison s'embrasa. Des hurlements partirent de l'intérieur, une femme et plusieurs enfants se ruèrent dehors, leurs vêtements en flammes. Les Mages des Champs s'arrêtèrent, hésitants, la colère remplacée sur leurs visages par la confusion et la peur. Certains approchèrent, certains se retournèrent, trébuchants, pour aider les brûlés. Mais deux d'entre eux continuèrent à avancer vers Blachloch et Saryon, dont un levait les mains, pour appeler les forces de la Terre à son aide. Il fixait Saryon, qui était paralysé.

Il se surprit à espérer que cet homme le jette à bas de son cheval. Mais Blachloch, sans hâte exagérée, bougea légèrement la main et la pointa sur une autre chaumière, qui s'embrasa aussitôt.

– Je peux détruire tout le village en quelques minutes, dit-il de sa voix inexpressive aux mages qui approchaient. Lancez votre sort. Si vous savez quelque chose des *Duuk-tsarith*, vous savez aussi que je peux me protéger moi-même et mon catalyste. Et où trouverez-vous l'énergie d'en lancer un autre ? Votre catalyste est mort. Le mien est vivant.

Tendant la main à Saryon, il ajouta :

– Catalyste, donne-moi de la Vie.

Obedire est vivere.

Saryon était toujours paralysé. Comme dans un cauchemar, il regarda alternativement les mages et le jeune diacre gisant près du surveillant réduit à l'impuissance.

Blachloch ne se retourna pas, ne regarda pas Saryon. Il répéta simplement :

– Catalyste, donne-moi de la Vie.

De nouveau, il n'y eut pas de menace, pas même dans le ton. Pourtant, Saryon savait qu'il paierait ce manquement à son devoir. Blachloch ne répétait jamais un ordre.

Obedire est vivere.

Et il ne doutait pas de le payer très cher.

– Non, dit-il d'une voix égale. Je ne t'en donnerai pas.

– Tiens, tiens, murmura Joram, le vieux a plus de tripes que je n'aurais cru.

– Quoi ? dit Mosiah. Qu'est-ce que tu as dit ?

Pâle et tendu, il regardait brûler les maisons des Mages des Champs, les yeux fous.

– Regarde, dit Joram, lui montrant le sorcier assis sur son cheval. Le catalyste. Il vient de refuser à Blachloch de lui donner de la Vie.

– Il le tuera ! murmura Mosiah, horrifié.

– Non, Blachloch n'est pas si bête. Il ne tuera pas son unique catalyste. Mais je parie que le pauvre regrettera de ne pas être mort.

Mosiah porta la main à sa tête.

– C'est affreux, Joram, dit-il d'une voix rauque. Je n'avais pas idée... je ne savais pas que ça serait comme ça... je m'en vais !

Il voulut faire demi-tour.

– Ressaisis-toi ! dit sèchement Joram, le prenant par le bras et le tirant en arrrière. Tu ne peux pas t'enfuir. Les villageois vont peut-être nous attaquer...

– Je l'espère bien ! s'écria Mosiah, furieux. J'espère qu'ils vous tueront tous. Lâche-moi, Joram !

– Où iras-tu ? Réfléchis !

Joram le retint de la poigne ferme qu'il devait à la forge.

– Je peux aller dans les bois ! siffla Mosiah, cherchant à se dégager. Je m'y cacherai jusqu'à votre départ. Et puis je reviendrai ici, voir ce que je peux faire pour ces gens...

– Ils te livreront aux Vigiles, ricana Joram, qui avait du mal à retenir son ami.

Leurs chevaux, apeurés par le feu et la fumée, les hurlements et les combats, tournaient en rond, fouaillant le sol de leurs sabots.

– Ecoute la raison... Attends...

Il leva les yeux.

– Regarde, ton catalyste...

Mosiah se retourna, suivit le regard de Joram et vit deux écuyers de Blachloch tirer Saryon à bas de son cheval et le jeter à terre. Titubant, Saryon essaya de se relever, mais deux autres, sur un geste du sorcier, sautèrent de leurs montures, saisirent le catalyste et lui immobilisèrent les bras derrière le dos. Voyant ses ordres exécutés, Blachloch jeta un dernier regard sur le catalyste, lui disant quelque chose que Joram n'entendit pas. Puis il partit au galop, hurlant d'autres ordres à ses hommes et montrant du geste une grande bâtisse où les récoltes étaient engrangées. Sur son passage, d'autres chaumières s'enflammèrent, éclairant la nuit comme un terrible soleil tombé sur la terre. Tout autour de Joram et de Mosiah, les bandits galopaient pour exécuter les ordres de leur chef, certains se dirigeant vers la grange, d'autres surveillant les Mages des Champs dont certains fuyaient de terreur, tandis que plusieurs tentaient en vain de protéger leurs maisons des feux magiques. Mais Joram et Mosiah concentraient leur attention sur les hommes qui tenaient Saryon.

A la lumière des incendies, Joram vit un poing se fermer, puis l'entendit s'écraser dans la chair. Le catalyste se plia en deux en gémissant, mais le garde qui le tenait le redressa de force. Le coup suivant atteignit Saryon à la tête. Le visage soudain noir de sang, le catalyste étouffa un cri, bientôt coupé par un nouveau coup à l'estomac.

– Mon Dieu ! murmura Mosiah.

Sentant son ami se raidir, Joram se tourna vers lui, alarmé. Mosiah avait le visage cendreux, le front couvert de sueur, et il fixait le catalyste, les yeux dilatés. Regardant en arrière, Joram vit Saryon s'affaisser entre les mains de ses bourreaux, gémissant sous les coups qui pleuvaient avec une brutale efficacité.

– Non ! Pas ça ! Tu es fou ? cria Joram, se cramponnant à Mosiah. Ils te feront pire si tu t'interposes...

Mais il parlait dans le vide. Avec un regard amer et furieux à son ami, Mosiah talonna violemment son cheval et s'élança, manquant projeter Joram à bas de sa selle dans son élan furieux.

– Bon sang ! jura Joram, cherchant du regard quelqu'un pour l'aider à rattraper Mosiah.

– Dis-moi, c'est une grande conflagration, dit une voix chantante à son oreille. Je m'amuse beaucoup. Et si on allait jusqu'à la grange pour les regarder remplir les sacs ? Par l'Etern, cher ami, qu'as-tu ?

– Tais-toi et suis-moi ! dit Joram, l'entraînant du geste. Regarde !

– Nouvelles réjouissances ! dit Simkin avec enthousiasme en suivant Joram. Que j'aurais manquées sans toi. Mais que font-ils à notre pauvre ami catalyste ?

– Il a refusé d'obéir à un ordre de Blachloch, dit sombrement Joram, mettant son cheval au galop. Et regarde Mosiah qui veut s'en mêler !

– A première vue, je dirais que Mosiah y est *déjà* mêlé, haleta Simkin, cahotant derrière lui dans ses efforts pour le rattraper. J'apprécie autant qu'un autre de rosser un catalyste, mais les petits gars de Blachloch ont l'air de tant s'amuser qu'à mon avis ils prendront assez mal toute intervention... Par le sang et le cerveau de l'Etern ! Que fait maintenant notre ami ?

Sautant à bas de son cheval, Mosiah s'était rué sur celui qui frappait Saryon et le jetait à terre. Ils s'empoignèrent, mais alors, le garde qui tenait Saryon pendant que l'autre donnait les coups poussa Saryon de côté, et, faisant apparaître une énorme branche, il la leva au-dessus de la tête de Mosiah.

– Mosiah ! hurla Joram, glissant à bas de sa monture et se ruant vers eux.

Mais il comprit, avec un pincement au cœur qui l'étonna, qu'il arriverait trop tard. La branche allait fracasser le crâne du jeune homme. Puis Joram s'arrêta, et, stupéfait, vit une brique sortir du néant et se matérialiser au-dessus de la tête du garde.

– Ecope ça ! cria la brique, s'abattant sur la tête du garde avant de tomber dans l'herbe.

Le garde chancela, tituba comme un homme ivre, et s'abattit sur la brique.

Joram bondit, et attrapa Mosiah, qui avait les mains autour de la gorge du garde.

– Laisse-le ! grogna Joram, arrachant son ami à sa victime.

L'homme roula sur le flanc, pantelant. Cherchant à briser l'étreinte de Joram, Mosiah lança sa botte et frappa le garde à la tête. Il s'immobilisa.

– Il est fini ! Laisse tomber ! ordonna Joram en le secouant. Ecoute ! Il faut filer !

Regardant son ami d'un air sanguinaire, Mosiah secoua la tête, hébété.

– Saryon ! dit-il, essuyant ses lèvres ensanglantées.

– Oh, pour l'amour de... commença Joram, écœuré. Le voilà, mais je crois qu'on ne peut plus rien pour lui, ajouta-t-il, montrant le corps inerte du catalyste prostré dans l'herbe. Bon, mets-le sur un cheval, puisque tu insistes. Mais où diable Simkin...

– Au secours ! lui parvint une voix étouffée. Joram, enlève ce cuistre tombé sur moi. Sa puanteur me suffoque !

Voyant Mosiah penché sur le catalyste, Joram saisit l'écuyer au collet et le souleva de la brique. Et la brique disparut, se retransformant en Simkin. Portant à son nez le carré de soie orange, Simkin baissa les yeux sur l'écuyer et le regarda avec dégoût.

– Morbleu, le lourdaud ! J'en ai la nausée. Où sont Mosiah et ce bon vieux catalyste ?

Regardant autour de lui, il dilata les yeux et siffla entre ses dents.

– Eh bien !... Oh, voilà les problèmes qui arrivent !

– Blachloch ! grommela Joram, voyant la silhouette noire approcher au milieu des flammes et de la fumée. Simkin ! Utilise ta magie ! Sors-nous de là... Simkin ?

Le jeune homme avait disparu. Dans la main de Joram, il y avait une brique éclaboussée de sang.

Chapitre 4

PRISONNIERS

– Mon Père...

Saryon sursauta, tiré de quelque cauchemar qui semblait répugner à le laisser échapper à ses griffes.

– Mon Père, répéta la voix. Tu m'entends ? Comment te sens-tu ?

– Je ne vois rien ! gémit Saryon, tâtonnant vers la source de la voix.

– C'est à cause de l'obscurité de ce maudit endroit, dit la voix avec douceur. Nous avions peur que la lumière t'empêche de reposer. Et maintenant, tu vois ?

La douce lueur d'une unique chandelle éclaira le bon visage d'Andon, apportant un incroyable soulagement au catalyste.

Retombant sur son grabat, Saryon porta la main à sa tête qui lui semblait lourde comme une pierre. Quelque chose obstruait la vision de son œil gauche. Il essaya de l'arracher, mais Andon retint sa main.

– Ne touche pas à tes bandages, mon Père, dit Andon, approchant sa chandelle et examinant Saryon à sa lumière. Les saignements risquent de recommencer. Il vaut mieux que tu restes encore allongé quelques jours. Tu as mal ailleurs ? demanda-t-il, avec une nuance d'anxiété.

– Dans les côtes.

– Mais pas dans le ventre, dans le dos ? insista Andon.

Saryon secoua la tête avec lassitude.

– L'Etern soit loué, murmura le vieillard. Et maintenant, il faut que je te pose quelques questions. Quel est ton nom ?

– Saryon, murmura le catalyste. Mais tu le sais...

– Tu as été grièvement blessé à la tête. Qu'est-ce que tu te rappelles des événements ?

Les rêves. N'étaient-ce donc pas des rêves ?

– Je... je me rappelle le village, le jeune diacre...

Frissonnant, Saryon se cacha le visage.

– Il l'a massacré, avec mon aide ! Qu'ai-je fait ?

– Je ne veux pas t'affliger, mon Père.

Posant la bougie par terre à ses pieds, Andon posa la main sur l'épaule du catalyste.

– Tu as fait ce que tu avais à faire. Aucun de nous ne pensait que Blachloch irait si loin. Mais ce n'est pas le moment d'en parler. Est-ce que tu te rappelles autre chose, mon Père ?

Saryon fouilla sa mémoire, mais il ne trouva que des ténèbres et des flammes, de la souffrance et de la terreur. Devant son visage supplicié, le vieillard lui tapota l'épaule et soupira :

– Je suis désolé, mon Père. L'Etern soit loué, tu es sauf.

– Qu'est-ce qui m'est arrivé ? demanda Saryon.

– Blachloch t'a fait battre pour lui avoir désobéi. Ses hommes ont... fait du zèle. Ils t'auraient tué s'il n'était pas intervenu.

Andon se retourna vers un coin obscur de la pièce.

Lentement, prenant conscience d'un élancement sourd dans sa tête, Saryon suivit son regard. Un jeune homme était assis sur une chaise devant la fenêtre, la tête posée sur les bras, les yeux fixés sur le ciel nocturne. Une demi-lune répandait sa lumière pâle et froide sur le visage, soulignant l'air dur et maussade, les épais sourcils noirs, les lèvres pleines, la bouche sévère. De longs cheveux noirs et bouclés, où la lune mettait des reflets pourpres, tombaient en désordre sur ses larges épaules.

– Joram, dit Saryon en un souffle, stupéfait.

– Je reconnais que j'ai été aussi surpris que toi, dit tout bas Andon, bien que le jeune homme ne semblât pas s'apercevoir de leur présence. Jusque-là, Joram n'avait jamais manifesté d'intérêt pour personne, pas même pour ses amis. Il n'a même pas voulu prendre parti contre la méchanceté de Blachloch quand je lui en ai parlé. Il disait que le monde ne se souciait pas de nous, et qu'on ne devait pas se soucier du monde.

Andon haussa les épaules, perplexe..

– Mais d'après Simkin, quand Joram a vu qu'on te battait, il s'est jeté dans la mêlée, blessant grièvement un garde. Mosiah aussi a aidé à ton sauvetage, je crois.

– Mosiah... comment va-t-il ? demanda anxieusement Saryon.

. – Bien. On ne l'a pas puni. Simple avertissement à se mêler de ses affaires, c'est tout.

– Où sommes-nous ? demanda Saryon, examinant la pièce désolante dans la mesure où le lui permettaient la faible lumière et ses maux de tête.

Il était dans une pauvre maisonnette en brique, ne comportant que cette seule pièce, pourvue d'une seule fenêtre et d'une épaisse porte de chêne.

– Toi et Joram, vous êtes prisonniers. Blachloch vous a fait enfermer ici, disant qu'il y avait quelque chose entre vous et qu'il voulait savoir ce que c'était.

– C'est la prison du village...

Saryon se rappelait vaguement l'avoir vue au cours d'une promenade.

– Oui. Tu es revenu au village. On t'a ramené par bateau avec les provisions volées. Puissent-elles les étouffer, marmonna le vieillard.

Saryon le regarda, surpris.

– Mes partisans et moi, nous avons fait un vœu, dit doucement Andon. Nous ne mangerons rien de ce qu'ils ont volé. Nous nous laisserons plutôt mourir de faim.

– C'est ma faute... murmura Saryon.

– Non, mon Père, soupira le vieillard en secouant la tête. S'il faut trouver des fautifs, c'est nous, les Sorciers. Nous aurions dû l'arrêter à son arrivée, voilà cinq ans. Nous nous sommes laissés intimider. Et peut-être même pas, quoique ce soit consolant de penser qu'il nous faisait peur. Mais est-ce vrai, je me le demande ?

La main ridée d'Andon lâcha l'épaule de Saryon et se

porta au pendentif en forme de roue suspendu à son cou. Le tripotant distraitement, il fixa la flamme vacillante de la bougie posée à ses pieds.

– La vérité, je crois, c'est que nous l'avons accueilli à bras ouverts. C'était satisfaisant de rendre ses coups au monde qui nous avait calomniés, dit-il avec un rictus amer. Même si c'était seulement pour leur voler quelques boisseaux de grain la nuit.

A l'époque, son projet de vendre au Sharakan les armes forgées par nos Arts noirs nous semblait bonne.

Andon avait les yeux rouges, brillants de larmes retenues.

– Les légendes nous racontent les temps anciens et les triomphe de nos Arts. Tout n'était pas mauvais en eux. Bien des choses bonnes et bénéfiques avaient été inventées par les pratiquants du Neuvième Mystère. Si nous avions l'occasion de montrer aux gens les merveilles que nous pouvions construire, et qui économiseraient les énergies magiques, permettant de les consacrer à la création du beau... Ah, tel était notre rêve, dit-il avec tristesse. Et maintenant, ce rêve est devenu un cauchemar à cause de cet homme pervers ! Il nous a conduits à notre perte. La destruction de ce village ne restera pas impunie. En tout cas, c'est ce que je crois, *moi.* Blachloch se moque de moi quand je lui parle de mes craintes. Enfin, il ne rit pas, il ne rit jamais. Mais c'est pareil : je vois la dérision dans ses yeux. « Ils n'oseront pas venir me chercher », dit-il.

– Il a peut-être raison, murmura Saryon, repensant aux paroles de l'Evêque. *Le nombre des Sorciers augmente sans cesse, et bien qu'il soit possible de les anéantir facilement, aller chercher de force ce jeune homme sur leur territoire provoquerait un conflit armé. Avec négociations, bouleversements, soucis. Nous ne pouvons pas nous le permettre, pas en ce moment, alors que la situation politique à la cour est si délicate.*

– Quels sont ses plans ?

Le catalyste frissonna. Il faisait froid dans la prison. Un petit feu charbonnait dans l'âtre, à l'autre bout de la pièce, émettant peu de lumière et encore moins de chaleur.

– Il veut nous faire travailler tout l'hiver à la fabrication des armes. Dans l'intervalle, il poursuivra ses négociations avec le Sharakan. *Si* nous sommes attaqués, le Sharakan viendra à notre rescousse, termina Andon, haussant les épaules.

– Mais ce serait la guerre, dit pensivement Saryon, reportant son regard sur Joram qui fixait toujours la lune par la fenêtre.

Une fois de plus, il entendit les paroles de Vanya.

Ainsi, tu vois qu'il est vital que nous arrêtions ce jeune homme, et qu'à travers lui, nous les montrions au monde pour ce qu'ils sont – des meurtriers et des Sorciers à barbes noires, qui pervertissent les objets Morts en leur donnant de la Vie. Ce faisant, nous montrerons au peuple du Sharakan que leur Empereur est de mèche avec ces Puissances des Ténèbres, et nous pourrons comploter sa chute.

Mais les Sorciers n'étaient pas maléfiques. Il regarda Andon, vieillard rêvant de donner au monde les moulins à eau, afin que la magie serve à créer des arcs-en-ciel au lieu de faire tomber la pluie. Il regarda Joram. Son jugement sur lui s'était modifié aussi, maintenant qu'il le connaissait mieux.

Ce n'était pas le suppôt du diable qu'il avait imaginé. Tourmenté, amer, malheureux, certes, mais je l'étais aussi dans ma jeunesse. Il a commis un meurtre, c'est vrai. Mais il y avait eu provocation ! Sa mère gisant morte à ses pieds. Suis-je meilleur que lui ? Fermant les yeux, Saryon secoua fiévreusement la tête. Ne suis-je pas responsable de la mort de ce jeune catalyste ? Si je ramène Joram à la Source comme j'en ai reçu l'ordre, provoquerai-je la perte de cette communauté ? Que dois-je faire ? Où trouver du secours ?

– Je vais te quitter maintenant, mon Père, dit Andon, se levant en reprenant la chandelle. Tu es fatigué. Je n'aurais pas dû t'inquiéter avec mes problèmes alors que tu as déjà les tiens à résoudre. Nous mettrons notre foi en l'Etern et prierons pour qu'Il nous protège et nous guide.

– L'Etern ! dit Saryon, amer, en s'asseyant. Non, je n'ai rien. Juste un petit vertige.

Il posa les pieds par terre, écartant les mains secourables d'Andon et ignorant ses protestations inquiètes.

– Tu parles comme si tu connaissais personnellement l'Etern !

– Mais c'est le cas, mon Père, dit Andon, embarrassé.

Posant la chandelle sur la table au centre de la prison, il s'agenouilla et fit son possible pour ranimer le feu, ranimant les braises de sa magie.

– Je sais que nous sommes censés Lui parler uniquement par l'intermédiaire de vous autres prêtres, et j'espère que ce que je dis ne t'offense pas. Mais voilà bien des années que nous n'avons plus de catalyste pour intercéder en notre faveur auprès de l'Etern. Lui et moi, nous avons partagé bien des problèmes. Il est notre refuge en ces temps troublés. C'est Lui qui nous a inspiré le vœu de ne pas manger la nourriture acquise dans le sang et le feu.

Saryon le regarda, perplexe.

– Il te parle ? Il répond à tes prières ?

– Je sais que je ne suis pas catalyste, dit humblement Andon, tripotant son pendentif en se levant. Mais oui, Il communique avec moi. Pas en paroles. Je n'entends pas Sa voix. Mais un sentiment de paix envahit mon âme quand j'ai pris une décision, et je sais alors que c'est Lui qui m'a guidé.

Un sentiment de paix, pensa Saryon, très abattu. J'ai déjà connu la ferveur religieuse, l'extase, l'Enchantement, mais jamais la paix. M'a-t-Il jamais parlé ? Ai-je jamais écouté ?

Le catalyste gémit. Il avait la tête lourde et tous les muscles endoloris. Des flammes dansèrent devant ses yeux, et il revit le visage terrorisé du jeune diacre juste avant que Blachloch...

– Que l'Etern t'accorde le repos.

Une porte se referma doucement. Saryon secoua la tête pour chasser la vision, et le regretta immédiatement, car la douleur sourde fit place à de violents élancements. Quand sa vue s'éclaircit, il regarda autour de lui. Andon était parti.

Les jambes chancelantes, il tituba jusqu'à la table et

s'effondra sur une chaise. Il savait qu'il aurait dû se rallonger, mais il avait peur de s'endormir, peur de ce qu'il verrait.

Un pichet d'eau lui fit réaliser qu'il mourait de soif. Tendant une main tremblante, s'efforçant de combattre le vertige qui menaçait de le terrasser, il allait se verser de l'eau dans une tasse quand une voix le fit sursauter.

– Ils vont mourir de faim cet hiver, les imbéciles.

Manquant lâcher le pichet, Saryon se tourna vers Joram, qui n'avait pas dit un mot pendant la visite d'Andon.

Le jeune homme était toujours près de la fenêtre. Maintenant, il tournait le dos à Saryon, qui avait quitté son lit et se trouvait de l'autre côté de la pièce. Mais Saryon imaginait facilement le visage maussade, les yeux noirs fixés sur la lune.

– Et je ne t'ai pas sauvé la vie, Catalyste, reprit Joram, sans se retourner. Ils pourraient bien te battre jusqu'à ce que mort s'ensuive, je ne lèverais pas le petit doigt pour les arrêter.

– Alors, qu'est-ce qui s'est passé ? Pourquoi...

– Encore un mensonge de Simkin, dit Joram en haussant les épaules. C'est le tendre et débile Mosiah qui s'est précipité pour sauver ta précieuse peau, et je me suis précipité à mon tour pour le tirer de là. Après tout, si tu es assez bête pour défier Blachloch, ce n'était pas notre affaire. C'est alors que Simkin... Mais quelle importance ?

– Qu'est-ce que Simkin vient faire là-dedans ? demanda Saryon, s'efforçant de verser de l'eau dans la tasse et en répandant la moitié sur la table.

– Qu'est-ce que Simkin vient faire dans tout le reste ? rétorqua Joram. Rien. Et tout. Il a sauvé Mosiah, ce qui est plus qu'il ne méritait, l'idiot.

Passant indolemment le bras sur le dossier de sa chaise, Joram se retourna vers le catalyste.

– Que m'importe ? Je suis Mort, Catalyste, à moins que tu ne l'aies oublié ? En fait, poursuivit-il, ouvrant tout grands les bras, voilà l'occasion rêvée pour toi. Nous sommes... seuls. Personne pour t'arrêter. Ouvre un Couloir. Appelle les *Duuk-tsarith*.

Se renversant sur sa chaise, sentant les forces lui manquer, Saryon murmura :

– Tu pourrais m'en empêcher.

En fait, cette idée lui était venue, et il était atterré de constater que le jeune homme avait pénétré si loin dans sa pensée.

– Même un Mort a assez de magie pour stopper un catalyste. Je le sais. J'ai vu ce que tu peux faire...

Joram fixa longuement Saryon en silence, comme s'il réfléchissait. Puis, se levant soudain, il s'approcha de la table, se pencha vers le catalyste et le regarda dans les yeux.

– Ouvre-moi un conduit, dit-il.

Perplexe, Saryon s'écarta, répugnant à donner à ce jeune homme encore plus de forces qu'il n'en avait.

– Je ne crois pas...

– Allons, vas-y! dit durement le jeune homme.

Ses muscles frémissaient, ses veines saillaient sous sa peau hâlée, ses mains se crispaient sur les bords de la table, ses yeux noirs flamboyaient à la clarté de la chandelle.

Hypnotisé par le regard soudain fiévreux du jeune homme, Saryon, hésitant, ouvrit un conduit... et ne ressentit rien. La magie monta en lui, fit vibrer son sang et sa chair. Mais elle n'alla nulle part. Il ne sentit pas l'agréable écoulement du transfert, pas d'échange d'énergie entre leurs deux corps... Lentement la magie reflua, tandis qu'il fixait Joram, incrédule.

– Mais c'est impossible ! s'écria-t-il, agité de tremblements incontrôlables dans la cellule glacée. Je t'ai vu utiliser la magie...

– Ah oui ? dit Joram.

Lâchant la table, il se croisa les bras.

– Ne m'as-tu pas plutôt vu faire ça ?

D'un mouvement soudain de la main, il fit apparaître un chiffon avec lequel il épongea l'eau de la table. Frappant dans ses mains, il fit disparaître le chiffon ; chose banale pour Saryon, jusqu'au moment où il vit le jeune homme tirer le chiffon d'une poche de sa chemise astucieusement dissimulée.

– Ma mère appelait ça de la prestidigitation, dit-il avec froideur, apparemment amusé par la déconfiture de Saryon. Tu connais ?

– J'ai vu pratiquer ces tours à la cour, dit Saryon, enfouissant sa tête dans ses mains.

Le vertige était passé, mais les élancements dans sa tête lui rendaient la réflexion difficile.

– C'est... un jeu... pour... les enfants, acheva-t-il avec un geste d'impuissance.

– Je me demandais où ma mère avait appris ça, dit Joram en haussant les épaules. Eh bien, c'est un jeu qui m'a sauvé la vie. Ou plutôt, je devrais peut-être dire, un jeu qui *est* ma vie – toute vie étant un jeu, selon Simkin.

Il baissa les yeux sur le catalyste d'un air amèrement triomphal.

– Maintenant, tu connais mon secret, Catalyste. Tu sais sur moi ce que personne ne sait. Tu sais la vérité, chose que même ma mère n'arrivait pas à accepter. Je suis Mort. Totalement Mort. Il n'y a en moi pas plus de magie que dans un cadavre, si j'en crois les légendes sur les anciens Nécromanciens qui étaient capables de communiquer avec les âmes des morts.

– Pourquoi me l'as-tu dit ? demanda Saryon, les lèvres si raides qu'il parvint à peine à articuler ces mots.

Un souvenir surgit dans sa tête endolorie, le souvenir d'un bébé Mort, vraiment Mort, qui avait échoué aux Epreuves comme personne avant lui, et personne après lui...

De nouveau, Joram se pencha sur lui. Le catalyste se surprit à s'écarter, craignant le contact du jeune homme comme il aurait craint celui d'un cadavre. Non ! se dit Saryon, le fixant avec horreur, incapable de soutenir l'afflux des pensées qui déferlaient sur lui comme des vagues. Se sentant sombrer sous leur nombre, le catalyste les écarta de son esprit. Non. C'était impossible. L'enfant était mort. Vanya l'avait dit.

L'enfant était mort. L'enfant était mort.

Voyant la confusion du catalyste, Joram s'approcha un peu plus.

– Je te l'ai dit, Catalyste, parce que tu l'aurais découvert de toute façon ; ce n'était qu'une question de temps. Plus longtemps je reste ici, plus je suis en danger. Oh, ajouta-t-il avec un geste d'impatience, il y a d'autres Morts qui marchent parmi nous, mais ils ont un peu de magie. Moi, je suis différent. Complètement, horriblement différent ! As-tu idée, Catalyste, de ce que me feraient Blachloch et ces gens – oui, même les Sorciers du Neuvième Mystère – s'ils découvraient que je suis vraiment Mort ?

Saryon ne put répondre. Il ne comprenait même pas ce que disait le jeune homme. Son esprit avait fermé ses portes, refusant d'admettre ces pensées sombres et terrifiantes.

– Il faut prendre une décision, Catalyste, disait Joram, sa voix parvenant à Saryon comme à travers un épais brouillard. Tu dois ou bien me livrer aux Vigiles, ou bien rester ici avec moi et m'aider.

– T'aider ? dit Saryon, clignant les yeux de stupéfaction, cette phrase le ramenant brutalement à la réalité. T'aider à quoi faire ?

– A neutraliser Blachloch, dit Joram avec calme, un demi-sourire dans ses yeux noirs.

Chapitre 5

LA TENTATION

– Je regrette cet incident, mon Père. Comme toi, j'en suis certain, dit Blachloch de sa voix inexpressive. Et maintenant que tu as subi ta punition et appris ta leçon, nous n'en parlerons plus.

Le sorcier était assis devant la table de bois de la prison. Un crépuscule gris et triste – de la même couleur que les murs humides – entrait par la petite fenêtre, avec un vent froid qui ébranlait le châssis disjoint, éteignant la chandelle et réduisant à néant la maigre chaleur du petit feu. Debout près de la fenêtre, Joram jeta un coup d'œil sur Saryon. Recroquevillé dans sa robe et sa cape, le catalyste était gris de froid. Joram sourit intérieurement. Uniquement vêtu de sa grossière chemise de laine et de ses culottes de peau, le jeune homme s'appuya nonchalamment contre le mur et regarda dehors par la fenêtre fêlée, ignorant le sorcier et le catalyste.

– Cela signifie-t-il que je peux retourner chez Andon ? demanda Saryon, claquant des dents.

Blachloch lissa du doigt sa fine moustache blonde.

– Non, j'en ai peur.

– Je vais donc rester prisonnier.

– Prisonnier ? répéta Blachloch, haussant un sourcil. Il n'y a aucun sortilège sur cette maison. Tu es libre d'aller et venir à ta guise. Tu reçois des visites. Andon est venu hier soir. Le jeune homme, ajouta-t-il en montrant Joram, travaille tous les jours à la forge. A part le garde posté devant la porte pour ta protection, cela n'a rien d'une prison.

– Tu ne peux pas nous laisser tout l'hiver dans cette misérable cabane. Nous allons geler, dit sèchement Saryon.

Le froid doit lui donner du courage, se dit Joram.

Blachloch se leva, sa robe noire tombant en plis souples autour de lui.

– Le temps que l'hiver arrive, je suis certain que tu auras prouvé ton loyalisme envers moi, mon Père, et tu pourras déménager en un lieu mieux adapté à ton âge. Mais pas chez Andon.

Son capuchon noir remua légèrement comme il se préparait à partir.

– Je me suis souvent demandé si c'est l'influence de ce vieillard qui t'a poussé à me défier ? En fait, la rumeur prétend que lui et ses partisans refusent de manger les vivres que j'ai rapportés.

Joram eut l'impression que le sorcier le regardait.

– Mourir de faim est une mort particulièrement lente et pénible. Comme mourir de froid. J'espère que ces rumeurs sont mensongères.

Sa robe noire effleurant le sol, Blachloch s'approcha de Saryon et lui posa la main sur l'épaule.

– Donne-moi de la Vie, mon Père.

Jetant un regard derrière lui, Joram vit le catalyste frissonner au contact des doigts fins qui semblaient l'incarnation d'un vent mordant. Involontairement, Saryon chercha à se dégager, et la main se resserra sur son épaule. Baissant la tête, Saryon ouvrit un conduit au sorcier, et, saturé de magie, Blachloch disparut.

Saryon serra les poings, puis s'étreignit les épaules.

– Il faut l'empêcher de nuire. Quelle aide puis-je t'apporter ? demanda-t-il brusquement à Joram.

Joram n'eut aucune réaction visible à cette question, mais il exultait intérieurement. Son plan avançait. Pourtant, il fallait procéder avec prudence, car il fallait attirer Saryon à la pratique des Arts noirs. Après l'avoir évalué froidement du regard, Joram se remit à regarder par la fenêtre, appuyé contre le mur, bras croisés.

– Il est parti ?

– Qui ? sursauta Saryon, regardant autour de lui. Blachloch ?

– Les *Duuk-tsarith* ont la réputation de pouvoir se rendre invisibles, mais je suppose que tu as le pouvoir de détecter leur présence.

– Oui, dit Saryon, après une brève concentration. Il est parti.

Joram hocha la tête, et se mit en devoir de conduire vers les Ténèbres le catalyste sans méfiance.

– Simkin m'a dit que tu avais autrefois lu des livres interdits sur le Neuvième Mystère.

– Seulement un, avoua Saryon en rougissant. Et je... je n'y ai jeté qu'un coup d'œil.

– Que sais-tu sur les Guerres du Fer ?

– J'ai lu et étudié leur histoire...

– Histoire écrite par les catalystes ! l'interrompit Joram avec froideur. Moi aussi je connaissais l'histoire avant de venir ici. J'ai lu les livres. Oui, dit-il, en réponse au froufrou de robe qu'il entendit derrière lui. J'ai été élevé en enfant de noble maison. Ma mère était *Albanara*. Mais tu le savais sans doute ?

– Oui, je le savais... Mais où avait-elle eu ces livres ? demanda Saryon.

– Je me le suis demandé, dit doucement Joram, comme répondant à une question qu'il s'était souvent posée. Elle avait été disgraciée et bannie. Retournait-elle dans sa maison, la nuit, par les couloirs de l'espace et du temps ? Revenait-elle flotter dans les salons qui avaient vu sa jeunesse envolée et sa vie brisée, comme un fantôme condamné à retourner sur le lieu où il est mort ?

Joram s'assombrit. Il se tut, le regard fixe.

– Excuse-moi, je ne voulais pas t'affliger, dit Saryon.

– Depuis, j'ai lu d'autres livres, l'interrompit froidement Joram. Et leur contenu était très différent de ce qu'on nous enseignait. N'oublie jamais, dit Joram, que ce sont les vainqueurs qui écrivent l'histoire. Savais-tu, par exemple, que pendant les Guerres du Fer, les Sorciers avaient inventé une arme qui pouvait absorber la magie ?

– Absorber la magie ? dit Saryon, secouant la tête. C'est ridicule.

– Tu trouves ? dit Joram, se retournant vers lui. Réfléchis, Catalyste. Réfléchis logiquement comme tu aimes tant à le faire. Pour chaque action, il y a une réaction égale et opposée. C'est bien ce que tu dis ?

– Oui, mais...

– Par conséquent, dans un monde qui regorge de magie, il est logique qu'il y ait aussi une force quelconque qui l'absorbe. C'est le raisonnement qu'avaient fait les Sorciers d'antan, et ils avaient raison. Ils l'avaient trouvée. Elle existe dans la nature sous une forme physique, qui peut être façonnée en objets. Mais tu ne me crois pas.

– Désolé, jeune homme, dit Saryon, les dents serrées, l'air déçu. Dès l'âge de neuf ans, j'ai cessé de croire aux contes de la Mage du Foyer.

– Pourtant, tu crois aux fées ? dit Joram, avec cet étrange demi-sourire qui ne touchait que ses yeux, jamais ses lèvres.

– J'étais avec Simkin, marmonna Saryon, rougissant.

S'approchant du feu aussi près que possible, il se pencha sur les braises.

– Quand je suis avec lui, je ne suis pas certain que j'existe, et encore moins de n'importe quoi d'autre.

– Pourtant, tu les as vues ? Tu leur as parlé ?

– Oui, avoua Saryon à contrecœur. Je les ai vues...

– Et maintenant, tu vois ceci.

Joram cueillit l'objet en l'air – sembla-t-il – et le posa sur la table devant le catalyste. Saryon le prit et le regarda avec méfiance.

– C'est une pierre ?

– Un minerai. On l'appelle pierre noire.

– Ça ressemble au fer. Mais quelle étrange couleur, dit Saryon, l'examinant attentivement.

– Tu as l'œil, Catalyste, dit Joram, poussant une chaise du pied et s'asseyant aussi à la table.

Prenant un autre morceau de roche, il l'étudia aussi avec attention.

– Ça a bien des propriétés du fer. Mais c'est différent. Très différent, précisa-t-il d'un ton amer, comme j'ai des raisons de le penser. Que sais-tu sur le fer, Catalyste ? Tu ne t'es sans doute jamais beaucoup occupé des minerais.

– Si tu ne veux pas me donner mon titre, qui et « mon Père », appelle-moi au moins par mon nom, dit doucement Saryon. Cela te rappellerait peut-être que je suis un être humain comme toi. Il est toujours plus facile de haïr que d'aimer, et encore plus facile de haïr une classe ou une race, parce que ce sont des entités sans visages et sans noms. Si tu veux me haïr, je préfère que tu me haïsses, moi, et non pas ce que je représente.

– Réserve tes sermons pour Mosiah, répondit Joram. Ce que je pense de toi, ou toi de moi, n'a rien à voir dans cette histoire.

Voyant Joram retrousser les lèvres avec dédain, Saryon soupira et ramena son attention sur la pierre qu'il tenait dans la main.

– Si, j'ai étudié les minerais, dit-il. Nous étudions tous les éléments dont est composé le monde. Ces connaissances sont valables en elles-mêmes, mais indispensables à ceux de notre Ordre qui travaillent avec les *Pro-alban*, les Forme-Pierre, ou avec les *Mon-alban*, les Alchimistes.

Saryon fronça les sourcils, perplexe.

– Mais je ne me souviens pas avoir vu un minerai ressemblant à celui-là, et ayant les mêmes propriétés que le fer. Ni lu quoi que ce soit sur ce sujet.

– C'est parce que toutes les références à son sujet ont été supprimées après les guerres, dit Joram, regardant avidement le catalyste, les mains tremblantes comme s'il voulait lui arracher du cœur ce qu'il savait. Pourquoi ? Parce que les Sorciers l'utilisaient sous forme d'armes, des armes d'une puissante terrible, des armes qui pouvaient...

– ... absorber la magie, murmura Saryon, fixant la pierre. Je commence à te croire. Dans la Salle du Neuvième Mystère, il y a des livres éparpillés par terre et entassés en piles. Des livres contenant des connaissances antiques et interdites.

Regardant intensément le catalyste, Joram vit qu'il avait oublié le vent froid gémissant lugubrement par la fenêtre, qu'il avait oublié la peur, l'inconfort et le malheur. Joram le regarda dans les yeux, et il y vit la même soif de connaissance qui, il le savait, brillait dans les siens. Les lèvres prononcèrent presque à regret les paroles suivantes :

– Comment faisaient-ils ?

Je le tiens, pensa Joram. Autrefois, cet homme a failli vendre son âme en échange de la connaissance. Cette fois, je veillerai à ce qu'il aille jusqu'au bout.

– D'après les textes, dit Joram, parlant avec un calme étudié, réprimant son excitation croissante, les anciens mélangeaient la pierre noire avec le fer pour former un alliage...

– Un quoi ? l'interrompit Saryon.

– Un alliage. Un mélange de deux ou plusieurs métaux.

– Faisaient-ils cela par l'alchimie ? demanda Saryon, une nuance de peur dans la voix. En changeant la structure de base du métal par la magie ?

– Non, dit Joram, secouant la tête, et notant avec amusement la pâleur croissante du catalyste. Non. C'est fait selon les rituels des Arts noirs, Catalyste. Les minerais sont broyés finement, chauffés jusqu'à leur point de fusion, puis mélangés physiquement. Ils sont ensuite versés dans des moules, forgés et trempés, et façonnés en forme d'épées ou de dagues. Mortelles, comme tu l'imagines, ajouta-t-il, regardant la pierre dans sa main. D'abord, l'épée absorbe la magie du magicien, puis elle peut s'enfoncer dans sa chair.

Joram sentit le catalyste frissonner. Saryon posa précipitamment la pierre.

– Tu as déjà essayé ? demanda-t-il tout bas d'une voix tremblante.

– Oui, répondit froidement Joram. Je n'ai pas réussi. J'ai composé l'alliage et je l'ai versé dans un moule. Mais la dague que j'ai forgée s'est brisée quand je l'ai plongée dans l'eau...

Fermant les yeux, Saryon soupira. Peut-être de soulagement, certainement, même, se dit-il. Mais le jeune homme qui l'observait attentivement se demanda s'il n'était pas un peu déçu.

– Peut-être que ce minerai n'est rien de plus qu'une pierre d'aspect étrange, dit Saryon au bout d'un moment. Peut-être que ce n'est pas le minerai dont parlent les textes. Ou peut-être que les textes eux-mêmes mentent. D'ailleurs, tu ne serais pas capable de te rendre compte si elle absorbe la magie puisque...

Il hésita.

– ... puisque je suis Mort ? termina Joram. Non, tu as raison.

Il poussa la pierre vers le catalyste.

– Mais toi tu en serais capable. Essaye, Catalyste. Que sens-tu dans cette pierre ?

Saryon reprit la pierre. Il la considéra longtemps, puis, fermant les yeux, il se concentra sur sa magie.

Joram, qui l'observait avec attention, vit son visage se détendre, toute sa concentration tournée vers l'intérieur. Il absorbait la magie, l'air révérenciel et bienheureux. Puis, soudain, la béatitude fit place à l'horreur. Il ouvrit vivement les yeux et reposa la pierre, retirant aussitôt sa main.

– C'est bien la pierre noire ! dit doucement Joram.

– Je ne vois pas pourquoi ça t'excite tant, dit Saryon.

Il s'humecta les lèvres, comme s'il avait un mauvais goût dans la bouche.

– La formule de l'alliage est un secret que tu ne peux apparemment pas découvrir.

– Moi, non, dit doucement Joram. Mais toi, si, Catalyste. Vois-tu, ajouta-t-il en se penchant vers lui, la formule est donnée dans les textes, mais je ne peux pas la lire. Ce sont des...

– ... mathématiques.

Le lèvres de Saryon frémirent.

– Des mathématiques, répéta Joram. Chose que ma mère ne m'a jamais enseignée, bien sûr, puisqu'elles appartiennent à l'art du catalyste.

Secouant la tête, le jeune homme serra les poings,

oublant dans son obsession le froid détachement qu'il s'imposait.

– Les textes sont pleins d'équations mathématiques ! Tu ne peux pas savoir, Saryon, comme cela fut frustrant pour moi ! Etre si près du but, avoir trouvé le minerai, et puis être arrêté par des signes indéchiffrables dansant sur les pages ! J'ai fait tout ce que j'ai pu. J'ai pensé qu'en faisant des expériences, je tomberais peut-être par hasard sur les bonnes proportions. Mais je n'ai pas eu le temps, car Blachloch a commencé à me soupçonner. Il me fait surveiller.

Reprenant la pierre, Joram la regarda dans sa paume ouverte, puis referma lentement les doigts, comme pour l'écraser dans sa main.

– Je ne crois pas que je les aurais jamais trouvées, de toute façon, dit-il avec une amertume croissante. On parle beaucoup des catalystes dans ces textes. Ces instructions leur sont destinées. J'ai pensé pouvoir les ignorer, mais je me suis trompé.

– Tu m'as appelé « Saryon », dit le catalyste avec douceur.

Joram leva les yeux en rougissant. Il n'en avait pas eu l'intention, ça ne faisait pas partie de son plan. Il y avait quelque chose en cet homme, quelque chose qu'il ne s'attendait pas à trouver, surtout chez un catalyste. Quelque chose qui comprenait.

Le visage de Joram se durcit, furieux. Les sourcils noirs se rapprochèrent de façon menaçante. Non, il devait s'en tenir à son plan. Cet homme était un outil, rien de plus.

– Si nous travaillons ensemble, je suppose que je dois t'appeler par ton nom, dit-il d'un ton maussade. Je *ne t'appellerai pas* « mon Père » ! ajouta-t-il en ricanant.

– Je n'ai pas encore accepté de travailler avec toi répondit Saryon d'une voix égale. Dis-moi, si tu crées ce... cette arme, qu'en feras-tu ?

– Je mettrai Blachloch hors d'état de nuire, répondit Joram en haussant les épaules. Crois-moi, Cata... Saryon... ce n'est qu'une question de temps avant qu'il me détruise. Il me l'a déjà fait comprendre. Quant à toi... as-tu envie de participer à un autre raid ?

– Non, dit Saryon à voix basse. Et après, prendras-tu la direction de la Congrégation ?

– Moi ? dit Joram, secouant la tête avec un rire sans joie. Tu es fou ? Pourquoi prendrais-je cette responsabilité. Non, je rendrai la direction de la Congrégation à Andon. Lui et les autres pourront de nouveau vivre en paix. Quant à moi, je ne désire qu'une seule chose. Retourner à Merilon revendiquer ce qui m'appartient de droit. Avec cette arme, conclut-il d'un air sombre, ce sera possible.

– Tu oublies une chose, dit Saryon. On m'a envoyé te chercher pour... te faire passer en justice.

– Tu as raison, dit Joram après un silence. J'avais oublié. Très bien, ajouta-t-il, haussant les épaules. Ouvre un Couloir. Appelle les *Duuk-tsarith.*

– Tu sais bien que je ne peux pas ouvrir un Couloir sans l'assistance d'un utilisateur de la magie, répondit Saryon. Si tu avais assez de Vie, je pourrais utiliser la tienne...

– C'était le plan ?

– Oui, murmura Saryon.

– Dommage que ça n'ait pas marché, Catalyste, répondit Joram avec froideur. Tu es faible, mais je le suis encore plus. Enfin, pour le moment. Mais quand j'aurai l'arme... Bon, tu feras ce que tu as à faire le moment venu. Peut-être que ton Evêque trouvera que me troquer contre Blachloch est un marché acceptable. Pour le présent – Saryon – es-tu avec moi ? M'aideras-tu à nous libérer tous les deux et à libérer Andon et les siens ? Tu sais qu'ils respecteront leur vœu, et tu sais ce que Blachloch leur fera.

– Oui, dit Saryon.

Baissant les yeux sur ses mains croisées, il remarqua qu'il avait les ongles bleus.

– Je n'ai plus de sensations dans les doigts, dit-il.

Il se leva et s'approcha du feu.

– Je me demande ce que fait l'Etern en ce moment, dit-il à part lui, tendant ses mains vers les braises. Il se prépare à assister aux Prières du Soir à la Source ? Il se prépare à écouter l'Evêque Vanya lui demander des conseils dont il n'a sans doute pas besoin ? Pas étonnant que l'Etern reste là-bas, bien à l'abri entre les murs de la Source.

« Comme c'est facile. »

Chapitre 6

LA CHUTE

– C'est impossible à faire, dit Saryon, levant les yeux du texte qu'il lisait, les traits pâles et tirés.

– Qu'est-ce que tu veux dire, impossible à faire ? demanda Joram, cessant d'arpenter nerveusement leur cellule et s'approchant du catalyste. Tu ne comprends donc pas ? Tu ne sais pas lire les formules mathématiques ? Il nous manque quelque chose ? Quelque chose que nous avons oublié ? Dans ce cas...

– Je veux dire que c'est impossible à faire parce que je ne le ferai pas, dit Saryon avec lassitude, posant sa tête dans sa main.

Il montra le livre.

– Je comprends tout, reprit-il d'une voix creuse. Je ne comprends que trop bien. Et je ne le ferai pas !

Il ferma les yeux.

– Je ne le ferai pas, répéta-t-il.

Le visage de Joram se convulsa de fureur, il serra les poings et, un instant, on aurait pu croire qu'il allait frapper le catalyste. Au prix d'un effort visible, le jeune homme se maîtrisa et, faisant une fois de plus le tour de la petite pièce, se força à se calmer.

Entendant Joram s'éloigner, Saryon ouvrit les yeux, son regard plein de tristesse tombant sur les volumes reliés de cuir bien rangés sur des rayonnages de bois, si frustes qu'ils semblaient l'œuvre de petits enfants. Exemple primitif du travail du bois sans l'assistance de la magie, se dit le catalyste. Il sentit la colère de Joram –

qu'il irradiait comme la forge irradie la chaleur – et Saryon se raidit, en l'attente de l'attaque, verbale ou physique. Mais elle ne vint pas. Il n'entendit qu'un silence furieux et les pas du jeune homme dissipant sa frustration dans la marche. Saryon soupira. Il aurait presque préféré une explosion de colère. Cette froideur chez un si jeune homme, cette maîtrise de soi sur une nature manifestement en ébullition, c'était effrayant.

D'où lui venait ce sang-froid ? se demanda Saryon. Sûrement pas de ses parents qui – si les rapports étaient vrais – avaient cédé à la passion qui avait provoqué leur chute. Peut-être était-ce quelque tentative de compensation, le père de Joram tendant vers lui ses mains de pierre. Et il y avait encore cette autre possibilité, celle qui était venue à l'esprit de Saryon, comme sortant du néant, sortant de la douleur de ses blessures. Celle qu'il avait écartée, celle à laquelle il ne voulait plus jamais penser...

Saryon secoua la tête avec colère. C'était absurde. C'était l'influence de cette pièce, il n'y avait pas d'autre explication.

Joram s'assit près de lui sur une chaise.

– Très bien Saryon, dit-il d'une voix égale. Dis-moi ce qu'il y a à faire, et pourquoi tu ne veux pas le faire ?

Le catalyste soupira. Levant les yeux, il les posa de nouveau sur le texte ouvert devant lui sur la table, passant la main sur les pages en un geste presque caressant.

– As-tu idée des merveilles que contient ce livre ? demanda-t-il doucement à Joram.

Joram le dévorait des yeux, guettant les moindres nuances d'expression sur son visage ridé, fatigué.

– Avec ces merveilles, nous pourrions gouverner le monde, répondit-il.

– Non, non, non ! dit Saryon avec impatience. Je parle de merveilles de connaissance. Des mathématiques...

Il ferma les yeux, en proie à une douleur exquise.

– Je suis le meilleur mathématicien de ce temps, murmura-t-il. Un génie, dit-on. Pourtant, je trouve dans ces pages des connaissances qui me donnent l'impression d'être un enfant aux pieds de sa mère. Je ne les comprends pas. Je pourrais passer des mois, des années à les étudier...

Sur son visage, la souffrance fit place à la nostalgie. Sa main caressa les pages du texte.

– Quelle joie, murmura-t-il, si j'avais trouvé *cela* quand j'étais jeune...

Sa voix mourut.

Joram attendit en l'observant, patient comme un chat qui surveille la souris.

– Mais je ne les ai pas trouvés, dit Saryon.

Ouvrant les yeux, il écarta vivement sa main du livre, comme s'il le brûlait.

– Je les trouve maintenant que je suis vieux, que ma conscience est formée, ma morale arrêtée. Peut-être que cette morale n'est pas bonne, ajouta-t-il, voyant Joram froncer les sourcils. Mais telle qu'elle est, elle est fixée en moi. La nier ou la combattre me rendrait fou.

– Ainsi, tu dis que tu comprends ce que ça veut dire, dit Joram, montrant le texte, et que tu pourrais faire ce qui doit être fait, sauf que ça va contre ta conscience ?

Saryon acquiesça de la tête.

– Et le meurtre du jeune catalyste n'allait pas contre ta conscience ?

– Tais-toi ! s'écria Saryon.

– Non, je ne me tairai pas ! rétorqua Joram, amer. Tu es très fort pour faire des sermons, Catalyste. Va donc en faire un à Blachloch. Convaincs-le que c'est mal d'attacher Andon au piloris pour le fouetter. Regarde ses hommes flageller le vieillard et le lacérer jusqu'aux os. Regarde, et console-toi à l'idée que c'est peut-être mal, mais que ça ne va pas contre ta conscience...

– Arrête ! dit Saryon, serrant les poings et foudroyant le jeune homme avec colère. Pas plus que toi je n'ai envie que ça se reproduise...

– Alors, aide-moi à neutraliser Blachloch ! dit Joram d'une voix sifflante. Ça dépend de toi, Catalyste ! Tu es le seul à en avoir la possibilité !

Saryon ferma les yeux et enfouit la tête dans ses mains. Ses épaules s'avachirent.

Se renversant sur sa chaise, Joram le regarda et attendit. Le catalyste releva un visage hagard.

– D'après le texte, je dois donner de la Vie... à ce qui est Mort.

Le visage de Joram s'assombrit, barré de la ligne noire de ses sourcils.

– Que veux-tu dire ? demanda-t-il d'une voix tendue. Pas à moi...

– Non.

Prenant une profonde inspiration, Saryon retourna au texte. Humectant un doigt, il tourna précautionneusement un feuillet de parchemin cassant, d'un geste doux et révérenciel.

– Tu as échoué pour deux raisons. Tu n'as pas mélangé l'alliage dans les proportions correctes... D'après cette formule, c'est très important. Une différence de quelques gouttes peut faire la différence entre l'échec et la réussite. Puis, une fois démoulé, le métal doit être chauffé à une température extrêmement élevée...

– Mais il perdra sa forme, protesta Joram.

– Attends... dit Saryon, l'arrêtant de la main. Ce second chauffage ne se fait pas au feu de la forge.

S'humectant les lèvres, il fit une pause, puis reprit à contrecœur :

– Il se fait à la flamme de la magie...

Joram le regarda, désorienté.

– Je ne comprends pas.

– Je dois ouvrir un conduit, prendre la magie du monde et l'insuffler dans le métal, dit Saryon, le regardant dans les yeux. Tu ne comprends donc pas, jeune homme ? Je dois donner la Vie de ce monde à quelque chose qui est Mort, quelque chose fait par la main de l'homme. Cela va à l'encontre de toutes mes croyances. C'est le plus noir des Arts noirs.

– Alors, que feras-tu, Catalyste ? demanda Joram, se renversant sur sa chaise et le regardant d'un air triomphant.

Mais Saryon avait passé quarante années dans ce monde, des années protégées, certes, mais il les avait vécues quand même. Ce n'était pas le simplet que croyait Joram, marchant vers le précipice en regardant le soleil au-dessus de lui plutôt que la réalité du monde qui l'entourait. Non, Saryon voyait le précipice. Il voyait que dans quelques pas il tomberait dans l'abîme. Il le voyait, parce que c'était un chemin qu'il avait déjà emprunté, bien que ce fût dans sa lointaine jeunesse.

Un léger coup frappé sur une trappe au-dessus de leur tête les fit sursauter.

– Alors ? insista Joram.

Devant l'ardeur passionnée de ce visage, Saryon prit une profonde inspiration, ferma les yeux et sauta de la falaise.

– Oui, murmura-t-il d'une voix presque inaudible.

Hochant la tête avec satisfaction, Joram alla au centre de la pièce et regarda la trappe du plafond s'entrouvrir.

– C'est Andon, entendit-il en un murmure. Le garde vous cherche. Il faut remonter.

– Envoie l'échelle.

Une échelle de corde dégringola vers Joram, qui l'attrapa au passage.

– Catalyste... dit-il, lui faisant signe de monter.

– Oui.

Resserrant sa robe autour de lui, Saryon vint se placer sous l'échelle, non sans un dernier regard nostalgique aux trésors qui l'entouraient.

– Est-ce qu'on emporte le livre ? demanda Joram, retournant le chercher.

– Non, dit Saryon avec lassitude. J'ai mémorisé la formule. Mais tu peux quand même le remettre à sa place.

Joram remit vivement le volume sur l'étagère, puis souffla la chandelle. Une nuit impénétrable tomba sur la pièce, où régnait l'odeur de moisi des anciens textes enfermés dans leur sépulcre secret.

L'esprit de ceux qui les avaient écrits vivait-il aussi dans ce lieu ? se demanda Saryon, montant gauchement l'échelle à la lueur de la chandelle qu'Andon tenait au-dessus de leurs têtes. Peut-être que *mon* esprit reviendra là quand je serai mort, pensa le catalyste, ne pouvant s'empêcher de regarder en arrière tout en grimpant les échelons avec l'aide impatiente de Joram. Je pourrais vivre heureux ici pendant des siècles, c'est certain.

– Là, mon Père, donne-moi la main.

Il était arrivé en haut. L'attrapant par le poignet, Andon le hissa dans la galerie de mine courant sous sa maison.

– Tiens la chandelle, dit le vieillard, lui tendant le grossier bougeoir de fer forgé.

Saryon le prit, faisant danser des ombres sur les parois rocheuses.

Joram monta avec aisance ; Saryon regarda avec envie ses bras forts et musclés. Se baissant, le jeune homme s'assura que la trappe était bien fermée puis, aidé du vieillard, l'assujettit avec quelque chose qu'Andon appelait une serrure, y introduisant un morceau de métal de forme bizarre qui rendit un déclic quand il le tourna. Remettant la clé dans sa poche, Andon fit un pas en arrière et, après une brève inspection, fit un signe de tête à Joram.

Posant les mains sur une grosse pierre, le jeune homme, au prix d'un gros effort, la roula lentement sur la trappe, la cachant parfaitement à la vue.

Andon branla du chef.

– En général, il faut deux hommes adultes pour bouger cette pierre, dit-il à Saryon, regardant Joram avec admiration. Du moins dans ma jeunesse. On ne l'avait pas déplacée depuis des années, pas jusqu'à ce que ce jeune homme insiste pour voir les anciens textes.

Il soupira.

– Il n'y avait aucune raison de la bouger, aucune raison de descendre. Aucun d'entre nous ne sait lire, et personne ne savait non plus du temps de mon père. J'ai vu enlever cette pierre une seule fois, et c'était juste pour s'assurer que les textes subsistaient sans dommages.

– Ils sont bien conservés, dit Saryon. La pièce est sèche. Ils devraient durer des siècles si l'on n'y touche pas.

Le visage attendri de sympathie, Andon posa la main sur le bras du catalyste.

– Désolé, mon Père. J'imagine ce que tu ressens.

Andon fronça les sourcils avec irritation.

– J'ai essayé de le faire comprendre à Joram...

– Ne lui fais pas de reproches, dit Saryon d'une voix ferme. J'ai décidé moi-même de descendre ici. Et je ne le regrette pas.

– Mais tu sembles bouleversé...

– Tant de connaissances... perdues, répondit le catalyste, posant les yeux sur la pierre, ses pensées allant à ce qui se trouvait dessous.

– Oui, acquiesça Andon avec tristesse.

– Pas perdues, dit Joram, s'approchant, les yeux plus brillants que la flamme de la chandelle. Pas perdues... répéta-t-il en se frottant les mains.

– Sur mon honneur, il fait un froid infernal ici. Ou est-ce une contradiction dans les termes ? Vous me pardonnerez, je l'espère, dit Simkin, endossant une cape de fourrure qu'il fit apparaître d'un geste désinvolte, mais je souffre d'une faiblesse des poumons. Ma sœur est morte de pneumonie, vous savez. Enfin, pas exactement. Elle est morte de s'être écrasée en tombant d'une plate-forme de Merilon, mais elle ne serait pas tombée si elle n'avait pas déliré à cause de la fièvre provoquée par la pneumonie. Quand même...

– Pas maintenant, l'interrompit sèchement Mosiah, s'asseyant à la table près du jeune homme. On ne peut pas rester longtemps. Le garde ne voulait pas nous laisser entrer, mais Simkin a convaincu Blachloch de nous laisser venir. Pourquoi nous as-tu envoyé chercher ?

– J'ai besoin de vous, dit-il, s'asseyant aussi.

– Oh, une conspiration ! Furieusement effrayant ! Je suis tout oreilles. Je *pourrais* n'être qu'oreilles, ajouta Simkin, pris d'une soudaine inspiration, si ça pouvait vous aider.

– Tout bouche serait plus exact, marmonna Mosiah. Ferme-la.

– Je ne dirai plus un mot.

Emmitouflé jusqu'aux yeux dans ses fourrures, Simkin claqua les lèvres et regarda Joram avec une grave intensité, un peu gâchée, il est vrai, par un prodigieux bâillement.

– Je vous demande pardon, dit-il.

Grelottant et recroquevillé dans un coin, aussi près que possible du feu, Saryon émit un grognement écœuré. Joram le regarda avec irritation, le rassurant du geste. Puis il se retourna vers ses amis.

– Nous devons sortir d'ici ce soir, moi et le catalyste.

– Vous vous évadez ? demanda Mosiah avec ardeur. Je viens avec vous...

– Non, écoute ! dit Joram, exaspéré. Je ne peux pas vous dire ce que nous allons faire. D'ailleurs, il vaut mieux que vous ne le sachiez pas. Au cas où ça ne marcherait pas. Nous devrons sortir d'ici et y revenir sans que le garde le sache, et, plus important, nous devons être libres de... de faire ce que nous avons à faire sans être interrompus.

– Ça devrait être facile, dit Mosiah, l'air déçu. Vous êtes allés chez Andon, hier soir...

– Et le garde nous a escortés, à l'aller et au retour, comme il m'escorte tous les jours à la forge, termina sombrement Joram.

– Autrement dit, remarqua Simkin, très décontracté, tu veux expédier le garde au pays des rêves pendant que vous vous livrerez à des actes répréhensibles, et qu'il vous retrouve bien au chaud dans vos petits lits le matin quand il se réveillera.

Jetant un regard sur Simkin, Saryon remua avec gêne. Avec sa façon enjouée de plaisanter, le jeune homme n'était pas tombé loin. Pas assez loin. Le catalyste ne voulait pas mettre ces deux-là dans le secret – Mosiah, parce que c'était dangereux, et Simkin parce qu'il était Simkin.

– De plus, reprit languissamment le jeune homme aux fourrures, vous ne voulez pas être interrompus spécifiquement par une personne – notre Blond et Sinistre Chef. Mon cher ami, conclut-il, remuant voluptueusement dans sa cape, je me charge de tout.

– Qu'est-ce que tu vas faire ? demanda Saryon d'une voix rauque.

– Dis-moi, mon ami, tu n'es pas en train d'attraper un rhume ? demanda anxieusement Simkin, se tournant vers le catalyste. C'est un peu dangereux pour ton âge avancé. Ça a emporté le Comte de Mooria en une question de jours, et il avait exactement ton âge. Sa tête n'a pas résisté aux éternuements. Tout à fait littéralement. Elle a atterri dans un flan pâtissier. Oh, le Duc Zébulon a dit qu'il s'agissait d'une petite plaisanterie – divertissement d'après dîner pour ses invités – et qu'il n'avait jamais demandé à son catalyste de le prendre au sérieux et de lui donner une quantité de Vie si excessive. Mais nous nous sommes tous posé des questions. Lui et le Comte s'étaient encore querellés la veille au sujet de la Mort du Cygne. A propos de tricherie. En tout cas, cela a beaucoup amusé ses invités. On n'a parlé que de ça pendant des semaines. Le grand chic maintenant, c'est d'être un invité à dîner chez le Duc...

– Je ne suis pas enrhumé ! dit sèchement Saryon quand il put placer un mot.

– Ravi de l'apprendre, dit Simkin avec sérieux, se penchant pour tapoter la main du catalyste.

– Finissons-en, dit Joram avec impatience. Le garde et Blachloch ?

– Ah oui, je savais que nous parlions d'autre chose. Le garde. Je m'en occupe, dit Simkin.

– Comment ? demanda Mosiah, méfiant, regardant le catalyste.

A l'évidence, lui et Saryon partageaient le même avis sur le jeune barbu.

– Un léger sédatif. Recette connue de moi seul et de la Marquise de Lonnoni, qui a eu quatorze enfants. La question du garde est réglée. Quant à Blachloch, je dois jouer au tarok avec lui ce soir. Il ne vous dérangera pas. Parole d'honneur.

– Honneur ! ricana Mosiah. Je viens avec vous.

– Oh non, c'est impossible, dit Simkin avec un nouveau bâillement.

Allongeant les jambes vers le feu, il se renversa sur sa chaise selon un angle apparemment impossible, remuant sur le siège jusqu'à ce qu'il ait trouvé une position confortable.

– Je ne voudrais pas t'offenser, mais tu es un peu

péquenaud, mon ami. Je veux dire que je ne t'emmènerais jamais nulle part dans la bonne société. Tes manières à table sont positivement choquantes. De plus, ajouta-t-il, ignorant le regard furibond de Mosiah, quelqu'un doit rester dans cette affreuse masure pour donner l'illusion que Père et Fils sont bien là.

– Ce n'est pas une mauvaise idée, dit Joram, posant une main modératrice sur le poing de Mosiah. Qu'est-ce qu'il aurait à faire ?

– Faire du feu et passer de temps en temps devant la fenêtre pour qu'on voie son ombre. Dis-moi, Mosiah, ajouta-t-il, bâillant à se décrocher la mâchoire, je pourrais même donner à tes cheveux l'aspect de ceux de Joram. Avec un peu d'aide de notre ami donneur de Vie, tes tresses feraient l'envie de toutes les femmes du village. Longs, épais, luxuriants...

Mosiah se tourna vers Joram.

– C'est un bouffon ! dit-il avec calme. Tu confies ta vie à un fou !

Sur le visage barbu de Simkin, l'ennui fit soudain place à une expression si pénétrante et astucieuse que Saryon aurait pu jurer qu'un étranger avait pris sa place. Mais Mosiah lui tournait le dos, et Joram regardait Mosiah en fronçant les sourcils. Seul le catalyste la surprit, et avant qu'il ait pu l'analyser, l'expression disparut, remplacée par un sourire enjoué et désinvolte.

La cape de fourrure disparut, de même que les culottes et le gilet de soie. Il y eut comme un tourbillon de couleurs et, en un instant, Simkin fut vêtu des pieds à la tête d'une livrée de bouffon. Ses couleurs jurant violemment entre elles, ses rubans papillotant, ses clochettes tintinnabulant, Simkin s'approcha de Joram à quatre pattes. S'asseyant en tailleur devant lui, il fit sonner les clochettes de son bonnet.

– Un fou, oui, je suis un fou, s'écria gaiement Simkin, agitant les bras avec panache, ses rubans flottant autour de lui comme une brume multicolore. Je suis le fou de Joram ! Vous vous rappelez les prédictions du tarok ? Tu as tiré le Roy d'Epée. Tu seras Empereur un jour, et je serai ton bouffon, n'est-ce pas, Joram ?

Se penchant vers lui, il joignit les mains en un simulacre de prière.

– Permettez-moi d'être votre fou, sire. Il vous en faut un, je vous assure.

– Pourquoi, idiot ? demanda Joram, son demi-sourire faisant briller ses yeux noirs.

– Parce que seul un fou ose dire la vérité, dit doucement Simkin.

Joram le regarda en silence le temps d'une inspiration, puis – voyant le visage barbu fendu d'un grand sourire – il leva sa botte, la posa sur la poitrine de Simkin et le poussa en arrière. Tombant à la renverse pieds par-dessus tête et riant à gorge déployée, Simkin exécuta avec grâce un saut périlleux et retomba sur ses pieds.

Ignorant Simkin qui dansait à travers la pièce, Mosiah posa la main sur l'épaule de Joram, le secouant presque dans son ardeur.

– Ecoute-moi ! dit-il d'un ton pressant. Oublie tout ça, oublie les cartes, oublie ton idée de défier Blachloch. Allons, Joram, je te connais ! Je t'ai entendu parler. Je serais fou moi-même si je n'avais pas compris. Profitons de cette occasion pour nous évader ! Laisse Simkin endormir le garde, et nous tenterons notre chance dans le Nullepart. Nous pourrons réussir. Nous sommes jeunes et forts, et nous aurons le catalyste pour nous donner de la Vie. Tu viendras, n'est-ce pas, mon Père ?

Saryon ne put qu'opiner. Cette idée d'évasion était si tentante qu'il se serait rué dehors sur-le-champ si quelqu'un avait donné l'exemple.

Joram ne répondit pas tout de suite, et Mosiah, devant l'air pensif de son ami – qu'il prit pour de l'intérêt – se hâta de poursuivre :

– Nous pourrions aller vers le nord, jusqu'au Sharakan. Nous y trouverions du travail. Personne ne nous connaît là-bas. C'est dangereux, mais pas autant que de rester ici ou que de combattre Blachloch...

– Non, dit doucement Joram.

– Joram, réfléchis...

– C'est à toi de réfléchir ! dit Joram, les yeux étincelants, secouant la main de Mosiah. Crois-tu un instant que Blachloch laisserait son catalyste s'en aller sans tout faire en son pouvoir pour le retenir ? Et son pouvoir est grand. A quoi sont entraînés les *Duuk-tsarith* ? A pourchasser et traquer les gens ! Il connaît le Nullepart ! Pas nous. Et quand il nous rattrapera, il nous tuera, toi et moi. Que sommes-nous après tout ? Mais le catalyste ? Qu'est-ce que tu crois qu'il lui ferait ?

– Il lui couperait les mains, dit Simkin, se débarrassant d'un geste de son costume de bouffon.

De nouveau vêtu de sa tenue criarde, il fit apparaître sa cape de fourrure et la drapa gracieusement sur ses épaules.

– C'est ce qu'on leur faisait dans l'ancien temps, dit-on, poursuivit-il avec un regard d'excuse à Saryon. Ça n'affecte pas leur utilité, vous comprenez.

Mosiah continua à fixer Joram en fronçant les sourcils.

– Et qu'arrivera-t-il s'il nous surprend maintenant ?

– Il ne nous surprendra pas.

Mosiah se détourna.

– Bon, partons, dit-il à Simkin. Nous sommes restés assez longtemps. Le garde va avoir des soupçons.

– Oui, nous devons nous sauver, dit Simkin en le suivant. Je me sens tout enchifrené. Je – at... atchoum ! Là, qu'est-ce que je vous disais ? Le catalyste m'a donné son rhume ! Je suis... at... atchoum... assez contrarié !

Le carré de soie orange papillota dans l'air. Se l'appliquant sur le nez, Simkin se moucha d'un air sombre.

– Et une soirée exténuante en perspective, en plus. Blachloch triche, vous savez.

– Non, il ne triche pas. Il est trop fort pour ça. C'est toi qui triche, dit Joram, ironique.

– Parce qu'il gagne toujours ! Même quand je triche, je n'arrive jamais à gagner. Je suppose que je devrais me concentrer sur le jeu. A bientôt, cher ami. Il faut que j'aille cueillir les jolies fleurs pour préparer ma potion, dit-il avec un clin d'œil. Soyez prêts. Vous entendrez ma voix...

Montrant de la tête le garde qui surveillait la porte du seuil de la maison d'en face, Simkin sortit nonchalamment de la prison.

– Qu'est-ce que tu vas faire ? demanda Joram, arrêtant Mosiah sur le seuil.

– Je ne sais pas, répondit Mosiah sans le regarder. Je partirai peut-être tout seul avant qu'on vous arrête.

– Alors... bonne chance, dit Joram avec froideur.

– Merci, dit Mosiah, avec un regard amer. Merci beaucoup. Et bonne chance aussi.

Claquant la porte derrière lui, il sortit brusquement.

Regardant par la fenêtre, Saryon le vit s'éloigner, baissant la tête.

– Il t'aime beaucoup, dit doucement le catalyste, se détournant de la fenêtre et regardant Joram qui faisait chauffer du gruau sur les braises.

Le jeune homme ne répondit pas, n'entendit peut-être pas.

Traversant leur prison glacée, Saryon s'allongea sur son grabat. Depuis quand n'avait-il pas dormi ? Dormi d'un sommeil paisible ? Serait-il jamais capable de recommencer à dormir ? Ou verrait-il toujours le jeune diacre, terrorisé en lisant sa mort dans les yeux du sorcier ?

– Est-ce que tu as confiance en Simkin ? demanda-t-il, fixant les poutres vermoulues du plafond.

– Autant qu'en toi, Catalyste, rétorqua Joram.

Chapitre 7

LA TEMPÊTE

– Allons, presse-toi, vieille peau ! Encore un peu, et le dîner deviendra petit déjeuner !

La vieille à qui cela s'adressait ne répondit pas, et ne se pressa pas davantage. Traînant les pieds entre la table et la cheminée, portant des légumes dans son tablier, elle les jeta dans une marmite pendue à la crémaillère. Affalé dans un fauteuil à côté d'une table qu'il avait tirée près de la fenêtre, le garde regarda ces préparatifs avec un grognement, partageant son attention entre la vieille, la marmite bouillant sur le feu – d'où émanait une forte odeur d'oignon – et la prison de l'autre côté de la rue.

A la fenêtre de la prison brillait une très faible lueur, celle du feu. De temps en temps, le garde voyait des ombres passer devant la fenêtre. Personne dans la rue ; personne ne venait voir les prisonniers. De leur côté, les prisonniers ne faisaient pas mine de sortir, ce dont le garde se félicitait. Ce n'était pas un soir à mettre un chien dehors. Une pluie glacée mêlée de grêle fouillait la boue comme des fers de lances, secouait les fenêtres, tandis que le vent hurlait et glapissait comme une horde de démons.

– Quelle connerie de me mettre de service ce soir, grommela le garde. Même le Prince des Diables ne mettrait pas les pieds dehors par un temps pareil. Alors, ça vient, vieille mégère ?

Se retournant à moitié sur sa chaise, il fit le geste de la frapper. Mais étant myope et dure d'oreille, elle ne lui accorda toujours pas la moindre attention, et le garde s'apprêtait à se lever quand, stupéfait, il entendit quelqu'un secouer la porte.

– Ouvrez là-dedans ! lança une voix aussi stridente que celle du vent.

Le garde jeta un rapide coup d'œil de l'autre côté de la rue. La lueur brillait toujours dans la prison, aucune ombre ne passait devant la fenêtre.

– Hello, hello ! cria la voix.

Puis le visiteur se mit à taper et à tambouriner sur le battant, menaçant de l'enfoncer.

L'imagination n'étouffait pas le garde, mais, reconnaissons-le, l'intelligence non plus. Ayant conjuré mentalement le Prince des Diables, le garde s'aperçut, comme bien des conjureurs, qu'il était difficile de le bannir. Que ce gentilhomme vînt pour réclamer son âme ne lui parut pas improbable – une mère, qu'il ne se rappelait d'ailleurs que vaguement, lui ayant maintes fois prédit que tel serait son destin. Il se leva et regarda par la vitre dans l'espoir de voir le visiteur, mais il ne distingua qu'une ombre floue.

– Ouvre ! cria le garde à la vieille, avec la vague idée que le Prince ne se montrerait pas difficile sur l'âme à emporter.

Mais l'attention de la vieille était uniquement concentrée sur sa marmite, et elle n'entendit ni l'ordre ni les coups.

– Il y a quelqu'un ? cria le visiteur, secouant la porte de plus belle.

Sur quoi, le garde reprit espoir. S'écartant de la fenêtre pour ne pas être vu, il jugea probable que le visiteur indésirable s'en irait. Pour s'en assurer, il fit de grands signes à la vieille, l'enjoignant à continuer sa cuisine.

Malheureusement, ces gestes désordonnés réussirent là où tous les cris du village auraient échoué – ils attirèrent l'attention de la vieille. Voyant le garde montrer la porte, elle hocha la tête et, toujours traînant les pieds, alla ouvrir.

Une rafale de vent, une bourrasque de pluie, une

averse de grêle et une silhouette fourrée entrèrent simultanément. Mais un seul de ces visiteurs nocturnes eut le loisir de rester. Se retournant, la silhouette en fourrure appliqua son épaule contre le battant et, avec l'aide de la vieille, le claqua au nez des intrus météorologiques.

– Par la mort de l'Etern, jura une voix sépulcrale, légèrement étouffée par le bord d'un bonnet de fourrure, j'aurais pu périr sur le seuil. Et moi qui viens spécialement pour toi !

A cette confirmation de ses craintes, bien qu'il s'attendît à quelque chose de plus effrayant, avec queue et cornes, le garde ne put que bredouiller des incohérences jusqu'au moment où le visiteur ôta son bonnet et le jeta par terre avec un nouveau juron.

– Voilà comment tu me remercies après que j'ai failli mourir de froid pour t'apporter un peu de réconfort, dit Simkin avec dédain, jetant une gourde sur la table.

– Qu'est-ce que c'est ? fit le garde, méfiant.

– Une petite attention de ce cher vieux Blachloch, dit le jeune homme avec un geste désinvolte en s'approchant du feu. Part du butin, reconnaissance pour un travail bien fait, toast en l'honneur du viol, du pillage et tout ça.

Le garde s'éclaira.

– C'est super, vraiment super, dit-il, lorgnant avidement la gourde en se frottant les mains.

Puis une idée le frappa. Etrécissant les yeux, il se tourna vers Simkin.

– Dis donc, dit-il d'un ton hargneux, avec un coup d'œil à Simkin qui, lui sembla-t-il, s'intéressait un peu trop à sa marmite, tu ne peux pas rester. Je suis de garde et je ne dois pas être dérangé.

– Crois-moi, mon brave, je ne resterais pas ici pour tous les singes apprivoisés du Zith-el, dit Simkin, cueillant en l'air son carré de soie orange et le portant à son nez. Les odeurs d'oignon et de lourdaud mal lavé n'ont aucun attrait pour moi. Je suis un messager, c'est tout, et je ne resterai ici que le temps de me réchauffer ou de m'évanouir à l'odeur, selon ce qui surviendra en premier. Quant à ton service, ajouta-t-il, jetant un regard dédaigneux par la fenêtre, c'est une totale perte de temps, si tu veux mon avis.

– Je ne te l'ai pas demandé, mais tu as raison, dit le garde, se rasseyant confortablement, pas du tout déconcerté par les injures de Simkin maintenant qu'il était assuré que le jeune homme ne partagerait pas son repas. Je comprends qu'il supporte le catalyste, en le remettant au pas. Mais un bon coup sur le crâne et un plongeon dans la rivière régleraient son compte au morveux chevelu. Pourquoi Blachloch le tolère, ça me dépasse.

– Pourquoi, en effet, murmura Simkin, regardant le garde ouvrir la gourde. Enfin, je retourne dans la nuit, comme on dit. Va te coucher de bonne heure, Mamie, chuchota-t-il. Et n'oublie pas d'éteindre la lumière.

Simkin souligna ces dernières paroles d'un clin d'œil au garde, qui reniflait la gourde en se léchant les babines. Fixant sur lui un regard soudain pénétrant et rusé, la vieille hocha la tête en souriant, puis, traînant les pieds, retourna servir le ragoût, sourde, semblait-il, à tout ce qui n'était pas chuchotement.

Rassuré à la vue du garde portant la gourde à sa bouche, Simkin sortit dans la tempête et traversa la rue en courant. Aveuglé par l'obscurité, la pluie, la grêle, et son énorme bonnet de fourrure, il entra en collision avec un passant.

– Simkin ! Regarde donc où tu vas ! grogna une voix, irritée et soulagée à la fois.

– Tiens, Mosiah ! Ainsi tu n'es pas parti dans le désert, finalement. Non, pas la porte ! Le lourdaud la surveille encore. Viens ici, dans l'ombre. Attends...

– Attends quoi ? Je gèle ! Tu n'as pas...

– Ah, voilà le signal.

La lumière s'éteignit dans la maison du garde, la plongeant dans le noir à part le reflet du feu sur les vitres. Sortant en courant de l'ombre de la prison, Simkin se rua vers la porte qui s'ouvrit au premier coup frappé.

Simkin s'engouffra à l'intérieur, traînant Mosiah après lui, et Joram referma vivement.

– Belle nuit que tu as choisie pour sortir ! dit Simkin en claquant des dents.

– Je sais, remarqua Joram avec calme dans l'ombre glacée de la pièce. Avec le brouillard et la pluie, on ne verra pas la lumière de la forge.

– Peu importe qu'on la voie, marmonna Mosiah, grelottant près de la porte. J'ai parlé au forgeron. Il a fait courir le bruit que certains de ses hommes travailleraient cette nuit, pour rattraper le temps perdu pendant le raid. Ne t'en fais pas, ajouta-t-il, voyant Joram se rembrunir, je ne lui ai rien dit, et il n'a rien demandé. Ses fils étaient avec nous lors de l'incendie du village. Il a fait le vœu avec les autres. Tu... Ça ne fait rien.

– Tu quoi ? dit Joram.

– Rien, marmonna Mosiah.

Tu peux lui faire confiance, allait-il dire, mais devant l'air sombre et froid de Joram, il secoua la tête.

Le demi-sourire éclairait les yeux noirs comme la lueur des braises mourantes. Joram savait ce que son ami avait voulu lui dire et pourquoi il ne l'avait pas dit.

– Et le garde ?

– Le lourdaud est tombé sur le museau, l'informa Simkin, très satisfait de la rime qu'il avait passé la soirée à composer. Je... Oh, bonsoir, mon Père. Je ne t'avais pas vu, tapi comme ça dans l'ombre. Tu répètes ? Dis-moi, tu n'as pas bonne mine. Ton rhume te tracasse ? Le mien est guéri, heureusement. Blachloch *et* un rhume, ce serait vraiment trop pour un seul homme...

Saryon ne répondit pas. Il n'avait même pas entendu Simkin. Il n'entendait rien par-dessus les hurlements du vent rôdant autour de la prison comme une bête attirée par le sang qu'elle sent à l'intérieur.

Une fois, voilà longtemps, Saryon avait entendu parler le vent. Sauf qu'alors, il murmurait : « Le Prince est Mort... Le Prince est Mort », et le ton était triste et chagrin. Maintenant, il glapissait et clamait : « Mort, Mort, Mort ! », en une sorte de triomphe démentiel, comme enchanté de le tourmenter dans sa chute.

– Saryon...

Le vent lui parlait, l'appelait par son nom...

– Saryon !

Clignant des yeux, il sursauta.

– Je... je suis désolé, murmura-t-il. J'étais... juste... C'est l'heure ?

– Oui.

La voix de Joram était terne et morne ; le vent semblait plus vivant que lui.

– Simkin est parti. Il ne faut plus tarder.

– Tiens, mon Père. Tu n'es pas assez couvert, dit Mosiah, ôtant sa cape trempée.

– Il se réchauffera bien assez vite à la forge, grommela Joram, irrité du délai.

Sans lui prêter attention, Mosiah passa outre aux protestations confuses du catalyste et l'aida à draper sa cape sur sa robe élimée.

– Alors, tu es prêt ? demanda Joram.

Sans attendre la réponse, il entrouvrit la porte et jeta un coup d'œil dehors. Il n'y vit que la pluie, la grêle et le vent, ce qui ne le surprit pas. Attrapant une cape que Mosiah lui tendait – sinon, il serait sorti dans la tempête sans aucune protection –, il la jeta négligemment sur ses épaules et sortit dans l'ouragan dont la férocité semblait reflétée dans ses traits.

Saryon suivit plus lentement.

– Que l'Etern vous protège, murmura Mosiah.

Saryon branla du chef.

Comme s'il avait attendu son apparition, le vent bondit en rugissant sur le catalyste. Les serres glacées de la pluie le labourèrent à travers sa cape et sa robe, la grêle lui mordit la chair. Mais le vent n'avait pas l'intention de le dévorer, semblait-il. Toujours sur ses talons, il haletait derrière lui, le poussant de l'avant, lui soufflant son haleine glaciale sur la nuque ; Saryon avait la vague impression que, s'il tentait de s'écarter du noir chemin qu'il suivait, le vent bondirait pour lui couper la voie, mordillant ses chevilles nues, le menaçant de ses crocs.

Mort, Mort, Mort...

– Que le diable t'emporte, mon Père ! Regarde où tu mets les pieds ! s'écria Joram.

Mais son bras vigoureux soutint Saryon, qui, dans son abattement et son désespoir, avait failli tomber dans un ruisseau glacé.

– On y est presque, dit Joram.

Regardant le jeune homme à travers le rideau de la pluie, Saryon vit qu'il serrait les dents, non de froid, mais pour maîtriser son excitation. Et, comme invoquée par la voix du jeune homme, la caverne de la forge sortit de l'ombre, ses braises rougeoyantes fixant le catalyste comme les yeux de la créature qui l'avait poursuivi.

Joram poussa la lourde porte de bois. Saryon s'apprêta à entrer, comme attiré par la chaleur et la paix de l'obscurité éclairée par les flammes. Puis il hésita. Il aurait dû faire demi-tour et s'enfuir en courant. Retourner à son Eglise. *Obedire est vivere. Vivere est obedire.* Oui ! C'était si simple ! Il obéirait. Depuis des siècles, les catalystes n'obéissaient-ils pas sans réserves ?

Mais le vent ne fit que rire, se moquant de lui, et Saryon réalisa que cette tempête s'était amassée toute sa vie, depuis ses premiers murmures jusqu'à ces hurlements triomphants. Tiraillant l'ourlet de sa robe, le vent le poussa par-derrière pour lui faire franchir le seuil, et le catapulta, chancelant, dans l'obscurité rougeoyante.

Derrière lui, Joram referma la lourde porte puis se mit vivement au travail. Debout au milieu de la forge, détendu dans la chaleur du feu, Saryon regarda autour de lui avec une fascination qu'il ne pouvait plus nier. D'étranges outils luisaient à la lueur des braises, qui s'avivèrent quand, manœuvrant le soufflet, Joram leur donna de la vie. Les enfants nés de cette union ardente jonchaient le sol – fers à cheval, mors, clous cassés, couteaux inachevés, marmites de fer. Absorbé dans son travail, Joram ne faisait pas attention au catalyste. Saryon s'assit à l'écart pour ne pas déranger le jeune homme, écoutant l'haleine rauque du soufflet, et il réalisa soudain qu'il n'entendait plus le vent.

La tempête continuait à faire rage, sa fureur augmentant encore, peut-être, dans le triomphe de sa victoire sur le catalyste. Le vent rugissait à travers les rues, arrachait les branches des arbres, les tuiles des toits. La pluie frappait à toutes les portes, menaçante, la grêle tambourinait à toutes les fenêtres. Pourtant, les résidents de la grande maison de brique dominant le village ignoraient la tempête. Absorbés dans les subtilités de leurs parties – car ils en jouaient plusieurs en même temps –, ils ne prêtaient guère attention aux caprices de la nature à l'extérieur de la maison, bien plus intéressés par ce qui se passait à l'intérieur.

– La Reyne de Coupe, l'atout majeur, prend ton Cavalier, Simkin, et les deux prochains plis sont pour moi, je crois.

Blachloch posa une carte sur la table et, se renversant dans son fauteuil, regarda Simkin, en attente.

– Comment vont nos prisonniers ?

Jetant un coup d'œil consterné sur la carte, Simkin considéra pensivement sa main.

– Ils complotent contre toi, ô Gagnant, dit-il en haussant les épaules.

– Ah, je m'en doutais, dit Blachloch avec une ombre de sourire, passant l'index sur sa fine moustache. Qu'est-ce qu'ils complotent ?

– De t'assassiner, quelque chose comme ça, répondit Simkin.

Levant les yeux sur Blachloch avec un sourire suave, il posa une carte sur celle du sorcier.

– Je sacrifie ça pour sauver mon Cavalier.

Le visage inexpressif de Blachloch se crispa. Ses lèvres se pincèrent, réduisant sa moustache à une fine ligne droite.

– Le Mât ! Cette carte est déjà tombée !

– Non, mon ami, dit Simkin en bâillant. Tu dois te tromper...

– Je ne me trompe jamais, rétorqua froidement Blachloch. J'observe tous les plis avec la plus grande attention. Le Bouffon a été joué, je t'assure. Drumlor l'a sacrifié pour protéger son Roy...

Le sorcier regarda son écuyer pour confirmation.

– Euh... oui, bredouilla Drumlor. Je... je.... enfin...

Ayant été invité uniquement pour faire le troisième, Drumlor n'avait ni attirance ni intérêt pour ce jeu. Blachloch lui avait appris à jouer, comme à la plupart des autres gardes, pour avoir un partenaire. Ces soirées éprouvaient au plus haut point les nerfs du pauvre Drumlor, qui avait du mal à se rappeler la dernière carte qu'il avait jouée, sans parler d'une carte tombée dix plis plus tôt.

– Vraiment, Blachloch, le seul Bouffon que cet imbécile se rappelle, c'est celui qu'il a vu ce matin quand il a regardé dans la glace. Mais si tu dois piquer une crise, revoie donc tous les plis ! Peu importe d'ailleurs, je suis battu, dit Simkin, jetant ses cartes sur la table. Comme toujours.

– Ce n'est pas la victoire qui m'intéresse, dit Blachloch, retournant et examinant les cartes de Simkin. C'est le jeu lui-même – les calculs, la stratégie, la faculté d'être plus habile que l'adversaire. Tu devrais le savoir, Simkin. Toi et moi, nous jouons pour le plaisir du jeu, n'est-ce pas, mon ami ?

– Je t'assure, mon cher, dit languissamment Simkin, se renversant dans son fauteuil, que le jeu est la seule chose qui me retient sur cette misérable sphère d'herbe et de cailloux qu'on appelle le monde. Sans lui, la vie serait si ennuyeuse qu'il vaudrait autant se rouler en boule et se jeter dans la rivière.

– Un jour, je t'éviterai de prendre cette peine, Simkin, dit Blachloch avec douceur, continuant à retourner les cartes à petits gestes rapides du poignet. Je ne tolère pas ceux qui croient à tort qu'ils peuvent me duper.

Blachloch retourna vivement une dernière carte et la jeta devant Simkin. Il y avait maintenant deux Mât sur la table.

– Ce n'est pas *ma* faute, dit Simkin d'un ton ulcéré. Ce sont tes cartes, après tout. Et ça ne m'étonne pas que *tu* triches avec *moi.*

Le jeune homme renifla et le carré de soie orange parut dans sa main. Simkin se tamponna délicatement le nez.

– Il fait un temps affreux, dehors. Je crois que j'ai attrapé un rhume.

Une violente bourrasque ébranla la maison, faisant craquer les poutres. Bruit de chute – branche cassée tombant par terre. Battant les cartes, Blachloch jeta un coup d'œil par la fenêtre. Soudain, son regard devint fixe.

– Il y a de la lumière à la forge.

– Oh, ça, dit Drumlor en sursautant.

Il s'était endormi, son corps glissant lentement dans son fauteuil, au grand amusement de Simkin. Il se ressaisit et se redressa.

– Le forgeron... a demandé à ses hommes... de travailler cette nuit.

– Vraiment, dit Blachloch.

Posant le paquet devant lui, il le fit glisser devant Simkin.

– A toi de donner. Et n'oublie pas que je te surveille. Quels sont les hommes qui travaillent ?

– Joram, dit Simkin, passant les cartes à Drumlor pour qu'il coupe.

Un muscle frémit sur la joue de Blachloch, ses yeux s'étrécirent. La main négligemment posée sur la table se crispa, les doigts se recourbant légèrement.

– Joram ? répéta-t-il.

– Joram. Mauvais joueur, d'ailleurs, dit Simkin en bâillant. Trop impatient. On peut assez facilement l'inciter à jouer ses atouts au lieu de les garder pour la fin de la partie où ils lui serviraient mieux.

Simkin se prépara à donner, son attention concentrée sur Blachloch, non sur les cartes.

– Et le catalyste ? demanda Blachloch, regardant par la fenêtre le rougeoiement de la caverne qui clignotait, à travers la pluie et la grêle.

– C'est un joueur beaucoup plus habile, quoiqu'il n'y paraisse pas, répondit Simkin, se remettant distraitement à battre les cartes. Saryon joue selon les règles, mon ami.

Un sourire s'attarda sur ses lèvres.

– Dis-moi, arrêtons ce jeu. Je commence à le trouver furieusement ennuyeux.

Drumlor lui lança un regard de profonde gratitude.

– Je vais te prédire l'avenir à la place, d'accord ? dit nonchalamment le jeune homme.

– Tu sais que je n'y crois pas...

Se retournant vers la fenêtre, Blachloch aperçut le visage de Saryon.

– Très bien, dit-il brusquement.

Le vent forcit encore. La pluie entra dans la cheminée, siffla en s'évaporant sur les braises. Se renfonçant dans son fauteuil, Drumlor croisa les mains sur son ventre et se rendormit. Simkin tendit les cartes à Blachloch.

– Coupe.

– Saute cette sottise. Commence, répondit froidement Blachloch.

Simkin reprit les cartes en haussant les épaules.

– La première est ton passé, dit-il en retournant une carte.

Un homme coiffé d'une mitre était assis sur un trône entre deux piliers.

– Le Pape. Tiens, c'est étrange... dit Simkin, haussant un sourcil.

– Continue.

Désinvolte, Simkin retourna la deuxième carte.

– Voilà ton présent. Le Bateleur renversé. Quelqu'un qui est magicien mais n'est pas...

– Je les interpréterai moi-même, dit Blachloch, fixant les cartes.

– Le futur, dit Simkin, retournant la troisième carte. Le Roy d'Épée.

Blachloch sourit.

Chapitre 8

NAISSANCE DE LA NOIRÉPÉE

– Ce métal devient blanc en chauffant, comme c'est étrange, murmura Saryon. Le fer devient rouge. Différence de propriétés, sans aucun doute. Comme je voudrais pouvoir l'étudier... Maintenant, attention. Mesure avec précision. Là.

Il retint son souffle, craignant que la moindre perturbation ne trouble Joram et ne lui fasse verser trop de métal fondu.

– J'ai l'impression que c'est trop peu, remarqua Joram, fronçant les sourcils.

– Pas plus ! dit Saryon d'un ton pressant, tendant la main pour retenir celle du jeune homme. Ça suffit !

– D'accord, dit froidement Joram, posant le creuset à l'écart.

Le catalyste se remit à respirer.

– Maintenant, tu dois...

– Cette partie, je connais, l'interrompit Joram. C'est mon métier.

Il versa le mélange brûlant dans un grand moule d'argile, maintenu entre des planches de bois.

Saryon, regarda le moule et déglutit nerveusement. Il avait la gorge sèche et un goût de fer dans la bouche, et il but avidement une tasse d'eau. Il régnait dans la forge une chaleur suffocante. Sa robe était noire de suie et trempée de sueur. Le corps de Joram luisait à la lueur des flammes. Retenu sur le front par un bandeau de cuir, ses cheveux bouclaient autour de son visage. Regardant travailler le jeune homme, Saryon ressentit de nouveau ce tiraillement du souvenir, douleur aiguë comme une épine.

Ces cheveux, il en avait vu de pareils, les avait admirés. C'était il y avait très longtemps, à... à... Le souvenir faillit resurgir, puis s'évanouit. Il le chercha, mais ne le retrouva pas et resta perdu entre les pages des livres, enterré sous les schémas et les équations.

– Pourquoi me regardes-tu comme ça ? Ça met combien de temps à refroidir ?

Saryon sursauta et revint au présent.

– Je... je suis désolé. J'avais l'esprit... ailleurs. Qu'est-ce que tu as dit ?

– Le refroidissement...

– Ah oui. Trente minutes.

Se levant avec raideur, il réalisa qu'il n'avait pas bougé depuis une heure et décida d'aller voir si la tempête faisait toujours rage. Il vit Joram prendre un chronoverre, mais, preuve de sa préoccupation, il ne lui accorda pas plus d'un regard. Pourtant, la première fois qu'il avait vu ce qu'Andon appelait un « sablier », il avait été fasciné par sa remarquable simplicité.

Il sentit le froid avant d'arriver à l'entrée de la caverne, qui, déjà mordant tout à l'heure, avait encore empiré, contrastant violemment avec la chaleur de la forge. De nouveau, Saryon entendit les hurlements du vent, mais ils semblaient distants, comme si la bête était enchaînée dehors, tempêtant pour entrer.

Branlant du chef, Saryon revint vivement vers la forge, où Joram s'affairait à effacer toutes traces de leur étrange travail.

– Existe-t-il beaucoup de pierre noire ? demanda le catalyste, regardant Joram brosser avec soin les minuscules grains de minerai pulvérisé et les mettre dans un petit sac.

– Je ne sais pas. J'ai trouvé ces fragments dans la mine abandonnée, sous la maison d'Andon. D'après les textes, il existait un vaste gisement dans les environs. C'est d'ailleurs la raison pour laquelle les Technologues se sont installés ici après la guerre. Ils avaient l'intention de fabriquer d'autres armes, puis de revenir se venger de ceux qui les avaient persécutés.

Saryon sentit le regard pénétrant et accusateur des yeux noirs, mais n'en fut pas ébranlé. D'après ce qu'il avait lu, les membres de son Ordre avaient eu raison d'interdire cet Art noir et de supprimer ce dangereux savoir.

– Pourquoi ne sont-ils pas revenus ? demanda-t-il.

– Ils ont eu trop d'autres soucis, grommela Joram. Survivre, entre autres. Combattre les centaures et autres créatures mutées, créées et abandonnées par les Maîtres de Guerre. Il y avait aussi la faim, la maladie. Les quelques catalystes qui les avaient suivis moururent et n'eurent pas de successeurs. Bientôt, toute leur énergie fut accaparée par la survie. Ils cessèrent de tenir des archives. Pour quoi faire ? Leurs enfants ne savaient pas lire. Ils n'avaient pas le temps de les instruire – la lutte pour la vie était trop dure. Finalement, les anciennes techniques moururent et même leur souvenir, et avec mourut l'idée de revenir se venger. Tout ce qui en reste, ce sont les chants du Scianc et quelques pierres.

– Mais les chants transmettent la tradition. Ils auraient sûrement pu servir à transmettre les connaissances, argua Saryon. Et si tu te trompais, Joram ? Si ces gens avaient fini par réaliser l'horreur qu'ils avaient failli ramener dans le monde, et avaient choisi délibérément de la supprimer ?

– Bah ! grogna dédaigneusement Joram, revenant du tas de débris où il avait caché le creuset. Les chants préservent la clé de la connaissance. C'était la seule façon dont les sages pouvaient espérer la transmettre quand ils ont vu la nuit de l'ignorance se refermer sur eux. Et c'est ce qui réfute ta pieuse théorie, Catalyste. *Il y a* des indications dans ces litanies, si on sait les écouter. C'est à cause d'elles que j'ai eu l'idée de chercher dans les livres. Pour les Sorciers, – il désigna le village du geste – ces chants ne sont que des paroles mystiques, des paroles de magie, et peut-être de pouvoir, mais surtout simplement des paroles.

Saryon secoua la tête, sceptique.

– Il doit bien y en avoir eu certains qui s'en sont aperçus avant toi.

– Il y en a eu, dit Joram, son demi-sourire brûlant dans ses yeux noirs. Andon, entre autres. Et Blachloch. Le vieillard savait où étaient les allusions, il savait qu'elles conduisaient aux livres conservés avec tant de soin.

Il haussa les épaules.

– Mais il ne savait pas lire. Parle-lui un jour, Saryon, de l'amère frustration qui le rongeait. Ecoute-le raconter ses visites à la mine et sa contemplation des livres, les maudissant même dans sa fureur impuissante, parce qu'il savait que ces textes contenaient les connaissances permettant de sauver son peuple, savoir plus précieux que le trésor de l'Empereur et aussi inaccessible – à ceux ne possédant pas la clé.

Joram parlait bas, avec une intensité passionnée que Saryon trouva remarquable chez ce jeune homme généralement taciturne et réservé. Quand il prononça le mot « clé », ses mains se refermèrent comme sur quelque objet invisible, ses yeux flamboyèrent d'excitation fiévreuse. Saryon remua, mal à l'aise. Oui, maintenant, Joram avait la clé, la clé du trésor. Et Saryon lui-même lui avait montré comment l'introduire dans la serrure.

– Qu'as-tu dit de Blachloch ? demanda-t-il, s'efforçant d'écarter ces pensées gênantes, s'efforçant aussi de ne pas voir que le sable s'accumulait rapidement au fond du sablier.

– D'après Andon, la première fois qu'il a entendu les chants il en a déduit l'existence des livres. Mais le vieillard – qui avait peur de Blachloch depuis le début – a refusé de lui dire où ils étaient. Le sorcier a dû en être frustré.

Les lèvres de Joram faillirent sourire.

– Il était passé maître en l'art de la « persuasion », mais il n'osait pas s'en servir, sachant que tout le village se soulèverait contre lui.

– Il attend son heure, c'est tout, dit doucement Saryon. Maintenant, il tient si fermement les villageois sous sa coupe qu'il peut prendre ce qu'il veut.

Joram ne répondit pas : il fixait le moule d'argile, tout

en jetant de temps en temps un regard impatient sur le sablier. Saryon aussi se tut, ses pensées l'entraînant dans des endroits qu'il aurait préféré éviter. Le silence devint si pesant qu'il prit conscience de la différence de qualité entre leurs respirations – la sienne, rapide et haletante, contrastant avec celle de Joram, profonde et régulière. Il eut l'impression d'entendre glisser le sable dans le verre.

Le sable cessa de couler. Lentement, presque à contrecœur, Joram se leva, prit un marteau et le leva au-dessus du moule posé sur le sol de la caverne, le fixant pensivement.

– Et toi ? dit brusquement Saryon. Pourquoi Andon t'a-t-il montré les livres, à toi ?

Relevant la tête, Joram posa sur lui ses yeux, qui n'étaient plus noirs, leur froid minerai apparemment chauffé aux braises, et sourit – d'un sourire de victoire, de triomphe, d'un sourire qui toucha ses lèvres, bien que ce fût un sourire ténébreux.

– Il ne me les a pas montrés. Pas la première fois. C'est Simkin.

Levant le marteau, Joram l'abattit sur le moule d'argile, le fracassant du premier coup. Les flammes colorant sa peau de reflets orange, il s'accroupit devant l'objet sombre gisant au milieu de l'argile cassée et des planches brisées. Une main tremblante d'impatience s'avança pour le prendre.

– Attention, c'est chaud... l'avertit Saryon en s'approchant, attiré par une fascination qu'il ne s'expliquait pas, et même qu'il ne s'avouait pas.

– Ce n'est pas chaud, murmura Joram d'un ton révérenciel, passant la main au-dessus de l'objet. Approche-toi, Saryon ! Regarde ! Regarde ce que nous avons créé !

Oubliant son inimitié dans son excitation, il saisit le bras du catalyste et l'attira près de lui.

A quoi s'attendait Saryon ? Il ne le savait pas. Il avait vu des illustrations dans l'antique texte – dessins détaillés de lames gracieusement incurvées, aux poignées artistement décorées, exécutés dans le souvenir respectueux de ceux qui avaient autrefois tenu dans leurs mains ces instruments de Ténèbres. Saryon s'étonna de se rappeler ces illustrations avec tant de netteté, s'étant sans cesse répété que *c'étaient* des instruments de Ténèbres, des auxiliaires de Mort. Pourtant, il réalisait maintenant, à son désappointement, qu'il se les était représentés mentalement, admirant secrètement leur efficacité et leur grâce. Il avait été impatient – aussi impatient que le jeune homme – de voir s'il pouvait reproduire leur beauté.

Ils avaient échoué. Saryon eut un mouvement de recul, et arracha son bras à l'emprise de Joram. Cette chose qui gisait sur le sol de la caverne n'était pas belle. Elle était affreuse. C'était un instrument de Ténèbres, un auxiliaire de Mort, et non une lame brillante de lumière.

Il vint à l'esprit de Saryon que les épées représentées dans l'antique texte étaient le résultat de siècles de pratique. Joram était un débutant, sans formation, sans talent, sans connaissance, sans personne pour le diriger. L'épée qu'il avait forgée avait dû être brandie mille ans plus tôt par quelque ancêtre sauvage et barbare.

C'était une masse de métal informe, lame et poignée confondues, sans forme et sans grâce. La lame était toute droite, et presque indiscernable de la garde. Seule une petite pièce saillant en travers les séparait. La poignée était légèrement arrondie, pour s'adapter à la main. Joram y avait ajouté une protubérance au bout pour la lester, Saryon ayant pensé que ce serait nécessaire pour la manier avec efficacité.

L'arme était laide et grossière. Cela, Saryon aurait pu l'accepter. Mais elle avait quelque chose de plus horrible, quelque chose de diabolique – le long cou de la poignée proprement dite, les petits bras de la garde, et le corps étroit de la lame faisaient de l'arme une grotesque parodie d'être humain.

L'épée gisait à ses pieds comme un cadavre, personnification de son péché.

– Détruis-la, dit-il d'une voix rauque, tendant la main avec l'intention démente de la jeter dans les braises ardentes, quand Joram l'arrêta.

– Tu es fou ?

Perdant l'équilibre, Saryon tituba en arrière jusqu'à un tas de formes en bois.

– Non, je suis sain d'esprit pour la première fois depuis des jours, cria-t-il d'une voix creuse en se redressant. Détruis-la, ou c'est elle qui te détruira !

– Tu te mets à prédire l'avenir ? gronda Joram avec colère. Tu vas rivaliser avec Simkin !

– Je n'ai pas besoin de cartes pour voir l'avenir dans cette arme, dit Saryon, pointant sur elle une main tremblante. Regarde-la, Joram ! Regarde-la ! Tu es Mort, mais la vie bat et pulse dans tes veines ! Tu as des émotions, des sentiments ! L'épée est *morte* ! Et elle n'amènera que la mort.

– Non, dit Joram, les yeux froids et noirs comme la lame. Car tu lui donneras de la Vie.

– Non, dit Saryon, secouant résolument la tête.

Resserrant sa robe autour de lui, il chercha les mots propres à convaincre Joram, à lui faire comprendre. Mais il ne pouvait ni regarder, ni penser à autre chose qu'à l'épée gisant sur le sol de pierre, entourée des débris de sa fabrication.

– Tu lui *donneras* de la Vie, Saryon, répéta doucement Joram, levant gauchement l'épée dans sa main.

De fins filaments de métal, provenant des infiltrations de l'alliage dans les fissures du moule, hérissaient l'épée.

– Tu parles vertueusement de la mort, Catalyste, et tu as raison. Ceci – et il bandit gauchement l'épée, manquant la lâcher, car son poignet se tordit sous le poids – est mort. Ceci distribue la mort. Mais la lame est à double tranchant, Saryon. Elle distribue aussi la vie. Elle représentera la vie pour Andon et ses gens, sans parler de tous ceux que Blachloch se propose d'exploiter.

– Tu t'en moques ! dit Saryon d'un ton accusateur, la respiration oppressée.

– Peut-être pas, dit froidement Joram.

Se redressant et rejetant en arrière d'un brusque mouvement de tête les cheveux qui lui tombaient sur le visage, il fixa sur Saryon un regard impassible.

– Qui se soucie d'eux ? Ton Empereur ? Ton Evêque ? Ton Dieu ? Non, uniquement toi, Catalyste. Et c'est ton malheur, pas le mien. Et c'est aussi pourquoi tu feras cela pour moi.

La langue de Saryon resta collée à son palais. Il ne parvenait pas à articuler les mots qui bouillonnaient dans sa tête. Comment ce jeune homme pouvait-il voir dans les ténèbres mêmes de son âme ?

Devant les yeux dilatés et le visage torturé du catalyste, Joram sourit, de ce sourire inquiétant où il n'y avait aucune lumière.

– Tu dis que nous avons apporté la mort dans le monde, dit Joram en haussant les épaules. Et moi je dis que nous y apportons la vie.

L'épée reposait sur l'enclume. Joram l'avait remise dans le feu, la chauffant jusqu'à ce que le métal devienne malléable. L'épée rougeoyait, rouge comme le fer de l'alliage, et non blanche comme la pierre noire lorsqu'on la chauffait. Maintenant, le jeune homme martelait les bords à grands coups sonores. Quand l'arme serait trempée, il en affûterait la pointe et les tranchants à la meule.

Saryon regardait travailler Joram, l'esprit en ébullition, les yeux vitreux et larmoyants. Le sang battait à ses tempes au rythme des coups de marteau qui faisaient aussi vibrer tout son corps.

Vie... mort... vie... mort... Chaque coup de marteau, chaque battement de cœur scandait ces mots. Saryon s'était trompé. L'épée n'était pas morte, il le réalisait maintenant. Elle était vivante, terriblement vivante, sautant et tressautant sous le marteau, comme douée d'une vie propre. Le bruit était angoissant, mais Joram posa enfin son marteau, et le silence retomba, terrible, plus bruyant que le martèlement. Saisissant fermement l'épée avec des pincettes en fer, Joram regarda le catalyste d'un air sombre. Misérablement recroquevillé dans sa robe, Saryon frissonna, couvert de sueurs froides.

– Maintenant, Catalyste. Donne-moi de la Vie, dit Joram, moqueur, imitant la voix de Blachloch.

Saryon ferma les yeux, mais il voyait encore le rougeoiement de la forge derrière ses paupières. Sa vision lui parut baignée de sang. L'image de Joram était là, tache noire et indistincte, tandis que l'arme qu'il tenait luisait d'un vert criard. Des visions surgirent au milieu des flammes et du sang – le jeune diacre qui mourait; Andon attaché au piloris, le corps s'affaissant sous les coups; Mosiah s'enfuyant, mais pas assez vite pour semer ses poursuivants.

Moi je dis que la mort est dans le monde...

Saryon hésita. D'autres visions lui vinrent à l'esprit – l'Evêque, emportant le petit Prince à la mort, tous les enfants qu'il avait lui-même envoyés à la mort « dans l'intérêt du monde ».

Peut-être que le monde n'avait existé qu'en chacun de ces enfants.

Tout était immobilité et silence autour de Saryon. Il entendait les battements de son cœur, comme des coups de marteau assourdis, et il savait que pour lui le monde n'existait désormais qu'en Mosiah, en Andon, dans les enfants de ce petit village de paysans qui avaient regardé brûler leurs maisons. Prenant une profonde inspiration, Saryon conjura la magie.

Le catalyste la sentit monter dans son corps, l'emplir de l'Enchantement, tout en exigeant une issue. Lentement, il quitta la chaise où il s'était assis et vint se placer devant Joram.

– Pose l'arme par terre devant moi, voulut dire Saryon, mais ses paroles furent inaudibles.

Obéissant plus par instinct que par compréhension, Joram posa l'épée à ses pieds.

Comme il s'agenouillait pour le Rituel de l'Aube, comme il s'agenouillait pour les Prières du Soir, comme il s'agenouillait devant l'Etern qui était si loin, assistant aux services à la Source, Saryon s'agenouilla devant l'épée. Tendant une main tremblante, il en saisit la poignée en frissonnant, craignant de se brûler, mais l'alliage s'était déjà refroidi et durci. Le froid mordant de l'épée fulgura dans son bras, lui portant un coup au cœur. Mais Saryon tint bon, exalté par une force de l'esprit qui surmontait la faiblesse de la chair.

Soupirant doucement, Saryon prononça la prière

accompagnant l'octroi de la Vie, et sentit la magie couler de son corps dans l'épée, dans la masse morte du métal façonné par la main de l'homme.

Dans sa main, l'épée se remit à luire, cette fois du rayonnement blanc de la pierre noire. L'éclat de la lame s'aviva, semblant assez brûlant pour fondre la pierre même sur laquelle elle reposait, mais elle était toujours froide au toucher, et le catalyste en tenait toujours la poignée dans sa main.

Il ne pouvait pas la lâcher ! Il ne pouvait pas fermer le conduit qu'il avait ouvert en direction de l'arme ! Comme un être Vivant, la lame aspirait la magie de son corps, drainait la force de Saryon, puis se servait de lui pour continuer à absorber la magie de l'environnement. Haletant, se sentant faiblir, Saryon essaya d'arracher sa main à la poignée, mais il ne pouvait pas la bouger !

– Joram ! murmura-t-il. Au secours !

Mais Joram fixait l'épée, dont le froid rayonnement était si vif qu'on aurait pu croire que la lune avait échappé à la tempête pour venir gouverner la forge.

Défaillant, Saryon s'effondra, l'esprit en état de stupeur, tandis que la magie montait autour de lui, passait en lui puis hors de lui, entraînant sa propre force de Vie avec elle. Les ténèbres se refermèrent sur lui alors même que l'éclat s'avivait toujours.

Puis des bras vigoureux le soulevèrent, et des mains puissantes le traînèrent sur le sol et l'adossèrent contre quelque chose que, dans sa faiblesse, il ne reconnut pas. Il ne voyait rien, aveuglé par une lumière blanche éblouissante. Où était l'épée ? La lumière blanche était loin de lui, au milieu de la caverne, semblait-il, mais il lui semblait aussi qu'il continuait à tenir le métal froid dans sa main, et qu'il le tiendrait toujours.

Saryon recommença à entendre les hurlements du vent dehors et à sentir son haleine glacée sur sa joue. Il devait être près de l'entrée, pensa-t-il vaguement, puis un son sifflant domina le bruit du vent. Ouvrant des yeux horrifiés, il vit Joram plonger la lame froide et étincelante dans un baquet d'eau. Un nuage de vapeur malodorante s'éleva autour de lui, comme un fantôme fuyant son corps sans vie.

Saryon referma les yeux, l'esprit trop las pour en supporter davantage. La lumière, la vapeur, le visage livide de Joram se fondirent en un vortex tournoyant. Un haut-le-cœur le terrassa, son estomac se noua. Il allait vomir. S'affaissant sur le sol, il pressa sa joue contre la pierre froide, cherchant à aspirer une bouffée d'air pur.

Dominant le sifflement de l'eau en ébullition, il entendit la voix de Joram murmurer en une invocation presque révérencielle :

– La Noirépée...

Chapitre 9

LE MARCHE DE SIMKIN

Ils quittèrent la forge dans la grisaille de l'aube, trébuchant furtivement, abrutis de froid et de fatigue. La tempête avait fini par se calmer, épuisée par sa propre violence. Le vent était tombé, la pluie avait cessé. Dans le village encore endormi, on n'entendait que le bruit des gouttes tombant des toits, et l'aboiement enroué d'un chien particulièrement attaché à ses devoirs de gardien. Mais le froid était cuisant. Titubant dans les rues sombres, appuyé au bras de Joram, Saryon avait l'impression que même la prison serait un havre de paix et de chaleur. Le jeune homme emportait aussi la Noirépée, pressée contre son corps sous sa cape.

Joram et Saryon était à bout de forces, épuisés par l'excitation et la terreur. Et maintenant, venait les hanter la peur soudaine – oubliée l'agitation du travail – d'un incident survenu pendant leur absence. Le garde s'était-il réveillé et était-il parti aux nouvelles ? Mosiah avait-il été découvert ? Blachloch les attendait-il à leur retour, comme le chat attend la souris ? Ces craintes s'accrurent à mesure qu'ils approchaient de la prison. Quand ils arrivèrent enfin dans sa rue, ils s'arrêtèrent, plaqués dans l'ombre et l'observant intensément avant d'oser continuer.

Tout semblait tranquille. Pas de lumière à la fenêtre du garde comme cela aurait été le cas s'il s'était réveillé. Pas de lumière à la fenêtre de la prison.

– Tout va bien, dit Saryon avec un soupir de soulagement en reprenant sa marche.

– Ce pourrait être un piège, l'avertit Joram, le retenant de la main.

Tenant gauchement l'épée, sans trop savoir ce qu'il en ferait s'il était attaqué, Joram s'avança dans la rue. Son excitation se dissipait, le laissant épuisé, vidé de ses forces. Sa mélancolie familière le reprenait.

Rien n'avait tourné comme il l'espérait. L'épée était lourde et encombrante. Il ne ressentait aucun jaillissement de puissance quand il la tenait, seulement une douleur musculaire dans son bras et dans son poignet, à cause de son poids. Il avait essayé de l'affûter, mais ses mains si habiles à exécuter sa « magie » s'étaient révélées maladroites pour ce travail. Il craignait d'avoir tout raté. La lame était irrégulière et imparfaite, non pas tranchante et courbe comme celles qu'il avait vues dans les anciens textes. Quel imbécile d'avoir cru que cette arme laide et grossière pourrait vaincre la magie de Blachloch. Et il continuait à ruminer, de plus en plus pessimiste. La noire mélancolie descendait sur lui, il en reconnaissait les symptômes. Qu'importe, pensa-t-il sombrement. Que son humeur noire le terrasse. Il avait atteint son but, même si le résultat n'était pas celui qu'il espérait.

Avec un dernier regard furtif à la fenêtre du garde, et ne voyant aucun mouvement, Joram poussa doucement la porte. Il l'ouvrit, et fit signe à Saryon d'entrer.

Mosiah dormait, assis devant la table, la tête dans ses bras. Entendant un mouvement, il sursauta et faillit tomber de sa chaise, alarmé et somnolent à la fois.

– Qu'est-ce que... mon Père !

Le jeune homme s'avança pour rattraper le catalyste dont les genoux se dérobaient sous lui.

– Mon Dieu, quelle mine affreuse ! Qu'est-ce qui s'est passé ? Où est Joram ? Tout va bien ?

Saryon ne put que hocher la tête avec lassitude tandis que Mosiah le conduisait à son lit.

– Je vais te chercher du vin...

– Non, murmura Saryon. Je ne pourrais pas le garder dans l'estomac. J'ai besoin de repos...

Aidant le catalyste à s'allonger, Mosiah déploya une couverture élimée sur son corps frissonnant et se retourna juste comme Joram refermait la porte derrière lui.

– Saryon a une tête à faire peur. Il est blessé ? Tu n'as guère meilleure mine. Qu'est-il arrivé ?

– Rien. On va bien tous les deux. Fatigués, c'est tout. Tout s'est bien passé ici ? dit Joram, avec un effort visible.

Voyant Mosiah hocher la tête, il s'approcha de son lit et, soulevant sa paillasse, il prit quelque chose sous sa cape et le glissa dessous.

Mosiah allait lui demander ce que c'était, mais reconnaissant sur le visage de Joram les symptômes de la mélancolie imminente, il se ravisa. D'ailleurs, il n'était pas certain d'avoir envie de savoir ce que c'était.

– Pas de problème ici, dit-il. Je n'ai vu personne dans la rue. La tempête était violente. Elle ne s'est calmée qu'au matin. Je... je dois m'être endormi quand le vent est tombé...

Mosiah se tut quand il devint évident que Joram n'écoutait pas. Se jetant sur le lit, le jeune homme se mit à regarder dans le vague, sans rien voir. Saryon avait déjà sombré dans un sommeil agité. Son corps se tordait et tressautait. Une fois, il gémit en marmonnant des incohérences. Se sentant seul, inquiet, une peur étrange et irrationnelle montant en lui, Mosiah traversait sans bruit la pièce quand un murmure venu du dehors lui fit vibrer les nerfs.

– Allons, ouvre-moi !

Un frisson lui parcourut l'échine au ton étrangement tendu de la voix généralement insouciante. Avec un coup d'œil à Joram, Mosiah ouvrit brusquement et Simkin s'engouffra à l'intérieur.

– Ferme vite ! Voilà, brave petit ! J'espère que personne ne m'a vu. S'approchant de la fenêtre, en ayant soin de rester dans l'ombre, Simkin jeta un coup d'œil dans la rue. Son air insouciant et désinvolte disparu, il était livide sous sa barbe, avec les lèvres exsangues.

– Tout est tranquille, murmura-t-il. Eh bien, ça ne durera pas longtemps.

– Qu'est-ce qu'il y a ? Qu'est-ce qui s'est passé ?

– Mauvaises nouvelles, j'en ai peur, dit Simkin, se tournant vers Mosiah avec une imitation contrainte de son sourire enjoué. Je viens d'aller voir le garde – pour m'assurer qu'il avait passé une bonne nuit. Et c'est le cas. Il dort profondément, si tu vois ce que je veux dire.

– Eh bien, je ne vois pas, dit Mosiah avec irritation. Qu'est-ce qu'il y a ?

– Eh bien, dit Simkin en se mordant les lèvres, voilà : ce lourdaud a eu l'impolitesse de nous claquer dans les pattes.

– Il est mort ?

La mâchoire de Mosiah s'affaissa. Muet de stupeur, il ne put que fixer Simkin, puis il traversa la pièce en titubant

– Joram ! murmura-t-il d'un ton pressant. Joram ! Vite ! C'est urgent ! On... on a besoin de toi ! Joram !

Lentement, Joram détacha son regard du plafond. Mosiah eut l'impression de le voir se débattre pour remonter à la surface des ténèbres qui l'engloutissaient.

– Quoi ?

– Le garde ! Simkin l'a tué !

Joram ouvrit tout grands les yeux. Il s'assit et fixa froidement Simkin.

– Tu devais seulement le droguer.

– C'est exactement ce que j'ai fait, dit Simkin, ulcéré.

– Qu'est-ce que tu lui as donné ?

– De la hanebane.

– De la hanebane ! répéta Mosiah, horrifié. Mais ça s'appelle aussi « mort-aux-poules ». C'est un poison.

– Pour les poulets, remarqua dédaigneusement Simkin. Je ne savais pas que ça pouvait nuire aux lourdauds, quoique, à la réflexion, il était plutôt du genre fourbe.

Mosiah s'assit au pied du lit de Joram, s'efforçant de réfléchir.

– Tu es sûr qu'il est... euh... mort ? Il a peut-être le sommeil lourd...

– Pas à moins qu'il devienne froid et mou comme un maquereau et qu'il garde les yeux ouverts quand il dort. Non, non, il est bien mort, je t'assure. La gourde de bière était encore pleine à côté de lui. Il a dû chavirer à la première gorgée. A la réflexion, je me demande si je n'ai pas mélangé ma potion avec une autre de la Duchesse de Longeville. Je me rappelle qu'on a trouvé son deuxième mari à peu près dans le même état...

– La ferme ! dit sèchement Mosiah. Qu'est-ce qu'on peut faire ? Joram ? Il faut réfléchir.

Il essuya son front couvert de sueurs froides.

– Je sais ! On va cacher le cadavre. L'emmener dans les bois...

Joram garda le silence. Assis au bord de son lit, il enfouit sa tête dans ses mains, de nouveau cerné par les ténèbres.

– Très bon plan, mon ami, dit Simkin, regardant Mosiah avec admiration. Vraiment. Je suis impressionné. Mais, dit-il, levant la main comme Mosiah bondissait sur ses pieds, ça ne marchera pas. Je n'étais pas... euh... seul quand j'ai fait ma petite découverte. Un écuyer de Blachloch, un certain Drumlor, m'accompagnait avec cette outre d'excellent vin.

Simkin poussa un gros soupir.

– Je crains qu'il n'ait pris très à cœur le trépas de son compatriote. Il a filé chez le sorcier. Etonnant comme il courait vite, d'ailleurs, étant donné son ébriété avancée.

– Tu veux dire que Blachloch est au courant ?

– Si ce n'est déjà fait, ça ne saurait tarder.

– Sacré imbécile !

Mosiah bondit sur Simkin, l'attrapant par ses revers recouverts de dentelles et le plaquant contre le mur.

– Sacré imbécile ! Qu'est-ce qu'on va faire ?

– Eh bien, pour ma part, je jugerais utile de réveiller notre chauve endormi, répondit Simkin, lissant ses dentelles d'un air de dignité outragée. Quoique je n'arrive pas à comprendre comment il arrive à dormir avec tes cris d'orfraie. Puis il faudra tirer notre taciturne ami de sa crise de bouderie...

– Moi, ça va. Réveille Saryon, dit Joram.

Mosiah fit un autre pas vers Simkin, et Joram se leva.

– Arrête ! Calmez-vous tous les deux. Nous n'avons rien fait de mal.

– Ah oui ? dit Simkin, sceptique.

– Non. Vas-y, Mosiah ! Réveille le catalyste. Il faut mettre notre histoire au point...

Branlant du chef, Mosiah s'approcha du lit où le catalyste dormait d'un sommeil agité.

– Mon Père ! dit-il, se penchant sur lui et le secouant par l'épaule. Mon Père !

– Maintenant, dit Joram, très calme, le catalyste et moi...

Sa voix mourut.

Se retournant, la main toujours sur l'épaule du catalyste, Mosiah vit la silhouette noire du sorcier se matérialiser au milieu de la pièce, les yeux invisibles sous son capuchon.

– Toi et le catalyste, quoi, jeune homme ? dit-il de sa voix inexpressive.

– ... nous sommes restés ici toute la nuit, poursuivit Joram avec calme. Tu peux le demander à ton garde, mais ce sera peut-être difficile à moins que tu ne sois Nécromancien.

– Oui, je pensais bien que Simkin vous préviendrait de la mort du garde, dit Blachloch, avec un regard sur le jeune barbu.

– Ça m'a fait un choc terrible, je t'assure.

Attrapant dans l'air son carré de soie orange, il se tamponna délicatement le front.

– Je suis complètement désaccordé, comme dit le Baron d'Esock le jour où il se métamorphosa par erreur en mandoline. De quoi supposes-tu qu'il soit mort ? demanda-t-il avec désinvolture. Le garde, je veux dire. Le Baron est mort à la suite d'un curieux incident. La Baronne, femme plutôt plantureuse, s'est assise sur sa boîte qu'elle a réduite en petit bois, mais le Baron a rendu l'âme dans un accord harmonieux. Quant à ton garde, c'était notre butor habituel quand je l'ai quitté hier soir. Il est peut-être mort de suffocation.

Simkin porta la soie orange à son nez.

– Je sais qu'il avait cet effet sur moi.

– Il a été empoisonné, dit Blachloch, ignorant Simkin, et tournant vers Joram sa tête encapuchonnée, ses yeux fouaillant le cerveau du jeune homme comme des doigts.

– Ainsi, tu as passé toute la nuit ici ? A quoi faire ? A jouer dans la cheminée ?

Baissant les yeux sur ses mains et ses vêtements souillés de suie, Joram haussa les épaules.

– Je ne me suis pas lavé en rentrant de la forge hier soir.

Sans un mot, les mains toujours croisées devant lui, Blachloch se retourna et s'approcha du catalyste que Mosiah était enfin parvenu à réveiller.

– Toi aussi, tu as passé là toute la nuit, Catalyste ? dit le sorcier.

– Ou... oui, bredouilla Saryon clignant des yeux ahuris sur le sorcier.

Bien qu'encore à moitié endormi et totalement incapable de comprendre ce qui se passait, il sentait le danger crépiter dans l'air autour de lui. S'efforçant désespérément de secouer sa torpeur, il s'assit en se frottant les yeux.

Blachloch tendit la main et lui arracha sa couverture.

– L'ourlet de ta robe est mouillé, Catalyste. Et aussi couvert de suie et de boue.

– La cheminée fume, dit Mosiah, maussade.

Blachloch sourit.

– Donne-moi de la Vie, Catalyste, dit-il avec douceur.

Saryon frissonna.

– Je ne peux pas, répondit-il à voix basse, les yeux fixés sur le sol. Je n'ai pas d'énergie... J'ai mal dormi...

Réalisant l'ironie de ses paroles, et avec l'impression terrible que le sorcier aussi s'en rendait compte, Saryon pâlit, attendant avec indifférence ce qui viendrait ensuite.

Rien ne vint. Se détournant du catalyste, Blachloch leur jeta un dernier regard et s'évanouit.

Ils se regardèrent tous les quatre en silence pendant un bon moment, effrayés de parler, effrayés même de bouger.

– Il est parti, dit Saryon, oppressé, tous les muscles douloureux.

Son esprit engourdi, incapable d'affronter ce qui venait de se passer, l'exhortait à tout ignorer et à se rendormir. Secouant résolument la tête, le catalyste se leva en titubant, traversa la pièce et se plongea le visage dans une cuvette d'eau glacée.

– Depuis combien de temps était-il là avant qu'on s'en aperçoive, à votre avis ? demanda Mosiah d'une voix tendue.

– Quelle importance ? dit Joram, haussant les épaules avec insouciance. Il sait que nous mentons.

– Alors, pourquoi n'a-t-il pas fait quelque chose ? s'écria Mosiah, ses nerfs finissant par craquer. Quel jeu joue-t-il ?

– Le genre de jeu que tu as déjà perdu si tu ne te ressaisis pas, dit Simkin d'un ton languissant. Regarde-*moi.* Et c'est *moi* qui ai découvert le cadavre. Et à propos de cadavre, je me demande ce qu'ils vont en faire. S'ils le jettent dans la rivière, pour ma part, je ne me baignerai plus de l'année...

– Le cadavre ! dit Saryon, dilatant les yeux.

– Explique la situation à notre cher Catalyste, mon ami. Je ne supporterais pas de recommencer ce récit. C'est épuisant. Au fait... demanda Simkin d'un air blasé en regardant Joram, tout s'est bien passé la nuit dernière ?

Joram ne répondit pas. Cédant une fois de plus à l'abattement, il s'effondra sur son lit.

– Dis donc, tu pourrais au moins me dire ce que tu fabriquais, après tout ce que j'ai fait pour toi...

– Assassiner un garde ! dit Mosiah avec colère.

– Bon, si tu veux l'exprimer avec cette brutalité. Quand même, je... Par le Sang de l'Etern, espèce de butor !

Cette exclamation fut provoquée par la porte de la prison qui s'ouvrit brusquement, manquant renverser Simkin. Jetant un regard méprisant au jeune homme en fureur, un écuyer de Blachloch entra comme Simkin s'apprêtait à sortir.

– Passe à droite ou à gauche, dit-il, portant son carré de soie à son nez. Je ne peux pas passer à travers toi. Enfin, je suppose que je pourrais, mais ça ne te plairait guère...

– Tu ne vas nulle part. Ordre de Blachloch. Je suis venu vous le dire. Pas avant que...

– Oh non, ça ne va pas du tout, dit Simkin.

Il croisa le garde du plus loin qu'il put, en fronçant le nez.

– Je suis certain que tu fais erreur. Ces ordres ne me concernent pas, n'est-ce pas ? Seulement ces trois-là.

– Enfin... euh... je... bredouilla le garde en fronçant les sourcils.

– Allons, allons, dit Simkin, lui tapotant l'épaule en se dirigeant vers la porte. Ne te torture pas la cervelle, mon brave. Tu pourrais tomber du haut mal.

Les saluant avec panache de son carré de soie, il jeta un dernier regard dans la prison.

– Ravi d'avoir pu vous aider, mes amis. Je disparais.

– Nous aider ! grommela Mosiah comme la porte se refermait sur sa silhouette multicolore, tandis que l'écuyer faisait les cent pas dehors devant la prison.

Regardant par la fenêtre, Mosiah le vit traverser la rue en minaudant, se dirigeant vers la maison où le garde était mort. Deux hommes de Blachloch enlevaient le cadavre, et Simkin leur emboîta le pas, tenant le carré de soie sur son nez et sa bouche. Au même moment, plusieurs autres gardes prirent position à la fenêtre, les yeux fixés sur la prison. Mosiah se détourna, écœuré, abattant sa main sur l'appui de la fenêtre.

– Si ce n'était ce bouffon et sa mort-aux-poules, tout se serait bien passé. Il aurait aussi bien pu nous livrer à Blachloch ! Peut-être que tu vas me croire maintenant, Joram ? Maintenant qu'il est trop tard.

Joram resta allongé sur son lit, sans répondre ni même paraître avoir entendu. Les mains sous la nuque, il fixait le plafond.

Essuyant de sa manche son visage dégoulinant d'eau glacée, Saryon s'approcha de la fenêtre et vit Simkin prendre la tête de ce qui devint un cortège funéraire improvisé, les gardes marchant derrière leur sinistre fardeau, le visage encore plus sinistre. Se tamponnant les yeux, Simkin lança des salutations lugubres aux rares villageois déjà levés. Personne n'y répondit ; ils fixaient le corps, perplexes et craintifs, puis s'éloignaient en toute hâte, murmurant entre eux et branlant du chef.

C'est une partie délicate que nous jouons, mon Frère, avait dit le jeune homme. *Délicate et dangereuse.*

Quelle partie jouait Simkin ?

La nouvelle de la mort du garde se répandit rapidement dans la petite communauté. Les gens papillonnaient de maison en maison, parlant à voix étouffées et craintives. Les écuyers de Blachloch étaient partout, rôdant dans les rues, l'air sinistre et impatient, comme s'ils savaient ce qui allait se passer et s'en réjouissaient par avance. Finalement, les villageois allèrent vaquer à leurs affaires, mais ils ne firent pas grand-chose. La plupart rentrèrent chez eux de bonne heure. Même le forgeron ferma la forge avant la tombée de la nuit, retournant chez lui avec soulagement.

La journée avait été longue pour le forgeron, longue et inquiétante. D'abord, les hommes de Blachloch étaient arrivés en force, fouillant partout, retournant ceci, renversant cela, et posant des tas de questions.

– Quelqu'un a travaillé la nuit dernière ?

– Oui.

– Qui ?

– Ça ne me revient pas comme ça, avait-il dit, haussant ses épaules massives. Un ou deux apprentis, peut-être. Ils étaient en retard sur leur travail. On est tous en retard, et on le sera encore plus si on nous arrête tout le temps pour répondre à des questions idiotes.

Finalement, les larbins de Blachloch étaient partis, remplacés par Blachloch en personne. Le forgeron ne s'en étonna pas. D'âge mûr et père de grands enfants, il était observateur et astucieux, quoique un peu emporté. Il avait la réputation de ne pas porter le sorcier dans son cœur ; le raid sur le village l'emplissait de chagrin et de colère. Il approuvait du fond du cœur la résolution d'Andon de mourir de faim plutôt que de manger du pain souillé de sang. En fait, il était partisan de mesures plus vigoureuses encore contre le sorcier, et les aurait mises à exécution si Andon, craignant de dures représailles, ne l'avait pas supplié de garder son sang-froid.

Le forgeron avait accepté à contrecœur, et seulement parce qu'il avait une cache d'armes à utiliser le moment venu. Quand viendrait ce moment ? Il ne le savait pas, mais il avait l'impression qu'il ne tarderait pas, à en juger par le visage anxieux d'Andon et certaines activités mystérieuses qu'il avait remarquées autour de la forge.

– Quelqu'un a-t-il travaillé la nuit dernière ? demanda Blachloch.

– Oui.

– Qui ?

– Je l'ai déjà dit. Je ne sais pas, gronda le forgeron.

– Joram, peut-être ?

– Peut-être. Ce pouvaient être n'importe lesquels des apprentis. Demande-leur.

Le forgeron répondit à ces questions et à bien d'autres sans cesser de travailler, ses coups de marteau ponctuant ses paroles avec tant de force qu'on aurait dit que c'était le sorcier qu'il martelait sur son enclume. Mais il y répondit quand même, sans regarder le sorcier de noir vêtu. Il avait beau haïr Blachloch, il le craignait encore plus.

Le regardant du coin de l'œil, il suivait tous les mouvements du sorcier qui fouillait les lieux. Il ne touchait rien, dardant simplement son regard pénétrant dans tous les coins et recoins sombres. Finalement, il s'immobilisa. De la pointe de sa botte, il remua un tas de débris et finit par se baisser pour ramasser quelque chose.

– Qu'est-ce que c'est ? demanda-t-il, retournant nonchalamment l'objet dans sa main, le visage impassible comme d'habitude.

– Un creuset, dit le forgeron, continuant à marteler.

– A quoi ça sert ?

– A fondre les métaux.

– Ce résidu ne te paraît-il pas bizarre ? demanda Blachloch, présentant le creuset à l'inspection du forgeron, dans la lumière du feu.

– Non, dit le forgeron, y jetant un coup d'œil indifférent, puis retournant à son travail.

Mais il darda de nouveau les yeux sur lui, croyant que le sorcier ne le regardait pas. Saisissant le regard de Blachloch, il rougit, et reprit son travail, frappant de plus belle.

Creuset à la main, le sorcier attachait un regard pénétrant sur le forgeron. Sous le capuchon noir, les yeux luisaient, rouges, à la lumière des flammes.

– Plus de travaux nocturnes à la forge, Maître Forgeron, dit-il avec froideur, disparaissant en l'air sans plus d'effort que la fumée qui s'élève dans la cheminée.

Au souvenir de ces paroles et de ce regard, le forgeron se remit à frissonner, comme il avait frissonné le matin. Possédant lui-même une certaine énergie magique, il était très impressionné par le pouvoir du sorcier, et encore plus par son intelligence. C'était une combinaison dangereuse, se dit-il, et sa cache d'armes lui parut soudain minable et inutile.

Le sorcier pourrait transformer ces armes en fer fondu avant même qu'on s'en serve, se disait-il sombrement, se préparant à quitter la forge, quand il entendit un bruit.

– Qu'est-ce que c'est ? cria-t-il avec hésitation, pensant que c'était Blachloch qui revenait. Qui est là ?

Suivit un fracas épouvantable, accompagné d'un juron. Puis une voix plaintive s'éleva dans l'ombre à l'autre bout de la caverne.

– Tiens, je suis dans de beaux draps ! Peux-tu me donner la main ? Pas au sens propre, non, ajouta vivement la voix. C'est une blague écœurante du Marquis de Winter. Il la rabâche d'une année sur l'autre. Et il l'arrache au poignet. J'ai dit à l'Empereur qu'il cesserait de la faire si personne ne riait, mais...

– Simkin ? dit le forgeron, stupéfait, se hâtant vers le fond de la caverne où il trouva le jeune homme s'efforçant vainement de s'extraire de sous un tas d'outils et d'instruments divers. Que fais-tu là, mon garçon ?

– Chut ! murmura Simkin. Personne ne sait que je suis ici...

– C'est un peu tard pour ça, non ? dit sombrement le forgeron. Tu viens de réveiller la moitié du village...

– Ce n'est pas ma faute, dit Simkin, avec irritation.

J'étais... oh, peu importe. Blachloch est venu ici, aujourd'hui ? ajouta-t-il, baissant la voix.

– Oui, gronda le forgeron, regardant nerveusement autour de lui.

– Il a trouvé quelque chose ? Pris quelque chose ? Il est urgent que je le sache, dit Simkin, le regardant anxieusement.

Le forgeron hésita, fronçant les sourcils.

– Bon, dit-il au bout d'un moment, je suppose qu'il n'y a pas de mal à te le dire. Il n'en a pas fait mystère. Il a trouvé un creuset.

– Un creuset ? fit Simkin, haussant un sourcil. C'est tout ? Je veux dire, tu en as qui traînent partout, non ?

– Oui, c'est vrai. Mais il en a trouvé un et il l'a emporté avec lui. Maintenant, tu ferais bien de sortir avec moi. D'ailleurs comment es-tu entré sans que je te voie ? demanda-t-il après réflexion, regardant Simkin avec méfiance.

– Oh, il est facile de ne pas me voir, dit Simkin avec un geste désinvolte, faisant briller les couleurs vives de ses vêtements à la lueur des braises. Pour en revenir à ce creuset, il n'avait pas quelque chose de bizarre ?

Le froncement de sourcils du forgeron s'accusa. Pinçant les lèvres, il pilota Simkin vers le fond de la caverne.

– Quelque chose d'étrange au fond, par exemple ? poursuivit nonchalamment le jeune homme, trébuchant sur un moule.

– Je n'en sais rien, dit froidement le forgeron quand ils arrivèrent enfin au fond de la caverne. Et tu peux dire à tous ceux qui seraient intéressés qu'il n'y aura plus de travaux nocturnes. Pas pendant un bon bout de temps. Peut-être jamais plus, dit-il secouant sombrement la tête.

– Plus de travaux nocturnes ? répéta Simkin, haussant les épaules avec un étrange sourire. Ah, je crois que tu te trompes. Il y aura une séance nocturne de plus – mais tu n'as pas à t'inquiéter, dit-il d'un ton rassurant au forgeron stupéfait qui – lui lançant un regard lugubre – ferma la porte de la forge et la scella d'un sortilège.

Chapitre 10

LA TOMBÉE DES CARTES

La Chambre de Discrétion était un appareil de communication à sens unique. L'Evêque Vanya pouvait contacter ses acolytes, mais ils ne pouvaient pas le contacter. Les anciens concepteurs s'étaient ainsi assurés que l'acolyte resterait sous l'emprise de son maître. Pourtant, cela présentait un désavantage, à savoir que le maître ne pouvait pas être contacté en cas d'urgence ou dans les circonstances exigeant des instructions immédiates. Mais cet inconvénient ne tracassait pas trop l'Evêque, car il contrôlait parfaitement la situation et il était fort improbable que survienne une telle nécessité.

Il fut donc désagréablement surpris ce soir-là quand, entrant dans la Chambre de Discrétion, il la sentit vibrer et bourdonner d'énergie. Ses acolytes ne pouvaient pas le contacter, mais la Chambre était si sensible aux esprits en communication avec elle qu'ils pouvaient alerter leur maître, en concentrant leur pensée sur lui.

Contrarié, Vanya s'assit dans le fauteuil. Fermant les yeux, il vida calmement son esprit de toute pensée parasite, afin qu'il soit ouvert et disponible à toutes les impressions. Il s'en forma une presque immédiatement. Un inquiétant présage de malheur qui l'oppressa. Il s'y attendait – sans le redouter – depuis quelque temps déjà, réalisa-t-il.

– Je suis là, dit Vanya à l'impression mentale. Que veux-tu ? Nous ne nous sommes pas parlé depuis quelque temps. Je supposais que tout allait bien.

– Tout *ne va pas* bien, répondit la voix, si promptement que Vanya comprit qu'elle l'attendait impatiemment. Joram a découvert la pierre noire.

Heureusement que l'acolyte ne put voir le changement qui s'opéra dans son maître à ces mots, sinon sa confiance aurait été ébranlée. Le lourd visage mafflu de Vanya s'affaissa. Les doigts qui frémissaient sur les accoudoirs comme des pattes d'araignée se recourbèrent, le poing se serra. Comme il faisait froid dans cette Chambre. Il le remarquait pour la première fois. Il n'était pas assez couvert...

– Vous êtes toujours là ?

– Oui, répondit Vanya, humectant ses lèvres sèches. Je croyais à une affirmation erronée. J'attendais que tu rectifies.

– Si une erreur a été commise, elle n'est pas de mon fait, rétorqua la voix dans l'esprit de l'Evêque. Je vous ai dit que les anciens textes existaient ici.

– Impossible. D'après les archives, tous ont été retrouvés et détruits.

– Les archives se trompent. Mais ça n'a plus d'importance maintenant. Le mal est fait. Il connaît la pierre noire, et de plus, avec l'aide de votre catalyste, il a été capable de la forger !

Vanya ferma les yeux. L'obscurité tournoyait autour de lui. Pendant un instant angoissant, il sentit son fauteuil glisser et le renverser en arrière. Saisissant fermement les accoudoirs, il se força à se détendre, et à réfléchir calmement. Rien de bon ne sortirait de la panique. Inutile de paniquer d'ailleurs. C'était un fait nouveau et inattendu, mais tout à fait contrôlable.

– Vous attendez encore que je corrige une faute ?

– Non, dit froidement Vanya. Je réfléchis aux ramifications de cette terrible affaire.

– Eh bien, en voici une à laquelle vous n'avez peut-être pas pensé. Maintenant que nous avons la pierre noire, le Sharakan et les Technologues pourraient *gagner* cette guerre. Inutile de maintenir l'équilibre des puissances. L'équilibre n'a plus de sens à partir du moment où c'est nous qui tenons la balance.

– Pensée intéressante, mon ami, et tout à fait digne de toi, remarqua Vanya, ironique, le feu de la colère consumant sa peur. Mais je te rappelle qu'il y a ici des affaires en jeu dont tu n'as aucune idée. Tu n'es qu'une carte dans la partie, si j'ose dire. Cela modifie nos plans, mais peu. Bien sûr, il est maintenant impératif que tu m'envoies le jeune homme, *plus* ce qu'il a créé avec la pierre noire. Et aussi cet imbécile de catalyste. Que diable lui as-tu fait ? dit Vanya, trouvant un exutoire à sa frustration. Il avait la solidité d'une brindille sèche en partant. Tu étais sensé le briser, non le fortifier !

– Brindille sèche ! Vous vous êtes mépris sur lui comme sur bien d'autres choses. Quant à vous envoyer le garçon, c'est risqué. Laissez-moi les tuer, lui et le catalyste...

– *Non !* explosa Vanya.

Ses mains replètes se crispèrent sur les accoudoirs, des taches claires apparaissant aux endroits où les phalanges d'un homme moins gros auraient blanchi.

– Non, répéta Vanya, déglutissant avec effort. Le garçon *ne doit pas* être tué. Est-ce bien compris ? Désobéis-moi sur ce point, et la Pétrifixion te paraîtra un sort enviable comparé à celui que tu subiras.

– Il faudrait d'abord m'attraper, Monseigneur, et je vous rappelle que je suis très loin...

Vanya prit une inspiration tremblante.

– Ce garçon est le Prince de Merilon, dit-il, les dents serrées.

Il y eut un silence, puis l'équivalent mental d'un haussement d'épaules.

– Raison de plus. Le Prince est censément mort. Je corrigerai simplement ce qui, je suppose, est une autre de vos erreurs...

– Ce n'est pas une erreur, dit Vanya, la bouche sèche. Je le répète, il *ne doit pas mourir* ! Si tu insistes pour en savoir la raison, je ne dirai qu'un mot – la Prophétie.

Le silence se prolongea, plus profond cette fois. Vanya l'entendait presque penser, battre autour de lui comme des ailes de chauves-souris.

– Très bien, dit enfin la voix avec froideur. Mais ce

sera plus difficile et dangereux, surtout maintenant qu'il a la pierre noire. Ça ne faisait pas partie de notre marché au départ. Mon prix vient d'augmenter.

– Tu recevras des compensations proportionnelles à tes mérites, remarqua Vanya. Agis rapidement, avant qu'il n'apprenne parfaitement à utiliser la pierre. Et amène-le-moi ici personnellement, ajouta l'Evêque. Il y a certaines questions dont je désire m'entretenir avec toi. Entre autres, ta récompense.

– Bien sûr que je devrai vous l'amener personnellement, rétorqua la voix. Que faire d'autre ? M'en remettre à votre mollasson de catalyste ? Je viendrai à vous par les canaux habituels.

– *Le plus tôt possible !* dit Vanya, s'efforçant désespérément de rester calme. Je te contacterai demain soir.

– Peut-être que je vous répondrai, et peut-être pas. Cette affaire doit être traitée avec doigté.

La communication prit fin. La Chambre retomba dans le silence.

Un filet de sueur coulait sur la tonsure de Vanya et s'insinua sous le col de sa robe. Livide, tremblant de colère et de peur, il resta plusieurs heures dans la Chambre de Discrétion, fixant les ténèbres sans les voir.

Il naîtra dans la Maison royale un fils qui sera mort et qui pourtant vivra, qui mourra de nouveau et de nouveau vivra, et quand il reviendra, il tiendra dans sa main la destruction du monde...

Chapitre 11

AU TOUR DE SARYON

– Ecoute, Saryon, dit tout bas Joram d'une voix persuasive. Ce sera simple.

Assis près du catalyste, il se rapprocha encore et lui posa la main sur le bras.

– Tu vas trouver Blachloch. Tu lui dis que tu as perdu le sommeil. Tu es tellement horrifié par ce que j'ai fait et que je t'ai fait faire que tu as peur de devenir fou.

– Je ne sais pas mentir, dit Saryon, secouant la tête.

– Est-ce que ce serait mentir ? demanda Joram, un sombre sourire éclairant ses yeux noirs. Au contraire, je crois que tu serais très convaincant.

Le catalyste ne répondit pas et continua à fixer la table devant laquelle ils étaient assis. Une grosse lune presque obscène ricanait dans le ciel nocturne. Sa pâle clarté aspirait toutes couleurs et toute vie dans ses joues rebondies, laissant toutes choses d'un gris inanimé et cendreux. Baignés de clair de lune, ils parlaient à voix basse sous la fenêtre, Joram partageant sa vigilance entre les gardes qui les surveillaient de la maison d'en face et Mosiah qui dormait d'un sommeil agité sur son grabat.

Au bruit de leurs voix, Mosiah remua et marmonna dans son sommeil, et Joram serra le bras du catalyste en une mise en garde muette. Ils se turent jusqu'à ce que Mosiah se rendorme, ramenant un bras sur ses yeux pour les protéger des rayons qui rampaient sur le sol et grimpaient jusqu'à son lit comme pour contempler son visage livide.

– Et alors, qu'est-ce que je devrai faire ? demanda Saryon.

– Dis-lui que tu me livreras. Que tu l'aideras à nous appréhender, moi *et* – Joram baissa encore la voix – la Noirépée. Tu le conduiras à la forge où je serai en train de travailler, et là, nous le tiendrons.

– Qu'est-ce que tu veux dire, nous le tiendrons ?

– Qu'est-ce que tu crois, Catalyste ?

Impatienté, Joram lui lâcha le bras et se renversa sur sa chaise, regardant de nouveau les gardes dont les ombres se détachaient sur la lumière du feu dans la maison d'en face.

– Nous en avons déjà parlé. Une fois qu'il sera vidé de sa magie, il sera impuissant. Tu pourras ouvrir un Couloir et appeler les *Duuk-tsarith*. Aucun doute qu'ils n'attendent impatiemment depuis des années de mettre la main sur un individu qui est le déshonneur de leur Ordre.

Il haussa les épaules.

– Tu seras un héros, Catalyste.

Saryon croisa les mains sur la table en soupirant, ses doigts s'enfonçant douloureusement dans sa chair.

– Et toi ? demanda-t-il, levant les yeux sur le jeune homme, dont le visage sévère, baigné de clair de lune, prenait l'aspect d'une tête de mort.

– Et moi ? demanda froidement Joram, regardant par la fenêtre, son petit sourire jouant sur ses lèvres.

– Un Couloir sera ouvert. Les *Duuk-tsarith* seront là. Je pourrais te livrer à eux, comme j'en ai reçu l'ordre de mon supérieur.

– Mais tu ne me livreras pas, n'est-ce pas, Saryon ? dit Joram sans le regarder.

Dans son coin, Mosiah gémit et se retourna, s'efforçant inconsciemment de se soustraire au regard joyeux de la lune.

– Tu ne me livreras pas. Je te donne Blachloch, et tu me donnes ma liberté. Tu n'as rien à craindre de moi, Catalyste. Je n'ai pas les mêmes ambitions que Blachloch. Je n'ai pas l'intention d'utiliser mon pouvoir pour dominer le monde. Je veux simplement reprendre ce qui m'appartient de droit. J'irai à Merilon et, avec l'aide de cette épée que j'ai forgée, je le prendrai !

Sous les yeux de Saryon, le visage du jeune homme s'adoucit un instant, soudain plein de nostalgie et de désir, comme un enfant qui contemple une babiole scintillante. Le catalyste en fut ému de pitié. Il repensa aux tristes histoires qu'il avait entendues sur la jeunesse de Joram, à sa vie si dure au village, à sa mère démente, à sa lutte constante pour la survie, à la nécessité de dissimuler qu'il était totalement Mort. Saryon aussi savait ce que c'était que d'être faible et impuissant dans ce monde de magiciens. Des souvenirs lui revinrent – l'aspiration à pouvoir voler sur les ailes du vent, à créer beautés et merveilles d'un simple geste de la main, à façonner la pierre en édifices pleins de grâce... Maintenant, Joram avait ce pouvoir. Sauf qu'il était inversé. Il avait le pouvoir de détruire, non de créer. Et la seule chose qu'il voulait en faire, c'était réaliser un rêve d'enfant.

– Tu sera un héros, sans aucun doute, lui parvint la voix de Joram comme sortant de ce rêve. Tu pourras retourner à la Source, retourner te cacher sous une pierre. Je suppose qu'on te pardonnera de ne pas m'avoir présenté à la justice. D'ailleurs, ils pourront toujours essayer de m'appréhender à Merilon, s'ils l'osent.

Joram se tut un moment, puis revint à la réalité, son visage juvénile reprenant sa dureté, devenant le visage du sorcier qui avait tué le surveillant avec une pierre.

– Quand le sorcier sera dans la forge, je l'attaquerai avec la Noirépée qui absorbera sa magie...

– C'est ce que tu espères, rétorqua Saryon, furieux, car il découvrait soudain qu'il commençait à aimer ce jeune homme. Tu n'as qu'une vague idée des pouvoirs de l'épée. Tu ne sais rien sur le maniement d'une telle arme.

– Je n'ai pas besoin de m'y connaître en escrime, dit Joram avec irritation. Après tout, nous n'allons pas le tuer. Quand je l'attaquerai et que la Noirépée commencera à absorber sa magie, tu devras l'attaquer aussi, et le vider de sa Vie.

Saryon secoua la tête.

– C'est trop dangereux. Je n'ai jamais été entraîné à faire ça...

– Tu n'as pas le choix, Catalyste ! dit Joram, serrant les dents et saisissant une fois de plus le bras de Saryon. Simkin dit que Blachloch a trouvé le creuset ! S'il n'est pas déjà au courant pour la pierre noire, ça ne tardera pas. Tu veux faire pour lui d'autres Noirépées ?

Le catalyste enfouit sa tête dans ses mains tremblantes. Lui lâchant le bras, Joram se renversa sur sa chaise, hochant la tête avec satisfaction.

– Comment sortir d'ici ? demanda Saryon, relevant un visage hagard et regardant autour de lui.

– Va trouver les gardes. Dis-leur que tu dormais, et qu'en te réveillant tu t'es aperçu que je n'étais plus là. Demande-leur de t'amener devant Blachloch. Dans la confusion, je m'éclipserai...

– Mais comment ? Ils te chercheront ! C'est...

– ...mon affaire, Catalyste, dit froidement Joram. Occupe-toi de ton rôle. Retarde Blachloch le plus longtemps possible, pour me donner le temps d'arriver à la forge.

– Le retarder ! Qu'est-ce que...

– Tu peux t'évanouir ! Vomir ! Je ne sais pas. Ce ne devrait pas être difficile. A ta tête, on dirait déjà que tu vas faire les deux en même temps !

Avec un regard cinglant au catalyste, Joram se leva et se mit à arpenter nerveusement la prison.

– Je ne suis pas aussi faible que tu le crois, jeune homme, dit doucement Saryon. Je n'aurais jamais dû t'aider à amener dans le monde cette arme de Ténèbres. Mais je t'y ai aidé, et je dois accepter la responsabilité de mes actes. Je ferai ce que tu me demandes ce soir. Je t'aiderai à amener devant la justice ce magicien malfaisant. Mais pas pour devenir un héros, pas pour retourner d'où je viens.

Saryon se tut un moment, puis, prenant une profonde inspiration, il poursuivit :

– Je ne pourrai jamais retourner à la Source. Je le sais maintenant. Ma vie n'est plus là-bas.

Joram s'était arrêté de marcher et fixait sur Saryon un regard pénétrant.

– Et tu me laisseras partir librement...

– Oui, mais pas parce que je te crains *ou* à cause de ton épée.

– Pourquoi, alors ? ricana Joram.

– Exactement ? murmura Saryon. Pourquoi ? Je me le suis souvent demandé. Je pourrais te donner... bien des raisons. Que nos vies sont liées d'étrange façon, que je l'ai su la première fois que je t'ai vu, que cela remonte à une époque où tu n'étais même pas né. Voilà ce que je pourrais te dire.

Il secoua la tête.

– Je pourrais te parler d'un druide qui m'a conseillé. Je pourrais te parler d'un bébé que j'ai tenu dans mes bras... Tout semble lié d'une certaine façon, mais rien n'a de sens. Je vois déjà que tu ne me crois pas.

– Que je te croie ou non ne change absolument rien. Je me moque de tes raisons, Catalyste, pourvu que tu fasses ce que je te demande.

– Je le ferai, mais à une condition.

– Ah, nous y voilà, dit Joram, fronçant les sourcils. Qu'est-ce que c'est ? Que j'aille me livrer *moi-même* ? Ou que je m'enterre dans ce maudit trou de campagne...

– Que tu m'emmènes avec toi, dit Saryon, tout bas.

– Quoi ?

Joram fixa le catalyste, stupéfait. Puis, hochant la tête, il ricana, sarcastique.

– Oh je vois. Tout Mort a besoin de son propre catalyste.

Il haussa les épaules, et faillit sourire.

– Mais comment donc ! Viens avec moi à Merilon. Nous mènerons joyeuse vie ensemble, comme dirait notre ami Simkin. Bon, alors, on y va, maintenant ?

Remuant avec précaution pour ne pas réveiller Mosiah, Joram tourna le dos au catalyste éberlué et traversa la pièce. S'agenouillant près du lit, il passa la main sous la paillasse et, révérencieusement, en tira la Noirépée.

Saryon le regardait, observant un silence perplexe. Il s'attendait à un refus, à une explosion de rage. Il s'attendait à l'obligation d'insister, de résister à des arguments, peut-être à des menaces. Cette acceptation insouciante était pire, en un sens. Peut-être le jeune homme ne comprenait-il pas...

Joram enveloppait soigneusement l'épée dans des chiffons. Saryon lui mit la main sur l'épaule.

– Je ne te livrerai pas. Je veux t'aider, c'est tout. Tu comprends, je ne peux pas rentrer moi non plus. Pas à Merilon...

– Ecoute, Catalyste, dit Joram, se redressant et se dégageant avec colère. Je t'ai déjà dit... que je me moque de ce que tu fais et de l'endroit où tu vas, pourvu que tu m'aides ce soir. Compris ? Parfait.

Il baissa les yeux sur l'épée qu'il avait dans les mains. Les rayons de la lune blanchissant les chiffons faisaient paraître l'objet posé sur eux encore plus noir par contraste. L'image du bébé Mort enveloppé dans les linges blancs de la Maison royale revint à l'esprit de Saryon. Fermant les yeux, il se détourna.

Devant la réaction du catalyste, les lèvres de Joram se retroussèrent en un rictus.

– Si le sermon est terminé, mon Père – ce mot prononcé d'un ton si venimeux que Saryon grimaça –, nous allons partir. Je veux en finir au plus vite.

Passant l'épée dans un ceinturon de cuir qu'il portait maintenant à la taille – grossière imitation de ceux qu'il avait vus dans les illustrations du livre – Joram jeta sur ses épaules une longue cape (fournie par Simkin). Il fit quelques pas dans la pièce, s'examinant d'un œil critique. L'épée ne se voyait pas. Hochant la tête avec satisfaction, il se tourna vers Saryon avec un geste péremptoire.

– Allons-y. Je suis prêt.

Le suis-je ? se demanda Saryon, au supplice. Il voulut dire quelque chose, mais il ne put parler, et toussota pour s'éclaircir la gorge. En vain. Il ne parvenait pas à avaler sa peur. Le visage de Joram s'assombrit à ce délai. Saryon vit les muscles de sa mâchoire saillir et se raidir, un nerf lui tirailler un œil, et ses poings s'ouvrir et se fermer à ses côtés. Mais les yeux brillaient d'une lumière plus vive que celle de la lune. Plus vive – et plus froide.

Non, il n'y avait rien à dire. Absolument rien.

Tendant une main tremblante, Saryon ouvrit la porte en silence. Tous les nerfs, tous les muscles de son corps lui criaient de faire demi-tour, de refuser, de rester dans cette prison. Mais la force de son passé monta autour de lui comme une immense vague. Emporté par la marée, il ne put qu'accompagner les eaux écumantes qui le projetaient de l'avant, bien qu'il vît clairement les écueils déchiquetés surgissant devant lui.

Chapitre 12

ROI DES ÉPÉES

Blachloch croisa les mains devant lui sur son bureau.

– Ainsi, mon Père, plein de remords d'avoir commis un acte immoral, et terrifié à l'idée d'être peut-être forcé d'en commettre un autre à l'avenir, tu as choisi l'alternative d'en commettre un si affreux, si ténébreux, qu'il a été interdit par ton Ordre même depuis des siècles ?

– J'ai dit que je n'avais pas toute ma tête, murmura Saryon, désorienté par ce brutal résumé des faits. Je suis un érudit. Ce genre de vie m'effraye et... me déroute.

– Mais tu n'es plus dérouté, dit Blachloch, ironique. Atterré et horrifié, mais plus dérouté. Et tu me livreras Joram et l'épée...

– L'épée doit être détruite, l'interrompit Saryon, sinon je me retire.

– Bien sûr, répondit Blachloch, haussant les épaules avec désinvolture, comme s'ils parlaient d'une chope à bière cassée et non d'une épée qui pouvait lui donner le pouvoir de gouverner le monde.

Il doit vraiment me prendre pour un imbécile, se dit Saryon, amer.

– Maintenant, en ce qui concerne le garçon...

– Il doit être livré à l'Evêque Vanya, dit Saryon d'une voix rauque.

– Ainsi, Simkin avait raison, remarqua Blachloch. Voilà la raison véritable pour laquelle on t'a envoyé ici.

– Oui.

Saryon déglutit avec effort.

– Je regrette que tu ne te sois pas confié à moi, dit le sorcier, joignant les deux index tendus pour former une épée miniature pointée sur le catalyste. La vie aurait été beaucoup plus simple pour toi, mon Père. Ton Evêque Vanya doit être un imbécile, marmonna-t-il, de croire qu'un érudit de ton espèce pouvait affronter un meurtrier comme Joram, dit-il, le front creusé d'un mince sillon, ses yeux scrutant les ténèbres.

– Tu veilleras à ce qu'il soit ramené à la Source ? poursuivit Saryon en rougissant. Je ne peux pas l'accompagner moi-même pour... pour des raisons évidentes. Mais tes contacts avec les *Duuk-tsarith*...

– Oui, je peux arranger ça, l'interrompit Blachloch. Tu dis « pour des raisons évidentes ». Je présume que tu n'ose pas rejoindre le troupeau. Que deviens-tu dans tout cela, mon Père ?

– Je devrais me rendre à l'Evêque Vanya, répondit Saryon, sachant ce qu'on attendait de lui.

Il baissa les yeux sur ses souliers.

– J'ai commis un péché affreux. Je mérite mon sort.

– La Pétrifixion, mon Père. Terrible façon de... vivre. Je sais. Comme je te l'ai dit, j'ai assisté à l'une d'elles. Comme tu le sais toi-même, tel serait ton châtiment pour avoir aidé à créer la Noirépée. Quelle perte, dit Blachloch, caressant sa fine moustache de l'index. Quelle perte.

Saryon frissonna. Oui, ce serait son châtiment. Aurait-il le courage de l'affronter ? Vivre à jamais avec le souvenir de ce qu'on a fait ? Non, si les choses en venaient là, il y avait des moyens d'en finir. La halebane, entre autres.

– Mais par ailleurs, tu serais peut-être pardonné, considéré comme un héros...

Saryon secoua la tête.

– Ah, c'est ta deuxième infraction. Je n'y pensais plus. Ainsi, tu peux choisir entre une immortalité d'un genre terrible, et un séjour définitif à la Congrégation de la Roue et la résignation à d'autres actes immoraux.

Les index de Blachloch se levèrent légèrement, pointés maintenant sur le cœur de Saryon.

– Bien entendu, il y a une autre alternative.

Levant vivement les yeux, Saryon vit clairement ce que voulait dire le sorcier sur son visage impassible et dans son regard glacial. De nouveau, le catalyste déglutit, un mauvais goût dans la bouche. C'était surnaturel cette façon qu'il avait de lire dans sa tête. Surnaturel et effrayant.

– Ce... ce dernier moyen n'est pas une alternative, dit Saryon, remuant avec embarras dans son fauteuil. Le suicide est un péché impardonnable.

– Tandis que m'aider à violer et piller, ou aider Joram à créer une arme qui peut détruire le monde ne l'est pas, dit Blachloch avec dédain.

Décroisant les mains, il les posa à plat sur la table.

– J'admire les casiers étanches où tu ranges soigneusement tes pensées, Catalyste. Enfin, puisque cela joue à mon avantage, pourquoi me plaindre ?

Transpirant sous sa robe, Saryon trouva plus prudent de ne pas répondre. Tout allait bien, presque trop bien. Sans doute, comme Joram l'avait dit, parce qu'il n'avait pas à mentir, ou si peu. Le suicide n'était un péché impardonnable que si l'on croyait en un dieu.

– Où est le jeune homme ? dit Blachloch en se levant.

Saryon se leva aussi, se félicitant que sa robe longue dissimule le tremblement de ses jambes.

– A... à la forge, dit-il d'une voix défaillante.

Il n'y avait pas de feu à la forge ce soir-là. Un faible rougeoiement émanait des braises mourantes, mais c'était la pâle et froide clarté de la lune déclinante qui touchait la lame de l'épée, à la surface grêlée de coups de marteau, aux bords irréguliers mais tranchants.

L'épée fut la première chose que vit Saryon quand lui et Blachloch se matérialisèrent dans la pénombre de la forge. Elle reposait sur l'enclume, baignée de clair de lune comme un serpent pervers.

Blachloch la vit aussi, Saryon le comprit. Il ne voyait pas le visage du sorcier, dissimulé par le capuchon, mais il l'entendit ravaler son air, réaction que même la stricte discipline des *Duuk-tsarith* ne lui permit pas de contrôler. Les mains croisées tremblèrent, les doigts frémirent du désir de la toucher. Mais le Vigile se maîtrisait pleinement. Tous ses sens en alerte, son esprit fouillait les ombres à la recherche de sa proie.

Saryon lui-même chercha Joram du regard. Le catalyste s'attendait à être paralysé de peur ; ses mains tremblaient tellement en quittant la maison du sorcier qu'il avait eu du mal à ouvrir le conduit. Mais maintenant qu'il était là, la peur avait disparu, remplacée par une désolante impression d'immense vide intérieur.

Debout dans la forge, regardant autour de lui pendant les instants qui seraient sans doute les derniers de sa vie, Saryon sentit le monde se déverser en lui pour remplir ce vide. Comme s'il vivait séparément chaque seconde, passant de l'une à l'autre avec la régularité d'un battement de cœur. Chaque seconde absorbait totalement son attention : il voyait tout, entendait tout, avait conscience de tout autour de lui à l'intérieur de chacune de ces secondes. Puis il passait à la suivante. Le plus bizarre, c'est qu'aucune ne signifiait rien pour lui. Il était détaché, simple observateur qui regardait, tandis que son corps jouait son rôle dans cette mortelle comédie. Blachloch aurait pu lui couper les mains, les sectionner aux poignets, et Saryon n'aurait pas crié, n'aurait rien senti. Il arrivait presque à s'imaginer, debout dans la nuit éclairée par la lune, en train de regarder le sang dégouttant de ses bras.

Ainsi, c'est ça le courage, se dit-il, regardant une main, blanche dans le clair de lune, sortir des ombres et saisir sans bruit la poignée de l'épée.

Il n'y eut pas un bruit, et le mouvement fut presque imperceptible. En fait, si Saryon n'avait pas eu les yeux fixés sur l'épée, il ne s'en serait pas aperçu. Joram avait agi avec l'habileté et la rapidité de l'art que sa mère lui avait enseigné dans son enfance. Mais les *Duuk-tsarith* sont entraînés à entendre la nuit même ramper derrière eux.

Blachloch réagit à une telle vitesse que Saryon ne vit qu'un vent noir tournoyer à travers la forge, ranimant les braises du feu. D'un geste et d'un mot, Blachloch lança le sort qui laisserait son adversaire sans force pour bouger ou réfléchir, le sort qui drainait la magie, qui drainait la Vie.

Sauf que Joram n'avait pas de Vie.

Saryon faillit éclater de rire, tant il était tendu, en sentant le sortilège frapper le jeune homme avec une force qui aurait dû le briser. Mais il tomba autour de lui, comme une averse de pétales de roses. La main blanche continua à soulever l'épée. Le métal ne brilla pas. Ce n'était qu'un trait d'ombre rayant le clair de lune, comme si Joram tenait l'incarnation de la nuit.

S'avançant dans la lumière, Joram leva l'épée devant lui, le visage tendu et crispé, les yeux plus sombres que le métal. Saryon sentit la peur et l'incertitude du jeune homme ; malgré toutes ses études, il n'avait qu'une vague idée des pouvoirs du métal. Mais le catalyste, tous ses sens en alerte et en harmonie pour la première fois – comme s'il renaissait en cette seconde – sentit aussi l'incertitude, l'étonnement, et la peur croissante de Blachloch.

Que savait le *Duuk-tsarith* de la pierre noire ? Sans doute guère plus que Joram. Quelles pensées traversaient l'esprit du sorcier ? L'épée bloquait-elle le sort de Magie néantisante ? En bloquerait-elle d'autres ? Blachloch devait décider instantanément, en une fraction de seconde, de ce qu'il allait faire. Malgré toutes ses connaissances, sa vie pouvait en dépendre.

Calmement, froidement, le sorcier choisit un autre sort et le lança. Une lueur verte s'alluma dans ses yeux, et aussitôt un liquide verdâtre parut dans l'air et se condensa sur la peau de Joram, où il commença à bouillonner et siffler. Reconnaissant le sort nommé Venin Vert, Saryon grimaça, l'estomac noué. La souffrance était atroce, disait-on, comme si toutes les terminaisons nerveuses étaient en feu. N'importe quel mage assez fort pour se garder de la Magie néantisante devait être victime de la paralysie magique du Venin. Il ne pouvait pas se protéger contre les deux.

Et ce sort affectait apparemment aussi bien les Morts

que les Vivants. Le visage de Joram se convulsa, en proie aux douleurs de l'agonie. Il haletait, et son corps commença à se plier en deux à mesure que le liquide se répandait et que la douleur cuisante lui brûlait la chair. Mais c'était un sort qui épuisait rapidement le mage qui le lançait.

– Donne-moi de la Vie, Catalyste ! dit Blachloch, fixant le jeune homme d'un regard dont le vert s'avivait d'instant en instant.

C'est le moment, se dit Saryon. Cette fois, je dois prendre parti. Je suis la seule chance de Joram. Sans moi, il est perdu. Il ne peut pas contrôler l'épée, si même la pierre noire est efficace. Le catalyste jeta un bref regard sur l'arme, et un frisson d'exultation le parcourut. Le corps de Joram luisait d'une lueur verte, le jeune homme hurlait de souffrance. A mesure que le Venin se répandait, son corps s'affaissait. Mais ses mains tenaient toujours l'épée, n'étant pas recouvertes du liquide mortel, et, sous les yeux de Saryon, le Venin commença à se retirer des bras et du torse de Joram – la Noirépée absorbait la magie.

Mais elle l'absorbait trop lentement. Joram serait pire que mort dans quelques secondes, le corps réduit à un paquet de chairs pantelantes sur le sable couvrant le sol de la forge.

Saryon se mit à répéter les antiques paroles, les paroles apprises dix-sept ans plus tôt quand il était devenu diacre, les paroles qu'il n'avait jamais prononcées, qu'il pensait ne jamais devoir prononcer... Les paroles que tous les catalystes prient de n'être jamais forcés de prononcer...

Il se mit à aspirer la Vie de Blachloch.

Manœuvre extrêmement dangereuse, elle n'est généralement pratiquée qu'en temps de guerre, quand un catalyste tente d'affaiblir un adversaire par ce moyen. Au lieu de fermer un conduit, ce qui coupe l'influx de Vie vers le mage, le catalyste laisse le conduit ouvert et inverse simplement le flux. Le danger réside dans le fait que le magicien sent instantanément que sa Vie est aspirée hors de lui et peut, à moins que son attention ne soit détournée, se retourner contre le catalyste et le réduire en poussière.

Très conscient de ce danger, Saryon ne flancha pourtant pas quand le hurlement de Blachloch fendit les ténèbres, les yeux verts se déplaçant pour jeter sur lui leur Venin. Son courage persista, même quand il vit verdir le bout de ses doigts, et que les premiers élancements de souffrance fouaillèrent ses bras.

– Joram ! cria-t-il. Au secours !

Le jeune homme, à genoux, sanglotait. L'attention de Blachloch détournée et l'épée absorbant la magie, le Venin se retirait de son corps, mais lentement. Au cri de Saryon, il releva la tête. Serrant les dents, il s'efforça de se lever. Mais il était trop faible pour y réussir tout seul, et il n'avait rien sur quoi s'appuyer autour de lui. Finalement, plongeant la pointe de l'épée dans le sable de la forge, il saisit la poignée à deux mains et se hissa péniblement sur ses pieds.

– Joram !

Le Venin rongeait le corps de Saryon, qui se maudit lui-même. Avec toute sa logique, il aurait dû prévoir ce qui se passait ! Il absorbait la Vie de Blachloch, mais il ne pouvait rien en faire ! Dans une bataille, il aurait été allié à un magicien. Il aurait donné cette Vie à son partenaire, qui s'en serait servi pour renforcer ses énergies propres et combattre l'ennemi. Mais le catalyste ne pouvait pas donner de Vie à Joram, il ne pouvait lui donner aucune aide.

Puis Saryon vit l'épée.

Plantée verticalement dans le sol, les protubérances de la garde semblaient être les bras d'un homme ouverts en un geste de supplication. Comme un homme appelant au secours. Le métal noir ne reflétait aucune lumière. Création des Ténèbres, il *était* Ténèbres.

Le choc et l'horreur déferlèrent sur Saryon, engourdissant la douleur croissante qui se répandait lentement dans tout son corps, lentement parce que, alors même qu'il continuait à aspirer la Vie du sorcier, il le sentait faiblir.

Je ne peux pas donner de Vie à Joram, mais je peux en donner à l'épée.

Fermant les yeux, Saryon effaça l'horrible vision du simulacre noir et hideux d'être humain ouvrant ses bras rigides pour refermer sur lui leur étreinte. Je peux me rendre. Mon tourment sera terminé.

Obedire est vivere...

Il vit devant lui les flammes du village incendié, le jeune diacre tombant mort sur le sol, Simkin distribuer des cartes sans visages et sans couleurs.

Vivere est obedire...

Ouvrant les yeux, Saryon vit Joram retirer du sol la pointe de l'épée, lever l'arme au-dessus de sa tête. Mais le jeune homme n'était dans son esprit qu'une ombre blanchie par la lune. La seule chose qu'il vit vraiment, sur laquelle il se concentra, ce fut l'épée. Tendant vers elle une main que la souffrance faisait trembler, Saryon ouvrit un conduit vers le métal froid et inanimé.

La magie surgit autour de lui comme une bourrasque, si violente qu'il tituba en arrière. La douleur cessa brusquement, le liquide vert disparut de sa peau. L'épée se mit à luire d'une vive lumière blanc-bleu, et, poussant un cri inarticulé, Blachloch s'effondra, la puissance combinée de l'épée et du catalyste qui aspirait sa Vie réduisant son corps à l'état de coquille vide.

L'épée tomba par terre. Pris au dépourvu par la fantastique décharge d'énergie qui lui avait secoué le corps, Joram avait lâché l'arme, et maintenant, il la fixait avec étonnement, vibrante et bourdonnante d'un gémissement de plaisir surnaturel et presque humain. Se retournant, il regarda tour à tour l'arme et le sorcier impuissant. Grondant de rage, Blachloch continuait à lutter, s'efforçant de recouvrer l'usage de ses membres. Mais il était sans force. Affaibli par l'usage de toute sa puissance magique et maintenant totalement dépourvu de Vie lui-même, le sorcier était agité de soubresauts comme un poisson hors de l'eau.

Atterré et écœuré à ce spectacle, Saryon se détourna. Se soutenant à un banc, il réalisa lentement que c'était terminé.

– Je vais ouvrir un Couloir, dit-il, sans se retourner vers Joram.

Il ne pouvait supporter la vue du sorcier, gisant impuissant sur le sol, privé de toute sa dignité humaine. C'était assez pénible d'entendre ses élucubrations incohérentes et ses gesticulations pitoyables.

– Il me reste assez de Vie pour le faire. Je le placerai dans le Couloir, puis je le fermerai avant que les Vigiles ne comprennent ce qui s'est passé. Je ne crois pas probable que quelqu'un revienne ici. Ils semblent résolus à éviter cet endroit, et quand ils tiendront Blachloch, je crois qu'ils laisseront les Technologues vivre en paix. Quand même, il vaudrait mieux que tu t'en ailles, juste en cas...

Un hurlement l'interrompit, hurlement de terreur et de rage. Montant dans l'aigu en gémissement strident de douleur indicible, il fit bientôt place à un gémissement prolongé, et mourut étouffé dans un horrible gargouillement.

L'âme paralysée par cet horrible son, Saryon se retourna.

Blachloch gisait à terre, mort, les yeux fixes dans la nuit, la bouche ouverte dans le cri qui résonnait encore aux oreilles de Saryon. Debout au-dessus de lui, le visage d'un blanc crayeux au clair de lune, les yeux formant deux taches noires dans l'obscurité, Joram tenait la poignée de l'épée dont la lame s'enfonçait dans la poitrine de Blachloch. D'une secousse, il la libéra, et Saryon vit du sang luire sur la Noirépée.

Saryon resta muet de stupeur. Le cri d'agonie du sorcier vibrait encore dans sa tête. Il ne put que fixer Joram, essayant d'étouffer suffisamment cet affreux hurlement pour se remettre à réfléchir.

– Pourquoi ? murmura-t-il enfin.

Joram le regarda, et Saryon vit le demi-sourire briller dans ses yeux noirs.

– Il allait t'attaquer, Catalyste, répondit le jeune homme avec calme. Je l'ai arrêté.

L'image du corps impuissant se tordant sur le sol se présenta à l'esprit de Saryon. Il eut un haut-le-cœur. Un liquide brûlant lui monta dans la gorge. Sur le point de vomir, il se détourna vivement de la vision d'horreur à ses pieds.

– Tu mens ! C'est impossible ! dit-il, serrant les dents.
– Allons donc, Catalyste, dit Joram, sarcastique.

Enjambant le cadavre, il ramassa un chiffon par terre et se mit à essuyer sa lame.

– C'est fini. Plus besoin de continuer la partie.

Saryon avait-il bien entendu ? Il lui semblait ne plus entendre que ce hurlement d'agonie.

– Quelle partie ? Je ne comprends pas...
– Par le sang de l'Etern ! Pour qui me prends-tu ? Pour Mosiah ?

Joram éclata de rire, mais n'émit qu'un ricanement – amer et mauvais.

– Comme si j'allais me laisser prendre à tes pieuses bondieuseries !

Sa voix monta dans l'aigu, parodiant celle de Saryon.

– « Je vais ouvrir un Couloir... Il vaudrait mieux que tu t'en ailles... » Ha !

Jetant par terre le chiffon taché de sang, Joram posa soigneusement l'épée à côté.

– Tu croyais que j'allais avaler ça ? Je connaissais ton plan. Une fois le Couloir ouvert...
– Non ! Tu te trompes !

Le cri passionné de Saryon prit Joram au dépourvu. Regardant par-dessus son épaule, il attacha un regard pénétrant sur le catalyste.

– Par l'Et... je crois que tu es sincère, dit-il lentement, considérant Saryon avec stupéfaction.

Le catalyste ne put répondre. S'effondrant sur le banc, il ferma les yeux et, frissonnant, se recroquevilla dans sa robe. Le sorcier mort se vengeait, semblait-il. Son hurlement avait vidé Saryon de sa vie aussi efficacement que Saryon l'avait vidé de sa magie. Nauséeux, transi, plein de révulsion et de haine pour lui-même, si Saryon avait cru encore assez en l'Etern pour lui demander une dernière faveur, il aurait sollicité l'oubli bienheureux de la mort.

Il entendit les pas de Joram sur le sol sablé, sentit derrière lui la présence du jeune homme.

– Tu étais sincère, répéta Joram.
– Oui, dit Saryon avec lassitude. J'étais sincère.

– Tu m'as sauvé la vie, poursuivit Joram à voix basse. Et tu as risqué ta propre vie pour ce faire. Je le sais. Je l'ai vu...

Saryon sentit un contact sur son épaule. Sursautant, il tourna la tête et vit la main de Joram, hésitante, qui y reposait. Saryon vit son visage dans la lumière déclinante de la lune, les yeux noirs luisant à travers les épais cheveux noirs. Dans les yeux, il vit passer une expression de nostalgie, de désir. Et le catalyste sut la vérité, comme il l'avait sue depuis le début.

Il y a des années, lui souffla son esprit, j'ai tenu cet enfant dans mes bras !

Il voulut prendre la main de Joram dans la sienne, mais à son geste, Joram lâcha son épaule.

– Pourquoi ? demanda Joram. Que veux-tu de moi ?

Saryon regarda fixement le jeune homme pendant quelques instants, puis un sourire lui tordit les lèvres.

– Je ne veux rien de toi, Joram.

– Alors, quelle raison avais-tu, Catalyste ? Et ne viens pas me servir les fadaises tout juste bonnes à adoucir les gens comme Mosiah. Je te connais. Tu devais avoir un motif.

– Je te l'ai dit, répondit Saryon, reportant son regard sur l'épée allongée par terre comme un autre cadavre. J'ai aidé à amener ce... cette arme de Ténèbres dans le monde. C'est ma responsabilité, ma responsabilité *partielle,* rectifia-t-il comme Joram ouvrait la bouche pour parler.

Saryon regarda l'épée et le sorcier tour à tour.

– J'ai échoué. Elle a fait couler le sang. Elle a supprimé une vie...

– *J'*ai fait couler le sang ! *J'*ai supprimé une vie ! s'écria Joram, venant se planter devant le catalyste. La Noirépée ne fut qu'un outil dans ma main. Arrête de parler de cette maudite arme comme si elle était plus vivante que moi !

Saryon ne répondit pas. Titubant de fatigue, il traversa la forge en chancelant et s'agenouilla près de Blachloch. Serrant les dents pour maîtriser sa nausée, détournant les yeux de la blessure béant dans la poitrine, il tendit la main et ferma les yeux qui fixaient le plafond en une stupeur horrifiée. Il fit de son mieux pour refermer la bouche ouverte, pour donner un semblant de paix au visage. Soulevant les mains glacées, il voulut les croiser sur la poitrine, selon l'usage, mais ne put terminer, terrassé par la nausée. Il les lâcha, se détourna précipitamment et s'affaissa sur le banc, frissonnant, couvert de sueurs froides.

– Je vais emporter le corps dans les bois, dit Joram.

Entendant un froissement d'étoffe, Saryon regarda derrière lui et vit le jeune homme rabattre le capuchon sur le visage de Blachloch et étendre sur lui sa cape.

– Quand on le trouvera, on pensera que les centaures l'ont tué.

Un *Duuk-tsarith* ? pensa Saryon, mais il se tut. Peu importait maintenant. Il regarda dehors avec nostalgie, espérant voir l'aube se lever. Mais la lune venait seulement de se coucher. On était encore au cœur de la nuit. Il aspirait à retrouver son lit. Il était dur et froid, mais il avait envie de s'y étendre, de jeter sa cape sur sa tête. Alors peut-être... seulement peut-être... le sommeil qui le fuyait depuis des jours s'étendrait-il sur lui et peut-être pourrait-il oublier un moment.

– Ecoute-moi, Catalyste ! dit Joram d'une voix dure. La seule autre personne connaissant l'existence de la Noirépée, à part toi et moi, est morte...

– Ainsi, c'est pour ça que tu l'as tué.

Joram l'ignora.

– Il ne faut pas que ça change. Pendant que j'emporterai le cadavre, rapporte l'épée à la prison.

– Les gardes de Blachloch parcourent tout le village à ta recherche... protesta Saryon, au souvenir du chambardement qu'il avait provoqué en annonçant l'évasion de Joram. Comment pourras-tu...

– Comment crois-tu que je suis entré ici ? demanda Joram avec impatience. Il y a une entrée secrète au fond de la caverne. Le forgeron s'en sert depuis plus d'un an pour aller à sa cache d'armes.

– Sa cache d'armes ? répéta Saryon sans comprendre.

– Oui, Catalyste. Les jours de Blachloch étaient

comptés. Les Technologues allaient se révolter. Nous n'avons fait que précipiter l'issue inévitable. Mais peu importe, maintenant ! Prends l'épée et rapporte-la à la prison. Personne ne t'arrêtera. Après tout, tu étais avec Blachloch. Si on t'arrête, dit que le sorcier a suivi ma trace jusque dans la forêt. Qu'il m'a poursuivi seul. Que tu ne sais rien d'autre.

– Oui, murmura Saryon.

Joram le regarda en fronçant les sourcils.

– Tu as entendu ce que je t'ai dit ?

– J'ai entendu ! dit Saryon d'un ton sévère. Et je ferai ce que tu dis. Je ne désire pas plus que toi qu'on connaisse l'existence de cette arme terrible.

Il se leva, regardant le jeune homme dans les yeux.

– Tu dois la détruire. Si tu ne le fais pas, je m'en chargerai.

Debout, ils s'affrontaient dans l'obscurité que n'éclairaient plus que les braises mourantes. Leur lueur jouait dans les yeux de Saryon et colorait de rouge ses lèvres étirées en un sombre sourire.

– Et si quelqu'un t'offrait la Magie, Catalyste ? demanda-t-il doucement. Si quelqu'un te disait : « Tiens, prends ce pouvoir. Tu n'auras plus à marcher sur le sol comme une bête. Tu pourras voler. Tu pourras conjurer les vents. Tu pourras bannir le soleil et faire pleuvoir les étoiles, si tu le désires. » Que ferais-tu ? Prendrais-tu ce pouvoir ?

Le prendrais-je ? se demanda Saryon, un souvenir de son père lui revenant soudain. Il revit un petit garçon se débarrassant des souliers détestés, volant au-dessus des champs dans les bras du magicien.

– Cette épée, c'est ma magie, dit Joram, baissant les yeux sur l'arme. Demain, je partirai pour Merilon. Toi aussi, Catalyste, si tu insistes pour m'accompagner. Une fois à Merilon, dans la cité qui a mis fin à la vie de mes parents et m'a dépouillé de mon héritage, cette épée fera descendre les étoiles et les mettra à ma portée. Non, je ne la détruirai pas.

Il fit une pause.

– Et toi non plus.

– Pourquoi ? demanda Saryon.

– Parce que tu as aidé à la créer, dit Joram, le visage éclairé par le feu de la forge. Parce que tu as aidé à l'amener dans le monde. Parce que tu lui as donné la Vie.

– Je... commença Saryon, mais il ne put continuer.

Il était trop effrayé pour chercher la vérité en lui.

Joram hocha la tête avec satisfaction. Se retournant, il s'approcha du corps tout en donnant ses instructions.

– Enveloppe l'épée dans ces chiffons. Personne ne t'arrêtera. Si on t'arrête, dis que tu portes un enfant. Un enfant mort.

Regardant le catalyste livide et bouleversé, il sourit.

– Ton enfant, Saryon, dit-il. Notre enfant.

Se penchant, Joram souleva le corps du sorcier dans ses bras puissants et je jeta sur son épaule. Puis il se retourna et, se frayant un chemin au milieu des outils, des piles de bois et de charbon, il se dirigea vers le fond de la caverne. Le cadavre ballottait horriblement au rythme de ses pas, les mains se balançant mollement derrière Joram, effleurant les objets comme en une dernière tentative pour se raccrocher au monde que leur esprit avait quitté. Joram disparut enfin dans l'obscurité, laissant Saryon seul dans la forge, les yeux fixés sur une tache sombre du sol.

Il resta là longtemps, incapable de remuer. Puis il eut une impression des plus étrange – l'impression de s'élever lentement au-dessus du sol et, dérivant en arrière, de baisser les yeux et de se voir lui-même. Il continua à monter, regardant son corps marcher lentement vers l'épée. Montant en spirale, plus haut, toujours plus haut, il se vit envelopper l'épée dans des chiffons. Il se vit la prendre doucement dans ses bras. Il se vit sortir de la forge, l'épée serrée sur son cœur.

La lourde porte de chêne se referma sur les pas traînants du catalyste et le froufrou de sa robe. Le silence reflua dans la forge comme les ombres de la nuit, semblant étouffer les braises mêmes sous son poids écrasant. Il fut soudain rompu par un fracas métallique. Une immense paire de pincettes se détacha du clou où elle était accrochée et tomba dans un baquet d'eau avec un « plouf » sonore.

– Je vais sombrer, grommelèrent les pincettes. Je n'ai pas vu ce maudit baquet dans le noir. Et il faut qu'il soit plein !

Bruit de baquet renversé, suivi d'un bruit d'eau coulant par terre, le tout accompagné d'un vaste assortiment de jurons, et Simkin surgit au milieu des dégâts, vêtu, comme à l'habitude, de ses atours multicolores quoique trempés.

– Eh bien, dit le jeune homme, regardant autour de lui en essuyant l'eau dégoulinant de sa barbe, quelle affaire extraordinaire. Je ne me suis pas autant amusé depuis le jour où le vieux Comte de Mumsburg a lancé un serf rebelle par-dessus son château. Puis il lui a attaché une corde à la cheville et l'a suspendu dehors en plein vent. « Ce garçon voulait s'élever au-dessus de sa condition », me dit le vieux Comte. « Maintenant, il sait ce que c'est. »

Branlant du chef, Simkin s'avança nonchalamment et s'arrêta devant la tache de sang encore humide maculant le sable de la caverne. Il fit un geste, et un carré de soie orange se matérialisa dans l'air sur son ordre, flotta doucement jusqu'au sol et couvrit la tache. Puis Simkin fit claquer ses doigts, et la soie et la tache disparurent.

– Sur mon honneur, murmura-t-il avec un sourire languissant, nous devrions mener joyeuse vie à Merilon.

Puis Simkin disparut lui aussi, s'évanouissant dans l'air comme une volute de fumée.

LA DERNIÈRE CARTE

L'Evêque Vanya ne recevait pas à dîner ce soir-là.

– Sa Sainteté est souffrante.

Tel était le message qu'apportaient les Ariels pour décommander les invités. Ils comprenaient le beau-frère de l'Empereur dont les invitations à la Source augmentaient proportionnellement au déclin de la santé de sa sœur. Tout le monde avait manifesté inquiétude et sollicitude pour l'état de l'Evêque. L'Empereur avait même proposé les soins de son propre *Theldara*, proposition qui avait été respectueusement refusée.

Vanya dîna seul, si préoccupé qu'il aurait aussi bien pu manger les mêmes saucisses que ses Catalystes des Champs, au lieu du plat raffiné de langues de paons et queues de lézard qu'on lui servit, et qu'il avala distraitement, sans remarquer qu'elles n'étaient pas assez cuites.

Ayant terminé et renvoyé son plateau, il dégusta un cognac, puis se prépara à attendre que la petite lune de son sablier ait atteint son zénith. L'attente fut pénible, mais l'Evêque était si préoccupé que le temps passa plus vite qu'il ne l'espérait. Les doigts replets couraient sans interruption sur les accoudoirs de son fauteuil, touchant tel ou tel fil de sa toile d'araignée mentale, vérifiant s'il fallait le renforcer ou réparer, tissant d'autres fils quand nécessaire.

L'Impératrice – mouche qui serait bientôt morte.

Son frère – héritier du trône. C'était un type de mouche différent, exigeant une considération spéciale.

L'Empereur – de santé mentale précaire – dans le meilleur des cas, la mort de son épouse bien-aimée et la perte de son trône pouvaient très bien faire chavirer un esprit faible au départ.

Le Sharakan – les autres empires du Thimhallan observaient cet Etat rebelle avec beaucoup trop d'intérêt. Il fallait l'écraser, donner une leçon à sa population. Et avec lui, exterminer complètement les Sorciers du Neuvième Mystère. Cela se présentait bien... du moins jusqu'à récemment.

Vanya remua nerveusement dans son fauteuil, jetant un coup d'œil sur le sablier. La petite lune se levait à peine sur l'horizon. Emettant un grognement d'impatience, l'Evêque se servit un nouveau cognac.

Le jeune homme – au diable le jeune homme. Au diable aussi le maudit catalyste. La pierre noire. Vanya ferma les yeux, frissonnant. Il était en danger, en danger mortel. Si quiconque découvrait l'incroyable gaffe qu'il avait faite...

Vanya vit les yeux avides qui l'observaient, attendant sa chute. Les yeux du Seigneur Cardinal de Merilon qui avait – selon la rumeur – déjà fait ses plans pour refaire la décoration des appartements de Vanya à la Source. Les yeux de son propre Cardinal, lent d'esprit assurément, mais qui s'était élevé lentement et sûrement dans la hiérarchie par son labeur incessant, piétinant tout ce qui se trouvait sur son passage. Et il y en avait d'autres. Ils observaient, attendaient, avides...

S'ils flairaient seulement sa bévue, ils lui tomberaient dessus comme des dragons, le déchirant de leurs serres.

Mais non ! Vanya serra ses poings replets, puis se força à se détendre. Il avait prévu toutes les éventualités, même les plus improbables.

Cette pensée en tête, et remarquant que la lune du sablier approchait enfin de son zénith, l'Evêque se hissa hors de son fauteuil et, à pas lents et posés, se dirigea vers la Chambre de Discrétion.

L'obscurité y était vide et silencieuse. Aucun signe de présence mentale. C'était peut-être de bon augure, se dit Vanya, s'asseyant au centre de la pièce circulaire. Mais un frémissement de peur fit vibrer la toile quand il convoqua mentalement son acolyte.

Il attendit. Les doigts-pattes d'araignée se crispaient sur les accoudoirs.

L'obscurité était immobile, froide, muette.

Vanya renouvela son appel, serrant les poings.

Peut-être que je répondrai, et peut-être pas, avait dit la voix. Oui, c'était bien de lui, cet arrogant...

Vanya jura, serrant ses accoudoirs, le front inondé de sueur. Il *fallait* qu'il sache ! C'était trop important ! Il allait...

Oui...

Les mains se détendirent. Vanya réfléchit, retournant l'idée dans sa tête. Il avait prévu toutes les éventualités, même les plus improbables. Et celle-là, il l'avait prévue sans même la connaître. C'est la marque du génie.

Se renfonçant dans son fauteuil, l'Evêque toucha un autre fil de la toile, envoyant une convocation urgente à celui qui, il le savait, serait peu préparé à la recevoir.

FIN

Achevé d'imprimer sur les presses de

BUSSIÈRE

GROUPE CPI

à Saint-Amand-Montrond (Cher)
en octobre 2003

POCKET - 12, avenue d'Italie - 75627 Paris Cedex 13
Tél. : 01-44-16-05-00

— N° d'imp. : 36754. —
Dépôt légal : septembre 1998.

Imprimé en France